D1325761

LA MAISON D'AUGUSTA

Majgull Axelsson

LA MAISON D'AUGUSTA

Roman

Traduit du suédois par Gunilla de Ribaucourt

ÉDITIONS FRANCE LOISIRS

Titre de l'édition originale :
SLUMPVANDRING
publiée par Bokförlaget Prisma, Stockholm

Édition du Club France Loisirs,
avec l'autorisation des Éditions Jean-Claude Lattès

Éditions France Loisirs,
123, boulevard de Grenelle, Paris
www.franceloisirs.com

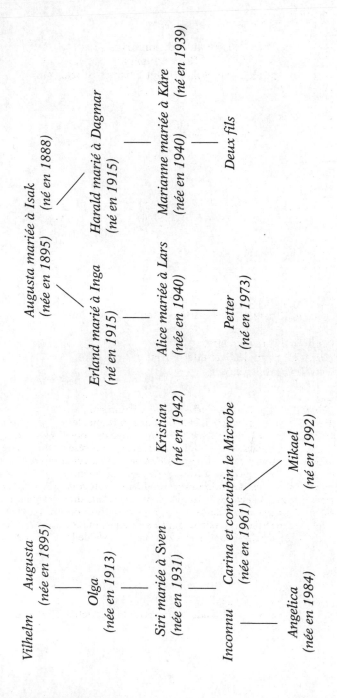

La descendance d'Augusta

Prologue

Le renard voit ce que personne d'autre ne voit. Tache de cuivre dans une forêt cuivrée, il scrute l'automne, enregistre ses mouvements et ses odeurs. C'est pourquoi la trace propre à son odeur suit des voies sinueuses. Il a fait d'incessants détours, entrant et sortant dans la végétation la plus touffue, il a gratté la terre sèche sous les racines renversées des sapins morts, essayé de se faufiler dans les trouées odorantes par où sont passées de petites bêtes poilues et enfoncé son museau dans le tapis de feuilles mortes. De temps à autre, il s'est arrêté brusquement, figé dans son mouvement, et a incliné ses oreilles vers de nouveaux bruits, de petits bruissements qui se sont posés comme un fin dessin de dentelle par-dessus le grondement lointain remplissant en permanence la forêt de sa mère.

En effet c'est sa forêt. Dans cet éden aux mille odeurs, son odeur est toujours la plus forte, elle repose comme une promesse dans chaque respiration, la promesse rassurante, quoique mensongère, qu'il pourra, quand il le voudra, faire demi-tour, revenir au terrier et redevenir un renardeau parmi d'autres renardeaux. Souvent il s'arrête et tourne la tête en sa direction, regarde en arrière un bref instant, avant de se retourner et de faire, comme à l'essai, ce bond gracieux du renard adulte poursuivant le campagnol, celui qui est inné et qui lui permet de vivre seul, sans avoir faim. La seconde d'après il court plus loin, se laissant aller d'une attirance vers une autre.

C'est ainsi que le renard s'approche par des sentiers secrets d'un monde tout autre, le monde qui remplit la forêt de sa mère de sonorités et de senteurs encore inexplorées. Et c'est pourquoi il se trouve un matin dans une clairière lumineuse à contempler, pour la première fois, une personne humaine.

L'herbe jaune autour d'elle est raidie par la gelée de la nuit. Quelques brindilles cassées reposent dans sa main ouverte ; elle a dû les saisir juste avant de cesser de bouger. Le renard se tient caché un moment dans un fourré de fougères et la regarde. Peut-être va-t-elle bientôt refermer la main et s'asseoir, essuyer son crâne nu pour se libérer des feuilles froissées et des aiguilles pâles qui collent à sa peau humide, peut-être s'entourera-t-elle de ses bras pour se protéger du froid matinal.

Mais elle ne bouge pas. Une éternité s'écoule. Elle est toujours immobile. Le renard s'enhardit : il sort des fougères et passe, en un vaste cercle, autour d'elle, incline ses oreilles, écoute et enregistre. Non, elle ne bougera plus, jamais plus cet être ne s'assoira et ne passera la main sur son crâne brillant. Mais ses odeurs vivront encore longtemps ; elles sont douces, remplissent la clairière et s'épaississent et s'accentuent à mesure que l'air du matin s'échauffe. Et à présent le renard ne peut plus se retenir, le désir chasse la prudence, le pousse au saut. L'instant d'après il est près de son corps et laisse son museau frôler la surface blanche et humide de rosée de sa peau.

Il vient juste de commencer à lécher le sang qui a coulé de sa bouche, quand une branche se casse dans la forêt derrière lui et qu'une autre odeur s'infiltre dans la clairière. Il pointe les oreilles et s'arrête, brusquement tiré de son ivresse. Il n'hésite pas longtemps, la nouvelle odeur a tout juste le temps d'effleurer ses muqueuses qu'il disparaît, invisible, au milieu des fougères. Mais il n'y reste pas, il se presse plus loin dans les bosquets et les broussailles et maintenant la trace laissée par son odeur est droite. Il fuit.

C'est seulement au crépuscule qu'il retourne à la clairière. Elle n'est plus lumineuse alors, les couleurs se sont assombries, virant au marron, l'herbe a été piétinée par de grosses chaussures et nulle jeune fille, la main remplie de brindilles gelées, n'y repose plus.

Le renard gémit de vain désir, enfouit son museau dans le sol et se laisse consoler par ce qui seul reste encore. Ses mille senteurs suaves.

I

Chuchotements.

Dès qu'elle ferme les yeux elle les entend. D'infimes chuchotements, impossibles à percevoir et à comprendre séparément, repérables en mots et en phrases seulement parce qu'ils sont susurrés sur la mélodie qui est celle de tous les contes. Des sons chuintants et murmurés sortent de coins cachés, invisibles, des consonnes anguleuses dégringolent l'escalier comme des billes, de minuscules pauses sans souffle s'insèrent et remplissent de sens le conte inaudible.

Plusieurs fois, Alice rouvre les yeux au moment où elle est sur le point de s'endormir. La première fois, elle se contente d'allumer la lampe de chevet, la deuxième, elle se lève pour fermer la porte, la troisième, elle pousse une chaise sous la poignée pour la bloquer. Rien n'y fait. Revenue dans le lit, elle éteint la lumière et se roule en boule sous la couverture en laine rouge, mais aussitôt elle entend la maison qui se remet à chuchoter.

En réalité, cela ne l'étonne pas. Alice a souvent dormi dans la maison d'Augusta, elle sait que d'innombrables personnages la hantent, y compris ceux qu'elle-même a été : dans cette maison elle a été une petite gamine rondouillarde en vacances, puis une adolescente maigrichonne en fuite ; elle y est restée couchée un printemps en jeune accouchée jurant dans le sang de ne plus jamais s'approcher d'un homme. Et, quelques étés plus tard, elle a soulevé la couverture et rompu sa promesse. Des jours et des semaines, des mois et des années sont passés par son corps depuis et l'ont transformée, mais, à travers tous les changements, elle a gardé la même certitude silencieuse : elle sait depuis toujours que des voix d'un siècle entier sont tapies dans les coins et recoins de la maison d'Augusta attendant l'avènement d'un autre temps. Le leur. Celui des Histoires.

Et ce temps est peut-être arrivé, peut-être arriva-t-il cette nuit même avec Alice dans ce coin du Roslagen. Peut-être est-ce pour cela que les nuages d'un gris de plomb courent si vite sur le ciel noir, peut-être est-ce pour cela que cent chevaux s'ébrouent dans leurs écuries, précipités dans un même rêve. Peut-être est-ce pour cela que les reflets du soleil de l'été passé scintillent subitement dans les maisons de vacances vides dont tout à l'heure les fenêtres donnant sur la mer étaient aveugles, et qui dormaient, fermées à tout, sauf à la tranquille pluie de neutrinos qui traversent la terre. La nuit est pleine de contes et pourtant tout est calme. À Häverödal l'obscurité se referme sur un passé plus vaste que l'avenir, mais à Herräng une lampe solitaire brille devant le magasin. Un premier souffle de printemps glisse en hésitant au ras du sol et fait remuer un buisson de chêne dans son sommeil, mais l'eau de la mine à ciel ouvert de Glitter repose, noire et immobile, couvant, muette et orgueilleuse, ses secrets. À quelques dizaines de kilomètres plus au sud, Hallstavik sombre de plus en plus dans un brouillard au fur et à mesure que la fumée de l'usine de pâte à papier s'abaisse des hautes cheminées.

Dans l'usine, l'équipe de nuit se déplace comme dans une danse. Il est si tard que tous les mouvements se sont ralentis. On ne parle plus. Il y a de l'espace entre les danseurs. Dans ces grandes salles, il ne reste qu'une ou deux personnes à la fois. C'est pourquoi nul ne voit la jeune femme seule, celle qui est nouvelle dans l'équipe, qui est soudain prise d'une crainte inexplicable. Elle ferme les yeux et se colle contre un mur en brique, essaie de s'y fondre, de disparaître, de se rendre invisible. Cela ne dure que quelques secondes. Elle rouvre les yeux et respire profondément, puis hausse les épaules, gênée, avant de poursuivre son chemin vers sa machine.

Juste à l'extérieur de l'usine, à quelques mètres seulement de son mur d'enceinte, la petite église reste tapie en attendant qu'arrive, avec le matin, le jour de l'enterrement. Tout ce qui peut être préparé d'avance l'a été, le drap mortuaire a été secoué et inspecté, à présent il repose, soigneusement plié, dans une armoire de la sacristie ; devant l'autel sont placés deux tréteaux sur lesquels sera posé le cercueil et sur les tableaux sont fixés les numéros des cantiques qui seront chantés. Mais, pour le moment, tout est silencieux dans l'église, on n'entend que la mélopée de l'usine, la basse monotone qui, jour et nuit, été comme hiver, chante le travail et les bénéfices des exportations.

Si on écoute bien, on entend aussi cette chanson dans les villages échappés au remembrement, qui se cachent dans les forêts entre Hallstavik et Herräng et rappellent que Roslagen était, il n'y a pas si longtemps, une contrée lointaine et sauvage, un endroit où on pouvait se tapir et regarder ailleurs, faire semblant de ne pas avoir, comme par hasard, entendu les ordres des seigneurs. Les chemins y sont étroits et pleins de bosses, des puits de mines, vieux de plusieurs centaines d'années, se cachent en des lieux secrets au milieu des forêts et de vétustes maisons à moitié oubliées dorment sur les pentes sous les chênes.

Nordanäng est un de ces villages. Ici les maisons sont proches les unes des autres mais pas au point qu'on puisse se voir de l'une à l'autre. Des granges en rondins et des étables penchées, des noisetiers poussant dans tous les sens et des roches recouvertes de mousse cachent la vue. On peut parfaitement sortir nu dans son jardin au milieu du village sans être vu, mais si on veut raconter un secret, il vaut mieux rentrer et fermer sa porte. Ici, les voix des gens portent loin, bien plus loin qu'ailleurs. Si Alice ouvrait une fenêtre et parlait à la nuit, sa voix porterait jusqu'à la maison blanche ; si Angelica en ouvrait une autre, elle l'entendrait.

Mais aucune des deux ne s'y hasarde. Elles veillent derrière des vitres closes.

Elles ne savent pas combien elles se ressemblent en dépit des années vécues et de celles à vivre qui les séparent, elles sont là, les yeux ouverts et les poings serrés, chacune dans son lit, dans des maisons séparées et elles essaient de dompter leurs pensées. C'est Angelica qui y réussit le mieux. Elle fixe l'obscurité et fait danser des chiffres à travers tous les méandres de son cerveau. Elle n'ose retirer le bras que Kristoffer a étendu sur ses seins. Il lui faut attendre qu'il dorme assez profondément pour qu'elle n'entende plus sa respiration.

Le calcul mental aide bien celui qui cherche à échapper à de nombreuses pensées. Cela marche partout, à la table du petit déjeuner et dans le bus, dans la cour de récréation et au lit, cela marche surtout quand on fait le tour de Hallstavik à vélo pour distribuer de la publicité dans les boîtes aux lettres. Nul ne remarque qu'on calcule, on a l'air d'une personne parfaitement normale, occupée à faire des choses tout aussi normales.

Parfois Angelica compte de l'argent, d'autres fois le temps. Hier la réponse la plus importante était six cent vingt-trois. À condition qu'elle ne se soit pas trompée. Et qu'il n'y ait pas d'année bissextile dans les deux années à venir, ce qu'elle a oublié de vérifier. En ce cas, elle est encore à six cent vingt-trois. De toute façon elle se retrouvera en dessous de six cents jours dans moins d'un mois. Vingt-trois jours, c'est supportable. Et ensuite six cents jours. D'autres y sont parvenus. D'autres ont tenu le coup, fait des économies pour ensuite se procurer un petit studio d'une pièce dès leurs dix-huit ans...

Kristoffer soupire dans son sommeil et s'approche d'elle. À présent elle sent son souffle chaud si près de sa joue qu'elle est obligée de tourner la tête pour arriver à respirer. Le lit devient d'un seul coup un supplice. Le drap est tout entortillé et humide sous elle, la couverture pèse, elle se sent mouillée et collante entre les cuisses. Sa queue de cheval s'est transformée en une bosse sous sa nuque, elle voudrait s'asseoir pour enlever l'élastique et se gratter longuement et soigneusement le cuir chevelu puis passer les doigts à travers sa tignasse tout humide de sueur. Et puis non, pas les doigts... La brosse. Il faut qu'elle se brosse les cheveux. Et elle ne peut attendre, il faut que ce soit tout de suite. Immédiatement. À cet instant.

Elle soulève prudemment le bras de Kristoffer et glisse doucement l'oreiller en dessous, puis se coule en bas du lit. Ensuite elle reste sans bouger quelques secondes, écoutant attentivement le rythme de sa respiration. A-t-il remarqué quelque chose ? Non. Il dort profondément. Si elle se déplace sans bruit, elle pourra faire presque tout ce qu'elle veut cette nuit.

Elle ôte l'élastique de ses cheveux et se gratte avec ses ongles courts. Cela fait du bien, mais cela ne suffit pas, il faut qu'elle gratte avec des piques toute la surface de la tête... La brosse devrait se trouver encore dans le sac à dos, elle ne se rappelle pas l'avoir sortie depuis qu'elle est arrivée ici. Et le sac à dos est là-bas, près du bureau. Il faut seulement y arriver sans renverser de meubles dans le noir.

Kristoffer a beaucoup de meubles dans sa chambre. Beaucoup de meubles et beaucoup de couleurs. En fait, elle a été étonnée la première fois. Elle s'attendait à tout autre chose que cette vieille moquette verte, ce papier peint fleuri marron et ces rideaux grisâtres. Elle imaginait qu'un garçon dont le père était assez riche pour acheter une écurie et dont la mère avait des dons artistiques, d'après ce qui se disait à l'école, aurait une belle chambre avec un mobilier riche. Elle se représentait une grande pièce aux murs blancs avec des tableaux sombres et un vieux bureau marron. Une pièce où se reposer.

Mais la chambre de Kristoffer n'offre pas de repos, son bureau est du même ton blanc Ikea que celui qu'elle a abandonné chez Carina. La seule différence est que le sien est si vieux que la peinture laquée commence à virer au jaune. Par-dessus le marché, ses sièges sont des chaises de jardin, de simples chaises de jardin en plastique blanc. Laides. En fait, toute la pièce est laide, plus laide encore que toutes les affreuses pièces qu'elle a pu voir. Plus laide que le salon surchargé de Marianne. Plus laide que la chambre nue de sa mère et de son compagnon, le Microbe. Plus laide que la chambre à coucher de Siri avec ses voilages rose vif...

Sa pensée tremble et s'effarouche. Angelica ne veut pas penser à Siri et à sa chambre, elle ne veut pas se souvenir que l'enterrement a lieu demain. En plus, il faut qu'elle attrape sa brosse. Elle se met à quatre pattes et commence à avancer, sa main droite balayant devant elle pour ne pas cogner de chaise de jardin branlante sur son chemin. Elle ne se rend pas compte qu'elle retient sa respiration. Ce n'est que lorsque sa main effleure le tissu en nylon du sac à dos qu'elle reprend son souffle dans un grand soupir et respire normalement. Elle plonge la main dans le sac : voici le livre de maths, l'étui de maquillage et là, enfin ! la brosse avec ses piques en métal. Elle s'agenouille et fait un essai en la passant sur sa tête.

Oui. C'est exactement la sensation de bien-être qu'elle attendait. À présent, elle ne peut plus se retenir, elle arrondit le dos et secoue ses cheveux pour qu'ils tombent devant son visage et, s'y cachant comme dans une grotte, elle fait glisser la brosse sur toute sa tête en un large mouvement commençant par la nuque et parcourant sa chevelure jusqu'au sol.

Alice aussi a dénoué ses cheveux, mais elle les a tirés en de longues mèches devant son visage. Elle est restée au lit et elle est si occupée à éviter de penser à la carte postale qu'elle a reçue hier qu'elle se laisse gagner par les images qui défilent sous ses paupières closes : des visages apparaissent et disparaissent, visages inconnus ou bien connus, pêle-mêle, tous aussi déformés. L'expression de Lars en un moment de colère : la mâchoire inférieure avancée et le regard fixe. Une fillette chauve, les lèvres en sang. Un homme qui rit en la dévisageant à la dérobée, le regard pâle, le teint rougeaud et luisant de transpiration. Le visage d'Augusta, figé en une grimace par la mort...

Elle ferme les yeux plus fort et tire la couverture ouatée sur ses épaules, ne voit pas le risque qui réside dans le souvenir à moitié enfoui qui soudain remonte à la surface, s'en saisit au contraire goulûment et devient d'un coup une adolescente qui nage seule dans la fraîcheur de la baie de Strömsvik un jour ensoleillé d'été, il y a très longtemps. Sa peau est douce, ses muscles souples, ses muqueuses scintillent comme de la nacre. Rien n'est brisé dans son corps. Rien en son aspect ne laisse deviner qu'elle n'a pas toujours été aussi lisse et ferme qu'elle semble l'être.

L'eau autour d'elle est d'un brun doré avec un goût de fer, sa surface, calme et miroitante, n'est fendue que par ses mouvements. Elle ne veut pas déranger la paix de la baie et garde ses bras sous la surface, ne les bougeant que lentement tout en les observant. La couleur de l'eau leur donne une étrange teinte, d'un blanc jaunâtre, lui rappelant les flacons de formol de la salle de biologie avec leurs fœtus : un poulet, un chaton, un humain inachevé et elle ne veut pas s'en souvenir. C'est pourquoi elle se retourne sur le dos en plein milieu d'une brasse et se laisse flotter en fermant les yeux pour se protéger du soleil. C'est alors que cela arrive : une main passe soudain sur sa cheville et la saisit, une autre main remonte au même moment entre ses cuisses en les caressant et des doigts durs cherchent leur chemin sous la bordure du maillot, écartent les lèvres du vagin et pénètrent rapidement dans la fente...

Alice ferme les yeux et ouvre la bouche, son corps devient mou et offert, une brève seconde elle se laisse aller avant que la panique ne la saisisse. Elle se dégage d'un mouvement maladroit, commence à couler en perdant son souffle, donne un coup de pied sur le fond vaseux, agite les bras et aperçoit, en un bref instant comme si tout cela concernait une autre qu'elle, un vol d'oiseaux noirs qui montent vers le ciel et s'enfuient effrayés par un cri.

Ensuite elle le voit : il remonte des profondeurs les yeux plissés, les épaules blanches et brillantes et les mains dorées par le soleil. L'eau de Strömsviken ruisselle sur son visage jusqu'à ce qu'il rejette sa frange. C'est Kåre, un Kåre très jeune, le torse encore sans poils et une pomme d'Adam naissante qui sautille. Il est rieur et sûr de lui.

— Merde alors, crie-t-il. Tu es à la fois sourde et aveugle ? Tu ne nous as pas entendus arriver ?

Nous ? Alice reprend son souffle et se tourne vers le ponton. Marianne est là en maillot à carreaux Vichy à la Bardot avec un petit sourire forcé. Elle fait un signe de la main. Le mouvement est raide comme celui d'une poupée, comme si elle savait, comme si elle avait pu savoir, ce qui s'est passé à l'instant sous la surface de l'eau.

Alice s'assoit et passe la main sur sa nuque comme si c'était là que ce souvenir malpropre logeait et qu'elle pût le faire disparaître d'un geste en se frottant, puis elle frissonne quand le froid de la pièce lui descend dans le dos. Pourtant elle replie la couverture et pose les pieds sur le lino glacé.

Mieux vaut le reconnaître. Elle ne pourra pas dormir dans cette pièce cette nuit. Elle ne pourra même pas dormir dans cette maison.

Lars avait raison. Et qu'il ait raison, fût-ce pour un motif erroné, ne la console pas du tout.

Il ne voulait pas qu'elle aille à l'enterrement. Il ne veut jamais qu'elle aille où que ce soit bien qu'il se trouve lui-même en constants déplacements, aussi bien dans le monde réel de l'université et ses salles de conférences que dans les archipels mathématiques de l'espace cybernétique. Quand il est à la maison, il veut avoir Alice sous la main, dans la pièce de séjour le soir et dans la chambre à coucher la nuit. Elle doit être l'œil qui le regarde toujours, l'oreille qui l'écoute constamment, la voix qui, à tout instant, lui assure qu'il existe.

Alice a elle-même hésité pendant plus d'une semaine, puis oublié jusqu'à cet après-midi où en rentrant elle a trouvé une carte postale dans la boîte aux lettres. Le temps s'est figé quelques secondes pour se mettre à marcher à l'envers, elle savait qui avait écrit et ce qu'il avait écrit avant même de s'être saisie de la carte. Comme si elle avait déjà lu le court texte de nombreuses fois.

Oui, bien sûr. C'était cela. Pourtant la grisaille de l'après-midi étincela et changea de nuance, passant du jaune au rouge avant de pâlir puis de blanchir. Alice ne s'aperçut qu'alors qu'elle avait oublié d'ôter ses gants, qu'elle tournait et retournait la carte avec des doigts revêtus de cuir marron. Elle pensa un peu amusée que les couleurs s'accordaient, que c'était comme si elle avait acheté ces gants exprès pour les assortir à une reproduction bon marché du tableau de Degas *Jeune fille se peignant* mais détourna aussitôt sa réflexion de l'ironie de la situation. C'est seulement en entendant les pas de Lars dans la cage d'escalier qu'elle retira ses gants et plia la carte, pensant une seconde au trait blanc que cela allait provoquer et qui briserait l'image, avant de la fourrer dans la poche de son pantalon. Quand Lars posa la main sur la poignée, elle était déjà près de l'étagère en train d'accrocher sa veste et elle sentit le sourire de Lars dans son dos.

Elle n'annonça son intention de se rendre à l'enterrement que le lendemain matin. Elle venait de passer une nuit agitée à côté de lui, restant éveillée de longs moments à écouter sa respiration, s'endormant de temps en temps pour s'éveiller aussitôt et recommencer à le surveiller.

Le matin Lars se leva pour préparer le petit déjeuner pendant qu'Alice essayait de soulager sa fatigue en prenant une douche. Passant de la salle de bains à la cuisine, elle sentit l'odeur du café frais et du pain grillé. Ce n'est qu'une fois installée à table qu'elle réalisa qu'elle n'éprouvait aucune culpabilité d'avoir laissé Lars préparer le petit déjeuner. Et cela ne l'étonna pas beaucoup.

Sinon, tout au long de leur vie commune, Alice avait traîné un sentiment de culpabilité, comme si elle faisait tort à Lars par le seul fait d'être telle qu'elle était. Non seulement à cause de ce qu'elle n'avait jamais dit, mais surtout à cause de cette apathie avec laquelle elle s'était laissé conduire autrefois au mariage tout en se préparant à ce qui, inévitablement, allait suivre, ce qui était la conséquence normale du mariage dans son monde à elle. Les querelles. Les accusations. Les mots sexuels obscènes que la femme crachait quand l'homme levait la main pour frapper.

Mais il n'en fut rien. Pendant vingt-sept années, ils ont oscillé entre tendresse et indifférence, entre fascination et irritation, entre amour et hostilité, sans que jamais Lars lève la main sur elle et sans que jamais elle l'abreuve d'obscénités. D'une politesse inébranlable l'un à l'égard de l'autre, ils ne haussaient même pas le ton lors de leurs disputes. Malgré cela, il n'y a pas eu d'union véritable : Alice n'a jamais pu se laisser aller sans retenue dans ses bras et Lars a toujours pointé son regard au-delà de son épaule, vers autre chose.

Pourtant elle n'a jamais cessé de se sentir en manque sans lui. Durant tout leur mariage, elle avait attendu que vienne le moment, l'instant où elle oserait, enfin, lui raconter qui elle est réellement et qui elle avait été. Pendant la nuit, l'idée l'avait effleurée que la carte postale était un signe annonçant qu'enfin Lars pourrait rester silencieux à ses côtés pour l'écouter, protestations, remontrances ou commentaires, mais dans la lumière grise de l'aube, elle réalisa que c'était pure illusion. Elle en était au même point qu'il y a trente ans : c'était trop tard. D'une façon ou d'une autre, ça avait toujours été trop tard, comme si le fait de n'avoir pas dit la vérité sur elle-même à la seconde même de sa rencontre avec Lars l'obligeait à se taire pour toujours. Elle avait ainsi vécu une vie lâche, une vie de tromperie et de paresse, encourageant silencieusement Lars dans son aveuglement et son refus d'admettre qu'il puisse exister une vie qui n'appartînt qu'à elle, Alice.

Et peut-être était-ce précisément la raison pour laquelle Lars avait plissé la lèvre supérieure en une grimace de mécontentement lorsqu'Alice avait abaissé le journal du matin et déclaré qu'elle avait décidé de partir pour l'enterrement, qu'elle partirait directement après le travail et qu'elle dormirait dans la maison d'Augusta. Aussitôt il s'était lancé d'une voix posée dans un long monologue pour la faire changer d'avis. Réellement, il ne comprenait pas pourquoi ces dernières années, Alice s'était découvert un pareil amour de la famille. Siri n'était qu'une cousine parmi d'autres et de surcroît plus âgée qu'elle et, d'après ce qu'il savait, elle n'avait jamais compté plus pour Alice que n'importe quelle autre relation. Ou bien pouvait-elle prétendre qu'elles avaient été proches ? Et ne suffirait-il pas d'envoyer une couronne de fleurs ?

Alice, qui avait gardé jusque-là le visage fermé et le regard obstinément fixé sur le journal du matin, l'abaissa en le regardant par-dessus ses lunettes. Il dévia le regard mais ne s'avoua pas vaincu.

— La maison sera totalement glaciale.

— Marianne peut y aller pour mettre le chauffage dès aujourd'hui.

— Je me demande même s'il y a encore de l'eau. La pompe marchait mal déjà cet été.

Alice tournait les pages du journal sans répondre. Cela fit un peu élever la voix à Lars, la querelle ouverte tremblait sous la surface.

— À moins que Marianne n'ait aussi réparé la pompe? Pas mal en ce cas. Tu devrais peut-être la proposer à tes collègues du Musée des techniques, elle pourra être utile pour la conservation des vestiges culturels. Ce n'est pas tous les jours qu'on trouve une bonne femme capable de réparer les pompes datant des années quarante...

Alica posa le journal et enleva ses lunettes.

— Qu'est-ce que tu as?

Le regard de Lars se voila.

— Quoi? Je n'ai rien de particulier.

— J'ai l'intention d'aller à Hallstavik et d'y passer la nuit. Je rentrerai demain soir tout de suite après l'enterrement. Ce n'est tout de même pas si grave que ça.

— Je n'ai jamais dit que c'était grave. Je constate simplement que la maison est glaciale et qu'il n'y aura probablement pas d'eau...

Je constate simplement...

Alice à contrecœur consentit un sourire crispé. Lars souriait ouvertement par-dessus les pages du *Dagens Nyheter*. La tempête était passée, la querelle qui menaçait écartée. Au début de leur mariage le *Je constate simplement...* avait été la réplique favorite de Lars, celle dont il usait chaque fois que leurs volontés s'opposaient. Elle rendait folle de rage Alice, qui ne cessait de la disséquer, d'en démonter les moindres composantes, de la déchirer à belles dents. C'était là une réplique de vaurien invertébré, prétendait-elle, une lâche tentative de se cacher derrière une prétendue objectivité. Lars avait d'abord été complètement déboussolé de cette colère alors qu'elle ne se fâchait jamais, puis il avait ôté l'arme de ses mains en la tournant en plaisanterie. Désormais *Je constate simplement...* était devenu un code. Il signifiait que Lars déposait les armes, qu'il agitait le drapeau blanc.

Pourtant il essaya encore de la convaincre, même si ce fut d'une manière plus indirecte et avec une attention plus vraie. Il passa la main dans ses cheveux quand elle arrêta la voiture devant l'Institut de mathématiques et qu'elle appuya brièvement sa tête contre sa poitrine. Au-delà des vitres, les branches sombres des chênes s'élançaient vers les nuages, il pleuvait légèrement, les essuie-glaces faisaient une pause à chaque battement, avant de passer à nouveau sur le pare-brise.

— Vas-tu arriver à dormir cette nuit, interrogea Lars. Toute seule dans cette vieille maison ? Ne pourrais-tu pas plutôt dormir chez Marianne et Kåre ?

Alice se redressa. Le temps d'une respiration elle fut tentée par l'idée d'avouer la vérité : qu'elle avait reçu une carte postale et qu'elle avait besoin de temps et de solitude pour y penser. C'était bien sûr hors de question car ils seraient alors obligés de rester des heures, voire des jours, dans la voiture.

— Ça ira très bien, répondit-elle en posant les mains sur le volant. Je te téléphonerai si je ne peux pas dormir.

Il s'attarda sous la pluie quand elle redémarra. Après quelques mètres, elle leva la main pour le saluer en espérant qu'il la verrait à travers la vitre arrière. Mais il s'était déjà retourné et avait commencé à marcher, elle ne vit que son dos dans le rétroviseur.

Va-t-elle l'appeler maintenant ?

Non. Bien sûr que non. Il est déjà une heure et quart et, même s'il est à la maison, il dort. Il n'était pas là quand elle avait appelé quelques heures auparavant. Elle avait composé le numéro au moment même où elle avait arrêté la voiture dans l'allée du jardin d'Augusta. La maison toute sombre l'avait impressionnée, elle aurait voulu entendre la voix de Lars tandis qu'elle mettait la clé dans la serrure et entrait. Mais ça ne répondait pas et elle était restée seule dans l'obscurité de la véranda, le portable collé contre l'oreille, écoutant sonnerie sur sonnerie, imaginant leur écho dans les pièces vides de sa maison. Le répondeur s'était finalement mis en route et elle avait écouté sa propre voix mais n'avait pas laissé de message après le signal sonore.

Ensuite elle avait traversé les pièces de la maison d'Augusta et allumé toutes les lampes, sauf la lampe à pétrole de la mansarde. Il n'y avait jamais eu d'électricité dans cette pièce. À présent elle ouvrit la porte rapidement pour constater que rien n'avait changé depuis plus de quarante ans, puis la referma et descendit au rez-de-chaussée. Elle s'arrêta sous la lumière jaune de l'entrée et s'observa dans le miroir tacheté de brun. Elle se trouvait déjà l'allure de circonstance pour un enterrement. Ses yeux brillaient, les contours de ses lèvres étaient sur le point de s'effacer, on avait l'impression qu'elle allait fondre en larmes. Mais ce n'était qu'une illusion. Elle ne pleurerait ni cette nuit ni le lendemain au cours de l'enterrement. Lars avait raison : Siri et elle n'avaient jamais été proches, elles n'avaient eu que des relations superficielles. Quand Alice était petite fille et passait ses vacances chez Augusta, Siri était déjà une femme adulte et, plus tard, elles ne s'étaient vues que lors des réunions de famille. Elles n'avaient pas grand-chose à se dire et se bornaient à se sourire vaguement.

Alice ne réalise que maintenant, Siri étant morte, qu'un sujet de conversation aurait pu les rapprocher, celui de Mikael et d'Angelica.

Non qu'elle les connaisse vraiment. Elle n'a même pas passé une demi-journée avec Angelica. Une seule avec Mikael, mais qui est demeurée gravée en elle comme un moment de paix. C'était il y a quelques étés, alors que Carina devait accompagner Siri pour un examen à l'hôpital de

Norrtälje et qu'Angelica voulait en profiter pour faire une tournée supplémentaire de distribution publicitaire. Alice avait rencontré Carina à Hallstavik et promis de garder Mikael, puisque de toute façon, ce jour-là, Lars devait aller à Stockholm pour des réunions professionnelles. Ensuite elle avait regretté, se sentant irritée parce que contrainte. Que savait-elle de la façon dont on s'occupe d'un gamin de cinq ans retardé mental ? De surcroît, elle avait besoin de solitude. De plus en plus. Et de plus en plus souvent.

Elle avait promis. Aussi était-elle allée chercher Mikael. Ayant gagné l'immeuble couleur sable tôt le matin, elle s'était trouvée pour la première fois chez Carina et avait embrassé du regard la pièce de séjour. Ce monde lui était étranger : un canapé orange recouvert de laine bouclée, usée, datant des années soixante-dix, un lambrequin de rideaux dont les fleurs d'un bleu passé semblaient s'alourdir d'une épaisse couche de poussière, un poste de télévision dans un coin et un tapis en lirette déchiré sur le sol. C'était tout. Ni plantes vertes ni livres. Pas même une fleur en plastique dans le vase vide de la table basse devant le canapé. Le mot *médiocre* s'était d'un coup présenté à sa conscience mais, fermant les yeux et prise de honte, elle l'avait aussitôt chassé.

Elle ne s'attendait pas à ce que Mikael la suive avec tant de docilité. En réalité, il ne la connaissait pas ; ils ne s'étaient vus que peu de fois et plusieurs semaines s'étaient écoulées depuis leur dernière rencontre. Elle s'était préparée à devoir le convaincre avec douceur et ruse et s'était munie d'un sac de bonbons et de quelques livres illustrés empruntés à la bibliothèque, mais elle n'en avait pas besoin. Sans hésiter, Mikael avait mis sa main dans la sienne et l'avait suivie dans l'escalier. Il ne s'était retourné qu'une fois, dans la cour, pour agiter la main quand Carina l'avait appelé depuis le balcon.

La journée s'était écoulée dans la douceur et le silence. Mikael ne disait pas grand-chose, mais cherchait souvent la main d'Alice, montrant du doigt et faisant des gestes. Petit à petit, elle aussi s'était tue et quand elle parlait, c'était d'une voix assourdie avec de longs silences entre les mots. La journée s'étendait devant eux, emplie de calme, et Alice s'était rendu compte que rien ne l'obligeait à se précipiter comme elle avait l'habitude de le faire tous les autres jours.

Ils avaient déjeuné sous le pommier. Puis ils étaient partis dans la prairie pour donner du sucre aux chevaux et, au retour, ils avaient cueilli du trèfle et de la camomille sur le bord de la route. Le soleil se voila quand ils revinrent à la maison d'Augusta. Mikael bâilla quand ils se dirigèrent vers le fauteuil à bascule. Alice le prit sur ses genoux dans l'intention de lui lire une histoire, mais elle n'eut pas le temps de commencer qu'il avait déjà posé la tête sur sa poitrine et s'était endormi.

Dehors le ciel s'assombrit rapidement, les couleurs dans la pièce s'estompèrent et ce fut le crépuscule, bien que ce ne soit encore que le début de l'après-midi. Le tonnerre grondait au loin.

Alice se balança sur le siège serrant le petit garçon. Quand la première goutte de pluie frappa la vitre, elle s'avisa qu'elle avait oublié de fermer la porte d'entrée. Peu importe. Brusquement rien n'avait d'importance.

Elle se réveilla parce qu'il la regardait. Immobile entre ses bras, il l'observait les yeux mi-clos. Elle lui caressa la joue de l'index, il soupira légèrement en guise de réponse. Et ils restèrent ainsi jusqu'à l'arrivée d'Angelica, totalement immobiles, la tête du garçon sur la poitrine de la femme, le regard de l'un dans celui de l'autre.

Angelica portait un anorak blanc et un jean noir, ses doigts courts avaient les ongles laqués de noir. Ses cheveux étaient tirés en catogan sur la nuque, son visage était blanc, ses sourcils noirs et fins comme dessinés à l'encre de chine. C'était une fille qui, de toute évidence, choisissait plutôt les contrastes que les couleurs, mais elle n'avait pas pu échapper à l'héritage légué par Augusta à toutes les femmes de la parenté : les cheveux d'Angelica étaient épais et d'un brun châtain.

Elle n'accepta rien de ce que lui proposa Alice. Pas les galettes froides laissées du déjeuner. Pas de sirop. Pas de brioches. Elle refusa même la serviette qu'Alice lui tendit, se bornant à secouer sa tête en faisant voler les gouttes d'eau de sa queue de cheval. Ce n'était pas la peine. De toute façon, elle devait ressortir sous la pluie, elle venait juste chercher Mikael pour le ramener. Et il fallait qu'ils se dépêchent, car le bus par lequel elle était arrivée devait bientôt repasser, il n'allait que jusqu'à Herräng où il faisait demi-tour.

Il y eut donc de l'agitation et du bruit dans la maison d'Augusta ce jour-là. Non qu'Alice eût l'intention de laisser Mikael et Angelica repartir en bus, mais parce que, Angelica, par sa simple présence, la poussait à la précipitation. C'était une fille singulière, âgée tout juste de quatorze ans qui gardait toujours un peu des rondeurs de l'enfance, dont le visage était cependant fermé et anguleux. Elle accepta sans rien dire la décision d'Alice de les ramener à Hallstavik, mais quand Alice ferma la porte de la maison d'Augusta et mit la clé dans sa poche, elle se racla la gorge et déclara : « C'est aussi notre maison... »

Alice s'arrêta et hésita une seconde, puis sourit rapidement et se dirigea vers la voiture.

Là-bas, dans la maison blanche, Angelica brosse toujours ses cheveux, plus lentement, avec plus de plaisir et de douceur. Elle s'est redressée et se tient assise, le dos droit et les jambes croisées, par terre près du bureau de Kristoffer, passant la brosse avec des gestes apaisés.

Sans ses cheveux, Angelica ne se supporterait pas. Le reste ne vaut pas grand-chose. Les seins sont trop petits. Le ventre trop rond. Les cuisses trop grasses. La bouche trop petite. Les doigts trop courts. La peau trop transparente. Les pensées trop compliquées.

Angelica ne sait pas comment doit penser un être vrai. Toute sa vie, elle a observé son entourage en cherchant à bien se souvenir de ce que disent et font les autres, essayant de les imiter et

36

de leur ressembler, pourtant ça ne marche pas. Elle sait qu'on doit aimer l'été et détester l'automne, pourtant elle pousse un soupir de soulagement quand arrive novembre. Elle sait qu'on doit se plaindre de l'école, mais travailler dur, pourtant elle aime les cours et se débrouille passablement, bien qu'elle ne fasse jamais ses devoirs. Elle sait qu'on doit se garder d'être étiquetée comme putain, pourtant elle a couché avec plus de garçons qu'elle ne veut se souvenir et fricoté avec davantage encore. Elle sait qu'on doit se lamenter sur ses parents et pourtant, de temps à autre, battre des cils en expliquant qu'*en fait* on a la meilleure mère et le meilleur père qui soient. En ce qui la concerne, elle ne peut même pas les prononcer, ces deux mots, ils se coincent comme une boule dans sa gorge et lui donnent envie de vomir. Et avant tout, on doit savoir exprimer ses sentiments, on doit pouvoir rejeter la tête en arrière pour faire entendre un rire perlé quand on est joyeux et savoir s'affaisser et faire couler les larmes quand on est triste. Mais Angelica ne sait pas pleurer, elle n'a pas pleuré depuis qu'elle était petite. Elle ne sait pas comment s'y prendre.

La plupart du temps, elle trouve que c'est plutôt agréable. Cela la rend indépendante. Libre. Cela lui donne le pouvoir de regarder ses ennemis droit dans les yeux. Mais parfois elle se rend compte que le manque de larmes la trahit plus que ne l'auraient fait les pleurs. La dévoile. La désigne comme quelqu'un qui aurait un défaut.

Tous ne le remarquent pas. Seulement certains. Ceux-là savent qu'elle est différente. Angelica les évite, se dérobe et se tait quand ils sont dans les parages. En général, cela se passe bien. En fait, la seule qu'elle ne réussit pas à fuir, c'est Rebecca qui est assise quelques rangs derrière elle. Angelica sent son regard dans la nuque toute la journée.

Dans les petites classes, elles étaient copines. Pas *meilleures copines,* car ni l'une ni l'autre n'en a jamais eu. Seulement copines. Cela signifiait qu'Angelica accompagnait parfois Rebecca chez elle et restait assise près de la table dans la cuisine toute lumineuse pendant que Rebecca préparait un chocolat au lait à côté de l'évier. Certaines fois, elle en offrait, d'autres non. Angelica n'arrivait jamais à prévoir ce qu'il en serait, alors que, pourtant, c'était important. Les jours où Rebecca ne sortait qu'un seul bol étaient de mauvais jours : Angélica savait alors d'avance que Rebecca ferait valoir ses droits de propriétaire en saisissant tout objet vers lequel se tendrait sa main : c'était ses poupées Barbie, ses magazines de bandes dessinées, ses blocs de feuilles à dessin et ses couleurs. Pour finir, Angelica resterait assise par terre totalement immobile, incapable de dire ou de faire quoi que ce soit, tandis que les jeux de Rebecca deviendraient de plus en plus surfaits et compliqués. Ces jours-là, Rebecca mentait. Comme si elle ne jouait pas, mais faisait du théâtre. Comme si elle voulait prouver que la seule tâche d'Angelica était de regarder Rebecca et de lui servir de public.

Pourtant Angelica ne pouvait s'empêcher d'accepter chaque fois que Rebecca lui proposait de l'accompagner chez elle. Y renoncer aurait été au-dessus de ses forces. Ce n'était pas à cause des poupées Barbie, ni pour les magazines de bandes dessinées ou les crayons de couleur, ni même pour jouer avec Rebecca. C'était uniquement pour la maison. Elle voulait être dans la maison de Rebecca.

La première fois qu'elle en avait franchi la porte, elle avait eu le souffle coupé : c'était comme entrer dans une histoire, une histoire vraie et crédible de la vie telle qu'elle peut être si, dès l'origine, tout est comme cela doit être. Dans la maison de Rebecca tout était comme cela doit être. Les meubles avaient l'air d'avoir été conçus et fabriqués pour être placés justement dans ces pièces. Les tableaux sombres semblaient avoir été peints pour ces murs et même les épaisses serviettes et le papier toilette velouté de la salle de bains étaient ce qu'il fallait. Indiscutable. Parfaitement à leur place.

Une seule fois elle avait croisé un adulte dans la maison de Rebecca. Un homme. Il avait ouvert la porte d'entrée marron au moment où elle mettait ses bottes dans le vestibule pour rentrer chez elle. D'abord, il ne l'avait pas remarquée ayant le regard fixé sur des enveloppes qu'il tenait dans une main. De l'autre, il portait une mallette qu'il posa sur le sol d'ardoises sombres avant de commencer à tâtonner distraitement sur le mur à la recherche de l'interrupteur. Ce n'est que lorsque la lumière jaune du lustre inonda l'entrée, qu'il leva le regard, cligna des yeux et la regarda. En souriant.

— Et qui est-ce celle-ci ?

La voix d'Angelica n'était qu'un souffle :

— Une camarade de classe...

Le sourire s'élargit.

— Une camarade de classe sans nom ?

Angelica dévia le regard et tira son bonnet plus bas sur le front, sans répondre.

— Alors, insista l'homme. Comment t'appelles-tu ?

Angelica inclina la tête et murmura :

— Angelica...

— Eh bien, reprit l'homme. Ainsi nous avons eu la visite d'un petit ange aujourd'hui...

Loin dans la maison, on entendit la voix de Rebecca :

— Petit Papa ! Tu es déjà rentré ?

Aussi empruntée que d'habitude. Et pourtant c'était sa maison. Son Papa. Sa vie.

Aujourd'hui, Rebecca et Angelica ne sont ni meilleures copines ni même copines. Rebecca ne propose plus à Angelica de l'accompagner à la maison et Angelica n'adresse jamais la parole à Rebecca. Chacune sait ce qu'il en est de l'autre. Elles ne sont pas du même bord.

Rebecca n'est pas particulièrement séduisante, elle a même une poitrine plus plate encore qu'Angelica et des boutons au menton. Les garçons l'ignorent, mais cela ne semble pas la préoccuper, elle continue à se comporter comme si elle était le centre du monde. Peut-être devient-on ainsi quand on a un papa qui est Directeur de sa propre société et une maman qui est Docteur à Norrtälje et que l'on est constamment entourée d'une cour de copines qui hochent la tête et acquiescent à tout ce qu'on dit dans le vain espoir qu'une parcelle de cette assurance insouciante rejaillira un jour sur elles.

Rebecca est bonne à l'école, comme on pourrait s'y attendre, mais Angelica l'est presque autant. En tout cas, dans certaines matières. En suédois. En dessin. En maths et en physique. Peut-être est-ce pour cela que le regard de Rebecca ne quitte pas Angelica. Elle n'aime pas la concurrence. Elle déteste se trouver quelquefois dépassée par une fille qui n'est jamais allée au musée ni au théâtre, qui n'a jamais mis les pieds à l'étranger et n'a même pas son propre ordinateur. Une gosse pauvre. Une gosse pauvre qui, par-dessus le marché, ne fait pas ses devoirs et s'en tire par la pure et simple richesse de son invention.

C'est Rebecca qui a lancé les racontars après la mort de Siri, Angelica en est persuadée. Quand elle est revenue à l'école, les autres filles se sont agglutinées autour d'elle, posant leurs mains blanches sur ses bras, la fixant avec des yeux dans lesquels une curiosité avide n'était qu'à moitié voilée par la compassion.

— Est-ce vrai que tu l'as trouvée ? Mon Dieu, quelle horreur !

— Pauvre Angelica ! Ça a dû être affreux. Vraiment, je n'ai pas pu dormir de la nuit quand je l'ai su...

— Où vas-tu habiter maintenant? Vas-tu retourner chez ta mère?

Au début, impossible de leur répondre. Elle restait debout, pâle, le dos droit, près de son banc, incapable de les regarder dans les yeux. Elle devinait leur déception mais ne savait quoi faire. Elles auraient voulu découvrir ses sentiments, elle le comprenait bien. Se contenteraient-elles d'un regard rempli de larmes? Ou devrait-elle se recroqueviller de douleur et s'obliger à éclater en sanglots? Dans ce cas, sur quoi déboucheraient-ils?

Rebecca se tenait à l'extérieur du cercle et l'observait. Jamais jusque-là Angelica n'avait remarqué que le blanc de ses yeux était si blanc qu'ils semblaient bleutés. Cela faisait paraître encore plus pâle l'iris gris, comme s'il était sur le point de fondre pour ne laisser qu'une pupille noire dans un œil totalement blanc. Angelica détourna son regard du sien, regarda par terre et souffla :

— Soyez gentilles... Je ne peux pas en parler. C'était trop...

Le vide laissé après le dernier mot la sauva. Les autres filles s'approchèrent. L'une l'étreignit rapidement, une autre posa la main sur son bras, une troisième soupira profondément, puis le troupeau des filles se dispersa et toutes retournèrent à leurs places. Seule Rebecca ne regagna pas aussitôt son banc. Immobile, elle continua de scruter Angelica. Même si elle ne souriait pas, on aurait dit que l'ombre d'un sourire flottait sur ses lèvres.

Quelques jours plus tard, les chuchotements dans les couloirs derrière le dos d'Angelica débutèrent :

— Pendant plusieurs heures ! Vous avez entendu, elle y est restée pendant plusieurs heures sans rien faire...

— Pas vrai ? Dans la chambre d'un cadavre ? Merde alors, c'est pas normal !

— J'aurais vomi !

— Je me serais évanouie !

— Je serais morte !

Angelica n'avait pas vomi. Ne s'était pas évanouie. N'était pas morte. Elle avait sonné chez un voisin pour lui demander d'appeler la police ou une ambulance ou n'importe quoi. Après plusieurs heures.

Angelica bouge la tête et passe plus vivement la brosse dans ses cheveux. Ne pas penser ! Compter ! Elle a huit cents couronnes à la banque, trois cents de salaire à toucher et quarante couronnes dans son portefeuille, cela fait onze cent quarante. Et dans la cassette chez Carina elle a encore quatre cents... du moins il y a une semaine. Dieu sait ce qu'il en reste. L'allocation d'entretien de Mikael était pratiquement dépensée quand Angelica était passée la dernière fois et la subvention pour le logement était épuisée depuis longtemps...

Si elle veut garder son argent, il faut qu'elle aille chercher sa cassette. Cela devrait être possible. Il lui suffirait d'aller se poster en sentinelle devant la maison, tôt un matin. De guetter la sortie du Microbe. Puis de monter l'escalier quatre à quatre, d'ouvrir en grand la porte de l'appartement. Il lui suffirait de tourner à gauche sitôt à l'intérieur, de faire trois pas silencieux dans la petite pièce, d'ouvrir le tiroir du bureau et d'en extraire la cassette. Il lui suffirait de dissimuler celle-ci sous sa veste et de repartir aussi furtivement qu'elle était entrée ! Cela ne prendrait qu'une minute. Et une minute, elle est capable de le supporter. C'est la moindre des choses qu'elle puisse se demander. Il faut qu'elle rentre en possession de son argent !

Si seulement quelqu'un pouvait l'accompagner... Si seulement quelqu'un pouvait l'attendre dans la cage d'escalier pendant qu'elle s'introduirait dans l'appartement, alors elle le ferait, oui, elle le ferait même si le Microbe était à la maison. Mais à qui demander ? Kristoffer ? Jamais de la vie, il saurait alors plus que ce qu'il est bon pour lui de savoir ? Marianne ? Exclu. Son regard écorcherait la peau d'Angelica au point de la faire saigner. Une fille de la classe ? Impossible. Alors les racontars iraient bon train dans les couloirs de l'école pendant plusieurs jours...

La pièce sombre prend brusquement une teinte gris argenté. La lune s'est levée dehors. Dans le lit, Kristoffer bouge et tâtonne, à moitié endormi, pour la trouver en murmurant son nom. Angelica ferme les yeux et fait monter une prière muette vers des dieux silencieux : qu'il ne se réveille pas. Il ne le faut pas. Elle ne le supporterait pas.

44

Là-bas, dans la maison d'Augusta, Alice s'avance vers la fenêtre et appuie son front contre la vitre. La pleine lune éclaire mieux le jardin qu'à son arrivée. C'est moins effrayant. Cela n'y fait rien, de toute façon elle ne pourra pas dormir.

Au moment où elle s'apprête à accepter l'insomnie, une idée lui vient. Il y a un vieux sac de couchage dans l'armoire d'Augusta, elle le sait, un bon vieux sac de couchage fait pour les randonnées en montagne et les climats rudes. Elle l'a elle-même acheté pour le donner à Petter pour ses seize ans et elle se souvient encore de son étonnement, de leur surprise à elle et à Lars, d'avoir un fils randonneur et passionné de nature. C'était il y a dix ans et c'est maintenant définitivement terminé. Aujourd'hui Petter est un adepte inconditionnel des bars enfumés et du théâtre expérimental.

Le sac de couchage a beau sentir un peu le renfermé, il est entier et propre. Elle le constate en l'étalant sur le lit. Elle l'y laisse pendant qu'elle enfile un jean et un pull par-dessus le pyjama et extrait une vieille paire de grosses chaussettes de laine du tiroir. Elle ne sait pas à qui elles appartiennent. À Lars ou à Petter, ou encore à Kåre ou à quelqu'un d'autre. La maison d'Augusta est un bien commun et toute la famille a pris l'habitude de considérer également ainsi tout ce qui y a été oublié. Seule Marianne fait valoir discrètement, de temps à autre, un droit de propriété et une attitude spécifique, attitude qui est acceptée aussitôt de manière tout aussi discrète par les autres. Ce n'est que justice. Marianne est celle qui consacre le plus de temps et de travail à la maison et au jardin d'Augusta. C'est elle qui répartit les semaines de vacances entre les cousins et enfants de cousins. C'est elle qui est en charge de la clé. La porteuse de clé.

Voilà pourquoi Alice est d'abord allée à la villa de Marianne à Hallstavik. Pour prendre la clé. Mais pas seulement pour ça. Elle voulait aussi voir Marianne, de préférence seule sans Kåre afin de pouvoir parler librement. C'est comme si Alice et Marianne s'étaient rapprochées depuis qu'Erland et Harald, les deux fils d'Augusta et leurs pères respectifs à elles, reposent chacun sous leur pierre tombale dans des cimetières différents. Ce qu'il n'était pas question de mentionner lorsque, pendant de longues années, elles ne se rencontraient qu'à l'occasion de réunions familiales et d'enterrements, elles peuvent à présent l'évoquer ensemble, encore que de manière timide et avec des coups d'œil furtifs vers tout ce qui les sépare. Marianne travaille à l'usine de pâte à papier de Hallstavik, Alice produit des expositions en free-lance à Stockholm. Aucune ne prétend s'approprier la vie et les secrets de l'autre. Elles n'ont en commun que le passé. Pas le présent ni l'avenir.

Marianne avait été pareille à elle-même. Bien entendu. D'une certaine manière, Marianne se ressemblait de plus en plus au fur et à mesure que les années passaient, elle devenait seulement un peu plus lente dans ses mouvements et sa silhouette s'étirait légèrement. En revanche, ses cheveux étaient aussi épais et toujours châtains, son visage aussi blanc et son regard tout autant soupçonneux que quand Alice et elle jouaient dans le jardin d'Augusta. Elle salua Alice avec un petit sourire et un serrement de main rapide, puis lui tendit, sans un mot, un cintre. Elle l'attendait, manifestement. La table de la cuisine était dressée pour le café à deux, avec une nappe rose, des serviettes à fleurs et des couverts en argent étincelants. La cafetière électrique soufflait de manière asthmatique sur l'évier et déversa la dernière goutte d'eau dans le filtre au moment où Alice passait le seuil.

— Tu es seule ? demanda Alice en posant son sac à main sur la banquette de la cuisine.

Marianne plaça une tarte salée sur la table de la cuisine et chercha les allumettes.

— Mmm, dit-elle en grattant une allumette.

— Alors Kåre continue à avoir des réunions tous les soirs ?

Marianne alluma les bougies – roses, exactement de la même couleur que la nappe – puis éteignit l'allumette en la secouant.

— Oui. Presque tous les soirs. Mais tu sais, cela n'a plus tellement d'importance...

— Oui, je sais.

Elles se souriaient furtivement. Marianne éteignit la rampe au-dessus de l'évier et fit un geste de la main : Alice devait prendre place sur la banquette, la vieille banquette décapée qui se trouvait autrefois dans la cuisine d'Augusta. La famille l'avait offerte à Marianne pour ses cinquante ans, c'était le seul meuble qui avait quitté la maison depuis la mort d'Augusta.

Elles mangèrent en silence. Marianne rentrait les épaules et levait avec précision sa fourchette. Alice, installée sur la banquette, se penchait au-dessus de l'assiette. Elle n'avait rien avalé de la journée, négligeant les repas comme d'habitude lorsqu'elle se pressait entre les réunions, les visites des ateliers et le travail dans son propre bureau. En prenant la première bouchée, elle se rendit compte combien elle avait faim. Le saumon fumé lui chatouillait le palet et la mayonnaise était si riche qu'elle en avait mal au cœur. Elle veilla cependant à ce que son expression ne la trahisse pas. Elle savait que Marianne l'observait. Marianne observait toujours les gens qui se tenaient à sa table, regardait leur visage pour jauger en silence leur appétit. Si quelqu'un disait que sa cuisine était bonne, elle se défendait d'un geste rapide mais, si les invités se taisaient et prenaient de grosses bouchées, son visage s'adoucissait.

Lorsque Alice repoussa l'assiette après la troisième part de tarte, les traits de Marianne affichaient presque de la douceur. Elle interrogea d'un regard Alice pour savoir si elle voulait encore une tasse de café. Alice fit oui de la tête.

— C'est à quelle heure demain ? demanda Alice pendant que Marianne allait chercher la cafetière.

— À une heure.

— Et le café pour les invités ?

— Aussitôt après. À l'hôtel de Häverödal.

Alice tourna le regard vers la fenêtre de la cuisine. Il faisait noir dehors. Elle observa un instant son reflet dans la vitre. Une ombre arrondie. Presque invisible à la lumière des bougies.

— Est-ce toi qui as organisé l'enterrement ? reprit-elle ensuite.

— Oui. J'y étais bien obligée.

— Et Carina ?

Marianne fit une moue.

— Oh, tu sais bien...

— Cela l'a bouleversée à ce point ?

Marianne haussa à nouveau les épaules.

— Qu'est-ce alors ? Est-elle malade ?

— Pas plus que d'habitude. Tu sais comment elle est. Elle en profite.

N'ayant aucune envie d'entendre plus longtemps le ton soudain acerbe de Marianne, Alice chercha rapidement dans les méandres de son cerveau un nouveau sujet de conversation. Les descendants d'Augusta à Hallstavik avaient toujours parlé les uns des autres avec des voix coupantes, tandis qu'elle avait essayé de garder une attitude amicale à l'égard de tous. Parfois elle en avait honte. Comme si cela faisait d'elle un être faux, alors qu'en réalité elle était seulement indifférente. Cela lui était égal de savoir ce que Marianne pensait de Carina et Carina de Marianne, elle voulait simplement éviter les brouilles et les éclats de voix. Et surtout échapper aux allusions pleines d'aigreur de Marianne.

— Quelle était la cause de la mort ?

Le ton de Marianne s'adoucit :

— Le cœur. On s'y attendait, cela faisait plusieurs années qu'elle avait des problèmes...

Alice respira, pensant s'être éloignée du terrain miné.

— Oui, je sais. Je me suis occupée de Mikael un jour où Carina l'a accompagnée à l'hôpital de Norrtälje.

Mauvaise réplique. Le feu qui tout à l'heure avait semblé s'éteindre reprit. Marianne souffla et le ton se fit à nouveau coupant.

— Oui, cela a dû être l'unique fois. Autrement, c'était toujours ou Angelica ou moi qui l'accompagnait chez le médecin...

Le silence tomba un instant, jusqu'à ce que le frigo se mît en route les tirant toutes deux de leurs pensées. Alice soupira intérieurement. Autant abandonner et laisser Marianne dire ce qu'elle avait sur le cœur, sinon elle ne retrouverait jamais sa voix normale.

— Et c'est Angelica qui l'a trouvée ?

Marianne fit oui de la tête et commença à balayer quelques miettes de la nappe, les poussant d'une main vers le bord de la table pour les laisser tomber dans le creux de l'autre main et les vider ensuite dans sa propre tasse vide.

— Elle n'a sonné chez le voisin que vers neuf heures et demie le matin...

— Que veux-tu dire ?

Marianne ferma à moitié les yeux, dévisageant Alice dans la demi-obscurité de la cuisine.

— Beaucoup trouvent ça étrange. La police aussi. Elle l'a certainement trouvée plus tôt. Probablement vers les sept heures. C'était un jour normal d'école. Elle n'a sonné chez le voisin que vers neuf heures et demie...

— Mais elle ne s'est peut-être pas réveillée. Siri ne pouvait pas la réveiller.

Marianne fit une moue.

— Siri ! Mais elle ne réveillait pas Angelica. Carina non plus d'ailleurs pendant qu'elle habitait à la maison. Cette gosse a dû se débrouiller seule bien longtemps avant la naissance de Mikael et, à l'époque, elle n'avait que neuf ans. Et elle n'est jamais arrivée en retard à l'école.

Alice baissait le regard vers la table en passant le doigt sur le pli de la nappe.

— Oui ça, c'est vraiment fort...

Marianne haussa les épaules.

— Fort. Sans doute. Elle a toujours été forte à sa façon. Mais c'est quand même une sale gosse. Froide. Qui ne pense qu'à l'argent... Elle distribue de la pub cinq jours par semaine, elle a réussi à se faire octroyer, l'un après l'autre, presque tous les réseaux. Carina a raconté qu'elle a même menacé une autre fille pour qu'elle lui laisse sa zone. Carina avait été appelée à l'école à cause de ça. Un vrai procès, disait-elle. Mais elle n'a pas pu faire grand-chose, elle n'a jamais su faire quoi que ce soit de cette gamine. Angelica agit à sa guise depuis sa naissance. Elle tient de son père, bien sûr. Va savoir qui il était.

Alice était mal à l'aise. Elle ne voulait plus entendre.

— Et où est-elle maintenant ?

Marianne laissa errer son regard et sa voix retrouva son ton assourdi habituel.

— Dieu sait ! On dit qu'elle fréquente un

51

garçon et qu'elle passe le plus clair de son temps chez lui. Les Danielsson, tu sais. Ceux qui ont acheté la maison blanche, l'année dernière.

— À Nordanäng ? Près de la maison d'Augusta ?

— Oui, sur la pente plus bas. Les Danielsson, ceux avec les chevaux.

Alice cligna des yeux. Ces voisins énigmatiques ? Lars et elle s'étaient amusés d'eux l'été dernier, pendant la semaine qu'ils avaient passée dans la maison d'Augusta. Quand ils étaient installés dans le jardin le soir, ils pouvaient entendre des voix et des appels de la maison blanche, mais chaque fois qu'ils s'étaient déplacés pour aller rendre visite aux nouveaux voisins, c'était comme si la sirène avait retenti. Quand ils arrivaient, le jardin était vide, toutes les portes étaient closes et le seul signe de vie était un cheval solitaire dans le pré. Ils ne s'étaient jamais décidés à frapper, ils avaient au contraire commencé à éviter la maison blanche, choisissant une autre direction pour leur promenade du soir tout en essayant d'imaginer pourquoi leurs voisins énigmatiques se cachaient. La phobie des gens à en croire Lars. Qu'on attrape en vivant trop longtemps à la campagne.

— Tu sais qui ils sont. N'est-ce pas ? demanda Marianne.

— Nous ne nous sommes jamais salués, répondit Alice. Lui, je crois l'avoir aperçu cet été. Il est passé à cheval un soir, mais ne s'est pas arrêté... En revanche, elle, je ne l'ai jamais vue.

— Si, si. Ils ont emménagé au printemps dernier. Bien qu'il s'occupe surtout de chevaux, il semble qu'il ait aussi une entreprise à Uppsala. Quant à elle, elle serait plus ou moins artiste.

— Et Angelica habite chez eux ?

— Chez le fils, oui. Apparemment, elle y était toute cette dernière semaine.

Alice porta involontairement la main au diaphragme pour calmer la vieille inquiétude qui se réveillait.

— Voyons, elle n'a que seize ans...

Marianne lui lança un coup d'œil ironique. Alice détourna le regard, mais insista :

— Pourquoi n'habite-t-elle pas chez Carina ?

Marianne tendit la main pour prendre la tasse d'Alice et commença à débarrasser la table.

— Officiellement, elle y habite sans doute. Elle n'y va cependant jamais si Mikael n'est pas là ; quand il est dans sa famille de soutien, elle disparaît. Et quand le Microbe est là, elle n'y va pas du tout...

Marianne était arrivée à l'évier et avait le dos tourné. Quand elle se retourna, les lignes de son visage s'étaient creusées.

— Les gens pensent que nous devrions nous en occuper, maintenant que Siri est morte. Je ne le veux pas. Je ne l'aime pas. Et Kåre non plus.

Alice hocha la tête sans rien dire. La voix de Marianne était à nouveau coupante :

— Nous nous sommes occupés de tout le côté pratique, j'ai organisé l'enterrement et je vais vider la maison car Carina ne prendra sûrement pas l'initiative de le faire, et Kåre a promis de se charger de la partie économique. Nous veillerons à ce que Carina reçoive, avec ce qui lui revient, toute l'aide dont elle a besoin. Mais nous ne voulons pas avoir à faire avec Angelica. Et je l'ai dit – je l'ai dit franchement aux gens du service social avant même qu'ils n'aient le temps de nous demander si elle pouvait habiter chez nous... Elle fait peur !

Pour le moment, Marianne ne supporterait pas d'objections, il fallait la calmer et la consoler. C'est pourquoi Alice posa les mains sur ses genoux et s'appuya au dossier de la banquette tout en faisant doucement observer :

— Le service social n'avait sûrement pas l'intention de le demander. Pourquoi le ferait-il ? Angelica a déjà une maison...

Marianne prit appui sur l'évier sans changer de position.

— En a-t-elle ? Vraiment ? Elle s'est installée chez Siri quand elle avait douze ans.

— De toute façon, ils n'avaient sûrement pas l'intention de le demander.

Les épaules de Marianne s'affaissèrent.

— Tu crois ?

— Absolument.

Marianne respira et se retourna. Alice se leva rapidement. Il fallait qu'elle parte, il se faisait tard. Et elles se verraient demain. Alice devait venir chez Marianne et Kåre avant l'enterrement. Marianne l'accompagna jusque dans l'entrée. Elle était redevenue elle-même. Timide et silencieuse, avec un peu d'anxiété dans la voix.

— Vraiment, quel courage de dormir là-bas toute seule, dit-elle en tendant la clé de la maison d'Augusta.

Si elle me voyait maintenant, pense Alice, en poussant la lourde porte d'entrée pour sortir sur la véranda. Un courage qui ne suffit pas pour rester dans cette maison qui chuchote. Un courage qui me pousse à prendre la décision de dormir dehors.

Elle ne s'est jamais expliquée pourquoi elle n'a peur du noir qu'à l'intérieur. Dehors, elle s'est toujours sentie en sécurité même dans l'obscurité la plus complète. Enfant, elle n'osait même pas aller aux cabinets la nuit chez elle, elle restait éveillée en se retenant jusqu'à ce qu'une aube grise commence à percer derrière les stores, alors qu'en vacances chez Augusta elle filait sans crainte à travers le jardin vers les tinettes, même par les nuits les plus sombres.

Maintenant, c'est pareil, elle se calme aussitôt dehors. Si elle tremble un peu en déroulant le sac de couchage sur le sol de la véranda, c'est parce qu'il y fait plus froid qu'elle ne s'y attendait. Elle s'y faufile à la hâte et tire la fermeture Éclair. En revanche, elle ne s'allonge pas car elle a l'intention de dormir assise, le dos contre la porte.

La chaleur qui ne tarde pas à envahir le sac de couchage est une chaleur trompeuse qui disparaît au moindre mouvement. Quand elle lève les mains pour serrer encore le cordon autour de sa tête, un froid glacial lui descend sur tout le corps. Elle croise les bras sur sa poitrine, cachant ses mains sous ses aisselles. Elle va rester totalement immobile jusqu'à ce qu'elle ait à nouveau chaud. Aucun chuchotement ne l'effraie plus. Seule et rassurée, elle n'entend qu'un paisible vent nocturne qui bruisse dans les bouleaux de la prairie de l'autre côté du chemin de gravier. Cachée par les nuages, la lune n'est plus qu'une trace de clarté sur le ciel sombre.

Elle fixe la nuit si longtemps qu'elle ne se rend pas compte que ses yeux se ferment, que le noir et le froid se sont enfuis et que les couleurs de l'été renaissent. Désormais ce n'est plus une nuit d'avril, c'est un matin de juin. Le pommier a presque terminé sa floraison, les lupins attendent leur tour, ils étendent lentement leurs jupons couleurs arc-en-ciel sur l'herbe : violet profond, rose acidulé, jaune miel et blanc. Le soleil est déjà haut dans le ciel, pourtant le parfum de la haie de lilas flotte comme un air de crépuscule sur le jardin, empêchant les boutons dodus des pivoines de grossir et d'éclore. Il n'y a pas de raison de se hâter, l'été dure encore une éternité. Mais les couronnes impériales ne veulent pas attendre, elles sont prêtes et se tiennent comme des soldats au garde à vous avec leurs calices étincelants grands ouverts, guettant leur impératrice.

Et la voici qui arrive enfin, dans toute sa dignité, une souveraine corpulente qui s'appuie lourdement sur le bras maigre d'Alice adolescente. Elle a glissé ses pieds enflés dans des chaussons éculés et ronchonne d'un ton bourru contre les semelles trop fines et le gravier coupant de l'allée du jardin avant d'atteindre le gazon et de se laisser conduire vers le fauteuil en rotin sous le pommier. Une fois arrivée, elle prend appui sur Alice et demande que la fillette, sans lâcher le bras de sa grand-mère, tienne le siège en place pendant qu'elle s'assoit. Faut-il que ce soit si difficile ? Elle se laisse tomber dans le fauteuil faisant geindre et craquer le rotin. Encore heureux qu'Alice ne soit pas obligée de gagner sa vie en travaillant de ses mains car elle n'engraisserait jamais. Elle est bien la fille la plus gourde et la plus maladroite de la famille.

Mais Alice, la très jeune Alice, qui ne sait encore ce qui l'attend, ne se préoccupe pas des grognements matinaux de sa grand-mère. Elle rit légèrement et met la main dans sa poche pour saisir le peigne en écaille. C'est le meilleur moment de la journée, celui où elle doit peigner les cheveux d'Augusta.

Ces cheveux sont une promesse. Quand elle sera vieille, Alice aura les mêmes – brillants, épais, châtains sans le moindre fil d'argent. Peut-être sera-t-elle aussi assise dans un fauteuil en rotin dans un jardin fleuri, se faisant peigner par une petite fille. Mais ses cheveux à elle ne seront jamais aussi longs que ceux d'Augusta, ils ne tomberont jamais telle une chute d'eau jusqu'au sol. Augusta ne les a jamais coupés, ils sont aussi vieux qu'elle.

Très doucement Alice prend une mèche de la natte de nuit et la lisse entre ses doigts.

— Maintenant, raconte ! réclame-t-elle.

Car Augusta est ainsi. Elle cache ses histoires dans ses cheveux.

Qui était Augusta ? d'où venait-elle ?

Personne ne le sait. Pas plus Alice, endormie sur la véranda de la maison d'Augusta, que Marianne assise dans sa cuisine impeccable fixant la flamme d'une bougie solitaire, qu'Angelica accroupie sur une moquette verte les mains jointes implorant des puissances inconnues pour que Kristoffer ne se réveille pas.

Augusta ne savait pas elle-même qui elle était, ni d'où elle venait. Quand elle était de bonne humeur, elle prétendait parfois qu'elle venait d'un champ de pommes de terre dans la province du Sörmland, qu'elle était restée en terre à germer jusqu'à la fin de sa croissance. Alors elle avait passé ses bras blancs à travers le limon pour s'en extraire et s'était mise à genoux pour observer la création dans laquelle elle était arrivée. Et Alice, qui connaissait sa Bible, de demander tout en riant et en serrant les épingles à cheveux entre ses dents :

— Et tu vis que cela était bon ?

— Absolument pas, répondait Augusta. La plupart du temps c'était de la pluie et du brouillard, des punaises et de la tuberculose, des femmes usées et des petits enfants aux yeux creux qui n'avaient jamais mangé à leur faim. J'ai tout de suite compris que je ne devais pas y rester sinon je me serais très vite racornie pour devenir une vieille pomme de terre verte et moisie. Je me suis donc levée, secouant la terre de mon tablier, et je me suis mise à marcher en direction de Stockholm.

— Ainsi tu es née tout habillée ?

Augusta grimaça et secoua la tête faisant onduler ses cheveux comme d'un mouvement de vague. Le peigne se coinça.

— Ne sois pas impertinente. Évidemment que je suis née tout habillée, de ce point de vue-là, j'ai toujours été une femme comme il faut. J'avais à la fois une jupe et un tablier, une chemise et un gilet et une paire de bottes toutes neuves. Mais j'ai failli user totalement les bottes avant d'arriver à Södertälje. Alors je les ai enlevées pour poursuivre mon chemin pieds nus bien que ce fût l'automne. Il fallait préserver les semelles. Et j'étais jeune et j'avais un tempérament chaud. As-tu un tempérament chaud, Alice ?

— La plupart du temps.

— Hé, ho ! Ne mens pas. Tu ne manges pas assez. Ne t'imagine pas que je ne le vois pas. Tu picores comme une petite demoiselle, écartant la nourriture pour la cacher sous la fourchette. Puis tu dis que tu as froid et tu cours chercher un gilet en plein milieu de la matinée. Tu ne m'auras pas. Je vois mieux que tu ne le crois.

Alice passa le peigne sur le crâne d'Augusta, puis fit trois pas en arrière tout en le tirant dans la chevelure en un seul et long mouvement.

— Et toi, qu'est-ce que tu mangeais en allant à Stockholm ?

— Des pommes de terre, bien entendu. J'en avais glissé quelques-unes dans la poche de mon tablier en quittant le champ. Et, au bout d'un moment, je suis arrivée à une petite maison habitée par une vieille que j'ai un peu aidée. Pour me remercier, elle m'a laissé cuire mes patates sur son fourneau et m'a donné une queue de hareng pour les accompagner.

— Comment l'as-tu aidée ?

Augusta pinça les lèvres un instant avant de répondre.

— J'ai fait taire sa chatte.

Alice s'arrêta au milieu de son mouvement. Augusta sourit toute contente et fixa le soleil en plissant les paupières. L'effet dramatique était réussi.

— Ne t'endors pas, dit-elle. Continue. En ce temps-là, vois-tu, toute la Suède était pleine de petites vieilles qui avaient des problèmes avec leurs bêtes bavardes. Plus les bonnes femmes étaient décrépites et vieilles et souffraient de la faim, plus leurs poules et leurs chats jacassaient. Quand je suis arrivée à la maison de cette vieille, elle n'avait pas eu la force de se lever de son lit depuis quinze jours, elle se tenait totalement immobile sur son drap rêche à attendre l'Homme à la Faux. Quand j'ai frappé à la porte, elle a même cru que c'était lui qui débarquait. Après, quand j'ai rallumé le feu dans le fourneau et fait bouillir quelques pommes de terre et lui en ai donné à manger, elle a dit que, en fait, elle ne

craignait pas de mourir, qu'elle avait vécu suffisamment et que ce serait aussi bien puisqu'il n'y
avait plus grand-chose dans le monde pour elle à
découvrir, alors qu'il pouvait, pensait-elle, y en
avoir au ciel. Tout ce qu'elle voulait, c'était partir
dans le calme et le silence en restant paisible-
ment dans son lit à écouter le bruissement de la
forêt au-dehors, tel qu'elle l'avait toujours
entendu. Mais la chatte ne la laissait pas tranquille, elle avait commencé à bavarder dès le troisième jour et depuis elle parcourait la maison
sans cesser de geindre et de se lamenter. Il n'y
avait pas de limite au malheur du pauvre chat.
Ah, la malchance qu'il avait eue de se retrouver
chez une vieille aussi mauvaise qu'elle. Il était
plus mal loti que le plus malheureux des chats
sauvages. Même les souris et les petits oiseaux
étaient plus maigres ici qu'ailleurs. Il pensait
vraiment qu'il aurait mérité mieux, alors qu'il
était de bonne famille, né au presbytère. Que la
femme du pasteur l'ait donné tout petit à la
vieille, c'était une honte ! Elle n'avait vraiment
pas de cœur, au point qu'on se demandait pourquoi le pasteur ne l'avait pas flanquée à la porte –
cela aurait été un acte de charité chrétienne. Tels
étaient les sempiternels radotages du chat tandis
que, couchée, la vieille attendait que le calme se
fasse autour d'elle pour qu'elle puisse écouter la
forêt et mourir en paix.

Alice fit une grimace. C'était là un conte pour
enfant, pas l'histoire vraie qu'elle avait espéré
entendre. Peut-être Augusta avait-elle deviné
qu'Alice était en train d'essayer de joindre les

morceaux du puzzle, qu'elle notait les fragments de ses histoires susceptibles de contenir des traces de vérité. Elle n'apprécierait pas cette éventualité. Augusta voulait conduire elle-même son histoire énigmatique.

— Alors, qu'as-tu fait ? Tu as jeté le chat dehors ?

— Ce n'était pas un chat, mais une chatte. C'est différent. Et je ne l'ai pas jetée dehors, ça n'aurait rien résolu. La vieille avait besoin de vie dans sa maison pendant qu'elle se mourait, d'un peu de vie et d'un peu de chaleur. La tâche de la chatte était de rester couchée sur sa poitrine, sans bouger à se lécher les pattes, calmement et silencieusement. En ronronnant, éventuellement.

— Alors, qu'as-tu fait ?

— C'est étrange comme tu es curieuse aujourd'hui. Tu ne peux pas te taire et me laisser raconter en paix ? J'ai pris la chatte par la peau du cou, l'ai emmenée dehors et posée sur le couvercle du puits. Mais comme c'était une chatte fière et orgueilleuse, elle s'est détournée aussitôt et serait partie droit devant elle, la queue en l'air, si je n'avais commencé à lui raconter des bobards.

Alice passa le peigne sous l'oreille droite d'Augusta, tirant doucement une boucle qui s'était entortillée.

— Aïe ! s'exclama Augusta. Fais attention ! Voilà, j'ai dit à la chatte que j'étais fille de ferme au manoir de l'évêque et que l'évêque en personne m'avait envoyée dans le monde. En effet, celui-ci avait chez lui un chat qu'il aimait plus que tout, à qui on servait chaque jour de la crème dans une coupe en argent et des sardines du Portugal le dimanche. Pourtant ce chat n'était pas vraiment heureux. C'était un animal songeur et mélancolique, qui soupirait souvent se demandant quel sens avait la vie. L'évêque pensait que le chat serait plus joyeux s'il y avait aussi une chatte dans la maison, gentille, silencieuse et de bonne famille. Mais comme le chat de l'évêque était d'une bonté proche de la sainteté, oui presque surnaturelle, il fallait que sa compagne soit particulièrement vertueuse. Le mieux serait qu'elle ait fait quelque chose de quasi angélique, comme par exemple de s'allonger, silencieuse, pour réchauffer une petite vieille sur son lit de mort. Tu n'a pas bientôt fini de me peigner?

Alice mit le peigne dans sa poche et recula d'un pas. Pendant une seconde toutes les couleurs du spectre étincelèrent à la surface lisse, châtain, des cheveux d'Augusta. Alice prit appui sur un genou et rassembla les cheveux dans ses mains, puis commença à les rouler. Pour simple que paraisse la coiffure d'Augusta, elle était difficile à réaliser. Il fallait tout réunir en un rouleau épais d'un décimètre sur la nuque. Un chignon aurait été plus facile, mais Augusta ne voulait pas en entendre parler. Seules les femmes qui fréquentaient l'église en portaient. Or, Augusta était libre penseur, membre de l'association des abstentionnistes et du club féminin du parti social-démocrate. Dans ce cas, on portait un rouleau.

— La chatte sauta du puits avant même que j'en aie fini de parler, s'assit près de la porte et pencha la tête. Se lamenter, elle ! De sa vie elle ne s'était plainte, tout ce qu'elle voulait c'était aider sa vieille maîtresse à mourir en paix. Mais je n'ouvris pas tout de suite la porte, je restai un instant la main sur la poignée en lui promettant de revenir, qu'un de ces jours j'arriverais par le sentier de la forêt avec le chat de l'évêque dans un panier tendu de velours et de soie – il était en effet bien trop frêle et sensible pour pouvoir marcher – et si j'entendais la moindre lamentation, je ferais demi-tour et m'en retournerais, mais si c'était calme et silencieux autour de la maison et que seul le bruissement de la forêt s'entendait, alors je mettrais la chatte dans le panier et l'emmènerais à l'évêché. J'eus à peine le temps d'ouvrir la porte que la chatte entra, sauta sur le lit de la vieille et s'installa. Et quand j'ai eu fini de cuire mes pommes de terre et que je les ai mises dans mon baluchon, toutes les deux dormaient là dans le lit...

Alice enfonça une épingle dans le rouleau tout en maintenant de l'autre main, avec beaucoup de précaution, la partie qui n'était pas encore fixée.

— Et ensuite tu as continué vers Stockholm.

Augusta soupira.

— Oui, ensuite j'ai marché jusqu'à Stockholm.

Alice fixa la dernière épingle, puis recula pour contempler son œuvre.

— Raconte encore, dit-elle posant sa main sur les cheveux de sa grand-mère. Raconte comment c'était en vérité.

Mais Augusta inclina le cou et regarda ses mains tavelées.

— Non, répondit-elle. Aujourd'hui je n'ai pas envie de m'en souvenir.

Quand le soleil se lève, Angelica n'a toujours pas dormi.

À présent elle est couchée dans le lit, le visage tourné contre le mur avec Kristoffer dans son dos et elle considère, les yeux secs, cette évidence qui s'impose quelle que soit la réalité : la lumière d'une nouvelle journée. C'est contre sa volonté. Cette journée ne devrait pas arriver. C'est une eau qu'elle va détourner, qu'elle va traverser le dos droit, les pieds secs, et elle ne se retournera même pas lorsque l'eau submergera ses poursuivants et les noiera derrière elle...

Elle passe l'index sur le mur. Un lé du papier peint fleuri et brunâtre des années soixante-dix est un peu effrangé, elle tire légèrement dessus, élargit la déchirure et regarde un instant le vieux papier en dessous. Il est bleu clair avec des fleurs blanches. Joli. C'est bien, comme ça elle peut penser à l'aspect qu'a dû avoir cette pièce dans le temps. Peut-être ressemblait-elle à la chambre de Rebecca avec ses murs fleuris et ses meubles de jeune fille blanc crème, qui – et Angelica comme les autres filles de la classe l'a entendu à satiété – sont un héritage de la grand-mère de Rebecca à sa mère et qui un jour iront à la fille de Rebecca.

Mobilier héréditaire, dit Rebecca quand elle radote à propos de ces meubles et que sa lèvre supérieure se fait encore plus étroite et pincée.

Quand Angelica était plus petite, elle avait la bêtise de se laisser prendre à ce bluff. Elle jalousait Rebecca pour sa chambre et croyait sincèrement ce que celle-ci voulait lui faire croire, à savoir qu'on devenait quelqu'un de mieux en habitant une chambre comme ça. Meilleur en quelque sorte. Plus vrai et plus solide. Comme si l'être humain était formé par ses meubles...

En ce cas Kristoffer serait un homme plastique. Angelica adresse un sourire au mur. Et Siri une femme bouleau puisque tous les meubles de sa pièce de séjour sont en bouleau...

Elle se passe la main sur le front pour chasser l'image de Siri. Kristoffer soupire dans son dos et bouge dans son sommeil. *Merde !* Elle s'est laissée aller et a oublié que le moindre mouvement risquait de le réveiller. Lentement elle pose sa main sur l'oreiller, puis elle reste raide sans bouger, en fermant les yeux et essayant de respirer calmement.

Il pue, pense-t-elle au milieu d'une respiration. Il pue comme un terrier de renard.

À cette réflexion elle plisse le front. Qu'est-ce qui lui prend ? Pourquoi ces méchancetés au sujet de Kristoffer lui traversent-elles l'esprit ? Il n'est pas si mal que ça. Il ne sent pas plus mauvais que les autres. Tous les garçons de l'école ont la même odeur. Surtout l'après-midi. En réalité Kristoffer est correct. Il n'est pas question de l'oublier, ni d'oublier qu'en la choisissant il lui a fourni une solution au moment où elle croyait qu'il n'en existait pas. À vrai dire, sa principale qualité, c'est d'avoir jeté son dévolu sur elle. Qu'elle n'ait pas eu à lever le petit doigt. Qu'elle n'ait eu qu'à laisser faire.

Avant cela, elle n'avait jamais pensé à lui. Il n'était qu'un nom et un visage parmi d'autres. Elle ne lui avait jamais permis d'occuper tout son champ de vision jusqu'à cet après-midi, il y a dix jours, quand ils se sont rencontrés dans le bus pour Herräng.

L'hiver hésitait encore avant l'arrivée du printemps. Le ciel était gris, la neige mouillée et l'asphalte noir et luisant. Deux jours avaient passé depuis qu'Angelica avait trouvé Siri morte et elle était toujours mal à l'aise. Distancée en quelque sorte, comme si tous ses sens s'étaient émoussés, comme s'ils ne lui appartenaient plus. Elle sentait l'odeur d'huile chaude du kiosque à saucisses à l'arrêt de l'autobus, mais cela ne lui faisait plus penser aux pommes frites. Elle voyait la surface gris acier de la baie d'Edsvik sans que l'idée d'eau lui vienne à l'esprit. Elle entendait aussi bien les bruits de moteur que les voix des gens, à ceci près que les sons étaient étouffés et mats comme si ses oreilles étaient bouchées. Son corps était comme absent et insensible, pourtant il accomplissait les mouvements requis. À présent elle tenait Mikael d'une main en essayant de le faire monter devant elle sur le marchepied du bus. Il refusait. Il avait peur du grincement de la porte et voulait qu'ils montent ensemble, mais l'ouverture était trop étroite. Angelica portait sur l'épaule son grand sac en nylon tellement rempli de vêtements et de jouets qu'il était tout simplement impossible qu'ils passent en même temps. Le conducteur du bus les observa quelques secondes, puis mit les mains sur le volant et les interpella : « Alors, vous montez ou pas ? »

Angelica sentit tout d'un coup combien le sac était lourd avec sa lanière qui lui lacérait l'épaule. Elle regarda le chauffeur du bus sans répondre tandis qu'elle tirait Mikael par le bras pour l'obliger à monter. Ce n'était pas possible, il geignait, devenant lourd et inerte. Elle fit une rapide évaluation, pesant l'irritation du conducteur et la honte d'arriver chez la famille d'accueil avec le sac de Mikael trempé et sale, et choisit la honte. Elle laissa donc tomber lourdement le sac sur l'asphalte et porta Mikael dans le bus, puis descendit rapidement le marchepied pour attraper le sac. Elle eut juste le temps de remonter que déjà le chauffeur démarrait. Elle dut happer Mikael pour parer tant bien que mal aux mouvements du bus et l'installer sur un siège. En revenant vers le conducteur pour payer, elle sentit des gouttes de sueur perler sur sa lèvre supérieure. Elle passa rapidement la main sous son nez tout en s'apercevant que le bord de la manche de son blouson commençait à s'effilocher.

Le conducteur regardait la route en lui tendant le ticket. Quand elle se retourna pour rejoindre Mikael, il jeta un regard dans le rétroviseur et lança :

— Ce gosse est installé à une place réservée aux handicapés.

Angelica s'arrêta.

— Oui, il est handicapé...

— En tout cas, il peut marcher. Cette place est réservée aux gens qui ne le peuvent pas. Des gens âgés.

— Mais...

— Il n'y a pas à discuter. Il faut le changer de place. Angelica regarda les autres passagers. Ils n'étaient pas nombreux : quelques femmes en doudounes aux couleurs vives avec des sacs en plastique qui débordaient révélant qu'elles revenaient de faire des courses à Hallstavik et un célibataire timide, probablement un de ceux qui se rendaient tous les jours à un boulot anodin à l'usine, mais qui vivaient leur vraie vie quelque part dans un village désert. Tous évitaient de regarder Angelica. Les femmes rapprochaient avec détermination leurs têtes pour bavarder à voix basse entre elles, l'homme regardait avec insistance au-dehors bien qu'il n'y eût pas grand-chose à voir hormis les brumes et la fumée de l'usine. Si Angelica se mettait à protester, tous allaient l'observer et la jauger et ils constateraient que l'étiquette *prix réduit* semblait collée sur tous ses vêtements, que ses baskets étaient éculées, que le blouson était trop petit et que le jean noir avait été lavé tant de fois qu'il était devenu gris. Arrivé à ce point, il y aurait aussi sûrement quelqu'un pour se souvenir que cette gamine était, en fait, la fille de cette femme qui vivait avec le Microbe. Puis leurs regards imprimeraient si profondément l'expression *cas social* sur son front que la cicatrice ne s'effacerait

70

jamais. Angelica ne voulait pas de cicatrice. Donc, elle ne dit rien et prit Mikael par la main pour le conduire à une autre place au fond du bus.

C'est alors qu'elle l'aperçut, qu'elle se rendit compte qu'une personne dans le bus la regardait, et ce depuis le début. Un garçon. Il était assis, les jambes écartées et penché en arrière, tout au fond. Elle chercha son nom dans ses souvenirs tandis qu'elle retournait vers la place réservée pour prendre le sac. Kristoffer. C'était bien cela. Il avait emménagé à Hallstavik depuis quelques années. Il avait terminé la troisième au collège l'année dernière et allait cette année au lycée à Norrtälje. Il portait des vêtements chers.

Mikael était fatigué. Une fois installé, il s'appuya contre Angelica en se frottant les yeux. Elle lui enleva son bonnet et lui ébouriffa légèrement les cheveux, puis elle l'entoura de son bras et le serra contre elle. Elle prêtait une attention silencieuse au garçon assis au fond du bus, en même temps que ses pensées voletaient entre la mort de Siri, la composition de maths de lundi prochain et le retour du Microbe prévu pour le lendemain. Les pleurs de Carina résonnaient dans sa tête quand elle criait qu'elle n'avait plus de force, qu'elle n'en pouvait plus, que c'était quand même sa mère qui était morte et qu'elle était bien en droit d'exiger quelques égards.

Kristoffer ne bougea pas avant qu'ils soient à mi-chemin de Herräng. Alors il s'avança en chancelant dans le couloir central et s'assit sur le siège juste à côté d'Angelica. Il lui lança un coup d'œil rapide avant de laisser errer à nouveau son regard.

— Ouais, dit-il.

Angelica hocha la tête. Elle pensa que jusque-là ils ne s'étaient même pas salués.

— Où vas-tu ?

— À Herräng.

— C'est là que tu habites ?

Angelica détourna le regard et mit la main sur le dossier devant elle comme si elle avait besoin d'appui pour garder l'équilibre.

— Non. Je conduis simplement le frangin.

Il eut un sourire.

— Alors, c'est ton frère ?

— Mmm...

Mikael se pencha pour observer Kristoffer, puis recula rapidement et cacha son visage dans le blouson d'Angelica. Il y eut un instant de silence, la lumière de l'après-midi virant d'un coup au bleu tourterelle. Kristoffer prit son élan pour ajouter :

— Il est mongolien, n'est-ce pas ?

Angelica ne répondit pas mais serra plus fort Mikael contre elle.

— Oui, assura Kristoffer donnant l'impression de se parler à lui-même. J'ai un cousin qui est mongolien. Il lui ressemble. Mais mon cousin est beaucoup plus âgé...

Angelica tourna la tête et le regarda.

— Un type plutôt cool, poursuivit Kristoffer. Mon cousin je veux dire. Il a toujours envie de chanter. Il chante, ton frère ?

— Non, répondit Angelica. Presque jamais.

72

Il descendit devant le magasin, comme Mikael et elle. Quand elle revint à l'arrêt du bus une heure plus tard, il y était toujours.

Durant cette heure, Angelica avait d'abord accompagné Mikael dans sa famille d'accueil et était restée dans l'entrée en voyant Mikael se jeter d'abord dans les bras de la maman de substitution pour être embrassé, puis dans ceux du père pour être hissé jusqu'au plafond. Leurs yeux brillaient. Sous la lumière jaune de l'entrée, entourés de milliers de choses diverses, d'objets de décoration, assiettes de porcelaine et tableaux brodés, ils n'avaient d'yeux que pour Mikael, son rire, ses joues rondes et le trou noir que révélait son sourire et qui signifiait qu'il avait perdu sa première dent de lait depuis la dernière visite. Cela se fêtait! Mais comment? Du chocolat au lait avec de la crème battue? Des bonbons? Ou une vidéo qu'on louerait? Et s'ils louaient une vidéo dès ce soir?

Angelica dut tousser plusieurs fois avant que la femme ne se retourne. Elle regarda Angelica tandis que son sourire franc disparaissait lentement. Oui, bien sûr! Le sac.

— Il est un peu sale en dessous, dit Angelica.

La femme soupira.

— Oui, oui, acquiesça-t-elle. Pose-le donc directement dans la laverie. La plupart des vêtements sont généralement de toute façon à laver quand il vient...

Ensuite Angelica avait traversé seule Herräng, se dirigeant vers les crassiers et la mer. Herräng était son secret : elle n'avait jamais connu personne capable de comprendre ce qu'était en réalité cet endroit. À Hallstavik, les gens haussaient les épaules quand on évoquait Herräng ou faisaient la moue en commençant à parler de péquenots et de types arriérés. À Hallstavik, Angelica était la seule à réaliser que Herräng était bien davantage que le petit village de forges presque mort qu'il paraissait être. Pour quelle raison, elle avait du mal à se l'expliquer. Par sa beauté, tout simplement. Ou par l'atmosphère de secret qui y régnait. Un endroit où tous les sens trouvaient du repos ; la vue et l'ouïe, le toucher et le goût. Peut-être y avait-il un lien avec les chênes, avec le fait que le soleil passait à travers leurs ramures l'été et que, d'une façon magique, cette lumière semblait être toujours là quand les feuilles tombaient. Peut-être cela tenait-il à ce que l'eau de la mine de Glitter changeait de couleur toutes les heures. Peut-être était-ce le silence ou les îles et la mer au loin. Angelica l'ignorait. Elle savait seulement qu'elle ne se sentait jamais aussi paisible qu'à Herräng, que ce n'était que lorsqu'elle se tenait seule tout en haut d'un des crassiers du port qu'elle pouvait laisser les muscles de son dos se détendre. Ici elle tenait le monde entier sous son regard, rien ne lui échappait. Un jour d'été elle avait même aperçu une épave de bateau à vapeur. Posé comme une immense baleine au fond de l'eau, son ventre blanc tourné vers le ciel. Il est mort, avait-elle pensé. Englouti.

Ce jour-là, le bateau mort ne se voyait pas du tout car la mer était d'un gris hivernal impénétrable. Comme du verre, pensa-t-elle, une fois en haut du crassier. La mer semble toujours être en verre quand il fait froid, du verre noir et du verre gris, en fait c'est seulement en été que l'eau ressemble vraiment à de l'eau... Un vent glacial lui passa dans le cou, le froid pénétrait sous ses vêtements, lui descendait le long du dos, lui chatouillait la taille, pinçait ses doigts de pied. Pourtant ses muscles demeurèrent souples et elle resta ainsi pendant presque une demi-heure. Quand elle fut descendue, tandis qu'elle marchait vers l'arrêt du bus, ses mains étaient raides de froid. Elle fut obligée de les mettre devant sa bouche et de souffler dessus pour pouvoir à nouveau remuer les doigts.

L'éclairage du magasin s'était allumé pendant l'heure où elle avait été absente. Il projetait un petit dessin de carreaux lumineux sur l'asphalte autour de l'arrêt du bus. Kristoffer passait et repassait rapidement dessus, les mains cachées dans le creux de ses aisselles. Lorsqu'elle l'aperçut, Angelica s'arrêta un instant dans l'obscurité et le scruta tandis qu'elle prenait lentement conscience de l'incroyable.

Il a attendu, pensa-t-elle. Ce garçon a vraiment passé une heure à m'attendre.

Aucun garçon ne l'avait jamais attendue. C'était elle qui devait attendre. Bien que, parfois, elle ne sache même pas qui elle attendait.

Un soir d'hiver il y a quelques années, elle avait attendu des heures devant la station de bus avant qu'un garçon n'arrive et lui propose de monter derrière lui sur sa mobylette. Elle ne se souvient pas bien de son nom, se rappelle seulement qu'elle avait aimé mettre la joue contre son dos et croiser les mains autour de son ventre pendant qu'il se dirigeait vers la maison d'été de ses parents. Une fois entrés, il avait allumé une petite lampe et l'avait embrassée si durement que leurs dents s'étaient cognées. Ensuite il l'avait déshabillée. Elle l'avait laissé faire, debout au milieu de la pièce les bras le long du corps, alors qu'il lui ôtait un à un ses vêtements pendant qu'elle fixait sa propre haleine qui formait de petits nuages blancs qui se dissolvaient et s'anéantissaient dès qu'ils avaient quitté son corps.

Le froid lui meurtrissait la peau. Elle le sentait mais ne s'en préoccupait pas, se contentant de fermer les yeux et d'écouter. Quelqu'un respirait lourdement. C'était très agréable d'écouter quelqu'un respirer si lourdement.

Ensuite cette respiration lui avait manqué. C'était la raison pour laquelle elle avait commencé à aller à la discothèque de la pizzeria le samedi ; c'était pour cela qu'elle s'installait, les cuisses écartées, dans le coin le plus sombre et qu'elle suivait, silencieuse, celui qui la saisissait par le poignet, et qu'elle ne criait pas quand quelqu'un l'entraînait dans les toilettes et la poussait contre le mur. Quelqu'un qui la voulait vraiment.

Il arrivait aussi qu'elle entende cette respiration quand elle restait éveillée la nuit dans son lit chez Siri. Dans ce cas, elle n'était pas consolée de la même manière et elle ne savait pas si c'était des chuchotements de victoire ou de défaite.

C'est pourquoi elle préférait tirer l'oreiller sur sa tête et fermer les yeux en essayant de faire taire toutes les pensées...

À présent, elle est couchée dans le lit de Kristoffer, dans la maison de Kristoffer et elle est la copine de Kristoffer. Son amie, comme dit sa maman. Pour sa part, elle évite ce mot, elle a l'impression qu'il ressemble à une porte qui pourrait facilement se refermer sur elle. Pourtant elle doit admettre qu'elle s'est mise volontairement sur le seuil de cette porte. Le lendemain de leur première rencontre, le jour même où le Microbe devait revenir, elle avait tout simplement accompagné Kristoffer chez lui. Elle ne l'avait pas prévu, mais, comme par hasard, elle avait fourré un pull supplémentaire et quelques slips au fond de son sac à dos en partant le matin. Une brosse à dent et un savon, elle en avait déjà dans son placard à l'école.

Depuis ce jour-là, elle avait accompagné Kristoffer chez lui chaque après-midi. Ni lui ni ses parents n'avaient rien dit. Ils avaient eu l'air de trouver tout à fait normal qu'elle se soit installée chez eux. Ce silence l'inquiétait au début, elle redoutait le moment où on s'intéresserait à elle, même si elle ne parvenait pas bien à savoir ce qui chez elle pouvait être intéressant. Après quelques jours, la maman de Kristoffer avait commencé à poser des questions sur Carina et Siri, sur Mikael et la famille de soutien. À présent toutefois elle ne semble plus s'en préoccuper et parle plutôt d'elle-même et de tout ce qu'elle va faire dans la maison. Le père est taciturne, c'est à peine s'il dit bonjour. Kristoffer non plus n'est pas très bavard : on dirait qu'il a simplement envie qu'Angelica reste près de lui sans vraiment échanger avec elle. Comme une sorte d'animal domestique. Cela lui convient parfaitement, cela lui laisse du temps pour réfléchir. En effet, seul le temps pose problème. Kristoffer n'aime pas qu'elle fasse quoi que ce soit sans lui, qu'il s'agisse de distribuer des brochures publicitaires ou de faire ses devoirs. Voilà pourquoi elle essaie de se ménager du temps pour faire les deux avant qu'il n'arrive avec le bus d'Uppsala. Aujourd'hui, cependant, elle ne fera ni l'un ni l'autre. Aujourd'hui est un jour qui, incontestablement, lui appartient – un jour d'enterrement.

Siri aurait eu les nerfs à fleur de peau...

Y penser arrache une grimace à Angelica. Pourtant c'est vrai, Siri aurait été capable de s'évanouir par anxiété si elle avait pu savoir quelque chose de son propre enterrement. Elle se serait persuadée que tous les invités aux funérailles avaient, en fait, des choses bien plus importantes à faire ce jour-là que de veiller à sa mise en terre et qu'ils lui en voudraient énormément du dérangement qu'elle occasionnait. Elle se serait inquiétée qu'Angelica ait dû demander la permission de ne pas aller à l'école et de ce que Mikael ait dû rester plus longtemps dans la famille de soutien, sans compter tout le tracas qu'elle cause à Marianne et à Kåre.

Peut-être est-ce bien pour Siri qu'elle soit morte. Peut-être est-ce bien de mourir quand on a eu peur toute sa vie au point de n'avoir la force ni de voir ni d'entendre. C'est la raison pour laquelle Siri avait besoin d'Angelica, qu'elle avait besoin de quelqu'un qui puisse voir et entendre pour elle. Elle n'était même pas capable d'aller seule au centre de soins, Angelica devait l'accompagner pour écouter ce que disait le docteur. Durant toute la visite, Siri restait figée, le dos droit, occupée à ôter des grains de poussière invisibles sur sa jupe, partagée entre la crainte de n'être pas jugée assez malade pour avoir droit à une visite chez le médecin et celle de complications de son état de santé. Elle redoutait d'être atteinte d'une maladie grave et mystérieuse qui dévoilerait des lacunes dans le grand savoir du médecin. Et que cela lui cause du tort, au point d'être accusée de négligence, de gaspillage et de bêtise. Autant de crimes dont elle s'accusait constamment elle-même.

Les jours où Siri allait chez le médecin, il lui fallait des heures pour s'habiller, chaque pièce de son habillement devait être étalée sur la table de la cuisine et examinée à la lumière de la lampe. Les sous-vêtements devaient être impeccables, tant pour la couleur que pour la forme, pas usés mais pas tout neufs non plus pour qu'on ne s'imagine pas qu'elle cache l'état de sa lingerie de tous les jours. Il fallait qu'ils soient d'un blanc étincelant et néanmoins sans la moindre trace de coquetterie ou de légèreté. Même la dentelle la plus modeste était à bannir. La robe toute propre devait être vérifiée sur toutes les coutures avant d'être repassée, afin de s'assurer qu'aucun point n'avait lâché. Le collant devait être neuf et muni de bons renforts au talon et à l'endroit des doigts de pied pour qu'aucune maille ne puisse filer s'il arrivait qu'il y ait une pierre dans sa chaussure...

Ce contrôle scrupuleux ne la rassurait pas. Quand Angelica rentrait de l'école, Siri était assise tout habillée sur une chaise dans l'entrée depuis plus de deux heures, son sac à main sur les genoux, déjà en train d'imaginer les accusations qui l'accueilleraient au centre de soins. Il fallait qu'elles se dépêchent pour être à l'heure. Elle avait entendu dire que les malades en retard exaspéraient les médecins. D'un autre côté, il ne fallait pas non plus qu'elles arrivent trop tôt, car les infirmières s'irritaient généralement autant quand on était en avance. Elles avaient été très désagréables un jour où Siri avait eu le malheur d'arriver une heure trop tôt. Et pourtant Siri n'avait rien dit, elle n'avait même pas feuilleté les magazines, elle s'était contentée de rester sans bouger dans la salle d'attente en évitant de déranger. Siri ne voulait pas que cela se renouvelle et si par hasard ce n'était pas encore l'heure, elles pourraient peut-être faire un détour par la bibliothèque. Si Angelica n'y voyait pas d'inconvénient ? Était-elle fâchée parce que Siri lui avait demandé de rentrer de si bonne heure ? Si c'était le cas, Siri le comprenait parfaitement, bien sûr, elle comprenait combien c'était compliqué pour Angelica de demander à partir plus tôt. Les professeurs étaient-ils fâchés ? En ce cas, il fallait absolument qu'elle en explique la raison en précisant que tout était de la faute de sa grand-mère...

Siri avait une armoire pleine de médicaments. Que ce soit des pilules pour faire battre son cœur, maintenir sa tension artérielle à niveau et évacuer les liquides superflus de son corps ou d'autres qui endorment, qui calment, qui égaient et qui font taire la douleur, aucune n'avait été prescrite pour effacer la plus grande souffrance : la honte d'être née Siri.

Angelica avait bien des fois souhaité un tel médicament pour Siri, une petite pilule blanche qui aurait endigué le flot de confession de péchés qui coulait en permanence de la bouche de sa grand-mère. À présent elle le regrette. À présent elle donnerait des années de sa propre vie pour être assise une fois encore près de la table de la cuisine et entendre Siri s'affairer près de l'évier, tout en ressassant d'une voix monotone combien tout le monde la déteste, depuis les caissières du magasin Konsum jusqu'aux vendeuses-préparatrices de la pharmacie en passant par les infirmières du centre de soins.

Angelica se tourne vers le mur en poussant un soupir. Carina devrait être contente maintenant que Siri est morte, elle supportait encore moins ce rabâchage. Quand Siri s'y mettait, Carina était prise de hâte, d'une grande hâte ou d'une douleur irrésistible et fonçait vers la porte. Une seule fois elle était restée et avait essayé de faire taire le soliloque monotone, criant d'une voix aiguë que tout n'était qu'imagination, que personne ne détestait Siri, que les caissières à Konsum, les préparatrices de la pharmacie, les infirmières du centre de soins et tous les autres ne se

81

préoccupaient pas du tout d'elle, que Siri avait aussi peu d'importance et était aussi invisible que toutes les autres vieilles bonnes femmes, que tout le monde se foutait complètement d'elle...

C'était arrivé le jour même où Carina s'était rendu compte qu'Angelica habitait chez Siri. Personne ne pourrait prétendre que sa réaction avait été rapide. Cela faisait déjà trois semaines depuis que, pour la première fois, Angelica avait installé un lit dans la petite pièce à côté de la chambre de Siri. Pourtant Carina s'était démenée, feignant de jouer le rôle d'une vraie maman. Elle n'avait pas l'intention d'accepter ça ! Sa fille devait vivre avec sa mère, son frère et son père adoptif. Elle était bien trop jeune pour partir ainsi et d'ailleurs Siri allait tout simplement l'utiliser comme bonne à tout faire, comme elle l'avait fait autrefois avec Carina. En plus, Angelica se devait de penser un petit peu à sa maman. On avait besoin d'elle à la maison puisque, à cause de ses douleurs, Carina ne pouvait pas toujours s'occuper de tout ce qu'il y avait à faire, compte tenu aussi de l'état de Mikael. Le Microbe avait d'ailleurs promis de ne plus jamais s'approcher d'Angelica avec les ciseaux et le rasoir, ce que d'ailleurs il n'aurait jamais fait si elle ne s'était pas montrée par trop insolente. Et il avait raison : ce qu'Angelica avait dit à Mikael était impardonnable. En outre, elle devait bien apprendre un jour à témoigner du respect aux adultes, et particulièrement envers ceux qui comme le Microbe prouvaient que tout le monde était capable de faire quelque chose de sa vie, si affreuses que soient les circonstances.

Et Angelica ne devait pas oublier qu'il était le père de Mikael. Est-ce qu'elle voulait priver le pauvre gosse de son vrai père ? Quoi ? C'est ça qu'elle voulait ?

Ni Siri ni Angelica n'avaient répliqué. Angelica s'était bouché les oreilles et avait plongé le nez dans son livre de géographie, énumérant à mi-voix les capitales de l'Europe. Siri avait cogné les portes des placards de cuisine en se lamentant parce qu'elle ne trouvait pas le sucre en poudre, bien qu'elle soit sûre d'en avoir acheté un paquet pas plus tard que samedi dernier. Les caissières de Konsum avaient certainement égaré exprès le paquet. Siri avait bien vu les coups d'œil pleins de sous-entendus qu'elles se lançaient quand elle alignait ses achats sur le comptoir...

C'est à ce moment-là que Carina s'était mise à crier. Siri et Angelica n'avaient pas réagi, elles avaient continué, l'une à énumérer les capitales de l'Europe, l'autre à chercher le sucre en poudre disparu. Ce n'est que lorsque Carina, le visage boursouflé de pleurs, était partie en claquant la porte, qu'Angelica s'était sentie suffisamment sûre de connaître les capitales de l'Europe pour refermer le livre de géographie. Et le paquet de sucre avait été retrouvé au même moment, il se trouvait sur la plus haute étagère du garde-manger. Aussitôt, Siri s'était calmé et avait souri à Angelica en lui caressant la joue et s'était assise à la table de la cuisine avec une tasse de café. Elle avait mis six cuillerées de sucre dans la tasse, fait un clin d'œil à Angelica et pouffé de rire devant sa propre et coupable démesure.

Un réveil sonne de l'autre côté de l'entrée, mais Angelica n'entend qu'un rapide bourdonnement. Le père de Kristoffer ne laisse jamais son réveil sonner longtemps. Il l'arrête au bout de quelques secondes seulement, comme s'il était resté éveillé toute la nuit la main levée en attendant qu'il retentisse. Si forte soit l'envie d'Angelica de se lever, elle n'en a pas le droit. Il n'est pas encore six heures et le père de Kristoffer ne veut voir personne dans la cuisine avant sept heures, Kristoffer le lui a bien signifié dès le premier matin. Depuis, elle a compris que le bonhomme souhaiterait, si possible, ne voir jamais aucun être humain. Il préfère fréquenter les chevaux. À présent, il s'assoit et tape le sol du pied. Elle l'entend. Dans un instant, il ira dans la salle de bains et se posera, les jambes écartées, devant le siège des toilettes sans fermer la porte faisant gicler l'urine de la nuit dans la cuvette. Le père de Kristoffer pisse comme un cheval. Bruyamment.

Angelica tire l'oreiller sur sa tête pour ne pas entendre, la chaîne autour de son cou suit le mouvement et la petite clé tombe entre ses seins. Elle lève la main et s'en saisit, l'inquiétude lui étreint le ventre. Et si Carina avait vraiment forcé la cassette et pris ses quatre billets de cent... Mais y serait-elle arrivée ? C'est une cassette solide, du genre de celles qu'on utilise dans les bureaux et les magasins, pas une cassette niaise d'adolescente. Angelica l'a achetée quand elle a reçu son premier salaire et, depuis, elle porte la clé à une chaîne autour du cou. La chaîne, Siri la lui a donnée pour ses douze ans. Elle est en argent, Siri l'avait reçue de sa grand-mère Augusta pour sa confirmation.

Angelica serre plus fort la clé. C'était une idiotie d'apporter la cassette dans l'appartement, elle aurait dû la laisser dans la maison de Siri. Elle aurait dû aussi y rester. Mikael et elle auraient pu y habiter tout seuls, ils auraient pu s'installer dans la cuisine de Siri les matins d'hiver et boire du chocolat au lait. Devant la fenêtre, de gros flocons de neige blancs feraient penser au pelage duveteux d'un chaton et dans la maison ça sentirait bon les bougies allumées...

Bah! Ce n'est qu'un rêve, une fantaisie idiote de *soap opéra*. Angelica ne peut pas habiter dans la maison de Siri avec Mikael, c'est impossible. À cette idée, Carina se serait couchée en pleurnichant dans l'allée du jardin et les bonnes femmes du service social seraient atteintes de croup. Des gamines de seize ans n'ont pas le droit de s'occuper seules de leurs petits frères et d'elles-mêmes. La loi l'interdit. Ou plus exactement, d'après la loi, des gamines de seize ans ne sont pas censées se prendre en charge et avoir la responsabilité de leur petit frère. Il faudrait faire comme si c'était la mère qui s'en occupe, bien que tout le monde sache que certaines ne sont même pas capables de s'occuper d'elles-mêmes.

Cette pensée fait oublier à Angelica qu'il fallait rester immobile, elle serre le poing et effleure le mur. C'est suffisant pour que tout recommence. Kristoffer soupire profondément derrière son dos, l'enlace à moitié endormi et la tire vers lui. Il cherche ses seins et presse son bas-ventre contre ses fesses. Il bande à nouveau ! Trois fois qu'il l'a prise cette nuit, son corps est tout collant de sa sueur et de son sperme, et pourtant il bande à nouveau.

Sans réfléchir, Angelica lève le bras pour le repousser, mais s'arrête au milieu du mouvement. La pensée de l'appartement de sa mère la traverse : la vue de la fenêtre de la cuisine sur le paysage sinistre de l'usine, la voix plaintive de Carina, l'haleine du Microbe qui lui brûle la joue, ses accès de rage et le goût salé de sa morve à elle quand imperceptiblement elle s'efforce d'avaler pour ne pas montrer qu'elle a peur.

La liberté a un prix. Et elle est effectivement à vendre.

Angelica se tourne donc encore une fois vers Kristoffer, ferme les yeux et écarte les jambes.

Une porte claque un peu plus loin et Alice se réveille en sursaut, inhale l'air froid du matin en une aspiration instinctive avant de se souvenir où elle se trouve.

À Nordanäng. Dans la maison d'Augusta. Sur la véranda.

Elle a glissé par terre durant la nuit et dormi la joue contre le bois gris du plancher. L'espace d'un instant, elle regarde le jardin d'Augusta, observant l'herbe jaune et les arbres fruitiers couverts de mousse tandis qu'elle s'éveille lentement.

L'air est léger à respirer. Alice aussi se sent légère, comme si l'air nocturne lui avait ôté son poids, comme si elle allait pouvoir voleter dans le vent comme une feuille transparente de l'année passée. Elle ne craint plus ses pensées. Qu'elle pourrait même aisément laisser voguer vers la carte postale et toutes ses complications, elle le sait. Pourtant elle s'abstient. La matinée est trop belle, en réalité bien trop pour un jour d'enterrement au mois d'avril et elle n'a qu'une envie, c'est de rester dans la chaleur du sac de couchage un instant encore pour la savourer. Le monde est beau. Malgré les chagrins et les deuils qui l'effrangent, il n'en reste pas moins très beau.

Le matin, il est aussi plus raisonnable. La maison a cessé de chuchoter, Alice peut rester calmement à la table de la cuisine avec son petit déjeuner pendant près d'une heure sans être dérangée par le passé. Ensuite elle se lave lentement et soigneusement avec de l'eau chauffée sur le réchaud électrique au-dessus du fourneau. Après avoir vidé l'eau dans l'évier, elle s'enroule d'une serviette et va se planter devant la glace de l'entrée. Elle veut voir si c'est vrai. Si c'est réellement exact.

Au cours des dernières années, Alice a de plus en plus souvent cru apercevoir Augusta dans le reflet de la glace, c'est pourquoi elle s'est rapidement emparée de la sortie de bain en quittant la douche, refusant de se regarder. Mais, à présent, elle se force, allume la lampe dans l'entrée dépourvue de fenêtres et laisse la serviette tomber par terre, puis observe son corps absolument immobile. Après un moment, elle lève sa main droite, la passe sur son cou en se souvenant du double menton d'Augusta, arrondit les mains sous ses seins en se rappelant le volume de ceux d'Augusta, tourne enfin le dos à la glace en regardant par-dessus son épaule, scrutant ses jambes en pensant aux varices d'Augusta, soupire légèrement en apercevant une petite ligne bleue juste en dessous du creux d'un de ses genoux.

Oui. Les signes y sont. Une peau plus lâche, une lourdeur nouvelle sur les hanches, une courbure pratiquement imperceptible du dos qui n'y était pas avant.

Pourtant : elle peut encore se transformer. Pendant un bref moment, elle est comme une des ces images du livre de psychologie du lycée dont elle garde le souvenir, cette image à fixer où l'on distinguait à la fois une vieille sorcière et une belle jeune femme, selon la manière dont on la regardait. Il lui suffit d'éteindre le plafonnier pour que l'entrée soit plongée dans l'obscurité, de dénouer ses cheveux, d'écarter les lèvres, de lever les bras au-dessus de la tête de telle façon que les seins suivent le mouvement. Une fois encore, peut-être pour la dernière, elle est lascive et attirante, douce et nacrée. Un souvenir surgit, elle ne sait pas pourquoi, elle sait seulement que tout d'un coup elle sourit à son reflet dans la glace se rappelant vaguement un homme rencontré dans un dîner il y a quelques années. Qu'est-ce qu'il avait dit, ce petit docteur en physique tout rondouillard ?

Tout existe toujours. Voilà ce qu'il avait dit.

Alice baisse les bras et avance d'un pas, tend ses bras vers la glace en laissant le bout de ses doigts effleurer ceux de l'autre Alice, celle qui vit derrière le miroir. Elle voudrait lui expliquer ce qu'il en est, que le temps n'est qu'une question de lumière et de distance, que chaque instant demeure, littéralement, pour l'éternité. Si Alice avait possédé des jumelles suffisamment fortes et s'était trouvée assez loin dans l'univers, si, par exemple, elle avait traversé quelques-uns de ces trous de vers cosmiques dont ce docteur en physique avait parlé avec un petit sourire gêné, ceux qui pouvaient éventuellement exister, même si personne n'en était tout à fait sûr, et qui devaient rendre surmontables les distances insurmontables, alors elle pourrait se voir à l'âge de quinze ans. Elle pourrait voir comment, un jour de Pâques il y a longtemps, elle se tenait justement dans cette entrée, devant cette même glace, à regarder, avec joie et ravissement, la jeune fille derrière le miroir, parce que quelqu'un d'autre l'avait pour la première fois ainsi regardée avec joie et ravissement.

Cet instant a été gardé par la lumière. Il existe pour toujours. Quelque part.

À présent elle baisse les bras et hausse les épaules. Comme si cela changeait quelque chose. Elle fixe une seconde les yeux de son reflet dans la glace, avant de se baisser pour ramasser la serviette. Elle la serre énergiquement autour d'elle puis monte en trois grands pas les marches vers l'étage.

Ce n'est pas commode de redescendre l'escalier, de prendre prudemment chaque marche, chaussée d'escarpins et vêtue d'une jupe étroite.

Elle s'est toujours sentie comme une petite fille dans la maison d'Augusta, à présent elle a l'impression d'être une petite fille macabre qui s'amuse à jouer à l'adulte invitée à un enterrement. Son reflet dans le miroir la raille brusquement quand elle passe : tu es plus qu'adulte. Regarde bien. Tu as un certain âge.

Une fois à la porte, elle s'arrête pour vérifier qu'elle n'a rien oublié. La trousse de toilette et les vêtements d'hier sont dans le cabas, le portefeuille dans le sac à main. Pendant quelques instants, elle hésite gardant la main dans le sac. Elle sait fort bien qu'elle a glissé la carte postale dans le compartiment à fermeture Éclair il y a un moment, pourtant la crainte la saisit de s'en être seulement donné l'illusion. C'est déjà arrivé. Alors elle tire un peu la fermeture Éclair et, passant l'index, elle touche du bout du doigt la surface déjà familière, avant d'ouvrir la porte et de sortir sur la véranda.

Elle ne réalise qu'Angelica est aussi à Nordanäng qu'après avoir verrouillé la porte. Elle reste hésitante, la clé à la main. Non. Ce serait insensé de partir d'ici sans prendre contact avec la gamine et lui proposer de l'emmener à l'enterrement. Même si cela implique de la conduire d'abord dans une maison où elle n'est pas la bienvenue. Il faudra bien que Marianne et Kåre se conduisent comme des gens bien élevés.

Ses escarpins noirs se couvrent de poussière tandis qu'elle marche le long de l'allée en gravier vers la maison blanche. Elle s'arrête au portail et, s'y appuyant d'une main, elle essuie d'abord la chaussure droite avec le pied gauche, puis la chaussure gauche avec celui de droite, tout en observant le fil d'argent qu'une araignée réveillée en sursaut vient de tisser entre les poteaux du portail. La première toile d'araignée du printemps. Un instant elle pense qu'elle est trop belle pour être déchirée, qu'elle devrait s'accroupir et passer en dessous, puis elle se reprend et se dit que quelqu'un pourrait la voir. On trouverait étrange qu'elle s'accroupisse, aussi est-il préférable qu'elle détruise l'œuvre de l'insecte.

Devant la maison blanche, c'est aussi désert que l'été dernier, il n'y a même pas de cheval dans le pré. Seul un chat solitaire sur les marches observe Alice, mais il se lève et disparaît en un mouvement coulé quand elle s'approche. La maison blanche est grande, plus grande et plus ancienne qu'aucune autre à Nordanäng, pourtant elle ne semble qu'à moitié terminée. Du temps d'Augusta, un bonhomme seul y habitait et la maison avait une porte à double battant et des châssis de fenêtre peints en bleu, et ce qui est maintenant une prairie piétinée par les chevaux était alors un petit éden nordique avec des groseilliers à maquereau, des poiriers d'automne et des pommiers d'Astrakan. Depuis la maison a changé quatre fois de propriétaire. Dans les années soixante-dix, la porte peinte à double battant a été remplacée par une porte en teck, l'escalier a été rasé quelques années plus tard puis reconstruit en un bois verdâtre imperméabilisé. Les nouveaux propriétaires ont fait mettre de nouvelles fenêtres au rez-de-chaussée, plus petites et plus carrées que les anciennes. Les cadres rectangulaires des anciennes fenêtres se distinguent nettement, les châssis sont restés et, dans les interstices, il y a du lambris neuf non peint.

La porte s'ouvre dès qu'elle frappe, comme si quelqu'un était resté la main sur la poignée à attendre. Il s'agit d'un homme d'environ quarante-cinq ans en chemise à carreaux et jean délavé. Grand. Il remplit presque toute l'ouverture. Plus loin, dans l'entrée, on entrevoit une femme à peu près du même âge, elle se tient devant une glace la main levée comme si elle avait été interrompue au moment précis où elle se penchait en avant pour scruter son visage.

— Oui ? demande l'homme avec insistance.

Alice explique rapidement. Une parente. Elle va à l'enterrement. Elle veut proposer à Angelica de l'emmener en voiture. Si Angelica est effectivement chez eux et que rien d'autre n'a été prévu. L'homme recule pendant qu'elle parle, fait un geste pour l'inviter à entrer sans rien ajouter. Mais la femme se retourne en souriant.

— Oh, dit-elle. C'est parfait. Nous nous sommes demandé si nous allions être obligés de laisser cette petite prendre le bus. Kristoffer est déjà parti, il fallait qu'il soit à l'école à l'heure habituelle et nous devons nous-mêmes aller voir une jument à Singö, c'est impossible de changer le rendez-vous... Et vous voilà. Comme une messagère des dieux. Fantastique. Entrez donc. Entrez.

Un peu dépassée par l'enthousiasme de la femme, Alice pénètre en hésitant dans l'entrée. L'homme ferme la porte derrière elle et tend une main dans laquelle celle d'Alice disparaît presque.

— Bertil, se présente-t-il en balançant la tête comme s'il retenait une courbette. La femme s'avance vers eux et pose sa main sur les leurs, les forçant à prolonger le serrement par son geste de bénédiction étrange. Quelques secondes s'écoulent avant qu'Alice ne puisse retirer sa main. La femme la saisit aussitôt à nouveau et l'enferme dans les siennes.

— Je m'appelle Ann-Katrin, dit-elle en inclinant la tête.

Elle fait penser à quelqu'un, mais il faut quelques secondes à Alice pour se rendre compte que ce n'est pas à quelqu'un de vivant. Modigliani. Cette femme ressemble à un portrait de Modigliani. Toutes ses lignes sont un peu trop allongées, celles du visage, des doigts, du cou. Il lui manque cependant les couleurs de Modigliani ; les cheveux sont couleur sable, le teint du visage est un peu plus pâle et les yeux sont d'un bleu si clair qu'ils semblent transparents.

— Entrez, l'invite-t-elle, tenant, toujours la main droite d'Alice dans les siennes. Prenons une tasse de café pendant qu'Angelica se prépare.

Elle lâche Alice avec un sourire, s'avance vers l'escalier et lance :

— Angelica ! Ta tante est là, elle est venue te chercher.

Tante ? Alice arrête sa main qui allait défaire les boutons de son manteau.

— Je ne suis pas sa tante. Je suis la cousine de sa grand-mère.

Ann-Katrin sourit brièvement.

— Peu importe. Venez prendre le café dans la cuisine.

Bertil sort par la porte en inclinant silencieusement la tête. Il dévisage Alice pendant qu'il ferme la porte.

— C'est une petite coquine, dit Ann-Katrin en serrant entre ses mains la tasse en céramique. Un petit oiselet. J'ai essayé de lui faire exprimer ses sentiments mais ce n'est pas facile. Elle ne veut pas s'ouvrir.

Alice pose sa tasse sur la toile cirée. Le petit déjeuner n'a pas été débarrassé et un rayon de soleil au milieu de la table en accuse le désordre. Le fromage suinte, la margarine est déjà tellement ramollie qu'un petit ruisseau de liquide jaune stagne au fond de la boîte. Ann-Katrin relève sa frange et lance un regard rapide vers Alice.

— Les premiers jours je l'ai trouvée presque catatonique.

Alice secoue la tête.

— Cela a toujours été difficile de vraiment connaître Angelica. Et en ce moment...

Elle baisse le regard, brusquement honteuse de faire semblant de connaître Angelica, de savoir qui elle est vraiment.

Ann-Katrin ne semble pas le remarquer et hoche la tête avec insistance.

— Oui, je me suis bien rendu compte qu'elle

n'était pas catatonique pour de vrai, pas comme certains de ceux que je voyais quand je travaillais au service de psychologie.

— Vous avez travaillé au service de psychologie ?

— Oui, il y a longtemps. Quand j'étais jeune. Je voulais être psychologue à un moment donné, mais j'ai changé d'avis. J'y ai cependant acquis une certaine expérience et j'ai bien vu que, quel que soit le problème d'Angelica, elle n'est certainement pas catatonique. En ce cas on n'est pas attaché aussi fort à quelqu'un qu'elle l'est à Kristoffer.

Alice laisse errer son regard, elle ne veut pas savoir ce que Ann-Katrin estime être le problème d'Angelica. Il y a un instant de silence, presque reposant, qui ne dure que l'espace des quelques secondes qu'il faut à Ann-Katrin pour boire et avaler un peu de café. Ensuite elle appelle d'une voix forte en direction de l'escalier :

— Alors tu viens, Angelica ! Ta tante attend !

— Je ne suis pas sa tante, répète Alice.

— Peu importe, dit Ann-Katrin. Vous aimez les chevaux ?

Alice, qui n'a pas d'opinion sur les chevaux, murmure une réponse peu audible pendant que son regard fait le tour de la cuisine. Elle a dû être rénovée dans les années soixante-dix et depuis le temps s'est arrêté. Les portes des placards sont marron, le papier peint présente sans honte des fleurs en vert et orange.

— Moi, j'adore les chevaux, précise Ann-Katrin.

Elles restent silencieuses un instant. Alice entend Angelica bouger à l'étage au-dessus, comme si elle marchait pieds nus sur le plancher.

— Depuis combien de temps Angelica et Kristoffer sont-ils ensemble ? demande-t-elle ensuite. Ann-Katrin lance un sourire.

— Seulement une petite semaine. Ils sont toujours au début de leur amour... C'est touchant de les voir, ils s'embrassent et s'étreignent tout le temps. Ils n'ont d'autre souci que d'être à nouveau seuls. De vrais petits lapins.

Alice regarde la table, tripote une miette qui s'y trouve manifestement depuis longtemps : elle est dure et sèche.

— Et vous ne trouvez pas qu'ils sont un peu jeunes ?

Ann-Katrin fait entendre un petit rire.

— Pas le moins du monde. Ils ne font rien que je n'aie fait à leur âge. Non, je leur souhaite vraiment de profiter de ce moment, de cette première et merveilleuse joie de la découverte. C'est un plaisir de les voir.

— Angelica habite chez vous ?

Ann-Katrin détourne le regard et passe rapidement ses longs doigts dans ses cheveux.

— Non, non, pas du tout. Elle dort avec Kristoffer de temps en temps, c'est tout. Elle n'habite pas ici... Non absolument pas. Je crois que c'est bon pour elle d'être avec nous en ce moment, pas seulement avec Kristoffer, avec toute la famille. Elle habitait avec sa grand-mère, n'est-ce pas, et il ne semble pas qu'elle ait tellement envie de retourner chez sa mère...

Elle lance un rapide coup d'œil à Alice avant de poursuivre :

— Oui, vous m'excuserez, mais la mère d'Angelica, n'est-elle pas surtout préoccupée par sa propre fragilité ? Il ne semble pas qu'elle ait vraiment su *voir* Angelica. C'est pour cela que je pense qu'il peut être bon pour Angelica de rester quelque temps avec notre famille. C'est touchant de voir comme elle s'accroche à Kristoffer, combien il semble compter pour elle...

— Et elle pour lui ?

Ann-Katrin ouvre la bouche, puis la referme sans répondre, regarde par-dessus l'épaule d'Alice vers la porte de la cuisine. Alice tourne la tête et suit son regard. Angelica se tient dans l'embrasure. Elle fait un signe de la tête en direction d'Alice, puis tourne à nouveau son regard sec vers Ann-Katrin et la fixe, sans proférer une parole.

II

Admettons qu'il existe un ciel.

Et admettons également qu'Augusta y a accédé. Bien que ni l'une ni l'autre hypothèse ne soient vraisemblables, cela nous offre la possibilité de laisser Augusta contempler sa descendance en train de se préparer pour l'enterrement de Siri.

Nous la laissons donc trôner comme un chérubin passé d'âge sur un des nuages qui flottent dans le ciel bleu clair d'avril. C'est un rôle qui lui convient bien ; en effet, Augusta ne garda pas seulement ses cheveux châtains toute sa vie mais aussi le blanc étincelant des yeux de sa jeunesse et elle a pu conserver ces avantages au ciel. Elle en est contente. Elle est moins contente d'avoir gardé aussi la graisse qui, au fil des années, est venue envelopper ses muscles et son squelette avec des formes ressemblant de plus en plus à des nuages. En fait elle dérange constamment notre Seigneur avec des pétitions pour obtenir de lui un autre corps céleste plus attrayant. Isak aussi se trouve au ciel, pardi, et Augusta estime que le paradis ne sera totalement paradisiaque que le jour où il l'y rencontrera et manifestera la même surprise débordante que le matin où elle fit son entrée à Herräng.

Soit. Voici à présent Augusta assise sur son nuage, ayant conservé toutes ses couleurs et son double menton, qui appuie sa tête dans sa main à la manière des chérubins tandis qu'elle contemple le paysage sous elle. Encore vingt-cinq ans après sa mort, Augusta reste fortement attachée à la région qui devait être le cadre de sa vie adulte, pourtant ce serait mentir que de dire qu'elle apprécie de la même manière tout ce qu'elle voit. Häverödal la laisse, par exemple, assez indifférente, bien que son corps soit enterré devant l'église médiévale. C'est un endroit sans relief, pense Augusta, un petit coin dépassé qui lentement se laisse absorber par le site de Hall-stavik, plus grand et plus sûr de lui.

Augusta fronce les sourcils en contemplant Hallstavik, un peu à la manière dont, avec une tendresse contrariée, elle avait l'habitude de regarder Harald et Erland quand ils étaient enfants. Sacrés mômes à tout mettre sens dessus dessous ! Hallstavik a en effet l'air d'avoir été remué par une bande de gosses, il y a tant de fouillis et de désordre que l'on peut à peine voir ce qui est beau : les pavillons autour de la mine, véritables petits joyaux, et la curieuse école que l'archevêque en personne avait qualifiée autrefois de plus beau bâtiment scolaire de la campagne suédoise. Mais Augusta ne peut voir que ce chaos cache une histoire – celle de l'industrialisation et du XIXe siècle. Elle ne voit pas que les habitations ouvrières abandonnées portent témoignage de décennies de labeur et de luttes au début du siècle, que les solides villas en brique des fonctionnaires et ouvriers qualifiés parlent des temps de bien-être qui ont suivi. Elle n'entend pas ce que chuchotent les immeubles à propos de ceux qui n'ont jamais eu le droit de participer à la fête. Ces êtres aux yeux noirs, qui arrivaient en retard. Ces êtres au regard sauvage, qui n'avaient même pas été invités. Peut-être cette impossibilité de voir vient-elle de ce qu'Hallstavik est une société d'hommes. Au sens littéral. Une société construite par les hommes, pour les hommes, et qui ne se laisse saisir que par des hommes.

Aussi est-ce avec une sorte de joie mauvaise qu'Augusta remarque qu'Hallstavik est sur le point de devenir un pan d'histoire dans un monde qui se prépare à un avenir autre que celui de l'usine. Certes, l'usine de pâte à papier est toujours là, près de la baie de Edebo, tel un dragon gavé qui souffle ses vapeurs sur l'eau. Certes la Maison du Peuple siège toujours au milieu du village – un gros bloc de béton coulé durant la brève période où les ouvriers ont cru avoir conquis l'avenir et le passé – sauf que le règne et la puissance sont partis ailleurs. Personne ne sait où, mais tous savent qu'il ne faut les chercher ni dans les installations de la mine ni au comptoir de la Commune ouvrière.

C'est différent pour Herräng, la dernière des localités qu'Augusta peut contempler depuis son nuage. À Herräng, le temps n'a pas grande importance. Ici l'avenir se mêle au passé et le passé à l'avenir sans que personne trouve cela étrange. Il en a été ainsi pendant des centaines d'années et il en était également ainsi du vivant d'Augusta. Et bien qu'Herräng soit un site industriel comme Hallstavik, il est plus facile d'y être femme. Peut-être à cause du silence, du fait qu'à Herräng on peut entendre le bruissement du vent et le chuchotement des gens. Peut-être est-ce dû aussi aux vieilles maisons disposées en un dessin propret et ordonné, entourées de grands jardins avec des cerisiers et des buissons de groseilles à maquereaux. À moins que cela ne vienne de la lumière, de cette lumière très particulière qui n'existe qu'en quelques lieux de la côte est de la Suède où les chênes sont si nombreux qu'ils forment presque une forêt.

Augusta est contente de son Herräng, elle est contente du calme et de la lenteur, contente que presque toutes les vieilles maisons soient à leur place, y compris celle du pisteur Arthur Svensson. Elle est même contente des « Alpes », ces crassiers gris qui se dressent comme des montagnes de béton, en bas, près du port. Sans eux, Herräng serait idyllique, estime Augusta, et elle n'a jamais aimé les lieux idylliques.

Il est vrai qu'Augusta éprouverait une crainte moins forte si elle acceptait d'admettre qu'il y a aussi des puits de mine à Herräng, trois immenses puits de mine remplis d'eau et des milliers de plus petits. Mais durant les quarante dernières années de sa vie, Augusta refusait d'en entendre parler, refusait de les voir, refusait même d'admettre leur existence. La mort ne l'a pas rendue moins entêtée. Lorsque l'eau de la mine de Glitter scintille sous les rayons du soleil printanier, elle détourne le regard et laisse voguer son nuage dans une autre direction, vers le sud, vers Nordanäng.

C'est alors qu'elle les aperçoit, ses deux descendantes : Alice qui approche la soixantaine et Angelica ses seize ans. Elles marchent, l'une derrière l'autre, sur l'étroite allée en gravier qui conduit de la maison blanche à la voiture qui est garée devant sa propre maison à elle, Augusta. Elle ne peut s'empêcher de sourire avec un peu de compassion en se reconnaissant en toutes deux. Elle sait exactement quelle impression cela fait de marcher d'un pas aussi décidé qu'Alice et elle sait à quoi ressemble le monde quand on l'observe d'un regard aussi suspicieux que celui d'Angelica. Mais comment sont-elles fagotées ? Alice a-t-elle vraiment l'intention de se rendre à l'enterrement avec une jupe s'arrêtant au-dessus des genoux et les cheveux hâtivement ramassés en un chignon négligé sur la nuque ? À son âge ? Et Angelica ? Faut-il vraiment qu'elle soit en pantalon et baskets à l'enterrement de sa grand-mère ? Qu'est-ce qu'ils ont, les gens d'aujourd'hui ? Ils ne sont tout de même pas pauvres au point de ne pas pouvoir s'habiller correctement ?

Augusta pousse un soupir tellement profond que la queue de cheval d'Angelica se soulève. La gamine se retourne rapidement pour essayer de voir ce qui lui a soufflé dans la nuque, mais ne voit rien, bien entendu. Dans la seconde qui suit, elle a tout oublié et continue à suivre Alice d'un pas résigné.

À la naissance d'Angelica, Augusta était morte depuis de nombreuses années. Elles ne se connaissent donc pas ou ne se connaissent que par ouï-dire. Augusta a surtout aperçu Angelica à la périphérie de la vie de ses autres descendants, elle l'a vue courir sur le gazon lors des réunions familiales de l'été, faire ses devoirs à la table de la cuisine de Siri, prendre dans ses bras son petit frère...

Si, si. Elle a aussi vu d'autres choses, qu'elle préférerait ignorer. Des choses désagréables. Qu'elle aimerait mieux oublier. Non qu'Augusta ait quelque raison de se sentir coupable de ce qui est arrivé longtemps après sa mort – il ne manquerait plus que ça – mais parce que, et il en a toujours été ainsi, dans la vie comme dans la mort, Augusta a toujours préféré s'écarter quand elle s'est trouvée en présence de malheurs qu'elle n'a pas pu soulager ou empêcher. Angelica s'est ainsi trouvée dans la même situation que les puits de mines de Herräng : Augusta n'a pas voulu accepter qu'on lui rappelle que cette arrière-arrière-petite-fille existe réellement.

Il n'en a pas toujours été ainsi. Au début de l'existence d'Angelica, Augusta la suivait avec intérêt. Elle observait à distance Carina dès que son ventre avait commencé à s'arrondir et laissa son bout de nuage planer toute la journée au-dessus de l'immeuble quand Carina emménagea dans son nouveau trois pièces. Un déménagement dont Augusta tirait une certaine satisfaction, pour ne pas dire un certain orgueil. Sinon pour elle-même du moins pour le compte de sa génération.

« En réalité, c'est nous qui avons permis ça, s'était-elle plu à lancer à un cercle de femmes social-démocrate qui vint à passer sur un cumulus. Nous avons veillé à ce qu'une jeune femme qui se trouve enceinte ne soit pas contrainte de vivre dans la honte ou de se séparer de son enfant. Nous avons veillé à ce qu'elle ne soit pas obligée de se marier si elle n'en a pas envie. Et aujourd'hui, il semble qu'il soit même possible de se faire avorter. Mais regardez donc la petite-fille de ma fille ! Elle a décidé de donner naissance à son enfant et de se débrouiller seule. Et maintenant elle emménage dans un appartement à elle, sans homme et sans beaux-parents... Elle est une femme libre ! La toute première ! Grâce à nous. »

Les membres du cercle féminin piaillaient comme des moineaux en poursuivant leur chemin vers le coucher du soleil : C'est bien ! C'était vraiment formidable que ce soit enfin devenu si bien !

Puis, l'on saute quelques années et l'on retrouve Augusta grelottant, les ailes ruisselantes de pluie, sur un nuage de novembre tandis que Carina marchait en poussant le landau en route vers la prochaine étape de cette voie de contrainte et de renoncement à soi qu'elle arpentait tous les jours, cette voie qui n'avait que quatre buts : l'usine, la maternelle, le magasin Konsum et un appartement sinistre de trois pièces. Dans le landau, il y avait Angelica avec son bonnet qui avait glissé sur ses yeux, son nez qui coulait et une nouvelle otite qui venait de se déclarer et lui vrillait l'oreille gauche. Mais cela elle ne pouvait pas le dire, elle était encore si petite qu'elle ne possédait qu'un seul mot, un mot qu'elle répétait d'une voix de plus en plus geignarde : « Maman ! Maman ! Maman ! »

Et Carina, la descendante d'Augusta, la fille de sa petite-fille, s'arrêta brusquement là, sous la pluie, et immobile sous un lampadaire, elle regarda son enfant, demeura muette à examiner sa progéniture pendant quelques secondes, avant de se baisser et d'enfoncer davantage le bonnet d'Angelica, qui lui couvrit du coup les yeux, le nez et la bouche. Et Carina posa la main dessus pour étouffer les pleurs de plus en plus forts et proféra d'une voix sifflante : « Tais-toi ! Sale gosse ! Tais-toi ! Tais-toi ! Tais-toi ! »

L'espace d'un instant, le silence régna vraiment. Comme si le monde entier s'était arrêté, comme si les rondins de bois stoppaient leur course dans les toboggans qui les menaient vers les machines à écorcer, là-bas à l'usine, comme si le moteur du camion chargé de troncs qui passait en grondant dans la rue était brusquement tombé en panne, comme si le cargo, qui venait de quitter le quai de l'usine, chavirait et sombrait. Ne se rendant compte de rien, Carina continuait à se baisser de plus en plus bas sur le landau et, la morve et les larmes coulant sur son visage, elle appuyait de plus en plus fort sur la bouche d'Angelica, en répétant : « Tais-toi ! Sale gosse ! Tais-toi ! Tais-toi ! Tais-toi ! »

Voilà qui rappelle soudain à Augusta, là-haut

dans le ciel, une autre époque et un autre enfant, elle se souvient comment, elle aussi, en un temps, fut obligée de supporter le bruit de l'usine tout comme Carina, comment elle avait été aussi fatiguée et seule et que, justement pour cette raison, elle s'était penchée sur cet enfant en crachant son agressivité. Cela ne fait pas partie des souvenirs dont elle est fière. Au contraire. Si un jour elle se trouvait dans l'obligation de résumer ce qu'elle a appris durant ses quatre-vingts années sur terre, il serait question de cet instant. La leçon à en tirer est qu'on ne doit pas agir ainsi. Pratiquement tout ce qui arrive dans la vie, on peut l'arranger et le réparer, mais on n'a pas le droit de se pencher sur un enfant comme une gorgone aux yeux de vipère et lui parler avec de la haine dans la voix. C'est interdit. Il faut que ce soit interdit. Car si cela ne l'est pas, le monde sera impossible à vivre.

Peut-être est-ce pour cela qu'elle évita de laisser son nuage s'approcher trop de l'immeuble de Carina durant les années qui suivirent. Une seule fois, elle jeta un rapide coup d'œil par la fenêtre, mais se retira rapidement. Elle n'avait pas aimé ce qu'elle y avait vu, elle ne voulait pas voir une femme et une petite fille se tenir chacune de part et d'autre d'une porte de cuisine fermée, toutes deux prisonnières de leur désespoir. La femme appuyait de tout son poids contre la porte pour la maintenir fermée. La fille s'arc-boutait pour essayer de l'ouvrir.

— Maman, criait la fille exactement comme autrefois. Oh, maman! Maman, maman, maman...

Pour toute réponse, la femme cognait de ses poings serrés contre la porte, cognait et reniflait en criant :

— Laisse-moi ! Laisse-moi ! Je deviens folle si tu ne me laisses pas !

Augusta ne devait plus voir Angelica durant de nombreuses années et quand, enfin, cela arriva, elle comprit que c'était une fille qui avait cessé d'appeler sa maman depuis longtemps. Elle était alors une gamine de sept ans, au dos droit avec un regard d'adulte, vigilante et silencieuse. En permanence sur le qui-vive. Qui endure et survit, qui sait se servir quand il y a à prendre. Lorsque Marianne offrit des beignets et de la pâte d'amande pour le traditionnel café de l'Avent avec la famille, Angelica remplit son assiette, non pas une fois mais deux. Et ce ne fut que parce qu'elle croisa le regard de Marianne, lorsqu'elle se leva pour approcher une troisième fois du plat, qu'elle se rassit. Goulue et téméraire, elle n'était cependant pas stupide. Aussi posa-t-elle sa tête sur le bras de Siri et subtilisa-t-elle un gâteau dans son assiette, tout en regardant Marianne avec un petit sourire. Tu ne m'auras pas, semblait dire ce sourire. Essaie donc. Si tu oses.

Les liens très forts qui unissaient Siri et Angelica rendaient Augusta perplexe. Ce n'était pas habituel. C'était étrange et illogique. Siri demeurait, comme par le passé, un personnage d'ombre, une petite orpheline dans le corps d'une femme âgée, hésitante, lente, anxieuse et remplie de doutes, alors qu'Angelica, même avant de commencer l'école, était un être aux contours si tranchants que les gens qui auraient été tentés de la caresser, reculaient et retiraient leurs mains de peur de se blesser. Pourtant, ces deux-là étaient liées. Il était rare d'apercevoir la silhouette élancée de Siri sans voir aussi le corps rondouillard d'Angelica. De même, il suffisait de distinguer les cheveux châtains d'Angelica pour savoir que ceux de Siri n'étaient pas loin. Laurel et Hardy, mais au féminin.

Cette entente provoquait parfois chez Carina des accès de jalousie. C'était rare toutefois. Peu lui importait que sa mère et sa fille la rejettent, puisqu'elle avait désormais sa vie. Une vie passionnante. Une vie qui incluait l'homme le plus désirable de tout Hallstavik. Le Microbe.

Certes tout le monde ne voyait pas le Microbe comme un homme désirable. Ainsi Marianne. Elle secouait la tête quand elle confiait à mi-voix à Alice ce qui se tramait et haussait tellement les sourcils qu'ils se confondaient presque avec la racine de ses cheveux. Ah ça alors! Quelle nouvelle gaffe Carina n'était-elle pas prête à accomplir? Alice souriait en guise de réponse et murmurait que Carina était une sorte de pilote kamikaze de l'érotisme. Il n'empêche, pensait-elle en soupirant par-devers elle, que ce n'était certainement pas la première parmi les descendantes d'Augusta.

À cette époque Carina, pour des raisons évidentes, n'avait pas encore présenté le Microbe à la famille. Elle avait bien conscience qu'il était impossible de l'amener pour le café de l'Avent.

Même désintoxiqué et dégrisé, le Microbe ne serait pas à sa place dans la pièce de séjour de Kåre et Marianne. Il salirait leur canapé en cuir clair, ses cheveux laisseraient une tache de graisse sur le papier peint et si on prenait le risque de mettre une tasse entre ses mains tremblantes, le café déborderait et se répandrait partout.

Alice n'eut donc qu'un aperçu très succinct du Microbe avant qu'il ne se soit sorti de la prison de ses abus et qu'il n'eût déplié ses ailes de papillon remarquable. Ce fut un jour où, avec Marianne, elles se pressaient dans le centre de Hallstavik. Soudain Marianne lui donna un coup de coude en soufflant : « Regarde. Le voilà ! Le nouveau de Carina ! »

Et c'était lui. Le Microbe. Sans aucun doute.

Trois hommes plutôt usés étaient assis sur le banc devant le magasin Konsum, mais on ne pouvait pas ignorer qui était le Microbe. C'était celui du milieu. Celui qui avait les jambes écartées. Dont le jean était déchiré au-dessus du genou gauche. Dont la chemise était largement déboutonnée et qui avait les manches de sa veste en jean à moitié remontées alors que la pluie de décembre était tellement lourde et froide que chaque goutte qui effleurait la peau d'Alice laissait une petite douleur. Le Microbe, lui, n'avait pas froid. Le Microbe semblait n'avoir jamais eu froid de sa vie.

La déchéance masculine a quelque chose d'attirant, de presque séduisant. Au point que dans l'espace de la fraction de seconde qui sépare la sensation de la pensée, une femme, fût-elle Alice, peut laisser errer son regard sur les bras velus, les lèvres molles et la braguette bombée, avant de cligner des yeux et de voir aussi le visage tuméfié, les ongles jaunes et le regard calculateur. Alors seulement elle hausse les épaules et se secoue, prend sa cousine par le bras et poursuit son chemin.

Mais Carina n'a pas de cousine à prendre par le bras. Carina se courbe seule sur le chemin de la nécessité et du renoncement.

Augusta avait secoué la tête en les apercevant pour la première fois ensemble. Ce n'était pas de cette manière qu'elle avait pensé qu'une femme libre aménagerait sa vie. Elle n'avait pas imaginé que cette femme accepterait de son plein gré de traîner à travers le parking un homme tellement ivre que non seulement il avait oublié son nom, mais qu'il avait vomi sur ses chaussures. Augusta n'aurait jamais cru qu'une femme libre laisserait sa mère garder son enfant des jours et des semaines pendant qu'elle-même passerait chaque seconde avec cet homme, ou errerait dans Hallstavik à sa recherche.

Au moins se rendait-elle à son travail au début. Elle se tenait sur le quai de chargement de l'usine vêtue de sa combinaison rouge, étincelante de bonheur amoureux même les matins d'hiver les plus froids. Tant que l'amant restait anonyme, les autres déchargeurs de produits chimiques souriaient et se moquaient d'elle quand elle trébuchait : « *Merde alors, Carina, la nuit est terminée, à cette heure-ci de la journée il faut arrêter les caresses.* » Les sourires cessèrent quand les chuchotements se mirent à aller bon train dans les salles et halls de l'usine. Le Microbe ? Est-ce que Carina du quai de chargement s'était mise avec le Microbe ? Le type qui boit depuis qu'il a treize ans, qui se drogue depuis quatorze et qui, aujourd'hui, à plus de trente ans, est un habitué du tribunal ? Avait-elle complètement perdu la tête ?

En un sens, c'était sans doute le cas. Aucun être sain d'esprit ne supporterait ce que supporte Carina : du vomi sur le sol de la salle de bains, de la porcelaine brisée dans la cuisine, des promesses rompues et des heures d'attente, des mensonges pleurnichards et de subits ricanements, des larmes de compassion amère sur son propre sort qui d'un moment à l'autre se transforment en fureur. Les mains du Microbe étaient dures. Mais, pour l'instant, il ne serrait pas les poings, il frappait la main ouverte et seulement avec le dessus. Cela laissait rarement de traces, même si la force était telle que cela résonnait un long moment dans les oreilles de Carina.

Les premiers temps, Carina se réveillait avec une petite attente qui tremblotait dans son ventre. Si le Microbe était toujours allongé dans son lit, elle arrêtait le radio-réveil pour ne pas le déranger dans son sommeil et passait prudemment les doigts sur son bras, comme pour vérifier qu'il était bien réel, que les veines bleues couraient sous une vraie peau gainant de véritables muscles. Elle devinait dans la pâleur du matin ses larges mains qui reposaient tels des crabes morts sur les draps fripés et se souvenait, avec un frisson de désir, comment dans la nuit elles l'avaient saisie avec une assurance qui lui avait donné le vertige, puis, enfin, fermait les yeux pour écouter sa lourde respiration tandis que, avec une infinie précaution, elle laissait son index effleurer la barbe naissante simplement pour se rappeler que, quelques heures plus tôt, elle avait éraflé sa joue.

Lorsqu'elle allumait la lampe dans la salle de bains, sa beauté la frappait : ses lèvres rouges étaient gonflées, ses yeux noirs brillaient, sa peau blanche avait la douceur du velours. Elle en était troublée. D'habitude elle n'était pas belle, il y avait bien longtemps qu'elle ne l'avait pas été.

Et pourtant, ce n'était ni sa nouvelle beauté ni les artifices amoureux amphétaminés du Microbe qui la firent négliger les réalités de l'existence. Ce furent les possibilités. L'aventure. Le fait que tout pouvait arriver dans la compagnie du Microbe, le fait qu'à ses côtés Carina se trouvait impliquée dans une histoire dépassant largement la sienne. La vie avant le Microbe avait été prévisible. À l'époque il lui suffisait d'ouvrir les yeux le matin pour savoir aussitôt comment se terminerait la journée qui venait de commencer : après la marche forcée vers la maternelle puis l'usine, elle rentrerait par le même chemin l'après-midi, éventuellement avec un détour par Konsum où elle serait obligée d'arrêter son geste s'apprêtant à saisir une pizza congelée en se rappelant qu'elle n'avait pas assez d'argent pour un tel luxe en cette fin de mois. Il faudra manger autre chose. Quelque chose qui remplisse le ventre, tout en laissant persister cette envie permanente de jus de viande rouge, de sucre granuleux et de fromage crémeux, cette envie qui ne la quittait jamais. Après le dîner, elle serait obligée de s'affronter avec Angelica en un combat d'une ou deux heures pour faire taire et mettre au lit le gosse. Ensuite elle s'affalerait devant la télé, une tasse de café à sa gauche et le paquet de tabac à sa droite pour rouler les cigarettes du lendemain. Les samedis elle avait l'habitude d'acheter un grand sac de bonbons qu'elle cachait tout en haut d'un placard jusqu'à ce qu'Angelica soit endormie. C'était le plus grand plaisir qu'elle pouvait espérer. À moins qu'il n'y eût quelque chose de vraiment bien à la télé, mais ce n'était pas souvent le cas.

Les choses avaient changé. Désormais, elle se dépêchait de se mettre sous la douche pour se laisser enivrer par l'odeur du savon et la sensation de posséder un corps. Désormais elle serrait fort la ceinture de la robe de chambre autour de la taille, se dirigeait sur la pointe des pieds vers la cuisine et s'installait avec une tartine de fromage et son café, contemplant sa propre image dans le reflet de la vitre noire, essayant de s'imaginer qu'elle était véritablement la femme qu'elle y entrevoyait. Qu'offrirait cette nouvelle journée à cette femme ? Passion et drame ? Oui. Envie et plaisir ? Oui. Rêves et aventure ? Oui. Peut-être le Microbe aurait-il disparu quand elle rentrerait de l'usine. Peut-être devrait-elle courir comme l'héroïne d'un film entre les repaires de brigands et les piaules pour drogués pour le trouver. Peut-être serait-il débordant d'amour quand elle l'aurait enfin trouvé (en un état lamentable, bien entendu, mais de préférence pas trop lamentable) et qu'il appuierait sa tête sur sa douce poitrine. Peut-être ne pourrait-il pas retenir son désir. Peut-être pousserait-il le bouton d'arrêt dès qu'ils seraient entrés dans l'ascenseur (là son rêve cloche, elle doit déplacer l'imaginaire repaire de brigands d'une maison sans ascenseur vers un immeuble à étages). Peut-être l'embrasserait-il dans le cou. Peut-être pousserait-il des grognements et des murmures pendant que, fébrilement, il soulèverait sa jupe (merde, d'habitude elle n'en porte pas... Bon, on s'en fout!) et lui enlèverait sa culotte. Peut-être se mettrait-il à trembler de désir en ouvrant sa braguette et en la poussant contre la paroi. Peut-être geindrait-il de lubricité en lui enjoignant de lever ses jambes sur ses hanches. Peut-être saisirait-il d'une main courroucée ses cheveux si elle ne s'exécutait pas aussitôt...

Tel était le rêve. La réalité avait beau être un peu plus terne, il était possible d'éviter de s'en rendre compte. Celle qui vit dans un rêve n'a pas à se soucier de savoir si l'amant sent l'ammoniaque et s'il a des ongles noirs. Elle peut ignorer que le boulot est tellement lourd que la douleur dans la nuque ne lâche jamais, que l'argent reçu pour ce travail pénible ne suffit de toute façon pas, que son foyer ne ressemblera jamais à celui des autres femmes parce qu'elle n'a ni l'argent, ni la force, ni le goût pour le transformer en un paradis fictif décoré de volants et qu'elle est exclue de la société des autres femmes pour cette raison. Elle peut même oublier qu'elle a un gosse impossible à comprendre, un gosse qui bat les autres mômes de la maternelle en piquant leurs affaires, un gosse dénaturé qui crie et crache au visage de sa maman, même quand les gens regardent...

Rien de tout ça n'a d'importance. Cela n'existe pas. Dans un monde où habitent des hommes comme le Microbe, il n'y a pas place pour de telles mesquineries.

Rien n'est éternel. Comme chacun sait : on ne se baigne jamais dans le même fleuve, et personne ne s'est réveillé le matin en étant le même qu'en s'endormant la veille. À présent, bien des matins plus tard, le Microbe est toujours le maître de Carina, mais il n'est plus un Tibère dépravé. Plutôt un sale Hitler du ménage, comme l'exprima un jour Angelica quand elle s'était assurée qu'il ne pouvait l'entendre.

Pour sa part, Carina s'interdit de telles pensées. Absolument. Elle hoche la tête et acquiesce quand le Microbe prêche l'évangile de la discipline, lui répétant constamment que ce qu'il a fait de sa vie est fantastique, proprement unique et absolument magnifique. Même en son for intérieur, elle refuse de reconnaître qu'elle pousse un soupir de soulagement quand il retourne à son travail au centre de réhabilitation, là où lui-même a appris, dans le temps, à vivre sans alcool et sans drogue et où, désormais, il éduque dans le même esprit d'autres âmes égarées. Elle s'étire simplement quand il a fermé la porte réalisant que son dos est plus douloureux que jamais et qu'elle a par conséquent besoin d'un moment de repos. Angelica qui, d'une manière magique, réussit toujours à se rendre invisible tant que le Microbe est à Hallstavik, fait généralement son apparition quelques heures plus tard se chargeant, sans mot dire, d'emmener Mikael dans la famille d'accueil à Herräng. Une fois la porte refermée sur eux, Carina avale un Panodil ou deux avant de se coucher et de rester étendue quelques instants. Elle se relève ensuite pour retourner dans la cuisine engloutir un Doloxen puis, seulement une heure après, aller encore chercher le pot presque transparent de Distalgesic – ce pot qu'elle cachait si soigneusement pendant que le Microbe était à la maison – et l'ouvrir avec des mains tremblantes et enfin se préparer à plonger dans les délices du total apaisement des douleurs. Parfois elle reste au lit plusieurs jours, allongée sans rien faire d'autre que fumer et feuilleter quelques vieux magazines en essayant de ne pas penser. Autrefois, elle appelait de temps à autre Siri quand la nourriture et le tabac à rouler étaient sur le point de manquer, lui demandant de faire les courses. Quelques heures plus tard, on sonnait alors à la porte et quand Carina ouvrait, Siri passait son bras maigre et tendait un sac de chez Konsum. Elle refusait toujours d'entrer, piétinait dans la cage d'escalier tout en parlant vite et fort pour dire que vraiment elle ne voulait pas gêner, vraiment, non vraiment pas, qu'elle n'avait nullement l'intention de déranger Carina qui avait un quotidien si laborieux et qui pour cette raison avait tant besoin de repos...

Désormais, Siri ne passera plus jamais son bras maigre dans l'entrebâillement de la porte. Carina et le Microbe se tiennent devant la glace de l'entrée et se préparent à assister à son enterrement. Augusta les observe d'un œil critique depuis son ciel, mais ne trouve, en fait, rien à redire. Carina aussi bien que le Microbe sont habillés comme il se doit, selon l'opinion d'Augusta, pour un enterrement. Le Microbe a pris conseil auprès de l'entrepreneur des pompes funèbres et a appris que, quand on est proche parent, il convient de porter une cravate blanche, alors que les amis et connaissances doivent en porter une noire. Aussi en ce moment boutonne-t-il son veston noir sur une cravate blanche. Que Carina et lui ne soient pas mariés pour de bon, c'est une question dont il a choisi de ne pas se préoccuper aujourd'hui. Il est le père d'un des petits-enfants du cadavre et beau-père de l'autre, cela devrait suffire pour faire de lui un beau-fils et proche parent.

Carina qui se tient juste derrière lui doit rapidement écarter le pied pour qu'il ne se retrouve pas sous le talon du Microbe quand celui-ci recule d'un pas pour vérifier son image dans la glace. Il aime ce qu'il voit, c'est évident. Ni crapule. Ni snob. Ni érudit fasciste. Seulement un homme ordinaire respectable, quoique inhabituellement large et carré, habillé d'un costume

120

dont le pantalon tirebouchonne sur des chaussures bien cirées. Le Microbe n'est pas très grand, d'où son surnom, celui dont on l'a affligé dès sa prime enfance et dont il se croit à présent libéré puisque, depuis plusieurs années, il exige que tous l'appellent par son nom de baptême : Conny. Au centre de réhabilitation, il a pris l'habitude de faire de petits discours pour souligner combien il est important de reprendre son nom, que le surnom est une part de l'identité du drogué, une part de la tenue qu'il faut abandonner et laisser tomber pour devenir un être comme les autres. Il ne sait pas que personne à Hallstavik ne pense à lui ou ne parle de lui en lui donnant le prénom de Conny, pas même Carina. Pourquoi l'appellerait-on Conny ? Il est bien le Microbe. À Hallstavik il sera toujours le Microbe.

Carina veille donc attentivement à ne pas s'adresser à lui nommément et, quand cela devient nécessaire, elle tient bien sa langue. Non pas qu'il la batte comme autrefois, mais il a d'autres méthodes. À présent, elle se tient juste derrière lui dans l'entrée sombre et observe son reflet dans la glace puis le sien propre. Elle a acheté un corsage neuf pour l'enterrement. Noir. Le Microbe l'a voulu. Il estime qu'on ne doit pas céder à la mode en s'habillant en clair pour les enterrements. S'habiller en noir, c'est manifester son respect pour le défunt, a-t-il expliqué et ce n'est pas Carina qui oserait le contredire. En revanche, elle n'a pas acheté de jupe neuve, ses finances ne le lui permettent tout simplement pas. Elle avait d'ailleurs une jupe noire dans son armoire, une jupe d'été, certes, en viscose fine et un peu flasque, mais à cela le Microbe ne comprend rien et ne le voit pas.

Carina a conscience de ne plus être belle. Ses lèvres ne sont plus gonflées par des baisers et ses joues n'ont plus une blancheur veloutée. Elles sont grises. En plus, elle a pris du poids. Cela lui est égal. Elle évite généralement de se regarder dans la glace, devant laquelle elle passe rapidement et effleure seulement ses cheveux de la main pour savoir s'ils ont besoin d'être lavés. Ce n'est que lorsqu'elle attend le Microbe qu'elle se donne du mal pour sa coiffure et qu'elle ressort son vieux mascara. Non pas qu'elle s'imagine qu'il faille faire des simagrées pour garder le Microbe, mais parce qu'il peut devenir assez désagréable s'il estime qu'elle se néglige, qu'elle n'est pas assez propre, soignée et ordonnée. Elle a déjà éprouvé les limites de sa tolérance en se plaignant d'un mal de dos qui ne se voit sur aucune image de radiographie et en se faisant licencier de l'usine. Officiellement, elle est partie parce que c'était son tour la dernière fois qu'il y a eu des réductions de personnel, mais, officieusement, on prétend que c'est à cause de ses absences répétées pour maladie. Le fait qu'elle soit assez régulièrement aidée par le service social depuis ne rend pas le Microbe plus tendre. Les gens bien ne se laissent pas aller pour un petit mal de dos, ils n'avalent pas des calmants et ils ne filent certainement pas au service social pour se plaindre que leur fille est dérangée de la tête, qu'ils n'ont plus assez d'argent. Les gens bien apprennent à leurs gosses à se tenir et veillent à ce qu'il y ait suffisamment d'argent. Ce n'est pas plus compliqué que cela.

Carina se trouve donc sérieusement sous la menace d'être rejetée. En réalité, il y a juste deux petites raisons qui la protègent. La première est Angelica : le Microbe ne semble pas avoir abandonné l'espoir de dompter sa belle-fille. Le second est Mikael : Carina est vraiment la mère du fils unique du Microbe. Le Microbe estime que les pères qui quittent la mère de leurs enfants, comme son père autrefois, sont des lavettes et des mollassons. Un homme bien tient le coup. Du moins tant que la bonne femme sait la boucler. Ce n'est pas plus compliqué que cela.

Carina s'autorise par conséquent à cultiver un peu de dédain derrière sa façade soumise, un dédain qui, certes, est difficile à entretenir mais qui lui donne pourtant l'occasion, de temps en temps, de tourner le dos et de sourire intérieurement. Ce salaud stupide ! Elle sait bien à quoi il rêve : trouver un jour du boulot à l'usine de pâte à papier et y devenir un ouvrier parmi d'autres. Le problème, c'est qu'il n'a pas la moindre idée de ce que cela signifie, qu'il ignore la palette d'aptitudes, l'endurance qu'exige un travail banal. Pour sa part, elle n'y retournera jamais, même si par miracle la douleur de son dos s'apaisait. Jamais. Elle en a assez du travail en usine. Bien assez. Et un jour ou l'autre le Microbe sera bien obligé d'admettre, lui aussi, qu'il a beau causer, ni lui ni elle ne seront jamais considérés comme des gens normaux. C'est foutu. Peu importe le soin qu'il apporte à repasser son jean, l'attention avec laquelle il brosse ses mains, la politesse qu'il déploie en tenant, avec le sourire, la porte devant les bonnes femmes retraitées, personne à Hall-stavik n'oubliera son jean puant de pisse, ses ongles noirs ou, encore, la fois où il décocha un coup de pied dans le derrière d'une vieille avec une telle force qu'elle tomba en avant et perdit son râtelier. Et elle ? Elle sera toujours Carina aux gros seins, la fille du quartier d'Alaska, la femme qui n'a jamais eu le bon sens de veiller à changer les rideaux de sa fenêtre de cuisine quatre fois par an comme doivent le faire les vraies femmes. Et si tout cela ne suffisait pas, il y a encore deux autres raisons pour les exclure : Mikael et Angelica. Leurs gosses. Leurs gosses pas comme les autres. Mais ça, le Microbe ne le comprend pas.

Nous n'avons que nous, pense-t-elle en passant sa main dans ses cheveux qui viennent d'être cou-pés. Je suis la seule chose que possède le Microbe et lui la seule qui soit à moi.

— Je me demande si Angelica aura le bon goût de paraître à l'enterrement, dit-elle à haute voix.

Le Microbe caresse lentement le revers de son veston avant de répliquer.

— Gare à elle sinon. Ce n'est pas plus compli-qué que cela.

Rien n'est aussi simple que ce qu'imagine le Microbe, pense Augusta là-haut sur son nuage. Rien. Le Microbe ne comprend pas qu'acquérir la citoyenneté dans le royaume de la normalité demande davantage que des déclarations de loyauté grandiloquentes. Il ne comprend pas non plus que les hommes ne puissent vivre sans joie. Il ne comprend même pas qu'il continue à se soûler lui-même, que l'agrément qu'il trouve à sa propre voix rugueuse quand il parle d'Angelica est le même qu'il trouvait autrefois à dévisser le bouchon d'une bouteille de schnaps.

Augusta soupire et laisse voguer son nuage.

Alice et Angelica sont arrivées à destination. Elles se tiennent avec Marianne dans l'entrée et leurs regards forment un triangle. Marianne regarde Angelica, qui regarde Alice, qui regarde Marianne.

— Ah, finit par dire Marianne. Comme ça tu as pu monter avec Alice...

Angelica ne répond pas, émet seulement un petit bruit. Le silence retombe pendant quelques secondes jusqu'à ce qu'Alice toussote :

— Oui, acquiesce-t-elle. J'ai trouvé que c'était plus simple comme ça. Vous êtes prêts ?

— Rien ne presse, constate Marianne en jetant un coup d'œil à sa montre. Kåre est toujours dans la salle de bains. Tu veux du café ?

— Volontiers, répond Alice en souriant. Angelica en prendra certainement aussi une tasse.

Comme Angelica s'apprête à dire qu'elle ne boit jamais de café, elle croise le regard d'Alice. Refermant aussitôt la bouche, elle hoche la tête. Oui, merci. Volontiers. Angelica prendra volontiers une tasse de café puisque Marianne a la gentillesse de le lui proposer.

Pourtant Augusta voit qu'Angelica n'est plus tout à fait la même que quand elle était petite fille, elle est plus calme et, si possible, plus vigilante encore. Lorsque Marianne les invite à table, elle choisit la place la plus proche de la porte et s'assoit au bord de la chaise, le dos droit et les mains sur les genoux, pendant que Marianne lui verse le café. Alice met du lait dans le sien. Angelica l'observe et l'imite. Elle hésite un instant quand Marianne lui tend le sucre. Siri prenait du sucre. Alice non. Il ne reste à Angelica que quelques secondes pour se décider. Marianne s'impatiente. Elle bouge un peu la main, du coup les morceaux de sucre s'entrechoquent ramenant Angelica en enfance. Elle en attrape cinq qu'elle plonge dans son café, l'un après l'autre, tandis qu'elle jette un coup d'œil rapide à Marianne. Tu l'as proposé, dit ce regard. Pourquoi aurais-tu proposé, si tu ne voulais pas que je me serve ?

C'est alors qu'il arrive. Au moment précis où un silence glacial allait retomber sur la cuisine. Mais là où est Kåre, le silence ne saurait régner : l'essence de la personnalité de Kåre est composée de bruits et de sons. C'est lui qui entonne *Les Fils du travail* lorsque l'association des ouvriers se trouve en réunion à la Maison du Peuple et qui, par la seule puissance de sa voix, force les plus jeunes camarades du parti à se joindre à lui. C'est lui qui, aux heures avancées du crépuscule d'été, s'installe sur sa terrasse en pierre et chante les chansons de Dan Andersson d'une voix si langoureuse que les femmes ferment les yeux même à plusieurs quartiers de distance. C'est lui qui fait tonner cette même voix comme l'orage quand Marianne a l'audace de le contredire pour quelque question domestique ou quand l'un ou l'autre de ses fils adultes refuse d'adhérer à ses opinions. Pour l'instant, il ne chante ni ne tonne. En sortie de bain après la douche, il incline le torse ostensiblement en passant la porte et clame : « Mesdames ! Salut à toutes ! Quel plaisir de vous accueillir ici... »

Trois femmes lui sourient : une au ciel et deux sur la terre. Mais la jeune fille terrestre ne sourit pas, elle porte la main à son cou comme pour se protéger.

Kåre a quelque chose de très particulier. D'insaisissable. De réconfortant et d'inquiétant à la fois. Si bien qu'Augusta a du mal à déterminer de quel côté de la frontière ténue séparant l'idéalisme du cynisme il se trouve.

C'était un jeune homme maigre ce dimanche de la fin des années cinquante quand il avait accompagné Marianne à la maison d'Augusta pour être présenté. Presque transparent. Non pas qu'il soit vraiment gros à présent, mais il s'est épaissi, comme si chaque année écoulée avait déposé une nouvelle couche de chair et de peau sur l'ancienne. Ses mains allongées sont devenues larges et carrées, son nez fin est plus gros et plus poreux, ses cheveux – étrangement – se sont épaissis et ébouriffés. Kåre, qui avait commencé à grisonner avant l'âge de quarante ans, a les cheveux blancs depuis longtemps. D'un blanc argenté. Quand il tire une chaise pour s'installer à la table de la cuisine, sa frange retombe sur son front; il l'écarte d'un geste familier et sourit à Alice. Sans un regard ni pour Marianne ni pour Angelica.

— Comment ça va?

— Bien, dit Alice, puisque, en fait, elle ne pense plus à la carte postale et à son inquiétude.

— Et toi?

— Très bien.

— Toujours notable du syndicat et héros du travail?

— Ah ça oui. Il faut bien que quelqu'un assume. Et toi, tu te balades toujours dans les musées?

— Oui

— En te faisant payer scandaleusement cher?

— Quand c'est possible. D'ici quelque temps, je gagnerai moitié plus que toi.

Marianne et Angelica ne prononcent pas une parole. Marianne a le regard fixé sur la nappe. Angelica est raide d'attention. Mais Augusta sourit dans son ciel, ce sont des propos qu'elle reconnaît et apprécie. Il y a entre Alice et Kåre quelque chose qui les pousse à se mesurer dès qu'ils se retrouvent ensemble. Il en est ainsi depuis de nombreuses années, en réalité depuis l'époque où Alice était sortie du purgatoire de sa jeunesse et avait commencé à s'en remettre. Au début, cela surprenait les gens quand ils démarraient. Même Lars et Marianne n'arrivaient pas à savoir si Kåre et Alice s'appréciaient ou se détestaient. Désormais Marianne est résignée et n'a plus la force de se poser de questions. Angelica prend, en revanche, un air perplexe. Elle quitte du regard le sourire en coin d'Alice et se tourne vers Kåre dont elle perçoit le ricanement :

— C'est ça. Et surtout, ne pense pas à nous autres travailleurs honnêtes qui devons payer cette merde...

— J'essaie de l'éviter.

— Tu y arrives ?

— Parfaitement. Depuis Noël, je n'ai guère eu de pensées pour les travailleurs honnêtes.

— Que diable. Dans ce cas, excuse-moi d'aborder le sujet. Et de t'y faire penser.

— Je t'en prie. Je vais m'empresser de les oublier à nouveau.

— Je n'en doute pas.

— Bien qu'on m'ait demandé d'organiser une exposition qui devrait les intéresser.

Kåre lève sa tasse et boit une gorgée.

— Aha. Et pourquoi ça ?

— L'industrialisation en sera le thème. Ce que l'industrie a changé dans notre manière de penser...

Kåre hausse les sourcils.

— L'industrialisation a changé quelque chose à notre manière de penser ?

— Oui. Absolument. Le travail n'est pas le seul domaine à avoir été fragmenté, les villes aussi se sont désagrégées. Et le temps. La vie même.

Kåre se penche en arrière et se balance sur sa chaise :

— Ça alors. Et nous qui étions enfermés dans les usines, nous n'avons, comme d'habitude, rien compris à tout ça ?

— Arrête ! Ce ne sont que des propos de minable. Tu sais très bien ce que je veux dire. J'essaie de trouver une façon de le décrire, mais je ne sais comment... As-tu lu *Le Nouveau Chant du peuple des cavernes* ?

— Je suis inculte, pardonne-moi !

— Viktor Rydberg. Sa grande œuvre poétique consacrée à l'industrialisation... Tu vois.

Alice se penche par-dessus la table, pose sa main à plat sur la nappe et déclame :

Faire au meilleur compte possible
De l'or grâce à l'énergie du muscle,
c'était là la question.
Voici la réponse, pratique et théorique :
Tenir la machine en marche dans la caverne,
Jour et nuit sans arrêt,
Ce n'exige que dix mille vies par jour...

Kåre feint de réprimer un sourire, tout en se débrouillant pour qu'Alice le remarque. Celle-ci ramène aussitôt sa main vers elle.

— Je sais. C'est mauvais... Et pourtant, d'une certaine façon, c'est pas mal.

— C'est de la merde, lance Kåre. De plus, il n'y a pas à critiquer l'industrie. Elle nous nourrit et nous nourrira longtemps encore. Tu confonds industrie et taylorisme, mais Taylor est mort et enterré depuis longtemps. Aucune entreprise moderne n'est dirigée comme les usines Ford

dans les années trente. Un jour toi et tes semblables, *besserwissers* des musées, devriez vérifier ce qu'il en est en réalité avant de vous mettre
à vous lamenter sur notre sort. Bon, je vais aller
m'habiller...

Alice fronce les sourcils.

— Viktor Rydberg vivait longtemps avant
Taylor...

Kåre se lève avec une telle hâte qu'il chasse la
chaise derrière lui.

— Écoute-moi bien : il n'y a pas à discuter. Le
taylorisme est mort. Une bande de fêlés à Stockholm et toi sont les seuls à ne pas l'avoir compris.
Il faut avoir passé son bac pour travailler à la
mine aujourd'hui. Trois années de lycée. C'est
comme ça. Nous ne sommes plus des esclaves, ni
des robots. Il faut que tu le saches.

Il y a un instant de silence. Kåre debout près de
la table détourne le regard. Alice reste assise, les
yeux baissés et les lèvres serrées comme si elle
venait d'avaler une objection. Marianne a encore
courbé la nuque et passe avec plus d'insistance sa
main sur le pli de la nappe. Angelica est seule à
garder le dos droit et à fixer Kåre qui soutient son
regard avant de repousser la chaise.

— Et elle ? demande-t-il en inclinant la tête en
direction d'Angelica. Elle a l'intention d'aller à
l'enterrement de sa grand-mère en baskets et
avec un vieux jean ?

Elles obéissent, songe Augusta accablée.
Aucun ordre n'a été donné. Pourtant elles
obéissent. Encore et toujours.

Une porte se ferme quelque part dans la maison. Kåre est entré dans la chambre pour s'habiller. Pendant un moment le silence est total autour de la table. Marianne se sent tout d'un coup très fatiguée. Il est en colère, pense-t-elle. Et il le sera longtemps...

Alice passe la main sur son front. Il a sans doute raison, se dit-elle. Elle n'est pas habillée comme il faut. J'aurais dû le voir, j'aurais dû y penser déjà à...

Angelica baisse le regard et effleure la nappe du doigt. J'ai l'air d'une pauvresse, pense-t-elle. Voilà ce qu'il dit. Le vieux schnock.

Une seconde plus tard, Marianne se lève et suit rapidement Kåre dans la chambre pour sortir tous les vêtements noirs qu'elle peut trouver dans son armoire et les rapporter dans la cuisine. Il n'y a pas grand-chose. Une robe délavée en jersey à l'allure plutôt minable. Une jupe d'été à volants. Une autre de vieille dame en gabardine lustrée qui semble bien trop large. Une paire d'escarpins éculés. Un collant neuf.

Alice incline la tête.

— Ton pull n'est pas si mal, dit-elle. Il est lisse et joli... Et la petite clé de ton collier, on dirait un bijou.

Ni Angelica ni Marianne ne répondent. Marianne soulève le tas de vêtements noirs et le place dans les bras d'Angelica.

— Tu pourras essayer dans la pièce de séjour, propose-t-elle.

Lorsque la porte se referme sur Angelica, une autre s'ouvre à l'intérieur d'elle. Et elle oublie de se défendre. Immobile sur le parquet de la pièce, qui, du temps de sa petite enfance, contenait tous ses rêves d'avenir, elle ne voit pas le canapé en cuir crème ni la table en jacaranda brillant ni le lustre en cristal ni la pendule dorée. Et pas davantage le tas de vêtements de deuil qu'elle tient dans ses bras. Au lieu de cela, elle tourne son regard au-dedans d'elle-même se rappelant ce qu'elle a fui pendant douze jours.

Siri est morte.

Elle a beau s'être répété la phrase des centaines de fois, elle ne l'a pas comprise. À présent, elle comprend. Siri est morte. Siri est vraiment morte, et aujourd'hui on l'enterre.

Quelqu'un respire profondément dans la pièce silencieuse et, en une parcelle de son cerveau, Angelica réalise que c'est elle qui soupire. La même parcelle de cerveau lui fait penser qu'elle n'a pas pleuré, qu'elle est à ce point une ordure sans cœur qu'elle n'a pas versé la moindre larme sur sa grand-mère.

Elle n'avait même pas pleuré lorsqu'elle l'avait trouvée. Non. Elle s'en souvient maintenant. Maintenant elle peut s'en souvenir.

Ce matin-là, elle avait enfilé à la fois son blouson et ses baskets avant d'entrer dans la chambre de Siri. Le sac à dos pendait sur son épaule droite et avait un peu glissé quand elle s'était arrêtée devant la fenêtre pour tirer le store. Dehors il pleuvait. Peut-être savait-elle dès ce moment ce qu'elle ne voulait pas savoir, peut-être était-ce pour cela qu'elle était restée un instant à regarder par la fenêtre, peut-être était-ce aussi pour cela qu'il était si important de pointer l'index sur une petite goutte d'eau qui glissait lentement le long de la vitre de la chambre avant de se retourner sans se presser vers le lit. Pour voir la bouche grande ouverte. Les yeux fixes.

Angelica pensa en un éclair au petit déjeuner qui attendait Siri dans la cuisine, au plafonnier allumé, au journal de Norrtälje posé sur la toile cirée à côté de la tasse à décor fleuri. Elle ôta son blouson et se débarrassa de ses baskets, puis entra dans le lit de sa grand-mère et se recroquevilla derrière le corps froid, restant ainsi les yeux fermés et les mains jointes pendant plusieurs heures sans admettre un instant que Siri était morte, qu'un temps était passé et qu'un autre commençait qui signifiait que ce corps maigre ne serait plus jamais là comme une protection.

Ce n'est que lorsque la pluie cessa de tambouriner contre la vitre qu'elle ouvrit les yeux, se leva et s'habilla, descendit d'un pas décidé l'escalier, sortit de la maison et du jardin puis entra chez les voisins.

— Il s'est passé quelque chose avec Siri, annonça-t-elle. Quelque chose. Elle ne précisa pas quoi. Elle ne prononça jamais le mot.

À présent elle se trouve dans la pièce de séjour de Marianne, un tas de vêtements dans les bras, et elle sait que Siri est morte. Qu'elle sera enterrée aujourd'hui.

Qu'est-ce qu'elle fabrique ici ?

Angelica desserre les bras et laisse tomber par terre les vêtements. Sans même les écarter du pied, elle les enjambe pour se diriger vers la porte de la terrasse. Elle l'ouvre tout doucement afin que personne ne l'entende, et l'entrebâille. La terrasse est à l'ombre, mais le soleil brille sur le gazon, l'air du printemps est tellement frais qu'il lui coupe le souffle.

C'est là qu'il faut qu'elle aille. À l'air libre. Avant de faire le premier pas, elle se tourne sur le côté et regarde le rebord de fenêtre, observe un instant les azalées en fleur de Marianne et quantité d'objets de décoration.

De quoi s'agit-il ? Du petit cheval de cirque en porcelaine danoise auquel Marianne tient tant qu'Angelica n'avait jamais le droit de le toucher et que Marianne se dépêchait toujours de mettre tout en haut de l'armoire dès l'arrivée d'Angelica.

À présent, il est placé un peu à l'écart, à moitié caché par l'exubérante azalée, mais il est toujours aussi beau. Angelica le prend délicatement dans sa main et caresse la crinière bleutée avant de briser, d'un geste brusque, l'une de ses jambes frêles. Ensuite elle fait bien attention de le remettre en place. Rien ne doit se voir. À ceci près que la prochaine fois que Marianne voudra épousseter sa pièce de séjour, la petite jambe de porcelaine tombera sur le rebord de la fenêtre avec un bruit de clochette.

La seconde d'après, elle ouvre grand la porte de la terrasse et commence à courir. Elle traverse la pelouse en quelques foulées allongées, se fraye un passage dans la haie, longe le trottoir au pas de charge, franchit le carrefour, continue vers la grande route, dépasse la mine et les dernières maisons d'habitation. Elle court, court et court jusqu'à ce qu'elle ne sente plus que les battements de son cœur et que la seule chose qu'elle pense encore c'est que ses poumons vont bientôt éclater.

Mais Augusta n'est pas là pour la regarder. Il n'y a pas d'Augusta assise sur son nuage pour suivre des yeux son arrière-arrière-petite-fille. Les morts sont morts. Le ciel n'existe pas.

Seule existe la terre. Avec tous ses enfants.

III

J'attends pense Augusta.
Pense Alice.
Pense Angelica.

Le temps les sépare. Ce n'est toutefois qu'une question de lumière et de distance. Tout existe toujours. Quelque part la région de Roslagen repose encore sous le manteau glacé de l'inlandsis. Ailleurs, c'est une contrée verte, transparente au milieu des eaux du dégel. Encore ailleurs, c'est un pays de rochers qui lentement émerge à la surface. Un matin, un arbre se reflète pour la première fois dans l'eau de la baie ; un jour, des milliers d'années plus tard, le silence de la forêt est déchiré par la voix du premier homme et le même soir une femme chuchote le mot qui sera le nom de l'endroit. Mille années après, une baleine s'échoue dans la baie d'Edebo. Elle repose, bleue et immense, tout près du rivage, agite mollement la queue dans l'eau peu profonde en se mourant. C'est un événement tellement étrange et heureux qu'il faut le raconter à d'autres hommes de par le monde. Ainsi se trouve écrit pour la première fois le nom de cet endroit, le lieu du rocher : Hällplatsen/*Hallstada*.

Les noms et les mots écrits accélèrent le temps, les années s'écoulent plus rapidement, les siècles se précipitent, les gens naissent et meurent à une telle vitesse qu'ils se souviennent à peine d'avoir vécu. Certains s'arrêtent de temps à autre, lâchent la pioche un instant à la mine, une femme redresse le dos en pleine lessive et passe ses doigts raides et glacés sur son tablier en pensant : *Je vis. En cet instant je vis.* Cela ne dure qu'un moment, ensuite la pioche se lève à nouveau dans l'obscurité de la mine, des mains rougies plongent dans l'eau froide, le temps poursuit sa course précipitée.

L'église de Häverö sort de terre. Un jour elle est là, resplendissante avec ses peintures. Les puits de mines de Herräng se multiplient et sont de plus en plus profonds ; des charrois lourdement chargés traversent les forêts en route pour les mines de Skebo et de Bennebol. Le temps halète derrière eux, les chevaux harassés essaient de hâter le pas. Sans grand espoir : leur temps sera bientôt révolu. En un souffle, un port pour les grands voiliers est construit à Hallstavik, peu après, la voie ferrée de Stockholm arrive jusqu'à la mine Skebo et de là se prolonge encore vers le village voisin de Hallstavik, Häverödal. C'est le plus mauvais chemin de fer de toute la Suède, celui qui secoue le plus les voyageurs, mais il est là. Il arrive en répandant suie, vapeurs et odeurs d'une nouvelle époque. Les garçons se retrouvent à la gare le soir, leurs cœurs pleins d'émerveillement devant le poids et la noirceur de la locomotive. Comme ce n'est toutefois pas un sujet de

140

conversation, ils ne cessent de se bousculer et de se chamailler, roulant dans le gravier en des combats constamment recommencés, brandissant le poing comme des hommes jusqu'à ce que, enfin, le chef de gare arrive pour les séparer. *Je vis*, pense un garçon, bien que la gifle du chef de gare résonne encore dans sa tête et qu'il sente la tiédeur de son sang qui coule de son nez. *En cet instant, je vis*. Une jeune fille passant là-bas sur le chemin lui jette un rapide coup d'œil, sans s'attarder pour autant. Elle a vu des milliers de garçons saigner du nez durant les douze années qu'elle a vécues et cela ne l'intéresse pas. En revanche, le train l'intéresse, pourtant elle ne peut s'arrêter pour le regarder. En leur suffisance sans bornes, les garçons s'imagineraient aussitôt que ce sont eux qu'elle regarde et elle ne veut pas leur donner ce plaisir. En effet, comment parvenir à leur faire comprendre qu'elle ne voit pas quelques morveux en passant devant la gare de Häverödal un soir d'été, mais elle-même, dans deux ans, quand elle sera grande et confirmée et qu'elle prendra le train en direction de Stockholm pour être bonne ? Elle sent déjà chacun des mouvements qu'elle accomplira alors : une de ses mains relèvera la jupe, dévoilant une paire de bottines brillantes, toutes neuves, tandis que de l'autre elle se hissera agilement dans le wagon de marchandises. À la mine de Skebo, elle devra changer pour un train plus grand avec un vrai compartiment de voyageurs pourvu d'un toit et de bancs en bois. Elle ne sait pas très bien à quoi ressemble un tel endroit, elle n'en a vu que dans ses rêves. Elle sait seulement que celui qui veut aller à Stockholm devra l'emprunter.

Elle ne sait pas non plus que ce jour-là, Augusta viendra en sens inverse, que leurs jupes se frôleront à la gare de la mine de Skebo quand Augusta descendra du train et que la fille qui veut être bonne y montera. Elles ne se voient pas : toutes deux ont le regard fixé sur l'avenir ; aucune ne perd son temps à considérer le présent.

Ce jour-là, Augusta est plus fatiguée qu'elle ne l'a jamais été et qu'elle ne le sera jamais. Son visage se détache en gris clair sur le châtain de ses cheveux, ses lèvres sont à peine plus foncées, les cernes sous ses yeux semblent barbouillés d'une encre diluée. À première vue, elle apparaît mieux habillée qu'une femme dans sa situation, pourtant elle a l'air d'avoir froid. Peut-être parce que le manteau ne peut se boutonner, qu'il est un peu étroit à hauteur de la poitrine. Le chapeau ne saurait la réchauffer : c'est un chapeau d'été en paille qui, en réalité, ne convient pas du tout à un jour d'octobre sombre et humide comme celui-ci.

Augusta hausse les épaules et frisonne, là, sur le quai de la gare avec son enfant emmailloté sous le bras comme un baluchon, puis elle ouvre sa main droite, lâche le sac de voyage et écarte un peu ses doigts comme si elle voulait vérifier qu'ils bougent encore. Le sac s'affaisse à côté d'elle, il ne semble rempli qu'à moitié. Un instant Augusta vacille, comme si elle allait s'affaisser elle aussi. Au lieu de cela, elle se baisse en un mouvement de génuflexion et, ramassant son bagage, elle se dirige d'un pas décidé, en claquant les talons, vers l'autre train, celui de marchandises qui va à Häverödal. Sans un mot, elle tend l'enfant à un vieil homme qui vient d'y monter, murmure qu'il faut lui mettre la main sous la tête, puis, ayant lancé son sac au fond du wagon, elle agrippe fermement le montant de la ridelle et grimpe. Quatre hommes et le vieux, tout surpris de recevoir un bébé dans ses bras, l'observent et constatent que ses chevilles sont très fines. Une fois montée, elle s'avance pour reprendre l'enfant et susurre un rapide remerciement mais sans un sourire, ni un regard.

Lorsqu'il y a des notables dans le wagon, la société des chemins de fer a l'habitude d'installer des bancs en planches, mais aujourd'hui aucun des passagers n'est jugé digne d'un tel privilège. On voit de loin que le vieux est un vieux tout ordinaire, que les quatre hommes sont des ouvriers qui vont travailler à la construction d'une usine à Hallstavik, chantier qui sera sous peu le plus important d'Europe et que la jeune femme avec un enfant dans les bras pourrait éventuellement – seulement éventuellement – être une dame, mais certainement pas une dame distinguée. Donc, ils s'assoiront à même le sol dans le wagon ouvert.

La locomotive halète, siffle et lance de la vapeur un long moment avant que le train ne s'ébranle. Augusta trouve cela bien, ainsi elle n'a pas à s'inquiéter que l'enfant se réveille et dérange les gens par ses pleurs. Un enfant de seulement trois semaines dans un wagon de marchandises ne peut pas couvrir le bruit d'une locomotive. Dans le train de Stockholm, cela aurait pu arriver. En fait, cela n'a cessé de la tracasser. Olga a cependant dormi sagement depuis Stockholm ne faisant pas entendre le moindre souffle. La tétine a rempli sa fonction, exactement comme l'avait assuré Kristin.

C'était vers Kristin qu'elle était allée lorsque ça avait commencé à se voir. Il n'y eut jamais d'explication entre elle et Vilhelm, elle ne cherchait même pas à retenir son regard quand il détournait les yeux. Un matin, quand sa femme et la cuisinière étaient parties pour la maison de campagne, Augusta dénoua tout simplement son tablier après la vaisselle du petit déjeuner, alla dans la chambre de bonne et se mit à faire ses bagages. Vilhelm avait dû entendre ses mouvements et comprendre ce qu'elle faisait, car lorsque, quelques instants plus tard, elle se tint dans l'ouverture de la porte de la bibliothèque, en chapeau de paille et manteau, il avait déjà inscrit son nom et clos l'enveloppe. Il avait un air inquiet en la lui tendant, à la fois suffisant et peureux, et soudain elle vit combien il était laid avec son gros nez et sa peau épaisse. Un vague étonnement l'effleura de ne s'en être pas aperçue plus tôt, de penser qu'il y avait même eu des moments où elle avait pu rêver de lui. Ça, elle ne le fera plus, elle en était déjà persuadée. Plus jamais de sa vie.

— Il y a un peu de viande froide dans le garde-manger, dit-elle en glissant l'enveloppe dans la poche de son manteau. Veut-il autre chose ?

Son regard errait. Il passa rapidement sa langue sur ses lèvres, dont l'éclat luisant l'enlaidissait encore davantage. Le parquet bougea un peu sous elle quand elle se souvint de la sensation ressentie lorsque ces lèvres avaient glissé sur son cou et, soudain, lui revint aussi en mémoire son odeur, cette odeur de tabac et de solitude qu'il avait exhalé lorsqu'il s'était accroché à elle la première fois, ses geignements lorsque ses doigts avaient été pris dans ses cheveux et comment il les avait violemment tirés en arrachant même une touffe avec les racines.

— Augusta m'a attiré, dit-il en toussotant. Si Augusta ne m'avait pas attiré...

Elle ne le laissa pas terminer sa phrase, tourna simplement le dos et partit.

Kristin n'arrivait pas à se souvenir d'elle. Augusta dut rester un long moment sur son seuil pour s'expliquer tandis que la vieille l'observait de son regard humide de vieillard. Enfant placé ? Pendant quelques mois, il y a presque dix ans ? Comment pourrait-elle s'en souvenir ? Ils avaient été si nombreux. L'un après l'autre, les enfants de l'assistance publique s'étaient succédé durant plus de trente ans. En fait, elle ne se souvenait que du premier... Il s'appelait Sven et c'était un petit lascar bien paresseux. Il avait été placé chez un tailleur en Småland mais avait été renvoyé à l'orphelinat parce qu'il refusait de travailler correctement. C'est comme cela qu'avait commencé sa vie de mère adoptive, les belles dames de l'orphelinat trouvant que Kristin pouvait bien s'occuper de tous ces gosses que d'autres renvoyaient et elle n'étant pas assez riche pour refuser. Cela s'était terminé lorsqu'un des gosses s'était mis à tousser au point d'en mourir, quelques années auparavant. Brusquement, ces dames de l'orphelinat s'étaient rendu compte que Kristin n'habitait pas une pièce tout en haut de la maison mais un recoin dans la cave. Et qu'au lieu de gagner sa vie à faire des retouches, elle s'était convertie dans les chiffons et vêtements usagés. Ce n'était pas sain pour les bâtards de jouer dans les tas de chiffons de Kristin, parbleu. Aussi firent-elles chercher le dernier gosse et refusèrent-elles d'en envoyer d'autres. Et ç'aurait été tant mieux pour Kristin, n'était le problème d'argent : les chiffons ne rapportaient pas autant que les retouches et sa vue était devenue trop mauvaise ces temps derniers pour qu'elle pût se remettre à coudre...

Du pain ? Ah bon, Augusta apportait du pain qu'elle avait acheté ? Un sac entier de brioches et un autre de biscottes ? Et deux cents grammes de café frais moulu ?

Pas mal. Pas mal du tout.

Qu'elle entre donc, Kristin ne s'y opposait pas du tout, qu'elle entre et qu'elle s'assied sur une chaise. Kristin allait simplement repousser les chiffons sur la table avant d'allumer le fourneau pour le café. Réflexion faite, elle a l'impression qu'elle se souvient d'Augusta. N'avait-elle pas habité chez une institutrice en Scanie pendant un certain nombre d'années ? Laquelle était morte d'un seul coup ? C'est bien cela. Là, Kristin se rappelle. Augusta était une orpheline particulièrement mal lotie, n'est-ce pas ? Non seulement de père inconnu, mais aussi de mère inconnue. Trouvée sur les marches de l'orphelinat sans le moindre petit papier pour l'identifier ? Si, si, Kristin se souvenait de la colère d'Augusta quand les autres enfants se moquaient d'elle parce qu'elle n'avait aucun parent. Comme s'il y avait de quoi s'enorgueillir d'être des enfants de bonne. Mais Augusta n'était pas restée très longtemps chez Kristin, elle avait dû trouver assez rapidement une autre famille d'accueil. Chez un paysan du Sörmland. C'était bien ça, non ? C'est aussi ce qu'elle pensait. Et à présent elle est dans le malheur ? Eh oui, en ce cas elle n'est pas la première, Kristin pourrait en raconter et pas seulement sur les bonnes, les servantes et autres indigentes, mais aussi sur des infirmières saintenitouche et des dames soi-disant distinguées, sur des enseignantes pharisiennes et des demoiselles faussement innocentes...

Et elle en avait raconté. Durant trois mois, Augusta était restée près de sa table et avait trié des chiffons pendant que Kristin racontait des histoires, plus terribles les unes que les autres. Augusta avait-elle entendu parler de la bonne qui avait étouffé le gosse dans un tiroir de commode puis essayé de le brûler dans le fourneau ? Elle était devenue folle et avait été enfermée à l'hospice. Ou de l'infirmière qui avait été découverte à cause d'une seule goutte de sang ? Elle pleurait en faisant semblant de regretter son petit bâtard et avait habillé le cadavre en bonnet et petite robe de dentelle pour l'enterrement. Pourtant, l'assassin qu'elle était fut démasquée : quand le pasteur regarda sous toutes ces dentelles et volants, il découvrit que le petit avait une minuscule croûte au sommet du crâne. Et alors il comprit : elle avait piqué une aiguille droit dans la tête du gosse, une aiguille à broder ordinaire du modèle le plus fin. Voilà. C'était comme ça. Mais pire encore était peut-être le cas de cette bonne qui avait mis au monde son gosse sur le rivage de Brunnsviken et l'avait aussitôt jeté à l'eau. Une vraie imbécile, celle-ci. Elle était rentrée tout de suite après, en titubant dans la cuisine comme si elle était ivre, laissant des traces de sang sur le sol. Ces patrons n'étaient pas bêtes au point de ne pas comprendre de quoi il en retournait, la patronne avait bien réalisé que la bonne était enceinte, bien que celle-ci le niât toujours. Là, il n'était plus question de nier, la patronne envoya chercher la sage-femme et procéda à un examen en dépit des cris et des protestations de la bonne. Le placenta y était toujours et, du coup, il était bien difficile de nier. Pourtant la petite idiote continua à protester en disant que seuls étaient sortis quelques caillots de sang... Peuh ! Cela tint un jour. Après cela, le petit cadavre fit surface dans le Brunnsviken et il y eut un procès. Si cette idiote de bonne avait eu le moindre bon sens, elle aurait évidemment dû laisser vivre le gosse et, le nourrissant, l'aurait fait accepter à l'orphelinat. Qu'y a-t-il d'étrange à cela ? Est-ce que des centaines, ou peut-être des milliers de bonnes n'avaient pas fait la même chose ? Et la honte ? Quelle importance ? De toute façon, les femmes pauvres ne devaient-elles pas avoir honte, un bâtard par-ci ou un bâtard par-là, quelle différence ?

Augusta essayait de garder le visage fermé pendant que Kristin racontait. Elle se penchait au-dessus des chiffons sur la table, examinait, l'un après l'autre, les habits et les morceaux de tissu, les répartissant dans les tas appropriés, sans que le moindre signe ne révélât que son dos ne cessait de se contracter. Cela ne servirait à rien de se plaindre, elle ne pouvait s'en prendre qu'à elle-même si elle se trouvait là où elle était. Elle était allée vers Kristin à cause des contes, parce que le souvenir qu'elle gardait de ses mois dans les quartiers sud de Stockholm, quand elle était encore assommée par la douleur de la mort de sa première mère adoptive, avait toujours été celui d'une voix qui ne cessait d'évoquer des princes et des princesses, des âmes errantes et des enfants substitués, des elfes et des trolls. À présent, Kristin n'avait plus de contes à raconter, seulement ces histoires terrifiantes de sang et de corps brûlés, de membranes nacrées éclatées et de crânes d'enfants sans défense.

Il ne vint jamais à l'idée d'Augusta qu'elle aurait pu demander à Kristin de s'arrêter. Rien dans sa vie ne le lui avait enseigné, elle n'avait appris qu'à endurer en silence les événements et, par la suite, à obtenir, en gardant toujours un silence résolu, ce qu'elle voulait. Mais le silence, elle ne pouvait se le procurer, du moins pas chez Kristin. Dehors les sabots des chevaux martelaient le pavé, des voix aiguës de gamins s'élançaient comme des cris d'oiseaux entre les façades des maisons et dans le réduit de la cave, la voix de la vieille femme marmonnait sans interruption. Parfois Augusta mettait la main dans son dos avec un pâle sourire en direction de Kristin, feignant de devoir se redresser à cause des mouvements de l'enfant. Ce n'était pas le cas. L'enfant bougeait très peu souvent, ou quand cela lui arrivait, ses mouvements étaient si légers qu'Augusta n'en prenait conscience que quelques instants après.

Durant les dernières semaines, elle ne sortit pas, mais resta en permanence dans le réduit de Kristin. Lorsque des clients se présentaient pour acheter des chiffons ou des vêtements usagés, elle s'éloignait de la table vers les ombres près du fourneau, et, tournant le dos, faisait semblant de s'occuper du feu ou de préparer du café. Elle assumait néanmoins sa part des besoins domestiques, versant à Kristin couronne après couronne, ne protestant pas quand la vieille rentrait chargée de café, de brioches et d'aquavit. Kristin se nourrissait de café et de ce qu'elle y trempait et, en tant que pensionnaire occasionnelle, Augusta était bien obligée de faire pareil, bien que son corps eût envie de lard et de pommes de terre. Ce régime l'affaiblissait et lui donnait des vertiges. Au bout de quelques semaines, elle dut s'appuyer au mur, sur le fourneau ou sur la table quand elle voulait se lever. Pourtant, elle ne s'autorisa jamais à s'abandonner à son envie de s'affaisser et de se transformer en un tas de chiffons parmi d'autres. « L'argent, se disait-elle, quand le plancher semblait se soulever contre elle. J'ai tout de même mon argent ! »

Elle avait ouvert l'enveloppe aussitôt dans l'escalier de service en quittant l'appartement de Vilhelm, ses doigts avaient tremblé tandis qu'elle la décachetait et commençait à compter, le front plissé, les billets. Six cents couronnes ? Plus que le salaire d'une année. De deux presque. Elle s'était arrêtée au milieu de l'escalier pour compter une fois encore les billets – si, c'était bien cela, cinq billets de cent et dix de dix – pour, doutant encore du témoignage de ses doigts, recommencer immédiatement à compter. Elle n'avait glissé l'enveloppe dans sa poche et continué à descendre qu'après avoir entendu une porte s'ouvrir plus haut dans la cage d'escalier. Une fois au rez-de-chaussée, elle avait ouvert la porte de la cave et s'était faufilée dans ses sombres profondeurs. Augusta y avait évolué presque tous les jours entre ses quinze et ses dix-huit ans, elle savait où trouver un bout de bougie et une boîte d'allumettes et connaissait le coin où elle pourrait s'asseoir sur un tonneau de harengs pour compter à nouveau sa fortune.

Elle ne s'attendait pas à recevoir tant d'argent. Elle avait pensé qu'elle devrait se contenter du salaire d'une semaine et éventuellement d'un billet de dix couronnes pour panser les plaies. Il ne lui était jamais venu à l'esprit que Vilhelm achèterait sa liberté pas plus qu'elle n'avait pensé qu'il eût pu la craindre. Mais la liasse de billets délivrait un message : elle avait un pouvoir sur lui, un pouvoir qui, certes, comportait aussi un danger pour elle-même. Un pouvoir qui n'en avait pas moins poussé Vilhelm à quémander sa grâce. Voilà pourquoi il lui avait donné l'enveloppe, pour la supplier de l'épargner, de laisser inscrire « de père inconnu » dans le registre de la paroisse. Et, bien sûr, pour six cents couronnes, Augusta était prête à épargner n'importe qui.

Il lui fallut une éternité pour cacher l'argent. Elle commença par glisser un billet de cent dans chaque bottine, puis un dans chaque bas pour ensuite changer d'avis et reprendre les billets. Ils se froisseraient si elle marchait dessus ! Dans la minute qui suivit, elle les remit pourtant, car l'argent était tout de même plus en sécurité dans ses bas et ses bottines que nulle part ailleurs. Enfin, elle déboutonna son corsage et fit glisser le dernier billet de cent sous la chemise et le corset, plia trois billets de dix en petits carrés et leur fit prendre le même chemin. Elle mit les derniers billets de dix dans son porte-monnaie et le plaça au fond de son sac de voyage, puis elle s'installa et éclata en sanglots.

C'étaient des pleurs étranges, secs et convulsifs, des pleurs qu'elle allait porter en elle comme un secret pour le restant de ses jours et auxquels elle songerait souvent. Ils ne semblaient pas venir de l'intérieur comme les larmes de l'enfance, ils venaient de l'extérieur et se forçaient un chemin en elle, comme si quelqu'un avait saisi ses lèvres et les avait écartées, avait tordu son visage en une grimace horrible. Pourtant elle tenta de résister : elle ferma son gosier et bloqua le passage des hoquets, les transformant en des geignements assourdis qui firent trembler la flamme de la bougie. Elle serra les poings et se frappa plusieurs fois sur les cuisses.

Quand il n'y eut plus de bougie, elle se tut et se calma, demeura immobile un instant aspirant par les narines les odeurs de la cave. De la terre et des pommes de l'année dernière. Pendant plus d'une heure, elle resta ensuite sur le tonneau de harengs fixant l'obscurité, fermant seulement de temps en temps les yeux pour voir les couleurs qui dansaient sous ses paupières. Dans le noir, elle découvrait ce à quoi elle était restée aveugle dans la lumière. Elle s'était préparée à mourir. Elle ne le savait pas elle-même, mais c'était ainsi. Désormais elle était sauvée. Elle n'aurait pas à se noyer, elle avait six cents couronnes et un avenir qui l'attendait.

Cela ne la rendait pas joyeuse. Elle n'en était qu'un peu soulagée malgré sa lassitude.

À présent, l'avenir est là. Augusta est assise par terre dans le wagon de marchandises avec son gosse sur le bras en route pour une destination quelconque. Où, elle ne sait trop, elle n'a pas d'image en tête montrant à quoi pourrait ressembler un lieu nommé Herräng, elle sait seulement qu'elle doit descendre du train à Häverödal, qu'on doit y venir la chercher pour la conduire en voiture à cheval vers un endroit situé à une dizaine de kilomètres de là. Herräng se trouve là où se termine la route. Au bout du monde.

Le veuf chez qui elle servira est pisteur. Augusta ignore en quoi consiste ce métier, mais elle aime le mot. Cela lui fait penser à des hommes courageux qui se frayent un chemin dans les forêts et ouvrent de nouvelles pistes. Mais Kristin, qui avait habité Herräng dans son enfance, prétendait qu'un pisteur est tout autre chose. Qu'il avait une situation intermédiaire. À mi-chemin de celle d'un notable. Ce qu'il n'était pas, même s'il était juste après l'inspecteur dans la hiérarchie. Et il n'était pas davantage un ouvrier ordinaire, bien qu'il ait à descendre dans la mine tous les jours. Mais ce qu'il faisait là en bas, Kristin ne le savait pas et ne se préoccupait pas non plus de le savoir.

C'était Kristin qui avait trouvé cette place pour Augusta, elle était rentrée un jour d'une de ses tournées de chiffonnière en racontant qu'elle avait rencontré une vieille connaissance de Herräng, la femme d'un pêcheur. Kristin n'était pas retournée à Herräng depuis le changement de siècle et elle n'avait donc écouté qu'avec peu d'intérêt les potins de sa contrée natale. En fait, elle n'avait pas écouté du tout jusqu'à ce que la femme du pêcheur commence à parler du pisteur en deuil, de cet homme qui était veuf depuis plusieurs années et qui aurait tant besoin d'une femme dans sa maison...

Ensuite tout sembla aller tout seul, Augusta ne comprit jamais bien comment. Un jour, une lettre arriva de l'inspecteur de la mine de Herräng, expliquant brièvement à Augusta qu'à partir du début du mois d'octobre elle pouvait se considérer comme servante chez le pisteur Arthur Svensson. Ce qu'en pensait Arthur Svensson lui-même, la lettre ne le précisait pas. Il n'y était pas non plus question de l'enfant qui bientôt allait surgir du corps d'Augusta.

Une seule fois, Kristin avait mentionné l'orphelinat comme une solution possible. Elle s'était tue aussitôt en rencontrant le regard d'Augusta.

Augusta se laisse bercer au rythme du train en serrant un peu plus l'enfant sur sa poitrine. L'après-midi arrive, le crépuscule attend son heure dans la forêt couleur de cuivre et une pluie si fine qu'elle ne se remarque qu'à peine est suspendue dans l'air. Augusta aime ça, bien qu'elle sente le froid passer sur ses bras quand l'air d'octobre pénètre sous son manteau. Ses joues s'adoucissent, ses cheveux brillent et la pluie transparente la fait scintiller. L'automne caresse et apaise le monde entier. Et Augusta est une parcelle de ce monde.

Elle baisse le regard vers le baluchon sur son bras. Kristin a enveloppé Olga dans plusieurs épaisseurs de laine et sacrifié une jolie petite couverture de sa collection de chiffons pour que le paquet ait belle allure. C'est aussi elle qui a préparé la sucette. Qui a trempé un morceau de sucre dans de l'aquavit, puis l'a enveloppé de

155

gaze et mis dans la bouche d'Olga. Kristin avait lancé à Augusta un regard triomphant lorsque sa fille avait commencé à sucer et s'était endormie la minute d'après. Elle dort encore, bien qu'Augusta ait retiré depuis longtemps la sucette et l'ait fourrée dans la poche de son manteau, elle dort en fait depuis très tôt le matin. Le petit doute qui toute la journée est resté à la lisière de sa pensée s'étire soudain et s'éveille. De l'aquavit ? À un nouveau-né ? Est-ce bien, cela ? Augusta se penche sur le petit baluchon et écoute, tendue. Si, bien sûr, elle respire. Elle n'a pas ouvert les yeux de toute la journée, mais elle respire bel et bien.

Augusta chasse son inquiétude et regarde vers le ciel, essayant de distinguer les vapeurs de la locomotive des nuages de pluie. Ce n'est pas toujours possible, tout se mêle, tout, sauf une petite étincelle incandescente qui en une seconde perce le brouillard. Cela ressemble à une chute d'étoile.

— Je souhaite, pense Augusta. Je souhaite que...

Elle ne parvient pas plus loin. Elle ne sait plus comment faire un vœu.

Quand le train stoppe à la gare de Häverödal, le crépuscule est déjà tombé. Le froid n'est plus agréable, seulement perçant et rude. Ça cogne dans le bas ventre meurtri d'Augusta, les lochies ont trempé la serviette de protection laissant une tache froide et humide sur sa jupe. Ses cheveux ne brillent plus. Ils se collent, plats et mouillés, au sommet de sa tête. Le lait dilate ses seins qu'il rend douloureux et son corps est raidi ; elle grimace comme une petite vieille en cherchant à se lever. Un des jeunes ouvriers la saisit par le bras et la soutient. Il est habillé légèrement, ne portant qu'une chemise en flanelle délavée sous son mince veston. En revanche, sa casquette a une cassure audacieuse qui dénote une insolence joyeuse et ses yeux sont très noirs. La joue d'Augusta frôle un instant son veston mouillé, elle écarte les lèvres et respire son odeur, la sent sur sa langue. Le temps d'une respiration, elle devient toute molle.

J'attends, pense-t-elle. Je ne savais pas que j'étais à ce point dans cette attente.

C'est cette nuit-là que tous les contes sont morts... déclare Augusta.

Sans répondre Alice se borne à traverser d'un pas hésitant la chambre plongée dans la pénombre pour poser les épingles à cheveux dans le petit coffret à bijoux sur la table de nuit d'Augusta. Dehors, devant la fenêtre, la dernière bise de l'hiver se déchaîne, les murs craquent et geignent, le froid de février se fraye un chemin dans la maison par des fentes secrètes. Le froid sévit aussi dans la chambre d'Augusta, bien qu'Alice ait fait du feu dans le poêle tout l'après-midi.

Augusta ne semble pas souffrir du froid, là, sur sa chaise à barreaux, au milieu de la pièce, un châle sur les épaules. Elle vient d'avoir soixante-trois ans, mais son corps est bien plus âgé, les articulations sont raides et les muscles ne veulent plus travailler, elle a grossi jusqu'à en devenir difforme au cours des dernières années. C'est pourquoi Alice doit soutenir sa grand-mère quand arrive l'heure d'aller au lit quoique l'escalier soit si étroit qu'elles n'y tiennent normalement pas côte à côte. En plus, elle doit l'accompagner dans la chambre pour l'aider à retirer sa robe. La chemise de nuit, Augusta l'enfile seule tandis qu'Alice tourne le dos et cherche un portemanteau, brosse la robe et l'accroche. Elle écoute tout le temps les petits grognements qu'émet Augusta en se déshabillant, ne se retournant qu'une fois assurée que sa grand-mère a réussi à ôter tous ses sous-vêtements et à enfiler sa chemise. Alice supporte mal la vue des corps en ce moment, que ce soit le sien ou celui des autres. Ce n'est que lorsqu'Augusta aura mis le châle noir sur ses épaules et se sera installée sur la chaise à barreaux, qu'Alice se décide à s'approcher à nouveau, c'est alors qu'elle sort le beau peigne en écaille serti d'argent, celui qu'elle avait offert à Augusta pour ses soixante ans, et se prépare à peigner et à tresser les cheveux de sa grand-mère pour la nuit.

Augusta aime qu'on la coiffe. Elle soulève aussitôt le menton et ferme les yeux, qu'elle gardera clos au long de son récit.

— Voilà, répète-elle. C'est cette nuit-là que tous les contes sont morts...

Un instant le silence retombe dans la pièce. Alice ne répond toujours pas, mais elle passe un peu plus lentement le peigne dans les cheveux d'Augusta et sa respiration révèle qu'elle écoute.

— J'avais froid aux pieds à attendre là, à la gare de Häverödal. Et aux mains. Et aux oreilles. Le pire de tout, c'était d'être si fatiguée. Mon bras me faisait terriblement souffrir. Comme si Olga était devenue un lingot de plomb durant le voyage...

Les enfants pèsent lourd, pensa Alice. Je le sais.

159

— Aucune charrette à cheval ne m'attendait, comme on me l'avait promis. J'ai d'abord pensé qu'elle était seulement en retard et je suis allée m'asseoir sur un banc devant la gare, mais la pluie s'est mise à tomber avec une telle force que j'ai dû de me réfugier dans la salle d'attente. Elle venait d'être construite et brillait. Aussi ai-je commencé par croire que c'était une maison de maître et non une gare. Ça en avait tout l'air. Il y avait de la lumière électrique. Aujourd'hui, on aurait froncé les sourcils devant cette lampe, ce n'était qu'une pauvre ampoule de vingt-cinq watts. On n'aurait même pas pu lire un journal sous son éclairage, mais, à l'époque, c'était encore inhabituel qu'il y ait de l'électricité...

Elle s'arrêta en y entrant et regarda autour d'elle. Des bancs. Un guichet. Une pendule qui indiquait six heures moins vingt. Un poêle dans le coin en face, la trappe entrouverte, diffusant une faible incandescence.

Après-coup, elle a presque eu peur en pensant à ce qu'elle avait osé, mais ce n'était pas le moment d'hésiter. Elle s'avança vers le poêle, posa l'enfant sur le banc le plus proche, tira un seau qui était à moitié dissimulé près du mur et chargea une pelletée de charbon. Sans rien demander. Sans demander la permission. On n'a pas lieu de le faire quand on croit qu'on va mourir de froid. En outre, le guichet était désert, il ne semblait y avoir âme qui vive à la gare de Häverödal à part Augusta et Olga.

Elle s'accroupit devant le poêle, contempla la

160

braise et se réchauffa, une partie du corps après l'autre, d'abord les mains et les poignets, puis le visage et la poitrine et finalement le dos. Elle regarda rapidement autour d'elle avant d'oser se réchauffer le bas du dos. Finalement – à Dieu vat – elle remonta sa jupe et resta les yeux mi-clos, sentant la chaleur se répandre partout dans son corps meurtri et blessé. Les louchies qui semblaient avoir stoppé leur flot ne faisaient que suinter et la bande de protection au crochet, qui, mouillée et froide, lui avait écorché les cuisses, devenait lentement plus chaude et plus douce. Augusta soupira d'aise.

Ensuite, elle s'installa sur un banc, ouvrit son sac de voyage et, son regard effleurant anxieusement la bouteille d'aquavit, elle chercha parmi ses affaires pour trouver la bouteille de lait et le sac de sandwichs. Il n'en restait plus qu'un, mais le meilleur car, en cachette, elle avait passé le côté beurré sur du sucre pendant que Kristin s'occupait de la sucette. Elle ouvrit la bouche prête à goûter ce délice né de la rencontre entre la consistance épaisse du pain, la saveur salée du beurre et la douceur granulée du sucre. C'est alors qu'elle l'entendit. Le bruit. Un soupir. Ou peut-être un sanglot.

— Oh, susurra une voix faible. Oh, comme ce serait bon de mordre dans une tartine...

Clignant des yeux, Augusta lança des regards circulaires. Elle ne vit personne. Pourtant la voix continua, brisée et plaintive, comme celle de quelqu'un qui serait sur le point d'éclater en sanglots.

— Et une gorgée de lait ! Ah oui, qu'est-ce que ce serait bon de boire juste une gorgée de lait...

Augusta posa le sandwich sur ses genoux et se saisit de la bouteille de lait comme pour la protéger.

— Il y a quelqu'un ? dit-elle, sursautant en entendant la rudesse de sa propre voix.

— Quelqu'un, quelqu'un, répondit la voix toute piteuse. Je n'oserais prétendre que je suis quelqu'un. Pas du tout. Hélas non.

Ce quelqu'un, qui n'était personne, apparut tout d'un coup devant elle : un petit bonhomme gris coiffé d'un bonnet et chaussé de grands sabots. Il ne lui arrivait qu'aux genoux.

Alice fait une grimace irritée et cesse de peigner.

— Je ne veux pas entendre des contes, dit-elle. Raconte comment c'était en vrai. Je ne suis plus une enfant.

Augusta ne bouge pas, cligne seulement d'un œil.

— J'ai cru le comprendre. Ça se voit, rien qu'à regarder, si on peut dire.

Un sanglot tremble en Alice, mais elle ne le laisse pas sortir. Elle a dû s'habituer aux gifles verbales d'Augusta ces derniers mois et a fini par apprendre à les rendre.

— Tu ne devais pas être bien vieille toi-même. Un ou deux ans de plus

— Deux. Ce n'est pas beaucoup. Quel sens ont les expériences des anciens, si les jeunes sont trop bêtes pour en tirer des leçons ? Tu sais ce qu'il en advint de moi. Et d'Olga.

Alice bat des paupières, une seule larme coule lentement sur sa joue gauche. Sa voix est ferme.

— Il n'empêche que ce ne sera pas pareil pour moi. Ni pour lui. Tu le sais bien.

— Lui ? Es-tu sûre que ce sera un garçon ?

Alice hoche la tête sans rien dire. Augusta semble le voir bien qu'elle ait le dos tourné.

— Comment le sais-tu ?

Alice sourit à travers ses larmes, passe rapidement la main sous son nez.

— Parce qu'il me l'a dit... Il me parle la nuit.

— Tu vois bien. Toi aussi tu vis dans un conte.

Augusta sourit. Alice renifle, offusquée, et se remet à peigner, appuie avec force le peigne sur le cuir chevelu d'Augusta.

— Sauf que je ne rencontre jamais de lutins. Et si par hasard ça m'arrivait, j'en conclurais que c'est un lutin sorti de mon cerveau et j'irais voir un médecin...

— Foutaises que tout ça, coupe Augusta. Mieux vaudrait lui donner un sandwich.

Il était assis à côté d'elle sur le banc, balançant les jambes et se tapant sur le ventre, assurant que c'était la meilleure tartine qu'il ait jamais mangée. Sublime. Proprement délicieuse. Absolument unique. Sans compter le lait, tellement velouté. Ainsi il tiendra le coup pendant des mois et ce sera bien nécessaire car il doit faire un long voyage.

— Où vas-tu ? demanda Augusta.

Le lutin soupira et retira son bonnet pour se gratter la tête.

— Je ne sais pas trop. Simplement loin. Ailleurs. Ici, on ne peut pas rester.

— Pourquoi ?

Le lutin soupira à nouveau.

— La construction de l'usine. On construit un grand complexe à Hallstavik et là où on construit ces usines, il n'y a plus place pour nous.

— Nous ?

— Le peuple des contes. Le bruit et la lumière électrique nous rendent faibles et vulnérables. Nous devenons transparents, comme de la fumée ou du brouillard, et si, en dépit de cela, ces gens des usines nous aperçoivent, ils s'empressent de nous décocher un coup de pied pour que nous disparaissions et que nous n'existions plus. Ensuite ils sont là à plastronner, à ricaner et à parler de nous comme relevant de contes de nourrices et d'histoires de bonnes femmes... C'est réellement très blessant.

— Je comprends.

— En plus, poursuivit le lutin en lançant un coup d'œil rapide à Augusta, hier, un locomobile m'est passé dessus.

— Rien que ça, dit Augusta. Et qu'est-ce qu'un locomobile ?

Le visage du lutin s'illumina.

— Tu ne sais pas ce que c'est ? C'est une grande machine, qui ressemble un peu à une locomotive. Mais elle ne va pas sur des rails. Ils en ont une au chantier de l'usine, elle traîne des choses lourdes.

— Et tu t'es trouvé sur son chemin ?

— Oui. J'étais en train de préparer mon déménagement. On construit en effet l'usine juste à

164

l'endroit de mon logis et j'avais donc projeté d'aller m'installer plus loin dans la forêt. Je n'étais peut-être pas aussi attentif que j'aurais dû l'être en cheminant avec mon baluchon : tout de même je quittais ce qui était mon foyer depuis plus de trois cents ans... Je tiens à faire remarquer que je ne pleurais pas, parce que cela nous arrive très rarement à nous autres lutins. Si nous nous vengeons souvent, nous ne portons pas souvent le deuil. Sauf qu'il est difficile de se venger d'une usine, on ne sait par où commencer et on est un peu dépassé.

Le lutin toussota. Augusta hocha la tête sans rien dire.

— Quoi qu'il en soit, le locomobile est arrivé alors que je marchais et je n'ai pas eu le temps de l'esquiver. Il m'est passé dessus. J'ai été complètement aplati.

— Aïe, s'exclama Augusta. Est-ce que ça a fait très mal ?

— Mal et mal, répliqua le lutin. Je ne sais trop ce que ça veut dire. J'ai été aplati et je suis resté au milieu du chemin sans pouvoir me relever... Au bout d'un moment un de ces abrutis de l'usine est arrivé à pied. Il a cru que j'étais un vieux journal. Comme il en cherchait pour mettre dans ses chaussures, il m'a ramassé et m'a secoué et – hop – aussitôt, je suis redevenu moi-même, j'ai repris mes formes, si je peux dire. Dès que l'individu a vu ce qu'il avait entre les doigts, il a tourné de l'œil, lâché prise et filé en courant. Je l'ai appelé pour lui dire que je voulais lui offrir un cadeau pour le remercier – une habitude chez les lutins. Mais il a refusé de s'arrêter et a continué à courir droit devant lui, les mains sur les oreilles, en criant qu'il allait se faire abstentionniste...

Le rire couvait dans la voix d'Augusta. De peur d'irriter le lutin, elle n'osait y donner libre cours.

— Alors tu as décidé qu'il ne suffisait pas de déménager plus loin dans la forêt. Qu'il fallait que tu partes en voyage.

Le lutin soupira :

— Non. Pas à ce moment-là. Je ne l'ai décidé que quand je suis arrivé dans la forêt et que j'ai vu ce qu'il en était...

Il se tut et regarda devant lui un instant comme s'il avait oublié qu'Augusta était assise près de lui. Quand il reprit la parole, sa voix était plus profonde, presque humaine.

— Lorsque les hommes entrent dans l'usine, ils sont obligés de laisser leurs rêves à la porte. Du coup, ils cessent d'avoir les pensées qui nous font vivre. C'est pourquoi il n'y a plus de place pour nous.

Augusta caressa prudemment sa petite main, large et carrée, dont les ongles brillaient comme de l'argent.

— C'est pour ça que vous êtes obligés de fuir ?

Le lutin ne répondit que d'un souffle : « *Hwouais.* »

— Mais pourquoi es-tu seul ? Où sont tous les autres ?

Le lutin cacha son visage dans ses mains et, pour la première fois dans sa vie millénaire, quelque chose qui ressemblait à un sanglot trembla dans sa voix :

166

— Parce qu'ils sont morts. Parce que tous les miens sont déjà morts...

Pour remercier Augusta du sandwich, il lui donna une petite lanterne pour éclairer son chemin. Elle trouva d'abord qu'elle ne servait pas à grand-chose, sa lumière était faible et vacillante, une humble bougie argentée solitaire qui lui parut aussi froide que l'obscurité à l'extérieur de la gare. Quand elle traversa le village, la flamme se voyait à peine et, un instant, elle souhaita que le lutin lui ait plutôt proposé une chambre, une chambrette bien chaude pour dormir, avec un poêle et une vraie lampe à pétrole avec une lumière jaune, comme celle qui brillait dans presque chaque maison et cabane devant lesquelles elle passait. Ensuite elle se souvint que, même en pensée, on ne devait pas mépriser les cadeaux reçus d'un lutin.

Une fois que les habitations eurent disparu, la route devint étroite et sinueuse. Elle fut obligée d'avancer à l'aveuglette, à petits pas hésitants, pour éviter de trébucher sur une pierre ou dans une ornière tant la nuit était d'encre. La lanterne lançait des ombres inquiétantes vers la forêt, bruissante et chuchotante. On aurait dit que les arbres et les buissons susurraient et bougeaient, comme s'ils secouaient leurs branches et essayaient d'extraire leurs racines du sol. Augusta s'arrêta, resta un instant totalement immobile à écouter, avant de serrer Olga plus fort sur sa poitrine et d'allonger le pas. Sa marche serait longue, elle le savait. Presque vingt kilomètres. Sans compter que, d'après Kristin, elle serait obligée d'ouvrir et de fermer dix-sept barrières en chemin. Cela lui prendrait bien toute la nuit.

La première barrière grinça d'un son strident, qui lui déchira les oreilles et l'effraya. Elle s'arrêta au milieu du mouvement et leva la lanterne pour éclairer le visage d'Olga, car, comme toutes les mères, Augusta croyait que ce qui l'avait effrayée était encore plus terrifiant pour son enfant. Mais Olga dormait calmement dans son cocon de laine, l'air frais du soir et la pluie fine avaient rosi ses joues et fait briller son petit bout de nez. Loin d'avoir l'air d'une pauvre petite malheureuse, elle semblait en parfaite santé. Comme une enfant forte et heureuse.

Quand Augusta releva la tête, elle se rendit compte que la lanterne s'était mise à répandre une lumière plus intense. Les ombres ne vacillaient plus, elles se reposaient seulement et attendaient. Les arbres n'essayaient plus de faire surgir leurs racines du sol, les buissons avaient abaissé leurs branches et trouvé le repos. Tout était silencieux. Aucun vent ne bruissait plus. Les oiseaux de nuit ne criaient pas.

C'est alors qu'elle le vit. Le premier. Le petit garçon.

Couché dans le fossé, il était incapable de se lever. Encore en vie, il cligna des yeux devant la lumière argentée de la lanterne et tendit les bras vers Augusta. Elle respira profondément et s'avança vers lui, puis s'arrêta et serra plus fort Olga contre elle. Ce n'était pas un garçon normal.

Les garçons normaux n'ont pas des pieds velus à plante noire. Ni de queue. Aucun garçon normal n'en a. Jamais, jamais.

— Ma, dit-il, Ma.

Olga renifla près de son sein en essayant de tourner la tête. Augusta l'avait tellement serrée contre elle, qu'elle n'arrivait plus à respirer, et c'était comme si ce mouvement avait suffi pour qu'Augusta redevienne elle-même. Maintenant elle voyait que le petit être dans le fossé n'était, certes, pas un garçon normal, et pourtant, sans aucun doute, un garçon. Ses mains étaient des mains de garçon, ses cheveux et ses yeux aussi. Il ressemblait à tous ces gamins qui étaient passés de foyer d'accueil en foyer d'accueil dans la même interminable succession qu'elle. Autant d'orphelins qui avaient trop travaillé et pas assez mangé et qui, pour cette raison, étaient devenus maigres et rugueux. Autant de gosses de l'hospice aux cheveux hirsutes, qui n'avaient jamais été lavés dans l'eau chaude d'une bassine un samedi soir pour en ressortir avec des cheveux doux comme de la soie et des joues roses comme des pommes d'hiver. Il était petit, sale et laid.

— Ma, répéta-t-il à nouveau en tendant les bras en l'air vers elle. Ma.

Augusta s'approcha en retenant son souffle et le regarda. Un garçon. Sans l'être pour autant. Il avait une queue. Sans aucun doute. Une fine queue avec une houppe noire au bout, légèrement recourbée près de sa jambe droite, lui-même étant allongé la gorge dégagée et les yeux mi-clos. Brusquement, elle ne put plus se retenir.

Elle posa la lanterne et retira son manteau, le plia en hâte pour en faire un petit coussin et coucha Olga dessus. Puis elle avança à genoux dans l'herbe humide du fossé, pensa un instant que sa jupe allait s'abîmer, qu'elle allait arriver à Herräng et sa nouvelle vie tachée de boue, pour chasser l'instant d'après cette pensée. Il fallait se dépêcher. Le garçon avait fermé les yeux et respirait par à-coups, comme s'il n'avait même plus la force de remplir ses poumons.

— N'aie pas peur, chuchota Augusta. Je suis près de toi...

Il ouvrit les yeux quand elle s'empara de sa main, si petite qu'elle tenait dans le creux de la sienne. La peau était rugueuse, les ongles noirs et acérés.

— Ma ?

Peut-être n'était-ce qu'une expiration. Pourtant Augusta répondit.

— Oui. Je suis près de toi.

Alors il soupira, mit la main d'Augusta contre sa joue et souffla d'un bruit rauque.

Elle resta longtemps comme ça, sa main dans la sienne et leurs deux mains contre sa joue à lui, si longtemps que la pluie traversa aussi bien son corsage que son corset. Elle était transie de froid. Pourtant, elle ne voulait pas lâcher le petit, ce serait l'abandonner, ce serait aussi mal que de laisser Olga et d'essayer de l'oublier, aussi mal que de déposer des nouveau-nés sur les marches de l'orphelinat et de s'en aller pour toujours.

Ce n'est que lorsqu'Olga éternua là-bas, sur le

manteau, qu'elle réalisa qu'elle ne pouvait rester comme ça pour toujours. Alors elle se pencha et prit le garçon dans ses bras, le tint tout contre sa poitrine et le vit se transformer en une pierre couverte de mousse. Très doucement, elle posa sa joue contre la surface froide pour entendre les derniers battements du cœur qui y pulsaient, remit ensuite la pierre dans le fossé, se redressa et, reculant d'un pas pour le contempler, elle sursauta lorsque son talon toucha quelque chose de mou. Elle se retourna et leva la lanterne, la lumière éclaira un petit bonhomme tombé à la renverse, un vieillard gris minuscule dont les doigts avaient creusé des sillons profonds dans le gravier du chemin. Il était déjà mort. Elle se détourna rapidement. La lumière de la lanterne vacilla et tomba sur deux figures féminines transparentes, écroulées en plein milieu de la route, couchées sur le dos, les ailes étalées sous elles et les jambes remontées en angles aigus, ténues et grises comme des moustiques géants.

Elle s'approcha en levant la lanterne, les observa l'une après l'autre, et réalisa d'un coup qu'il lui incombait à elle, en tant qu'être humain, de faire retourner à la terre ces personnages. Elle souleva le très vieil homme, le berça comme une mère, souffla légèrement sur son visage et le vit se transformer en une branche brisée. Elle la plaça doucement sur le bord du fossé, puis s'agenouilla près d'une des figures féminines transparentes. Lorsqu'elle tendit sa main, elle vit et sentit comment le mince corps se pulvérisait sous ses doigts et se transformait en poussière.

171

À présent la lanterne posée par terre éclairait plus fort. Les troncs des arbres le long du chemin, y compris les sombres sapins et les pins noirs, réfléchissaient la lumière. Toute la forêt scintillait. Le chemin était d'un coup devenu tout argenté. Le gravier étincelait dans le noir; Augusta pouvait distinguer chaque pierre et ornière. Elle vit aussi que son travail ne faisait que commencer. Tout au long du chemin jusqu'à Herräng, des personnages de conte, morts, attendaient d'être rendus à la terre.

Augusta enfila son manteau, souleva et coinça son enfant sur son bras gauche, prit la lanterne dans la main droite et se remit en route. Elle s'arrêta près de chaque nouveau personnage. Elle caressa, berça et souffla afin de donner à tous ces êtres morts le repos. Elle travailla calmement et systématiquement et ne se reposa que lorsqu'Olga se réveilla et se mit à geindre. Alors, elle s'assit sur une pierre au bord de la route, déboutonna son corset et donna le sein à la petite, immobile, tout en contemplant les teintes rosées du lever du soleil qui éteignaient l'argent de la nuit. Au loin, la cloche des matines tinta, suivie de près par des claquements de portes et des voix humaines, des coups de marteau et des cliquetis de chaînes qui résonnaient à distance.

Augusta étreignit son enfant et écouta. Elle comprit que ce qu'elle entendait étaient les bruits d'un monde nouveau, un monde où les gens auraient à vivre sans contes. Même si elle n'en connaissait encore rien, elle espérait que ce serait un monde où des jeunes femmes qui n'avaient qu'un enfant, un sac de voyage et un corps glacé pour seuls biens seraient capables de se débrouiller.

Tous les contes étaient morts. Mais Augusta était en vie.

Aussi se leva-t-elle. Et, boutonnant son corsage, elle dégagea son front d'une boucle avec sa main libre et se prépara à entrer dans Herräng.

Alice entoure la natte d'Augusta d'un élastique, puis passe sa main sur sa hanche et s'étire. Son dos lui fait mal.

— Je parie que tu n'as jamais raconté cette histoire à Papa, dit-elle. Ce n'est pas vraiment une histoire pour ingénieurs.

Augusta fronce le nez.

— Erland, c'est un borné. Il est très doué et sérieux et, autrefois, il était plutôt gentil, mais c'est tout de même un borné. Il y a des tas de choses qu'il ne comprend pas.

Alice hésite un instant avant de poursuivre :

— D'après lui, tu as été une socialiste des matelas...

Augusta fait la grimace.

— Ah bon ! Comme ça, il s'en souvient. Oui. C'est sans doute vrai.

— Qu'est-ce que c'était, en fait ?

— Quelqu'un qui voulait brûler les vieux matelas. Pour se débarrasser des punaises. Pour nettoyer une fois pour toutes. Pour que la modernisation et le progrès puissent démarrer.

— Je trouve ça étrange...

— Quoi donc ?

— Que tu parles tout le temps de progrès et de

modernisation. Alors que tu habites dans une vieille maison à la campagne et que tu racontes sans arrêt des contes... ça ne tient pas.

— Pourquoi ?

— Si tu étais vraiment à ce point moderne, tu devrais déménager et prendre un petit appartement à Hallstavik. Comme le veulent Papa et l'oncle Harald. Pour que tu aies enfin des W.-C. et une salle de bains.

Alice pose le peigne en écaille sur la commode. Augusta cherche de la main la natte sur sa nuque, la tire par-dessus l'épaule, la laisse glisser en ondulant sur sa poitrine et son ventre, et s'enrouler en tas comme un petit serpent, sur ses genoux.

— Je vis très bien ici, constate-t-elle ensuite. Il ne s'agit pas de mes tinettes. Il s'agit de ma tête.

Alice hausse les sourcils.

— Alors, tu es moderne dans la tête ?

Augusta sourit, révélant son dentier. Les rides autour de ses yeux ressemblent à une petite toile d'araignée.

— Exactement.

— Et les contes ? Que font-ils dans ta tête si moderne ?

— Oh. Ils surgissent comme ça...

Alice enlève le dessus-de-lit et secoue l'oreiller d'Augusta. Fatiguée, elle a envie d'aller se coucher. Mais Augusta, sur sa chaise, ne bronche pas et poursuit sa réflexion.

— De nos jours, les gens ne semblent pas saisir l'importance des contes. Ou des histoires. Ou comment dire... Autrefois nous faisions du théâtre à l'Association des abstentionnistes. Nous avions aussi notre propre bibliothèque bourrée de livres. Aujourd'hui, on estime que la commune doit s'occuper de la bibliothèque, que ce n'est pas un travail pour les associations. Dans l'association, seuls les enfants font désormais du théâtre. Et nous autres adultes, à quoi allons-nous nous occuper ? Nous contenter de rester sobres ?

Une grimace ironique se dessine sur les lèvres d'Alice.

— Veux-tu une caisse à savon ? demande-t-elle.

Un instant le souvenir du sourire clair d'Isak surgit, son rire quand les joues d'Augusta rougissaient et qu'elle commençait à s'agiter. *Augusta va parler ! Donnons-lui une caisse à savon sur laquelle grimper !* Passée en héritage à Erland et Harald, la plaisanterie est devenue celle de toute la famille. *Donnons à Augusta une caisse à savon !*

Augusta esquisse un rapide sourire, mais ne perd pas le fil de son propos :

— N'empêche que c'est important. Les gens sont si ennuyeux aujourd'hui. Ils croient dans les chiffres comme l'archevêque croit en Dieu. Mais les chiffres ne disent rien sur l'état véritable du monde qui nous entoure. Nous avons besoin d'histoires ! Celui qui sait raconter de vraies bonnes histoires peut tout changer. Même en politique. Le parti qui aura les meilleures histoires gagnera. C'est tout simple. Nous avions Ivar Lo et Moa de notre côté, c'est pourquoi nous avons gagné. Sans eux, ça n'aurait pas été possible[1].

Alice passe sa main sur son front.

— J'ai mal à la tête, dit-elle. J'ai envie d'aller me coucher. En plus, je déteste Ivar Lo.

Augusta, qui commençait à se lever de sa chaise, s'y laisse retomber avec un air sincèrement étonné.

— Ah bon ? Pourquoi ça ?

Alice ne veut pas répondre.

— S'il te plaît. Je suis fatiguée, je n'ai envie que d'une chose, c'est d'aller me coucher...

Augusta se lève péniblement et enlève son châle, observant Alice les sourcils froncés pendant qu'elle se dirige vers le lit.

— Tu sens quelque chose ? dit-elle

Alice secoue la tête.

— Réveille-moi si ça commence, insiste Augusta.

Le lit grince quand elle s'assoit.

Alice frissonne quand elle traverse le palier et ouvre la porte de la mansarde. Il n'y a que deux pièces dans la maison d'Augusta, une salle au rez-de-chaussée et une chambre à l'étage et Alice a donc dû s'installer dans la mansarde. Elle ne le regrette pas car bien qu'il n'y ait même pas l'électricité, elle se sent, malgré tout, plus chez elle dans cet étroit espace qu'elle ne l'a jamais été dans

1. Ivar Lo-Johansson (1901-1974) et Moa Martinsson (1890-1964) sont deux écrivains prolétariens, qui ont eu une grande importance en Suède. *(N.d.T.)*

sa chambre de jeune fille joliment décorée chez elle à Jönköping. Elle aime que ce soit étroit, que le plafond soit tellement en pente qu'elle peut à peine se tenir droite, elle aime l'odeur de bois des parois en planches et la lumière jaune de la lampe à pétrole posée sur ce tabouret qui lui sert tantôt de table de nuit, tantôt de bureau.

Pourtant, la mansarde est un secret. Dans ses lettres aux parents elle n'en parle pas, elle les laisse croire qu'elle dort sur la banquette de la cuisine. Moins ils en savent sur sa vie, mieux c'est. Ainsi il est plus facile pour Alice de s'affranchir de leur manie de chercher à tout savoir et aussi plus aisé aux parents de faire semblant de croire à ce qu'ils répètent constamment aux amis et connaissances, que la pauvre petite Alice est gravement malade et doit rester au sanatorium. Dire qu'elle a eu le malheur d'être frappée par cette maladie qui pourtant est sur le point d'être éradiquée ! On peut véritablement se poser des questions. Les salles de classe sont-elles aérées suffisamment souvent ? Ou y aura-t-il encore d'autres pauvres filles qui seront frappées ? Mais puisque la médecine a fait de tels progrès depuis la guerre, sa vie n'est heureusement pas en danger. Elle restera cependant absente une année au moins. Absolument. Car Alice ne pourra pas rentrer à Jönköping même quand tout sera terminé, il faudra qu'elle reste chez Augusta au moins jusqu'à la rentrée scolaire de l'automne prochain et, de préférence, même au-delà. Sinon ce serait trop évident. Sinon n'importe qui pourrait compter sur ses doigts et en tirer ses conclusions.

Quand Alice a aménagé dans la mansarde, le poids qu'elle portait en elle ne se voyait pas encore, elle évoluait avec la même légèreté que n'importe quelle jeune fille de seize ans. Il ne lui fallut pas longtemps pour vider la mansarde de quatre décennies d'histoire familiale qu'elle emballa dans deux cartons. D'abord le costume noir du dimanche d'Isak, celui qu'il avait fait faire pour son mariage avec Augusta, puis ses bleus de travail rêches du temps de sa paralysie, puis les corsages blancs en soie artificielle d'Olga et sa robe de fête couleur pervenche en soie satinée légère, celle qu'elle avait failli mettre le soir où elle avait disparu, enfin les casquettes d'écoliers des années de lycée à Norrtälje de Erland et le costume de confirmation de Harald trop étroit, aux coutures éclatées.

Augusta lui montra où se trouvait le lit pliant mais cessa ensuite de s'intéresser à ses installations et laissa à Alice le soin de dénicher ce qu'il lui fallait. Cela convenait à Alice. Pendant plusieurs jours, elle ne pensa presque plus à elle et à l'enfant en elle, toute à la recherche de ce qui pouvait lui être utile. Soudain elle était redevenue une petite fille qui jouait à la maison de poupée, tout objet qui se trouvait sur son chemin était susceptible d'être modifié et transformé. Dans la buanderie, elle découvrit une vieille nappe en dentelle, suffisamment abîmée déjà par de nombreuses lessives pour qu'elle se sente autorisée à la couper pour en faire un rideau pour la minuscule

179

lucarne. Dans la remise, elle tomba sur un tabouret qui lui servirait de table de nuit et dans la resserre à bois sur un panier en osier bon pour les livres à défaut d'un vrai rayonnage. Une vieille boîte à chaussures devint tiroir de bureau : elle y mit son étui à stylos et les quatre cahiers bleu clair qui auraient dû être ses cahiers d'étude si elle avait pu continuer le lycée. Enfin, elle plaça une lampe à pétrole sur le tabouret faisant office de table de nuit. Et c'était terminé.

À présent, six mois plus tard, la mansarde est devenue tellement son domaine qu'elle a l'impression qu'elle peut y voir même dans le noir. Quand les confidences de l'enfant non encore né la réveillent la nuit, elle reste complètement immobile, les mains sur son ventre, laissant les senteurs de la pièce recréer les couleurs du jour. Il y a là le parfum un peu chimique du détachant qui imprègne la robe à carreaux écossais suspendue à un crochet près de la porte et qui attend qu'Alice redevienne lycéenne, parfum qui s'oppose à l'odeur de sueur de la ceinture de grossesse rose saumon posée au pied du lit, au laçage béant comme une blessure ouverte. S'y mêle aussi l'âcreté légère de l'encre venant des cahiers dont les pages, à défaut de devoirs scolaires, se remplissent lentement des pensées d'Alice et des contes d'Augusta. Dans la poussière des livres de classe non ouverts du panier en osier – faible mais pourtant pénétrante – l'odeur enfin de toile cirée du livre bordeaux caché en dessous. Celui qu'Alice vola à la bibliothèque de Hallstavik un après-midi d'octobre.

Jamais auparavant Alice n'avait volé. Jamais même cette pensée ne l'avait effleurée. Pourtant cela semblait tout à fait évident de voler justement ce livre. Il ne lui vint même pas à l'idée qu'elle aurait pu aller jusqu'au comptoir des prêts pour le faire tamponner. Au lieu de cela, elle ouvrit très prudemment la fermeture Éclair de son sac et l'y fit glisser directement du rayon, puis se dirigea, le dos droit et d'un pas décidé, vers la sortie. Une fois dehors, elle courut en titubant vers le râtelier des vélos. Lorsque, une demi-heure plus tard, elle arriva, essoufflée et en sueur, à la maison d'Augusta, elle ne prit même pas le temps d'appuyer le vélo contre la barrière et d'y mettre le cadenas comme à l'ordinaire, elle le fit simplement tomber sur l'allée de gravier et grimpa en hâte dans la mansarde. Elle tira sans ménagement le livre du sac et le serra fort contre son ventre. Ensuite, assise immobile, elle haleta en retenant ses larmes, jusqu'à ce qu'Augusta tape avec sa canne en bas dans la cuisine et demande d'une voix forte ce qui lui arrivait. Alors elle se reprit, cacha le livre sous l'oreiller et descendit préparer le café de l'après-midi.

À l'heure du coucher enfin, elle retourna à la mansarde pour retrouver le livre. Elle avait beau s'être calmée, ses mains tremblaient quand elle frotta une allumette pour allumer la lampe à pétrole. Elle s'installa confortablement et lissa sa jupe avant de soulever l'oreiller et d'extraire le livre, de le placer sur ses genoux et de l'ouvrir à la page du titre.

Le Génie. Par Ivar Lo Johansson.

— Emprunte-le, lui avait-il conseillé lorsqu'il surgit derrière son dos à la bibliothèque municipale de Jönköping cet après-midi de février un an plus tôt. Elle avait déjà la main sur le dos du livre, mais s'arrêta quand on lui adressa la parole et se retourna. Le garçon derrière elle eut un rire bref, ses dents étaient d'une blancheur éclatante.

— Emprunte-le ! Il y est question de moi.

Alice sentit un petit frisson de bonheur lui parcourir le dos et se félicita en silence d'avoir mis son bonnet à pompon. Il lui allait bien. Vraiment.

— Ah bon. Ainsi tu es un génie ?

— Non, répliqua-t-il en sortant le livre du rayon. Mais le personnage principal du livre s'appelle Kristian. Comme moi.

Elle le savait déjà, même si elle n'avait pas l'intention de le dire. Elle savait aussi qu'il était en seconde et qu'il suivait la filière classique avec du latin. Ça non plus, elle n'allait pas le lui dire. En revanche, son regard s'arrêta sur la main qui tenait le livre. Grande. D'ailleurs il était grand, bien davantage que les autres garçons à l'école.

— Et toi ? Comment t'appelles-tu ?

— Alice...

Il feignit d'être soulagé et porta la main à son cœur en soufflant.

— Ouf ! Une seconde j'ai pensé que tu allais dire Rosa. Ou Ebba. Comme les filles du livre.

Alice sourit.

— Rosa ou Ebba... Dieu m'en garde !

Une lueur passa dans les yeux de Kristian.

— Voilà comment parle une vraie fille de Jönköping. Dieu m'en garde !

Alice rigola. La bibliothécaire près du comptoir des prêts toussota et fit chut. Kristian se mit
devant Alice comme pour la protéger du regard
de la bibliothécaire et remit *Le Génie* dans le
rayon.

— C'était pour rire, dit-il. En réalité, ce n'est
pas un livre pour les filles. Il doit rester un secret
masculin.

Il eut un sourire en coin en lui lançant un
regard rapide, puis se tut un instant avant de
mettre les mains dans les poches de son pantalon
et de s'étirer.

— Mais toi, Alice, reprit-il et son sourire s'élargit. Tu pourrais peut-être me montrer le chemin
du pays des merveilles.

Un petit tas de gravier, pensa-t-elle plus tard
dans la soirée, allongée dans son lit et se souvenant de lui. Peut-on vraiment tomber amoureuse
d'un garçon qui a l'air d'un petit tas de gravier ?

Kristian avait effectivement l'air d'un tas de
gravier. Il l'avait emmenée à la pâtisserie Östberg
dans le Östra Storgatan et lui avait offert un café,
sans arrêter de rire, de parler et de gesticuler, et,
pendant tout ce temps, l'image d'un tas de gravier ne l'avait pas quittée. Non que Kristian fût
laid. Au contraire. C'était à cause de son teint et
de la couleur de ses vêtements qui se confondaient à celle du sable et des pierres. Peut-être cela
tenait-il aussi à sa silhouette, aux lignes de son
menton, à la fois géométriques et douces À ses
cheveux ternes mais coupés en brosse hirsute.
À ce que rien chez lui ne brillait à part ses yeux et

ses dents qui du coup étincelaient d'autant plus, à la manière de petits éclats de cristal au milieu de l'ensemble, falot et poussiéreux.

Quelques semaines plus tard, Kristian poserait la question que tous les amoureux posent un jour ou l'autre. Quand as-tu réalisé que j'étais merveilleux ? Quand as-tu commencé à m'aimer ?

— Quand j'ai senti tes mains, répondit Alice. Quand tu as pris mes joues dans tes mains et m'as embrassée. Quand j'ai réalisé qu'elles étaient si grandes qu'elles pouvaient tenir toute ma tête... Et toi ?

— Quand tu as tendu le bras vers ce livre.

— Parce que je regardais ce livre en particulier ? Celui qui parle de toi ?

— Non. Parce que ton manteau s'est ouvert et que j'ai vu tes seins.

En réalité il venait de Stensjön et avait une chambre chez sa tante à Jönköping pendant l'année scolaire ; une tante dont la suprême ambition était de ressembler à Rita Hayworth. Cela meublait son temps. Les jupes droites devaient être reprises pour la mouler davantage ; les corsages aux décolletés audacieux devaient être amidonnés et repassés ; ses longs cheveux devaient être bouclés à l'aide de papillotes et de pinces ; ses lèvres peintes d'un rouge vif, ses cils noircis et ses joues poudrées. En outre, elle avait à s'occuper de sa petite pension de famille avec ses huit chambres et sa salle à manger ouverte au public. Les célibataires les moins assidus aux offices religieux de Jönköping se retrouvaient volontiers chez elle, y compris ceux qui n'y avaient pas leur chambre. Pour une somme modeste, on pouvait acheter des tickets mensuels qui donnaient droit à trois repas par jour. Avec, en prime, l'aperçu d'une copie conforme de Rita Hayworth, d'un certain âge, étonnamment bien conservée.

Kristian occupait une petite mansarde dans la maison et était traité comme un client parmi d'autres, sa tante ne s'occupant pas de savoir à quelle heure il rentrait ou s'en allait, s'il faisait ou non ses devoirs ou s'il se brossait les dents. En revanche, Kristian était tenu de respecter la même règle que les autres clients : pas de visite féminine dans les chambres. Alice avait donc dû enlever ses chaussures dès l'entrée de service et monter en chaussettes le petit escalier menant au grenier. Dès qu'elle fut dans la chambre, Kristian ferma rapidement la porte, puis ouvrit ses bras et la serra contre lui.

Elle embrassa le devant de sa chemise.

Il dénoua le ruban de velours qui maintenait sa queue de cheval.

Elle ouvrit les boutons de sa chemise et embrassa son maillot de corps.

Il essaya maladroitement de déboutonner son chemisier et finit par passer la main dessous en cherchant ses seins.

Elle se mit à genoux. Il fit de même.

Elle laissa ses mains effleurer légèrement ses joues. Il l'embrassa sous l'oreille. Elle caressa sa nuque. Il mordit son cou. Elle lécha ses lèvres.

Il. Elle.

Elle. Il.
Ils étaient très silencieux.

Au lycée, ils se parlaient rarement, s'adres-
saient seulement un signe de la tête et détour-
naient leur regard quand ils se croisaient dans la
cour de récréation ou dans un couloir. Kristian
semblait devenir un autre dès qu'il y entrait,
comme si le grand bâtiment le rétrécissait. Il
devenait un étranger et, de surcroît, un étranger
plutôt inintéressant, quelqu'un qui n'avait que
des liens très éloignés avec le garçon qu'Alice ren-
contrait le soir. C'est pourquoi elle n'en disait rien
aux autres filles, même pas à Ulla, qui passait
pour être sa meilleure amie. Ulla était sous la
ferme emprise de sa maman et confier quelque
chose à Ulla, c'était aussi le confier à sa maman.
Or la maman d'Ulla allait – pour peu qu'elle
apprenne quelques bribes de vérité – broder sur
l'aventure d'Alice et l'enjoliver. Si, d'un autre
côté, elle apprenait toute la vérité, elle deviendrait hystérique et se précipiterait pour tout
raconter à la maman d'Alice. Alors Inga pousse-
rait un cri qui pétrifierait Jönköping tout entier.
Chez elle, tout restait tel que cela avait toujours
été. Chaque jour avait sa part de peine, la
semaine se déroulant selon un rythme très particulier. Le dimanche matin, Inga apportait le café
au lit à Erland, puis se faufilait à côté de lui avec
un roucoulement, auquel répondait un grognement accueillant. Au même moment, Alice fermait la porte de sa chambre et regardait sa
montre. Elle disposait de deux heures pour s'ha-

biller et quitter la maison, car l'armistice du dimanche matin ne durait jamais plus de deux heures. Dans deux heures et demie, le rire d'Inga serait devenu aigu et coupant et le grognement d'Erland se transformerait en de sombres grondements. Vers le milieu de l'après-midi, leurs voix – celle d'Inga vibrant dans les aigus et celle d'Erland grondant dans les basses – rempliraient toute la grande maison. Il n'y aurait alors plus aucune place pour Alice, ni dans la cuisine, ni dans la salle à manger, ni dans la pièce de séjour, non plus que dans les chambres de l'étage ou dans celle de la jeune fille, ni même au grenier ou à la cave. Toute la maison servirait de champ de bataille aux parents et Alice risquerait de se trouver prise sous un feu croisé de mots obscènes et de jurons, de menaces et d'accusations si elle restait à la maison. Autrefois, quand elle était encore trop petite pour sortir seule en ville, elle avait voleté entre les pièces comme une colombe blessée en essayant de rétablir la paix, sans autre résultat que de se faire réprimander et repousser ou – pire encore – d'être emprisonnée dans les bras de sa mère et de voir ses propres larmes invoquées comme une arme parmi d'autres. Désormais, par conséquent, elle s'éloignait de la maison le dimanche. Avant de rencontrer Kristian, elle commençait par se promener en ville en regardant les vitrines pendant quelques heures. Après quoi, elle s'installait dans un coin de la pâtisserie Bernard avec un soda et une pile de magazines pendant quelques heures encore. Son argent de poche de la semaine avait beau y

187

passer, elle ne le regrettait pas, car, quand elle rentrait le soir, tout était fini. Inga sanglotait sur le lit dans la chambre. Erland était penché sur des plans dans sa pièce de travail. Le silence glacial du lundi avait déjà commencé à abaisser la température de la maison. Alice avait l'habitude d'enfiler un tricot avant de préparer un plateau avec thé et sandwichs pour chacun de ses parents – de la marmelade pour sa mère, du pâté pour son père – recevant, la plupart du temps, en récompense de petits sourires tristes de l'un et de l'autre. Cela laissait supposer que les choses ne s'étaient pas trop mal passées. Autrement, Inga était allongée dans la chambre avec des serviettes froides sur ses bleus tandis qu'Erland était assis devant son bureau, la tête dans les mains, refusant de bouger. Mais que ça se soit passé pas trop mal ou très mal, le silence se maintiendrait jusqu'au mercredi soir, lorsque Erland dirait quelque chose d'aimable à propos du dîner, de la robe ou de la coiffure d'Inga avant qu'ils ne s'éclipsent pour aller jouer au bridge avec des amis. Le jeudi, ils auraient le comportement qu'Alice imaginait être celui d'une famille ordinaire, aimable et simple. Le vendredi les parents seraient comme de jeunes amoureux. Le samedi, l'air autour d'eux vibrerait d'attente érotique. Et le dimanche, tout recommencerait.

Les parents ne remarquèrent pas que quelque chose était arrivé à Alice, ne s'aperçurent pas qu'elle ne se promenait plus avec un livre de la bibliothèque dans la main quelles que soient ses occupations, ne virent pas, qu'au lieu de cela elle rêvassait face à sa propre image, qu'elle la cherchait non seulement dans toutes les glaces de la maison, mais qu'elle s'arrêtait aussi devant les vitres sombres le soir, qu'elle pouvait s'immobiliser au milieu d'un repas pour se regarder dans la face concave de la cuiller, qu'elle pouvait ensuite saisir le médaillon en or qu'elle portait autour du cou pour chercher à apercevoir un peu de son visage sur sa surface brillante.

Ce visage...

Il l'intriguait, comme si elle ne l'avait jamais vu auparavant, comme si personne, même pas elle, n'avait remarqué qu'il y avait en effet un visage devant la tête d'Alice.

À part Augusta, bien sûr. Augusta avait toujours eu des yeux pénétrants et, quand Alice et ses parents vinrent lui rendre visite à Nordanäng pour Pâques, elle saisit Alice par le menton et la scruta avec insistance, puis fronça les sourcils et serra les lèvres.

— Tu dois prendre garde, dit-elle d'une voix sourde. Tu dois faire attention à toi, Alice...

Alice fit un vague sourire et se libéra. Puis, allant dans l'entrée, elle se posta devant le grand miroir tacheté de noir et, souriant à son image, elle se regarda avec une joie rayonnante.

Elle avait acquis les yeux de Kristian pour se regarder. C'était son plus grand don.

Il en avait apporté d'autres aussi merveilleux. Il avait communiqué à Alice son rire un soir du mois de mars quand ils couraient à petits pas sous la pluie du printemps. Il lui avait donné un poème sous un crépuscule d'avril. Il lui avait confié ses chagrins un après-midi de mai, ses espoirs et ses rêves un soir du mois de juin alors qu'ils étaient allongés dans l'herbe verte toute fraîche du parc municipal, laissant leurs regards survoler la ville et le lac Vättern.

Il l'aimait, assurait-il. Elle l'avait sauvé et libéré et il craignait les longues vacances d'été qui allaient les séparer. Comment pourrait-il tenir ? Elle lui manquait déjà.

Deux jours avant la fin des classes, le manque l'obsédait tellement, il ne put se retirer à temps. Un spermatozoïde pénétra un ovule et la transforma en zygote. Quelques heures plus tard, la division des cellules avait commencé.

Le monde allait naître à nouveau.

Inga cria.

Ce cri ne ressemblait pas à ceux qu'elle poussait à l'ordinaire le dimanche. Plus perçant, plus coupant, il traversa la maison comme une bête féroce, érafla de longues cicatrices la surface lisse et brillante de la table de la salle à manger, déchira l'étoffe tissée main du canapé Carl Malmsten de la pièce de séjour, brisa les verres d'Orrefors et la porcelaine Gustavsberg de tous les jours, renversa les meubles de la chambre de jeune fille et rompit les pieds frêles en acajou de la coiffeuse.

Alice était debout au milieu de la pièce de séjour, les mains collées aux oreilles, pendant que le cri dévastait la maison. Dressé devant elle, Erland ne hurlait pas, ne grommelait même pas.

Il se borna à ouvrir et à refermer ses mains plusieurs fois, avant de finir par les lever et de saisir Alice par les cheveux. Il la traîna sur le sol, donnant des coups de pied à ses jambes quand elle essaya, en titubant, de suivre la direction qu'il avait choisie – elle ne devait pas marcher cette sacrée salope, elle devait être traînée – puis il la lâcha près du mur. Inga qui avait cessé de crier était assise dans le canapé, la bouche ouverte, regardant Erland se mettre les jambes écartées au-dessus d'Alice pour la soulever par les oreilles et commencer à cogner, durement et à un rythme régulier, sa tête contre le mur.

Les dents d'Alice claquaient. Sa tête résonnait. La pièce dansait devant ses yeux. Gardant pourtant les yeux et les oreilles ouverts, elle écouta et observa. Elle vit d'abord la salive d'Erland tomber comme une pluie fine de printemps sur son visage, puis s'amalgamer aux coins de ses lèvres en une écume blanche qui s'épaississait pour former ensuite des fils d'une bave collante, lorsqu'il se mit à bramer l'aria de son désespoir. Ce n'était pas pour en arriver là qu'il avait tant travaillé! Ce n'était pas pour en arriver là que, contre toute prévision, il avait obtenu son baccalauréat et son diplôme d'ingénieur! Pas pour en arriver là qu'il était devenu directeur d'une grande entreprise de construction au lieu d'être un pauvre ouvrier à l'usine de Hallstavik! Pas pour en arriver là qu'il avait fait construire une villa dans le quartier le plus chic de Jönköping en se créant un cercle d'amis qui correspondait à sa situation! Pas pour en arriver là que, pendant de longues années, il avait systématiquement consolidé son rang social, en dépit de tous les jaloux qui le regardaient de travers et l'appelaient nouveau riche ! Et ce n'était pas non plus pour en arriver là qu'il l'avait nourrie et habillée, elle, cette sale petite putain, cette garce menteuse, cette fausse pouffiasse qui s'était baladée toutes ces années en jouant à la sainte nitouche ! Elle l'a trompé, elle l'a écrasé et maintenant il allait la tuer !

Mais il ne le fit pas. Quand Alice commença à vomir, Inga se leva et mit ses bras autour d'Erland, qui se retourna aussitôt et l'enlaça à son tour. Ils restèrent ainsi longtemps, silencieusement plongés l'un dans l'autre, tandis que, très prudemment, Alice s'assit, cligna des yeux et regarda autour d'elle.

La pièce tremblait. Cela sentait le vomi. Mais les meubles étaient entiers. Rien n'était cassé. En fait rien.

Inga lâcha Erland et baissa son regard vers sa fille, l'effleura de la pointe de sa chaussure.

— Maintenant, monte dans ta chambre et n'en sors pas, ordonna-t-elle. Nous avons des invités ce soir et nous ne tenons pas à te voir...

C'est ainsi que commença sa maladie. En trois jours, toute la rue apprit que des bacilles de Koch s'étaient frayé un chemin dans le corps d'Alice et dans la maison de ses parents. Le pire était peut-être la maison. Celle d'Inga et Erland était aussi claire, moderne et bien tenue que toutes les autres de la rue. Ici vivaient les gens les plus cultivés des temps nouveaux : ingénieurs, architectes, professeurs et médecins, autant de personnes soignées, attentives et aisées, qui savaient tout sur la santé et l'hygiène. Pourtant cette vieille phtisie avait réussi à s'y introduire et à prendre racine. C'était une injure, un coup au visage, une agression du passé et de la pauvreté contre le bien-être et la modernité. La peur de la contagion glissait comme un serpent de jardin en jardin, poussant les femmes à ouvrir grand les fenêtres et à mettre dehors, sur les terrasses, la literie en appelant à l'aide les femmes de ménage des quartiers est de la ville, et ce bien que ce fût encore trop tôt pour le grand nettoyage de l'automne.

Le premier jour, Alice resta couchée dans le lit de sa chambre de jeune fille écoutant claquer les tapettes sur les coussins et les matelas chez les voisins, tout en souhaitant, apathique, que ce qui s'était introduit en elle eût vraiment été un bacille de tuberculose. Étant très fatiguée, trop pour se lever seule de son lit, elle demeura couchée, droite et immobile, jusqu'à ce qu'Inga entre en fin de matinée et l'oblige, en frappant brièvement des mains, à se lever. Non pas qu'elle eût le droit de sortir, mais parce qu'il fallait toujours, même dans les pires situations de crise, se laver et se brosser les dents, manger ses trois vrais repas par jour et boutonner le corsage jusqu'au cou. Alice était une pute, sur ce point Inga était d'accord avec Erland, mais elle était aussi la fille d'Inga et, en tant que telle, elle devait au moins être une pute propre. Tant qu'elle restait dans leur champ de vision en tout cas. Quand elle serait installée chez cette sorcière de Roslagen, elle pourrait prendre les airs qu'elle voudrait. S'il plaisait à Alice de devenir aussi grosse, souillonne et mal fagotée que sa grand-mère, qu'à cela ne tienne, personne ne s'en préoccupe-rait moins qu'Inga. Car Inga était déçue, profon-dément blessée et déçue. Jamais elle n'aurait pu s'imaginer que sa fille allait se faire engrosser ! Comme une bonne. Comme n'importe quelle traînée...

Alice se lava le visage, se coiffa et boutonna son corsage jusqu'au cou, mais ne répondit pas. À peine avait-elle avoué, qu'elle s'était tue. Sans mot dire, elle avait suivi sa mère chez un gyné-cologue à Husquarna – où le risque qu'on les reconnaisse était un peu moindre que chez eux à Jönköping – et, toujours muette, elle avait entendu le médecin déclarer à Inga que oui, mal-heureusement, sa fille était vraiment enceinte. Elles avaient dû s'attarder un moment au cabinet pour qu'Inga cesse de pleurer. Les yeux secs et toujours silencieuse, Alice était restée à côté d'Inga. Il n'y avait plus de sons dans sa gorge. Cela ne l'étonnait pas, au contraire, cela lui sem-blait une chose naturelle.

La fatigue était un peu plus difficile à com-prendre. Elle avait l'impression qu'elle provenait peut-être de l'incertitude qui avait régné au cours de ces semaines d'attente au beau milieu des vacances d'été, lorsque Kristian était reparti chez lui à Stensjön et qu'elle avait accompagné ses parents à Båstad. Un jour, en enfilant son maillot, elle avait senti que ses seins étaient douloureux. Elle s'était figée aux aguets l'espace de quelques secondes, avant de les entourer de ses mains. Effectivement. Ils étaient douloureux. Davantage qu'ils ne l'avaient jamais été lorsqu'ils avaient poussé sur son buste il y a quelques années.

C'était un message. Cela signifiait quelque chose. Était-ce... Non. Une chose pareille ne pouvait lui arriver. Non pas à elle, Alice.

Cette nuit-là elle était restée éveillée jusqu'à l'aube et lorsqu'enfin elle s'endormit, ce fut pour se réveiller dans un monde transformé. En ouvrant les yeux, elle vit, certes, par une fente du rideau, que le soleil brillait et que le ciel était dégagé et bleu au-dehors, mais la seconde après, les nuages s'accumulèrent. N'aurait-elle pas dû avoir ses règles il y a trois jours déjà ? Quoi ? N'aurait-elle pas dû les avoir ? Pourquoi n'étaient-elles pas arrivées le jour prévu comme d'habitude ?

Elle ne dormit que par de brefs intervalles pendant les semaines qui suivirent. Aussi pâlit-elle et ses couleurs disparurent. Elle pouvait suivre la transformation d'heure en heure, car il ne se passait pas une heure sans qu'elle aille aux toilettes pour se regarder dans la glace. Ensuite, elle faisait une prière muette à Dieu, à Jésus ou à n'importe qui avant de baisser sa culotte, afin qu'il y ait au moins une seule petite goutte de sang, une petite tache rose qui serait le signe qu'elle y aurait échappé.

Kristian était devenu irréel pendant ces semaines d'attente, un personnage de rêve, aussi vague et transparent que cet enfant qu'elle attendait peut-être. Elle n'arrivait pas à se souvenir de son visage, même en fermant les yeux et en s'efforçant de faire revenir son image. Malgré cela, elle était entrée un jour dans le bureau de poste et avait cherché le numéro de la ferme de ses parents, mais le courage lui avait manqué quand elle s'était retrouvée dans la petite cabine téléphonique aux parois de contreplaqué perforé. Le récepteur à la main elle n'avait rien dit, tandis qu'une voix de femme très loin appelait *allô, allô* avec l'intonation typique de la province de Småland. Lorsque finalement la standardiste était intervenue sur la ligne en lançant sa question *Appel en cours ? Appel en cours ?* – Alice avait raccroché et était partie.

Ainsi Kristian ne sut rien jusqu'à ce qu'Alice fût envoyée à la maison d'Augusta. Dès le premier soir, elle lui écrivit une courte lettre puis enfourcha son vélo pour aller la poster à Herräng. Elle eut des regrets sur le chemin du retour, souhaitant avoir écrit quelque chose de plus long et de plus beau. Elle avait soudain pitié de Kristian et voulait le consoler d'avoir oublié tous les mots d'amour et seulement écrit des phrases sèches sur sa grossesse, la colère de ses parents, sur sa relégation et l'adoption à venir, mais elle se consola en se disant que Kristian allait sûrement comprendre. Puisqu'il était Kristian.

Quatre jours plus tard, elle reçut sa réponse. Elle était debout sur l'allée de gravier devant la maison d'Augusta quand elle ouvrit l'enveloppe, ne se préoccupant pas du facteur de campagne qui restait là, appuyé sur son vélo, à l'observer avec curiosité. Elle ne fit même pas attention à son pouce en train de déchirer l'enveloppe blanche pour dévoiler la doublure bleu ciel. Elle ne vit que la page de la lettre aux lignes faiblement dessinées. L'espace d'un instant, le temps s'arrêta, la première bise de l'automne cessa de souffler dans la couronne du pommier, les oiseaux se turent et retinrent leur souffle. Le monde entier se reposait et attendait, se préparait à crier sa jubilation, celle qui éclaterait lorsque Kristian déclarerait qu'il était en route, qu'il viendrait dans peu de jours, qu'il la sauverait en l'épousant lui épargnant ainsi la honte, la solitude et la toute-puissance des parents. Peut-être avait-il même déjà écrit au Roi.

Enfantine et ronde, l'écriture de Kristian avait l'air dépassée, comme s'il avait essayé de faire tenir ses paroles d'adulte dans des habits d'enfant. La lettre se composait de cinq lignes seulement.

À la première ligne il écrivait qu'il regrettait vraiment.

À la seconde, qu'une adoption semblait être la seule issue raisonnable.

À la troisième qu'ils (le mot *je* était barré et remplacé par *nous*) devaient penser à l'avenir.

À la quatrième qu'il ne voulait vraiment pas être insolent, mais qu'il ne pouvait en effet pas savoir si c'était réellement son enfant.

À la cinquième, qu'elle n'aurait pas dû se donner. Uniquement cela : qu'en fait, elle n'aurait pas dû se donner.

Un oiseau lança un cri. Le vent secouait les couronnes des arbres. Alice froissa la lettre en boule et la mit dans la poche de sa robe.

« Nous devons laisser les filles se donner », dit le professeur de lycée Singel dans *Le Génie*.

Quelques mois plus tard, installée dans sa chambre sous le toit, Alice se penchait avec son regard de myope sur le livre, se laissant emporter par le récit ; elle lisait et tournait les pages, heure après heure, jusqu'à ce qu'elle jette un coup d'œil à sa montre et découvre qu'il est déjà trois heures et demie du matin.

Augusta ronflait dans sa chambre, Alice resta un instant à écouter le grondement avant de se lever pour souffler la lampe à pétrole.

Elle voulait se déshabiller dans le noir. Se cacher. Se rendre invisible à elle-même.

Le lendemain, elle resta longtemps silencieuse au petit déjeuner à regarder par la fenêtre de la cuisine. De la brume et du brouillard étaient sortis de terre à l'aube. Le gel de la nuit avait cerné d'un liseré blanc les feuilles qui n'avaient pas encore lâché les branches des arbres.

Augusta était assise, courbée et mal réveillée, de l'autre côté de la table avec son café. Elle n'avait pas encore remis son dentier et sa voix était un peu bredouillante quand enfin elle reposa la tasse et dit :

— À quoi penses-tu ?

Alice n'eut pas le temps d'empêcher la réponse qui sortit de ses lèvres.

— Et moi alors ? C'est ce que je pense tout le temps ! Et moi alors ?

Augusta leva les sourcils.

— Ne dis rien, soupira Alice levant la main comme pour se protéger. Je sais que c'est égoïste. Je sais qu'on n'a pas le droit de penser ça...

Et pourtant cette pensée ne la quittait pas, elle était toujours là, à l'affût derrière toutes les autres pensées. Et moi alors ?

Je crois véritablement que le désir sensuel de Kristian était une douleur, se dit-elle, lorsque tard dans l'après-midi elle se dirigea vers la baie de Strömsviken. Je ne le comprends pas, mais je suis prête à le croire. Et moi alors ? Où est ma place dans ce récit sur la douleur de son désir ?

Sitôt la vaisselle terminée après le déjeuner elle était remontée dans sa mansarde pour continuer à lire. Elle était restée accroupie à la tête du lit en inclinant le livre de façon que le jour grisâtre de la lucarne tombe sur les pages. Vers midi, elle était redescendue préparer du lard avec une sauce aux oignons pour Augusta, mais elle n'en avait pas mangé, murmurant une excuse avant de monter les marches en courant pour finir sa lecture.

Elle lisait vite, suivait avec hâte l'histoire du garçon journalier qui avait réussi à entrer au lycée. Son désir de l'intouchable Rosa. Son dédain de la sensuelle Ebba. Ses rêves lascifs et son angoisse. Dès trois heures de l'après-midi, elle termina le livre. En retenant son souffle, elle avait accompagné Kristian Dahl quand il se faufilait dans la nuit. Elle s'était tenue à ses côtés lorsqu'il s'allongeait sur un banc et installait les cisailles. Elle avait perdu le souffle et fermé les yeux lorsque, pour finir, il tapa d'un coup sec sur le manche en bois des cisailles et se castra lui-même. Avec un léger mal au cœur, elle l'avait ensuite suivi en titubant lorsqu'il partit vacillant pour jeter ses testicules aux chiens.

Mais à présent, se dirigeant par le chemin de gravier vers la baie de Strömsviken, ce n'était pas aux testicules de Kristian Dahl qu'elle pensait.

Et moi alors, pensait-t-elle. Et moi ? Et l'enfant que je porte ?

Elle leva les mains pour se protéger et éviter que les branches noires lui éraflent les joues quand elle se fraya un chemin par la forêt vers la baie. Elle les tenait encore levées quand elle déboucha sur le rocher et ne les baissa que lorsque, maladroitement, elle se laissa choir sur la pierre. Elle demeura assise, le dos raide un instant, écoutant sa propre respiration, observant et enregistrant. Aujourd'hui, enfin, l'automne avait éteint ses feux. Les arbres de l'autre côté de l'eau s'étaient drapés de nouvelles nuances. Du marron et du noir. Il n'y avait pas de vent, un ciel lourd couvait sur l'eau et, plus loin dans la baie, le cygne solitaire faisait la dernière tournée de l'automne de son domaine. Le veuf. C'est ainsi que l'appelait Augusta. La femelle était morte depuis plusieurs années ; pourtant il revenait tous les ans dans la baie de Strömsvik pour la chercher.

Tu n'aurais pas fait cela, pensa Alice, en commençant à formuler une lettre pour Kristian. Tu ne serais jamais revenu me chercher dans les mêmes eaux. Cela au moins, je l'ai appris en lisant *Le Génie*. Car je ne crois pas avoir jamais été ta Rosa. Il n'y a rien chez moi qui permette de tisser de tels rêves et rien non plus qui pourrait faire penser que tu les aies eus. Je ne suis pas une poulette idiote pour laquelle se battent les jeunes coqs ; je ne suis pas belle et orgueilleuse, je suis seulement rondouillarde et insignifiante. La plupart des garçons ne me voient même pas et, quand cela leur arrive, je crois qu'ils le font avec ce mélange de dégoût et de désir qu'éprouvait Kristian en regardant Ebba Lantz.

J'étais ton Ebba Lantz.

Cette pensée lui parut si désagréable qu'elle dut respirer profondément. Pourtant, elle était si absorbée par la lettre qu'il lui fallait l'écrire tout de suite. Elle s'agenouilla, trempa le bout d'un doigt dans l'eau froide et essaya d'écrire sur le roc. Ce n'était pas possible. La pierre était déjà humide, les lettres ne se voyaient pas. Elle continua malgré tout, faisant avancer son index sur la surface noire en une écriture appliquée de jeune lycéenne.

« Je crois que j'étais ton Ebba Lantz, Kristian, écrivit-elle. Je crois que c'est ainsi que tu me voyais. Un être lourd et maladroit, à la bouche bâillante et aux yeux humides, tout à fait capable de tomber en transe érotique au-dessus d'un récipient en verre contenant des œufs de grenouille. Un baluchon. Un bout de chair. Une image de ton propre désir, celui qui te dégoûte et que tu hais, celui qui te lie à moi. Car la peau et les poils, les muqueuses et les cavités, c'était bien tout ce que tu voulais de moi... »

Le cygne s'était rapproché, les ailes à moitié déployées comme une menace. Alice ne le remarqua pas, poursuivant l'écriture de sa lettre invisible.

« Puis-je te le reprocher ? Puis-je te reprocher d'être celui que tu es, de sentir ce que tu sens, de voir ce que tu vois ? Je t'aimais. J'avais le même désir de ton rire et de tes jeux que toi de mes seins et de mes muqueuses. Puis-je alors t'accuser d'être une énigme ? Puis-je t'accuser d'être aussi incompréhensible pour moi que je le suis pour toi ? Non. Je me suis donnée. C'est aussi simple que cela. J'aspirais à un moment de repos et de chaleur, je voulais rêver qu'il était possible de se rencontrer, je voulais me faire croire que l'impossible était possible. C'était stupide, j'aurais dû savoir pourquoi le désir des filles était interdit. Mais je ne l'ai pas su. C'est pourquoi je devrai traverser seule ce qui va venir. C'est possible. Pour difficile que ce soit, c'est possible. Augusta l'a fait même si elle n'en parle jamais. Je sais qu'elle l'a fait et c'est pourquoi je sais aussi comment il faut s'y prendre. On doit fermer sa porte pour toujours et ne plus jamais faire confiance à personne. Jamais. »

Le cygne émit un sifflement, il était à présent tout près de la rive, debout à se balancer sur les galets au pied du rocher, ébouriffant son plumage. Alice se leva avec peine et recula. Cela sembla l'apaiser. Il reprit sa nage, fit un grand virage dans l'eau puis tendit le cou vers le ciel et appela. Alice demeura immobile. La femelle lui répondra, pensa Alice confuse. Elle comprendra. Peut-être est-ce la dernière fois qu'il appelle cet automne. Peut-être l'entend-elle enfin et va-t-elle lui répondre...

Le jour baissait, mais on voyait encore très nettement le cygne, son plumage blanc scintillait, là-bas, alors qu'il restait sans bouger au milieu de la baie, le bec levé en signe d'attente. Ils attendirent longtemps : Alice les bras noués sur sa poitrine, le cygne le cou tendu, tous deux parfaitement immobiles, jusqu'à ce que le cygne baisse lentement sa tête et regarde dans l'eau. Sans réfléchir, Alice l'imita, elle inclina la nuque et lança un regard vers la rive. Il était difficile de distinguer l'eau du sable à la lumière tombante, leurs nuances se mêlaient en une seule étendue, une surface sombre où rien ne scintillait hormis quelques pierres blanches dispersées comme autant de petits morceaux de cristal de roche au milieu de toute cette étendue froide et incolore.

C'est alors qu'elle le vit.

Couché au fond de l'eau, il la regardait. Son corps et ses vêtements avaient les mêmes nuances que le sable et les pierres, les lignes du menton étaient à la fois douces et géométriques, les cheveux, coupés en brosse hirsute, étaient mats. Il sourit légèrement quand il réussit à capter son regard, puis écarta ses lèvres et sourit révélant ses petites dents lapidaires.

Au même moment le cygne déploya ses ailes et, les agitant une ou deux fois, il mit en une seconde l'eau en mouvement, prit de la vitesse, battit des ailes et s'éleva dans les airs. Alice leva la tête et le suivit du regard tandis qu'il se dirigeait vers le sud et se fondit dans le crépuscule.

Quand elle baissa à nouveau le regard, l'eau était devenue noire. Tout ce qui y était caché était maintenant invisible.

Depuis ce moment, les jours se sont ajoutés aux jours, les semaines aux semaines, les mois aux mois. Chaque matin, Alice se réveille le corps un peu plus lourd, plus lente dans ses mouvements, ses pensées et ses sentiments plus engourdis. C'est pourquoi elle ne fait que sourire en pensant au garçon qui gisait au fond de l'eau de la baie de Strömsviken à l'automne, sourit comme aux contes d'Augusta et hausse les épaules, tandis qu'elle s'assoit sur le bord du lit et cherche à tâtons sur le tabouret qui tient lieu de table de nuit. Elle sait qu'elle a une boîte d'allumettes presque pleine quelque part à côté de la lampe à pétrole, elle a monté une nouvelle boîte ce matin. C'est ainsi qu'elle pense dorénavant : allumettes, savon, bois pour le fourneau, mais jamais feu, parfum et chaleur.

Une fois la lampe allumée et la flamme réduite au plus bas, elle reste assise sur le lit fixant le mur devant elle en secouant un peu la boîte pour écouter le faible bruissement des allumettes. Fatiguée. Oui. Elle est très fatiguée. Peut-être osera-t-elle le dire au médecin quand elle se rendra à Hallstavik demain pour l'examen. Ce n'est pas sûr. Souvent elle subit tout l'examen sans ouvrir la bouche. Le médecin ne dit pas non plus grand-chose, fait seulement glisser ses lunettes sur le bout de son nez en l'observant quelques secondes avant d'ouvrir son dossier et de poser en murmurant les questions de routine. Si elle ne répond pas, il lui lance un coup d'œil et passe à la question suivante.

La dernière fois, il avait secoué la tête en voyant à quel point elle était enflée, disant que ses examens de sang étaient mauvais et sa tension trop élevée. Peut-être est-ce pour cela qu'elle est si fatiguée. À moins que cela ne soit normal, que ce soit toujours comme cela au terme d'une grossesse. Elle ne sait pas. Peut-être est-ce ainsi que la nature atténue l'inquiétude des femmes. Non pas qu'Alice soit particulièrement inquiète, des journées entières peuvent passer sans même qu'elle pense à l'accouchement, et quand ça lui arrive malgré tout, elle hausse aussitôt les épaules et chasse toutes les images ensanglantées. Cela ira. Cela aussi.

Elle ne pense pas non plus à l'enfant, du moins pas quand elle est réveillée et seule. Alors le ventre n'est qu'un ventre. C'est mieux ainsi. De toute façon il porte quelque chose qui bientôt aura disparu pour toujours. Dans un mois, la vie sera différente. Ou déjà dans une semaine. Ou dans seulement quelques jours. C'est aussi comme ça. Ce sera ce que ce sera. Des temps passeront en elle, des soleils brûleront, des mondes seront créés et périront dans son corps, cela n'a de toute façon pas d'importance. Elle n'opposera pas de résistance, mais elle n'a pas non plus l'intention de collaborer.

Le lit pliant grince quand elle se lève et commence à déboutonner la blouse de travail qui appartient à Augusta. Elle l'a empruntée pour la journée. Elle avait mis son unique robe de grossesse à aérer, la suspendant sur la véranda où elle voltigeait sous la brise de février, pendant qu'elle lavait les dessous-de-bras et amidonnait le col blanc. Maintenant elle est sur un cintre dans la cuisine, brossée, propre et repassée, attendant la visite chez le médecin demain, une robe bleue en laine du modèle le plus sage et qui pourtant la désigne comme femme déchue et l'oblige à baisser les yeux dans la salle d'attente du médecin car elle est trop jeune pour porter une robe de grossesse. Et elle ne porte pas d'alliance. Les autres femmes, les épouses, croisent les mains sur leur ventre et ne la lâchent pas du regard. Alice a l'impression d'entendre leurs pensées s'entrechoquer. Cette fille-là n'est-elle pas une parente de Harald, le président de l'Association ouvrière de formation continue ? Fille de ce frère jumeau, que l'on avait poussé à entreprendre des études, comment s'appelait-il donc ? Erland. Oui. C'est bien ça. Qui avait fait un bon mariage, dit-on, quelque part dans le Sud du pays. Et voici donc la fille, engrossée, toute lycéenne qu'elle soit. Eh oui. Eh oui. Voilà ce qui peut arriver...

Alice doit s'affairer maladroitement un bon moment pour arriver à défaire le nœud de la ceinture de grossesse. Quand elle y arrive enfin, elle s'impatiente et tire avec force des deux mains pour dégager le laçage. Cette ceinture la dégoûte, elle n'a qu'un seul souhait, c'est d'en être débarrassée, ne plus voir sa couleur chair, ne plus sentir sa surface lisse satinée glisser entre ses doigts. Quand la ceinture tombe par terre, Alice ne prend pas la peine de la ramasser pour la poser au pied du lit comme elle en a l'habitude, elle se contente de la pousser du pied, tâtonnant ensuite pour trouver l'agrafe du soutien-gorge, aussi impatiente à s'en dégager qu'elle l'était à se libérer de la ceinture. Puis elle enlève culotte et bas en un seul mouvement, observe que ses jambes ont gonflé durant la journée, qu'elles sont aussi grosses et épaisses que celles d'Augusta, que la peau blanche aux chevilles est tellement tendue qu'elle semble sur le point d'éclater...

L'instant d'après, toute force l'abandonne. D'un coup, elle est si étourdie et ses genoux sont si faibles, qu'elle est obligée de s'asseoir et de fermer les yeux pour reprendre son souffle.

— Je suis fatiguée, dit-elle à haute voix en s'appuyant des poings sur le matelas. Je suis si terriblement fatiguée...

Au bout d'un moment, elle ouvre les yeux et les dirige vers son corps nu, pensant vaguement qu'il faut qu'elle soit raisonnable, qu'elle ne doit pas oublier combien la mansarde d'Augusta est froide. Puisqu'elle n'a pas la force d'allumer le poêle à pétrole, il faut au moins qu'elle rassemble son courage pour tirer l'oreiller et prendre sa chemise de nuit. Elle doit la passer par-dessus la

207

tête et enfiler les manches. Ensuite elle devra soulever la couverture et entrer dans le lit. En plus il lui faudra trouver l'énergie d'étendre le bras pour baisser la mèche de la lampe, avant de pouvoir se permettre d'être véritablement aussi fatiguée qu'elle l'est.

Tout cela elle va le faire. Elle se le promet. D'abord elle va se reposer un peu. Se reposer et prendre des forces.

Le vent s'est levé au-dehors, la maison d'Augusta craque et geint ; un petit tas de neige en train de fondre s'est mis à l'abri sur le bord de la lucarne. Peu importe. La couverture rouge ouatéc est froide dans le dos nu d'Alice quand elle se laisse aller sur le lit. Aucune importance. Et que les poils se hérissent sur ses bras et qu'elle ait du mal à respirer n'en a pas non plus. Rien n'a d'importance. La seule chose qu'elle souhaite en ce moment précis, c'est de parvenir à lever les pieds du sol, car c'est malcommode de rester ainsi à moitié couchée.

« Je vais le faire, se dit-elle sur un ton calme. Bientôt. Dans un petit moment. »

L'enfant bouge en elle, s'étend de tout son long, des seins au bas-ventre.

— Et après je vais dormir. Bientôt nous dormirons tous les deux, déclare Alice.

Elle pose ses mains sur son ventre, caresse celui qui s'y cache, ne sent plus le froid sur sa peau nue.

J'attends, pense-t-elle. Je ne savais pas que j'étais à ce point dans cette attente.

« Toi, espèce de ratée..., lance Rebecca. Complètement cinglée. Dégueulasse ! »

Tout à l'heure tout était normal et réel. Presque bien. Tout à l'heure – un mardi après-midi ensoleillé – Angelica se dirigeait par les couloirs du lycée vers la salle des cours d'art et sa troisième leçon de dessin au fusain du semestre d'automne. Elle portait sous le bras son nouveau carnet d'esquisses, celui qu'elle s'était acheté avec son argent, dans une vraie boutique de fournitures pour artistes. Elle n'y a encore rien dessiné. Jusqu'à cet instant, elle ne s'est autorisée qu'à passer la main sur les épaisses feuilles. À présent, dans quelques minutes, elle saisira un morceau de fusain et le fera glisser sur le papier.

Angelica aime dessiner, elle est même assez douée, mais plus que tout elle aime être Une de Celles qui ont choisi le Programme esthétique ; elle aime les mouvements pour eux-mêmes : tendre un crayon pour apprécier proportions et perspectives ; enfoncer le pouce d'une main dans la palette et saisir un pinceau de l'autre ; porter des panneaux et de grands cahiers de dessin sous le bras. Ce sont des mouvements qui la font autre. Telle qu'elle voudrait être. Telle qu'elle sera un jour.

Rebecca est près de la fenêtre quand Angelica entre dans la salle de dessin. Dehors l'été se prolonge. Malgré la pénombre où est plongée la salle, la lumière du soleil inonde la cour de récréation et, pour un bref instant, Angelica a l'impression qu'elle en sent les vibrations dans sa poitrine. Ensuite elle se souvient que Rebecca est l'Une de Celles qui ont choisi le Programme des futurs Carriéristes de l'UE. Par conséquent elle ne devrait pas se trouver ici, ne devrait pas se tenir là, près de la fenêtre, son sac à dos dans les bras, à fixer Angelica. Elle devrait suivre les couloirs vers sa salle.

Sait-elle quelque chose ? Comment pourrait-elle savoir ?

Rebecca a le visage tout blanc à part un bouton infecté sur le menton. Rouge foncé.

— Toi, espèce de ratée, lance-t-elle. Complètement cinglée. Dégueulasse.

La seconde après, elle a disparu.

Les fissures apparues cet été s'ouvrent maintenant. Quelque chose se rompt.

Peut-être est-ce l'écoulement du temps.

Sinon, comment serait-ce possible que l'instant d'après Angelica se retrouve assise sur un petit muret à fixer une croix ? Il lui faut quelques secondes pour comprendre ce qu'elle voit, pour se souvenir que c'est ici la clairière des défunts au cimetière de Häverödal et que les cendres de Siri sont par là, quelque part.

On ne vous dit pas où exactement. C'est un secret. Quand elle est venue ici cet été, un bonhomme, celui qui ratisse en ce moment les premières feuilles de l'automne, près du portail du cimetière, le lui avait expliqué. C'est cela l'idée même de la clairière des défunts, avait-il dit en lui parlant comme si elle avait six ans et non pas seize. On ne doit pas savoir où se trouve exactement sa grand-mère, il faut s'imaginer qu'elle est partout dans la clairière des défunts. Si on avait voulu avoir un lieu spécial où mettre des fleurs, il aurait fallu une vraie tombe, avec une pierre, un nom et tout. Angelica ne s'était pas donné la peine d'expliquer que Siri avait griffonné ses ultimes volontés au dos d'une enveloppe et qu'elles consistaient seulement en trois mots : clairière des défunts ! Rien d'autre ! En plus, Angelica n'était pas venue déposer des fleurs. Elle était simplement venue. Exactement comme aujourd'hui. Et à présent elle a l'intention de s'en aller.

L'allée de gravier autour de la clairière vient d'être ratissée. Angelica traîne les pieds pour détruire le dessin joliment tracé et obliger le bonhomme à recommencer. La punition ne se fait pas attendre : un caillou s'infiltre dans sa chaussure et elle est obligée de s'asseoir pour l'enlever. Quand elle redresse le dos, son regard tombe sur une vieille pierre tombale de l'autre côté de l'allée. Elle la reconnaît aussitôt, c'est justement sur cette tombe que Siri se rendait quatre fois par an. Avec des fleurs.

Elle se lève et s'approche de la pierre, se met à genoux et suit du doigt le texte gravé dans le granit gris. *Olga Andersson 1913-1932. Isak Johansson 1888-1935. Augusta Johansson née Andersson 1895-1975.*

« Pas toujours très gentille, entend-elle Siri dire dans ses souvenirs. Ma grand-mère Augusta n'était sans doute pas toujours très gentille... »

Angelica hausse les épaules. Elle non plus n'est pas toujours très gentille.

Ensuite elle ne sait pas très bien comment elle est arrivée dans le quartier Alaska. Soudain, elle y est, tout simplement, assise sur les marches d'escalier de la maison de Siri, en train de se frotter les lèvres. Elle a un goût désagréable dans la bouche qui ne veut pas partir. Si Siri avait été encore en vie, elle aurait pu aller dans la cuisine boire un grand verre de sirop pour se rincer la bouche. Du sirop de rhubarbe. Personne ne savait le faire comme Siri. Il était tellement bon qu'Angelica en a les larmes aux yeux rien que d'y penser.

Merde. Elle renifle et regarde sa montre. En fait, pourquoi est-elle assise ici ? Il est tard et il commence à faire sombre. Il est plus de neuf heures. En plus, elle a encore de la pub à distribuer. Il y en avait vraiment beaucoup aujourd'hui, tellement que Bergström à l'entreprise n'avait pas voulu lui laisser prendre le vélo. Il serait trop lourdement chargé, avait-il insisté. Il ne voulait pas qu'elle tombe et se cogne la tête sur l'asphalte. Angelica avait donc dû entasser les paquets dans un vieux landau d'enfant et marcher à pied.

À présent le landau, à moitié vide, est là sur l'allée du jardin de Siri tandis qu'Angelica, assise sur les marches de l'escalier, cherche à rassembler ses pensées. Elle sait très bien qu'elle a pris le bus pour aller au lycée à Uppsala ce matin, qu'elle a été au cimetière de Häverödal cet après-midi et qu'elle a marché en poussant ce landau à travers la moitié de Hallstavik durant la soirée – si ce n'est qu'elle ne parvient pas à s'en souvenir. Pourtant, elle est persuadée qu'elle a mis la pub dans toutes les boîtes sur son chemin, y compris dans celles des maisons inhabitées. S'il l'apprenait, Bergström serait fou. Il trouve que c'est de la tricherie et du gaspillage. D'habitude Angelica se conforme à ses directives. Pas aujourd'hui. Aujourd'hui elle fait ce qu'elle veut.

Ce sont surtout les vieilles maisons ouvrières de la mine qui sont inhabitées. Personne ne veut les louer aujourd'hui, sauf quelques jeunes gars qui viennent d'être embauchés. Que les pièces soient petites et que la salle de bains se trouve dans la cave, ces gars-là s'en moquent. Ils veulent une maison à eux pour pouvoir lancer à fond la stéréo et un jardin pour bricoler la voiture. Angelica n'aime pas les maisons vides ; elles semblent si miteuses et abandonnées qu'elle supporte à peine de les regarder. Celles qui sont occupées par les jeunes gars la rendent carrément furieuse. Elle les déteste : des rideaux flasques, des plates-bandes envahies de mauvaises herbes, des épaves de bagnoles toutes rouillées qui gisent sur le gazon comme des victimes d'un meurtre, à moitié découpées. Ça fait taudis. Pauvre. Elle aurait voulu mettre le feu à toute cette merde.

Le pire c'est Alaska. Le quartier appelé Alaska a toujours été le pire. Siri était intarissable pour raconter comment c'était autrefois, comment les enfants – Carina entre autres – étaient en butte aux railleries à l'école parce qu'ils habitaient là. Alaska, ce n'était que de la merde, disait-on dans tout Hallstavik, bien que les maisons à Alaska fussent exactement pareilles aux logements ouvriers des autres quartiers. Peut-être parce que ce n'était pas les ouvriers les plus qualifiés qui y vivaient, mais les tâcherons et les surnuméraires, ceux qui étaient arrivés les derniers à l'époque de la construction de l'usine et qui le sont restés. Du moins jusqu'au grand chambardement des années soixante, quand les ouvriers spécialisés se sont mis à construire leurs propres villas. Ainsi de la place s'était libérée pour les autres et, par la suite, durant quelques années, on n'avait entendu pratiquement parler que finnois dans les rues d'Alaska. Mais Siri ne s'était pas conformée à cette évolution. Elle et Sven – ce grand-père qu'Angelica n'a jamais connu – avaient emménagé à Alaska dans les années cinquante et y étaient restés toute leur vie.

Angelica se souvient que Siri affirmait : « C'était suffisamment bien pour nous. »

Elle soupire avant de se lever et de se tourner vers la maison. Les fenêtres se découpent toutes noires. Kåre et Marianne ont aidé Carina à vider la maison dès avant la Saint-Jean. Depuis, les meubles de Siri sont restés dispersés n'importe comment dans la pièce de séjour de Carina. Carina n'a pas eu la force de leur trouver une place. Et Marianne a arrêté net de l'aider quand elle a réalisé que Carina avait l'intention de lui laisser faire seule le ménage après le déménagement...

Angelica frissonne, le froid qui est resté tapi dans l'ombre toute la soirée étend brusquement ses doigts et les lui passe dans la nuque. Si elle se dépêche de distribuer le reste des brochures, elle aura peut-être le temps d'arriver à la maison avant que Mikael ne s'endorme. Sinon elle pourra – au moins – rester dans son propre lit à écouter sa respiration.

Elle a toujours aimé entendre respirer Mikael.

Depuis le printemps, elle dort dans la chambre de Mikael. Depuis le jour où elle a quitté Kristoffer. Ce jour, une semaine ou deux après l'enterrement de Siri, où sa vie a été brusquement chamboulée. Ce jour où elle a vu le Microbe monter dans le bus pour Stockholm.

Elle l'avait aperçu alors que, assise dans la salle attenante à l'arrêt d'autobus, elle attendait Kristoffer. Elle avait failli ne pas le reconnaître. Il portait un blouson extravagant qu'elle ne lui connaissait pas et dont les couleurs l'intriguaient. Rouge père Noël et bleu marine. Avec quelques touches de jaune. Pas du tout les couleurs qu'elle associait d'habitude au Microbe. C'est pourquoi il lui fallut respirer plusieurs fois avant que son cerveau ne capte ce que ses yeux voyaient, avant que ses sens ne s'aiguisent et que son cœur ne se mette à battre plus vite. C'était bien le Microbe. Sans aucun doute. Et il se tenait à l'arrêt du bus pour Stockholm avec un sac noir sur l'épaule. Ainsi il partait. Il retournait à son travail au centre de réhabilitation. Il ne reviendrait par conséquent à Hallstavik que dans cinq semaines.

Une éternité. Presque une vie.

Le soulagement l'envahit comme une vague chaude. Il se répandit du haut de la tête, depuis le front jusque dans la nuque, glissa le long du dos en l'enserrant, se reposa un petit moment dans le creux du ventre avant de s'étendre lascivement dans les cuisses et les bras. Angelica baissa le regard sur la paume de sa main, qui lui parut rougir. Une fleur, pensa-t-elle. Je vois une fleur éclore dans ma main...

La pensée l'effraya, elle était trop étrange pour être tout à fait normale. Une pensée de ratée. Elle se leva et se dirigea vers un flipper, se pencha dessus comme si elle avait l'intention d'y mettre un billet de cinq couronnes et de commencer à jouer, quoiqu'il ne lui serait jamais venu à l'idée de gâcher de l'argent pour un truc aussi idiot. Un des gamins près de l'autre jeu – un petit minable au pantalon pendouillant entre les jambes – lui décocha un regard rapide et dit : « Il est en panne... »

Elle leva la tête, le regarda et, soudain, elle eut l'impression de ne pas pouvoir se protéger des lumières, bruits et odeurs de la salle. Les lampes multicolores du flipper clignotaient, les chaussures des gamins raclaient le lino poussiéreux du

216

sol, leurs voix rauques lançaient des cris de triomphe quand le jeu faisait pling et que des chiffres rouges brillants indiquaient une victoire proche. Du kiosque à saucisses venaient des relents lourds de pommes frites qui se mêlaient aux vapeurs de diesel du bus qui tournait à vide devant la porte, et Angelica dut s'appuyer contre le flipper pour ne pas céder au malaise. Pourtant, elle ne pensa à cela que hâtivement, toute son attention étant tournée vers le monde à l'extérieur... Elle avait l'impression d'entendre s'approcher le bus pour Stockholm, dont le vrombissement pénétrait dans la salle et couvrait tous les autres. En effet, il se profila, prit le tournant et arriva à la station. S'arrêta. Ouvrit ses portes.

À présent ses passagers sortent, pensa-t-elle en se penchant plus bas sur le flipper en panne. La plupart par l'arrière, mais pas tous. Il y a toujours quelqu'un qui veut descendre par la porte avant : à l'ordinaire des personnes âgées qui prennent leur temps. Il n'est donc pas encore monté. Peut-être aide-t-il quelqu'un ; souvent il aime se faire remarquer quand il aide des vieilles bonnes femmes à porter leurs valises ou des jeunes avec leurs landaus. Ensuite, il a l'habitude de s'effacer pour laisser passer les gens qui sont derrière lui dans la queue. Pas toujours. Seulement s'il s'agit de jeunes filles ou de vieillards. Aux hommes de son âge, il ne cède pas la place, il y veille. Enfin là, ça devrait être à lui de monter, quel que soit le nombre de vieilles bonnes femmes et de landaus dans le bus...

Elle se retourna et regarda par la fenêtre. Elle avait vu juste. Le bus pour Stockholm referma ses portes et fit fonctionner son clignotant. Elle aperçut les couleurs vives du blouson du Microbe quand il avança en titubant dans le couloir central.

Il était parti.

Il ne l'avait pas vue.

Les gamins poussaient des cris de triomphe dans son dos. Ils avaient battu un nouveau record au flipper.

Kristoffer haussa les épaules quand elle expliqua qu'elle avait l'intention de rentrer chez elle pour un moment, qu'elle l'accompagnait à Nordanäng seulement pour réunir ses affaires. Bien sûr. Il n'y voyait pas d'inconvénient. Il avait des examens de sciences naturelles et de sciences sociales la semaine à venir. Il fallait qu'il travaille.

Ils restèrent silencieux l'un à côté de l'autre dans le bus jusqu'à Nordanäng, puis se dirigèrent, toujours sans se parler, de la route vers la maison blanche. Kristoffer ne prépara pas de goûter, ne demanda même pas si elle avait faim. Il s'installa simplement à son bureau et alluma l'ordinateur. Il l'embrassa machinalement quand elle eut fini de remplir son sac et tiré la fermeture Éclair, mais ne l'accompagna pas en bas de l'escalier. Lorsqu'elle laça ses chaussures dans l'entrée, elle entendit la musique qui s'élevait à très forte puissance de son lecteur de CD.

Il est content, pensa-t-elle. Kristoffer est content d'être enfin débarrassé de moi.

Ses parents n'étaient pas à la maison.

Pour quelle raison continua-t-elle vers la maison d'Augusta ce jour-là ?

Elle ne le sait pas. Ça s'est simplement passé comme ça. Son corps tourna vers la gauche et ses pieds se mirent à marcher. Elle n'avait d'autre choix que de suivre, bien qu'elle ait eu l'intention de prendre à droite, vers la grande route et l'arrêt du bus.

Mais la détermination du corps ne se maintint qu'une centaine de mètres. Arrivée à la maison d'Augusta, elle resta la main sur le portail et hésita, sans oser ouvrir.

C'est aussi notre maison, pensa-t-elle en resserrant sa prise sur la poignée du portail. Marianne, Kåre, Alice et tous les autres ne sont pas les seuls à avoir le droit d'être ici. C'est aussi notre maison. La mienne, et celle de Mikael.

Puis elle redressa le dos et ouvrit.

Le printemps était plus précoce dans le jardin d'Augusta qu'ailleurs. Angelica demeura immobile sur l'allée à observer. Une pomme desséchée, oubliée sur une branche nue, rougissait sous les rayons du soleil de l'après-midi. Les crocus bourgeonnaient dans les plates-bandes. Les perce-neige étaient en fleur. La maison semblait néanmoins toujours dormir du sommeil de l'hiver, la véranda penchait un peu, les fenêtres faisaient penser à des yeux clos.

Angelica contourna lentement la maison, l'encercla de ses pas, passa les bouts de ses doigts sur le bois rouge. Près de la fenêtre à l'arrière, elle se hissa sur la pointe des pieds pour regarder dans la cuisine. Elle était pareille que dans son souvenir, telle qu'elle avait toujours été lors des réunions de famille de l'été. Un fourneau à bois et un vieil évier. Un réchaud électrique posé dessus. Une toile cirée à fleurs sur la table de la cuisine. En revanche, Marianne ne lavait plus la vaisselle. Alice ne préparait plus le café. Siri ne se tenait plus dans l'embrasure de la porte en train de s'inquiéter. La maison était vide.

Angelica se remit sur ses talons et appuya sa joue contre le bois. La maison avait beau être à l'ombre maintenant, les planches avaient gardé la chaleur du soleil. Soudain ses yeux ne souhaitaient qu'une seule chose, se fermer, et elle se souvint qu'elle n'avait pas dormi une nuit entière depuis plusieurs semaines. Vraiment. Pas une seule nuit entière depuis la mort de Siri. Elle jeta un coup d'œil rapide à sa montre. Il restait presque quarante minutes jusqu'au départ du prochain bus. Elle n'était pas obligée d'aller se poster tout de suite à l'arrêt sur la grande route, elle pouvait aussi bien s'asseoir sur la véranda pour attendre. Réfléchir à ce qu'elle allait dire à Carina en rentrant. Feuilleter un livre de classe. Se retirer du monde un instant.

Il y avait un banc sur la véranda, pourtant elle s'assit par terre. Pas la peine qu'on la voie, non pas qu'elle ait quelque chose à cacher – elle avait parfaitement le droit d'être là où elle était – mais parce qu'elle avait envie d'être seule. Invisible. Cachée à tous les regards. D'un autre côté, il n'y avait sans doute pas grand risque que quelqu'un passe. Combien de personnes étaient censées passer devant la maison d'Augusta un jour ordinaire ?

Deux, peut-être. Ou trois.

Et c'est justement pour ça qu'elle voulait y être. Dans la solitude. Dans la chaleur du soleil. Dans le silence.

Elle se réveilla parce que son haleine effleurait sa joue. Très chaude. Presque brûlante.

Dès qu'elle ouvrit les yeux, elle réalisa qu'elle avait dû s'assoupir et dormir longtemps. Le soleil ne brillait plus. Le ciel était devenu bleu foncé et une étoile scintillait au-dessus de la silhouette sombre penchée sur elle. La nuit tomberait bientôt.

— Tu vas bien ?, dit-il en posant sa main sur sa joue. Pourquoi es-tu couchée ici ?

Une épice, pensa-t-elle ensommeillée en s'étirant. Cet homme a une odeur d'épice. Mais laquelle ?

La seconde après elle l'identifia.

Son odeur demeura en elle.

Elle l'avait encore dans ses narines, lorsque, plusieurs heures plus tard, elle mit la clé dans la serrure chez Carina et pénétra dans l'entrée ; elle resta là comme une étrangère avec ses cheveux étalés sur les épaules et entendit sa mère se lever de son lit et avancer pieds nus sur le plancher.

Carina alluma le lustre, tira un peu sur son grand tee-shirt et cligna des yeux. Elle s'était fait couper les cheveux. La dernière fois qu'Angelica l'avait vue, ses cheveux étaient plus longs et plus volumineux. À présent ils étaient dégradés sur la nuque et coupés très court au-dessus des oreilles. La nouvelle coiffure donnait à Carina une allure étrange, son cou semblait plus large et sa tête beaucoup trop petite. Immobile, elle fixa Angelica, les yeux écarquillés, avant de porter lentement sa main vers sa poitrine.

— Mon Dieu, s'exclama-t-elle en une longue expiration. Oh mon Dieu, tu m'as fait une de ces peurs...

Elle s'affaissa sur le tabouret sous le miroir de l'entrée et ferma les yeux, toujours la main sur sa poitrine. Angelica fit glisser par terre son sac à dos sans rien dire, attendant simplement que Carina ouvre à nouveau les yeux. Cela prit presque une minute. À ce moment-là, la voix de Carina s'était aussi raffermie.

— Tu m'as fait peur, répéta-t-elle d'un ton posé en se grattant le ventre. Où es-tu allée ?

Angelica redressa le dos.

— Dehors.

— Pendant près de quatre semaines ?

— Mmmm.

— Et tu ne t'es même pas donné la peine de venir à l'enterrement ?

Angelica ferma les yeux mais ne répondit pas. Carina grimaça.

— Merde. C'est tout ce que je dis. Merde.

Le silence tomba un instant avant qu'Angelica ne toussote et commence à tirer sur la fermeture Éclair de son blouson.

— Mikael est là ? demanda-t-elle.

Carina hocha la tête.

— Mais il part à Herräng demain...

— À nouveau ?

La voix de Carina se fit plaintive.

— Il faut que je puisse me reposer ! J'ai eu tellement mal ces derniers jours, je dois absolument me reposer !

Gardant le silence, Angelica accrocha son blouson, tira sur son pull avant de se tourner vers Carina. La mère et la fille se mesurèrent. Puis Carina esquissa un sourire.

— Le Microbe est reparti au centre de réhabilitation aujourd'hui. Tu le sais peut-être ?

Toujours muette, Angelica donna un coup de pied dans son sac à dos qui alla valser parmi les chaussures sous le portemanteau.

— Oui, poursuivit Carina en réfléchissant. Tu le sais sans doute. Où as-tu l'intention de dormir ?

— Dans mon lit, bien entendu.

Carina haussa les sourcils.

— Ton lit ? Je croyais que ton lit, c'était chez Siri ?

Angelica qui avait commencé à enlever ses chaussures s'arrêta et fixa Carina.

— Oui. Mais je n'ai pas la clé pour y aller.

Carina fit une grimace.

— Siri était ma mère. Celle de personne d'autre. C'est moi qui dois avoir la clé. Est-ce si étrange ?

— Je suis au courant. Tu te répètes.

Le silence retomba. Carina resta sur le tabouret. On entendait sa respiration. Angelica se pencha et ramassa son sac à dos.

223

— Qu'est-il arrivé à mon lit ? Mon ancien lit ?
Carina leva les yeux, l'air soudain fatiguée.

— Il est dans ma chambre. Le Microbe l'utilise
quand il est à la maison.

— Et son lit alors ?

— Il s'est cassé. Nous avons dû le jeter.

— Et où vais-je dormir ?
Carina haussa les épaules.

— Je n'en sais rien. Si tu ne supportes pas de
dormir dans la même pièce que moi – et je suppose que c'est le cas – tu pourrais peut-être
prendre le matelas et dormir par terre dans la
chambre de Mikael. Il faudra changer les draps.
À moins que tu ne veuilles dormir dans ceux du
Microbe.

Angelica serra les lèvres et respira profondément pour s'assurer que le parfum épicé restait
toujours dans ses narines. Lorsqu'elle parla à
nouveau, sa voix était rauque.

— Est-ce qu'il y a des draps propres ?

— Aucune idée. Va voir toi-même, répliqua
Carina

Tout de même : la vie est simple quand on a un
parfum épicé dans les narines.

Il est facile de se faufiler dans la chambre de
son petit frère en traînant un matelas, facile de
redresser ensuite le dos et d'avancer tout doucement vers le bureau, facile de tirer le tiroir supérieur et de sortir sa cassette, facile de dégager la
clé de la chaîne autour du cou pour ouvrir la cassette et compter son argent, facile de s'endormir
ensuite quand on a constaté que tout y est. Il est

tout aussi facile de se réveiller le lendemain matin, de préparer le chocolat au lait pour son petit frère et de le débarbouiller pour lui ôter les moustaches de chocolat. Il est aussi facile de le prendre par la main et de courir, par un matin de printemps bleuté, vers sa maternelle et, ensuite, de jeter son sac à dos sur l'épaule et de continuer vers le collège. Il est facile de s'y laisser tomber à sa place et de se préparer à affronter les lois physiques de la chaleur.

Mais le jeune professeur de sciences naturelles, Félix, étant arrivé et s'étant posté devant le tableau noir, ânonne d'une voix si monotone qu'il est presque impossible de fixer son attention sur lui. On laisse alors son regard errer par la fenêtre, on passe la langue sur les dents et on s'interroge sur ce parfum.

Ce n'est pas de la cannelle. Ni du gingembre. Ni du thym ou du romarin. Et certainement pas du curry, de l'épice italienne pour salade ou un mélange quelconque... Ce n'est aucun des parfums de l'étagère d'épices de sa grand-mère dont elle a gardé le souvenir.

Pourtant, lorsqu'enfin la réponse surgit du plus profond des méandres de son cerveau, elle paraît évidente.

L'origan marjolaine. Bien sûr.

Quand était-ce ? Il y a cinq étés ? Ou six ?

En tout cas, c'était à une réunion de famille. Une de celles auxquelles Alice et son Lars les avaient conviés. Le Microbe était à l'époque tout juste sorti de son alcoolisme et très soucieux de se présenter en bon père de famille. Il avait obligé

225

Carina à habiller Angelica d'une robe, trop petite, et d'un modèle beaucoup trop enfantin. C'était horrible. Tout le monde le voyait sauf le Microbe. Et que Carina ait ramassé ses cheveux en une queue de cheval maladroite au milieu du crâne n'arrangeait pas les choses. Dès qu'ils furent installés dans le bus, Angelica se mit à tirer sur les mèches pour les faire retomber et, en quittant le bus, elle avait scruté son visage dans le rétroviseur pendant que Carina et le Microbe descendaient le landau. Elle était affreuse : pâle, les yeux cernés, des mèches raides lui balayant les yeux.

Impossible de penser à autre chose durant toute la réunion. Elle ne s'intéressa pas à la nourriture, ne regarda même pas les boulettes de viande qu'Alice lui avait mises dans son assiette à la place des harengs des adultes. Piquée au bord de sa chaise de jardin, elle se contenta d'observer les autres. Alice s'affairait en allant et venant avec ses plats et ses raviers. Kåre gesticulait et causait sans cesse. Marianne, assise à côté de lui, lançait des regards mauvais. Leurs fils hochaient la tête en acquiesçant, tout en caressant le dos de leurs jeunes épouses, qui réagissaient en souriant d'une manière énigmatique. De l'autre côté de la table, Carina riait fort en agitant sa cigarette et le Microbe posait sa main sur son bras pour la réduire au silence et grommelait une objection. Siri était assise en bout de table serrant son sac à main. Mikael dormait dans son landau près des lilas en fleur. Lars et Petter, le mari et le fils d'Alice, étaient assis silencieux et le dos raide avec l'air de s'être trompés de planète, comme s'ils n'avaient rien à voir avec ce jardin fleuri et ses êtres étranges. Même si personne ne commenta la robe trop petite d'Angelica ou ses mèches raides, tout le monde l'avait remarqué. Elle en était sûre.

C'est pourquoi elle se laissa glisser de sa chaise de jardin quand Alice et Marianne débarrassèrent la table et fit semblant d'avoir envie d'aller aux toilettes. Au lieu de s'y rendre, elle chercha l'ombre et disparut derrière la maison d'Augusta, se laissant tomber dans l'herbe sous la fenêtre ouverte de la cuisine. C'était un endroit plaisant. Hors d'atteinte. Frais de surcroît. Devant, au soleil, il faisait chaud. Beaucoup trop.

Elle ôta ses chaussures et passa la plante de ses pieds dans l'herbe en bougeant les orteils. C'était agréable. Dans la cuisine quelqu'un fit couler le robinet, un autre cogner la porcelaine, mais personne ne parlait. Cela aussi était agréable. Angelica appuya la tête contre le mur et fit glisser sa main dans l'herbe. Tout à côté il y avait une petite touffe de fleurs rose pâle sur des tiges pas très hautes couvertes de feuilles.

— Pour toi, dit Angelica un instant plus tard en tendant le bouquet à Siri.

Elle n'avait pas voulu que les autres le remarquent, puisqu'elle était, en fait, trop grande pour cueillir des fleurs et faire des bouquets. C'était arrivé comme ça, elle avait tout simplement cueilli un bouquet de fleurs rose pâle qu'elle tendait à présent à Siri. Personne n'aurait rien remarqué non plus, si Kåre n'avait repris son souffle à cet instant et que l'une de ses belles-filles n'avait rempli le silence d'un roucoulement.

— Comme c'est mignon ! s'exclama-t-elle en inclinant la tête. Regarde ! Angelica a cueilli des fleurs pour sa grand-mère !

Elle était seule de cet avis. Les autres réagirent chacun à leur façon : Carina fit la moue. Marianne prit l'air de ne pas entendre. Kåre haussa les épaules. Le Microbe, méfiant, fronça les sourcils. Mais Lars, le Martien silencieux, se pencha sur la table et saisit une feuille du bouquet qu'il frotta entre ses doigts et porta à ses narines.

— Hmm, dit-il en donnant la feuille émiettée à son fils. C'est une plante aromatique n'est-ce pas ?

Et Petter, l'autre Martien, renifla avant d'ajuster ses lunettes et de préciser :

— Oui. *Origanum vulgare.* Origan marjolaine. Ou marjolaine tout court.

Lars hocha la tête et porta une fois encore la feuille en miettes à ses narines. Puis, il la tendit à Angelica.

— Origan marjolaine, dit-il. Ça sent bon. Sens.

Origan marjolaine. Marjolaine.

Peut-être était-elle devenue bizarre à cause de ces noms.

C'est ainsi qu'elle y pensa après-coup : elle devenait bizarre. Malade de la tête. Folle.

Le plus curieux, c'est qu'elle en fut consciente dès le début. Elle restait assise sur son banc avec

228

le parfum dans les narines, suivant du regard le jeu d'ombres du soleil sur les murs blancs de la salle de classe, sachant que tout cela était folie. Comme si une fissure s'était produite dans sa tête et qu'une moitié d'elle continuait à être celle qu'elle avait toujours été – éveillée, attentive et méfiante – et que l'autre était devenue une « ratée » ne maîtrisant plus ses pensées. Ensorcelée. Possédée.

La moitié raisonnable savait qu'elle devrait s'arrêter, que sa faim de l'homme à la marjolaine était dangereuse, qu'elle pourrait faire éclater non seulement sa tête mais aussi sa poitrine. En vain. L'autre moitié d'elle avait déjà écarté toute prudence et décidé que le nom lui correspondait, que son parfum était bien celui d'un roi[1]. Et que c'était la raison pour laquelle il l'avait conduite dans une salle, une salle royale aux colonnes d'argent avec un plafond bleu velours comme l'orage...

— Idiote! disait la moitié raisonnable de son cerveau. Merde, reprends-toi! Calme-toi!

Elle ne réalisa qu'elle avait parlé à haute voix que lorsqu'elle vit Félix près du tableau noir s'arrêter et froncer les sourcils.

— Angelica? Qu'est-ce que tu dis?

Angelica passa rapidement la main sur sa bouche.

— Rien, dit-elle. Pardon. J'ai laissé échapper un truc...

1. En suédois, l'origan, dit aussi marjolaine, s'appelle « marjolaine royale » *(N.d.T.)*

Félix haussa les sourcils.

— Un truc ? Quel truc ?

— Ma gomme, répondit Angelica. Mais je ne l'ai pas laissée échapper. Je l'ai seulement cru...

Jusque-là les autres élèves étaient restés sur leurs bancs comme d'habitude. Certains mollement affalés, d'autres dans une attitude attentive, le cahier en attente, d'autres encore avec la tête penchée sur un gribouillage intensif. À présent, ils levèrent les yeux, l'un après l'autre et se tournèrent vers elle. Tobias, sur le banc devant elle, fit une moue et, remuant les lèvres, la traita de barjot, sans proférer un son.

Félix avait toujours la main levée comme s'il allait noter quelque chose au tableau noir.

— Voyons, dit-il en haussant les sourcils. Tu jures parce que tu as laissé échapper ta gomme ? En réalité tu ne l'as pas fait ?

Angelica tenta un sourire. Un début de rigolade pointait dans son dos.

Félix embrassa la salle du regard en souriant légèrement.

— Ai-je bien compris ?

Angelica avala sa salive et redressa le dos.

— Oui.

— Nous pouvons donc reprendre le cours ? Sans risquer d'autres jurons grossiers de ta part ?

— Oui.

— Vous pouvez me considérer comme vieux jeu. Mais je trouve réellement que ce genre de chose dérange. En particulier quand les gens jurent sur des affaires disparues qui n'ont pas disparu. Et qu'ils traitent leur gomme d'idiote...

Angelica baissa les yeux et fixa le banc. Les accès de rires des filles dans son dos prenaient de l'ampleur ; quelques garçons s'y mirent et commencèrent à glousser *Ha, ha, ha ! Ho, ho, ho !* Félix agita les bras, brusquement effrayé par la tempête qu'il avait déclenchée. Il ne fut plus question que de la rigolade des filles, du chahut des garçons et de la frayeur de Félix. Angelica était oubliée.

Sales gosses, pensa-t-elle au milieu du vacarme. Elle respira profondément, remplissant chaque cavité de son crâne du parfum de la marjolaine. Ils sont tous de sales gosses. Gâtés de surcroît. Comme Rebecca. Elle qui ne sait rien, ne comprend rien, n'a jamais rien vécu. Pour de vrai.

Mais, moi, je sais. J'ai vécu quelque chose. Pour de vrai.

Le souvenir qu'elle gardait de la soirée de la veille n'en demeurait pas moins étrange, totalement clair et pourtant trouble. Elle se rappelle exactement à quoi ressemblait sa voiture couleur d'argent, des chiffres verts qui brillaient sur le tableau de bord, comment une petite lumière rouge devant le conducteur s'était d'abord allumée puis éteinte, à quoi ressemblaient ses mains posées sur le volant. Mais elle n'avait pas bien compris où il la conduisait. Elle ne réalisa qu'ils venaient du nord, que cette salle aux colonnes était un lieu réel et qu'elle devait se trouver quelque part le long de la route vers Östhammar, que lorsqu'ils furent sur le chemin du retour menant à Hallstavik.

Angelica savait qu'elle avait laissé des traces. Comme un personnage dans un conte. Et quand la journée à l'école fut terminée, elle partit à la recherche de cette trace.

Jamais, jusque-là, elle n'avait fait un tel trajet à vélo. Presque vingt kilomètres. Elle respirait difficilement quand, enfin, elle trouva le petit chemin de côté. Son visage était en sueur. Elle dut descendre de la bicyclette et la pousser à la main pendant les derniers cent mètres.

Pourtant, elle n'était pas sûre d'avoir vraiment trouvé. Les buissons le long du chemin ressemblaient à n'importe quels autres buissons, le sentier en gravier aux autres sentiers. L'herbe au milieu du chemin commençait juste à verdir et les fleurs en bordure étaient en train d'éclore. Elle stoppa net quand elle aperçut les premières anémones bleues.

Quand elle leva le regard, elle vit un ruban en velours noir fixé à une branche. Elle avait trouvé sa trace.

Angelica fit tomber le vélo sur les premières anémones et pénétra dans la salle aux colonnes. En réalité, ce n'était pas une salle. Elle le savait déjà. La moitié raisonnable en elle comprenait que la ratée fantasmait. Cet homme ne l'avait pas conduite dans une salle aux hautes colonnes argentées, il l'avait simplement emmenée en forêt. Dans une forêt banale de pins, avec des ramilles d'airelles par terre, des troncs d'arbres élancés et un ciel haut.

Pourtant, c'était un bel endroit, même la moitié raisonnable de son cerveau dut le reconnaître. Et elle s'autorisa à s'asseoir un instant sur une pierre pour regarder tout autour. La lumière de l'après-midi teintait en rose les troncs brun-rouge des pins. Sous ceux-ci poussaient des brins de brize, aussi rougeâtres et duvetés que les cheveux de Mikael nouveau-né. La mousse vert clair du printemps, encore douce et humide, se préparait à s'étaler sur toutes les surfaces dures pour les cacher.

Angelica passa le doigt sur ses lèvres.

Elles étaient toutes palpitantes.

Et douloureuses.

Avoir un corps.

Elle n'avait jamais eu de corps. Pas de cette manière. Jusque-là, il se résumait aux images que lui en renvoyait le regard des autres. Elle avait ainsi été plusieurs personnages : jolie comme une poupée aux yeux de Siri, laide à ceux de Carina, grosse pour Rebecca et sexy pour Kristoffer; bien coiffée aux yeux d'Ann-Katrin, mal à ceux de Marianne. Il ne s'agissait que de reflets qui disparaissaient quand elle détournait les yeux. Pour elle – pour l'Angelica qu'elle était en son for intérieur – le corps avait toujours été sans importance. La bouche n'était qu'une bouche. Les bras que des bras. Les pieds, des pieds. Le corps n'était qu'un outil, tantôt une

233

arme tantôt un bouclier, une enveloppe dont l'emprise sur les garçons et les jeunes gens l'avait remplie de doute et d'étonnement ces dernières années.

En dépit de cela, elle était bien entendu obligée de joindre le chœur des lamentations des autres filles. Elle savait exactement comment s'y prendre pour se plaindre dans le vestiaire après les cours de gym – *Mes seins ne sont que des piqûres de moustique ! Mon derrière est trop gros ! Oh mon Dieu, je suis devenue grasse comme un cochon !* – tout en observant chaque partie de soi-même et trouver que presque tout était bien. C'était un exercice dans l'art hypocrite de mentir à soi-même et aux autres. Les vrais défauts ne devaient pas être mentionnés : celle qui avait de petits seins devait se plaindre de hanches trop larges, celle qui dépassait d'une tête tous les garçons de la classe devait pleurer à cause d'un grand nez, celle qui avait des bourrelets autour du ventre devait regretter que sa poitrine soit trop volumineuse. Angelica, pour ne pas trop se distinguer des autres, avait l'habitude de proférer une plainte en demi-teinte à cause de la largeur de son derrière, mais ne mentionnait jamais ses seins.

Elle ne les avait jamais aimés. Au contraire, elle les évitait, prenait garde de ne pas les effleurer et n'avait accepté que très à contrecœur que Kristoffer cherche tout le temps à les caresser. Elle n'aimait pas ça. Il pouvait bien les serrer, comme faisaient d'habitude les autres garçons, mais elle n'aimait pas qu'il y touche d'une main légère. De façon générale, elle n'avait jamais beaucoup aimé les mains qui la frôlaient. Même pas les siennes : si elle n'avait pas une éponge à sa portée sous la douche, elle s'abstenait simplement de se savonner. La seule pensée de se caresser avec des mains mousseuses, comme les femmes dans les flashs de pub à la télé, lui donnait envie de vomir.

Les cheveux était la seule partie de son corps qui lui donnait du plaisir depuis toujours. Elle les avait toujours aimés, ses cheveux : les laver et les brosser, les relever en une queue de cheval stricte, les laisser s'étaler dans toute leur majesté et danser dans son dos, les tirer devant le visage et s'y cacher comme dans une grotte. Ils étaient très longs désormais, épais et brillants. Elle ne se les était pas fait couper depuis quatre ans. Pas depuis qu'elle avait douze ans et s'était retrouvée, la tête rasée, sur le perron de Siri...

Tirant sur sa queue de cheval, elle la glissa sous son nez. Elle pensa à un chaton qu'elle avait tenu un jour dans ses bras puis, passant le bout d'un doigt sur son cou, elle l'y laissa. Elle sentait les battements de son cœur : le pouls du bout du doigt battait à l'unisson du creux de son cou.

J'ai un corps, pensa-t-elle. Je suis dans un corps qui vit.

Quelques soirs plus tard, elle se posta pour la première fois en faction devant sa maison.

C'était un de ces soirs où elle ne savait trop où aller. Elle n'avait pas de pub à distribuer, et la maison de Siri était fermée. Elle ne pouvait aller chez Kristoffer à Nordanäng. Ni rentrer. En tout cas pas avant l'heure du coucher. Mikael était à Herräng et si elle devait rester seule dans l'appartement avec Carina, le silence les étoufferait toutes les deux.

Elle passa d'abord un moment à la bibliothèque, silencieuse à une table, penchée sur un livre qu'elle tentait de lire mais sans qu'une seule lettre atteigne sa cornée. Ensuite elle se leva et sortit, resta quelques minutes dans le centre tout blanc de Hallstavik à écouter le silence. Toute la ville semblait abandonnée. Pas de voitures. Pas de voix. Même pas le lointain vacarme du *speedway* du parc d'Orion. On n'entendait que le chant de l'usine, qui, ce soir-là, était si assourdi qu'il était difficile de le distinguer du silence.

J'ai seulement envie de le voir, pensa la moitié raisonnable de sa tête quand ses pieds se mirent en route. Rien d'autre. Seulement le voir. Seulement savoir qu'il existe réellement.

Elle avait découvert le petit bosquet d'arbres à côté de sa villa quelques jours plus tôt et décidé, tout simplement, qu'il était à elle. De là on voyait à la fois la rampe du garage, la terrasse et le jardin sans être vu soi-même. Quelques semaines plus tôt, il n'aurait pas offert d'abri. À présent, c'était le début de l'été, les feuilles poussaient et la tendre verdure était déjà suffisamment fournie pour la cacher.

Pourtant, elle était heureuse que le crépuscule ait commencé à tomber quand elle se faufila parmi les buissons, ses ombres bleutées l'aideraient à rester invisible. Elle s'assit par terre, s'appuya le dos contre un bouleau et observa la maison. Elle semblait vide. Presque abandonnée. Les portes et les fenêtres étaient fermées, aucune voiture couleur d'argent n'était garée devant le garage, les meubles de jardin de la terrasse étaient nus, sans nappe sur la table, ni coussin sur les sièges. Une bergeronnette solitaire qui traversa le gazon en battant de la queue était l'unique signe de vie.

Il était presque minuit quand enfin l'auto couleur d'argent apparut sur la rampe du garage. Il fut le premier à descendre et, à peine visible dans la clarté nocturne du début de l'été, il s'étira puis prit son veston dans la voiture. Au même moment, les portes de l'autre côté s'ouvrirent et sa femme et sa fille sortirent. La femme dit quelque chose, se pencha ensuite à l'intérieur et s'empara d'un sac avant de disparaître hors de sa vue. La fille hésita un instant avant de claquer la porte de la voiture et de suivre sa mère. L'homme demeura seul et refit le même mouvement qu'auparavant : il s'étira puis se passa la main dans le dos.

Il existait. Il était réel. Il avait une maison et une voiture. Un costume gris. Un travail où il se rendait le matin. Un lit conjugal qui l'attendait le soir. Mais il n'avait pas de nom ; il n'y avait pas place pour son nom dans la tête d'Angelica. Il n'y était qu'haleine, voix et parfum.

Mais il existait. Maintenant elle savait qu'il existait réellement.

Combien de fois depuis s'est-elle installée dans le bosquet d'arbres ? Elle ne le sait pas. D'innombrables. Presque chaque soir.

Une fois, elle avait cru qu'il la voyait. Il lui avait semblé que son mouvement s'était contracté avant qu'il ne retourne quelques pièces de viande sur le gril. Sa femme et lui avaient des invités ce soir-là, des hommes en shorts à carreaux et des femmes en polos de tennis couleurs pastel déambulaient dans le jardin et, au milieu d'eux, il faisait semblant de leur ressembler, quand, brusquement, son regard passa sur le bosquet d'arbres et se plongea dans le sien.

Pourtant, il n'en dit rien lorsqu'ils se virent quelques soirées plus tard et Angelica n'en parla pas non plus. Elle évitait, de façon générale, de trop parler en sa compagnie. Il n'appréciait pas le bavardage. Et il ne semblait définitivement pas aimer qu'elle apparût, de temps à autre, à la périphérie de sa vie quotidienne, qu'elle se pressât sur le parking du centre ville au moment où il se dirigeait vers sa voiture, qu'elle passât en vélo devant la pompe à essence quand il faisait le plein ou que, comme par hasard, elle fût en train de glisser de la pub dans sa boîte aux lettres au moment précis où il rentrait du travail. Non pas qu'il fît des commentaires, ce n'était pas utile, son regard et son attitude étaient éloquents. Et s'il apprenait qu'en plus elle était là, à le guetter, dans le bosquet d'arbres, il serait furieux, pris d'une fureur si grande et si froide, que jamais plus il ne l'emmènerait dans sa voiture.

Et cela, même la moitié raisonnable de son cerveau ne pensait pas qu'elle puisse le supporter.

Il ne la voulait pas très souvent, seulement de temps en temps, une fois par semaine ou toutes les deux semaines. Cela arrivait toujours très tard le soir, quand elle rentrait après sa distribution de pub et qu'elle n'avait plus d'espoir. Alors, soudain, sa voiture était là, derrière son vélo, il ralentissait et la doublait lentement avant d'accélérer. Angelica avait l'habitude de sauter du vélo une fois la voiture passée, de se tenir immobile quelques secondes à le suivre du regard, vérifiant qu'il tournait réellement le volant en direction de la zone industrielle de Skärsta, avant d'enfourcher à nouveau son vélo et de le suivre.

Il s'arrêtait systématiquement tout au bout de la zone industrielle, derrière l'un des dépôts sans fenêtres. Une bonne cachette, bien meilleure que le bosquet d'arbres devant sa maison, pourtant il semblait ne jamais se sentir en sécurité. Il laissait le moteur tourner et ouvrait la porte côté passager avant même qu'elle ait posé son vélo, puis appuyait impatient sur l'accélérateur en faisant gronder le moteur pendant qu'elle verrouillait le vélo. Elle avait à peine le temps de s'asseoir et de refermer la porte, qu'il était déjà parti. Elle ne se préoccupa jamais de la ceinture de sécurité, de toute façon elle était obligée de glisser par terre et de se mettre à genoux devant le siège dès qu'ils s'approchaient de la grande route. Pour qu'on ne la voie pas s'ils croisaient une autre voiture. Ou dépassaient un piéton.

Elle aimait se tenir ainsi, les bras appuyés sur le siège et la tête dans les mains à le contempler pendant qu'il se dirigeait vers la salle à colonnes.

C'était sa seule exigence : qu'il l'emmène justement-là. Elle n'était pas obligée de le préciser, il semblait le comprendre de lui-même. Une seule fois il s'était garé dans une aire de repos et avait essayé de l'approcher, mais la sentant se raidir et se défendre, il avait aussitôt redémarré et poursuivi la route.

Il ne lui vint jamais à l'idée qu'elle aurait pu lui ouvrir la porte de l'appartement de Carina puisqu'elle fut seule à la maison quelques semaines au milieu de l'été. C'était absurde. Il était impensable qu'il s'étende sur elle sur le matelas en mousse de la chambre de Mikael, plus impensable encore d'imaginer qu'il se lève ensuite et gagne la salle de bains de Carina par l'entrée et s'y tienne au milieu de ses flacons de pilules et des brosses à ongles du Microbe à tripoter maladroitement ses capotes usagées. Cela équivaudrait à trouver un morse en Afrique, un éléphant au Groenland ou une baleine sur le rivage de la baie d'Edebo. Impensable. Totalement.

Il faisait attention aux capotes. Aussi haletante soit sa respiration dans son oreille, quel que soit le tremblement de sa main en s'introduisant sous son slip, quelle que soit l'avidité avec laquelle il lui mordait le cou, il n'oubliait jamais la capote. Cela la gênait. Même si la moitié raisonnable de sa tête comprenait que c'était mieux pour chacun d'eux, la ratée en elle voulait l'y faire renoncer.

Elle le voulait à elle, sans protection. Leurs soirées dans la salle à colonnes ne seraient parfaites
que lorsqu'elle l'aurait léché, sucé, embrassé et
caressé jusqu'à faire s'envoler toute prudence.

Si leurs soirées dans la salle à colonnes
n'étaient pas encore parvenues à la perfection,
elles n'en étaient pas loin. Rien de ce qu'elle faisait avec lui ne ressemblait à ce qu'elle avait pu
faire avec Kristoffer ou avec qui que ce soit
d'autre. Tout était différent. Le poids. Les parfums. La chaleur de sa peau. Le fait qu'il s'approche d'elle sans exigence ni impatience et
pourtant avec des mains très déterminées. Le fait
que non seulement elle supporte ses caresses si
légères sur ses seins mais qu'en plus elle y trouve
du plaisir. Le fait qu'elle accepte que sa langue
s'attarde à des endroits que jusque-là elle n'avait
permis à personne de toucher. Et avant tout, le
fait qu'elle puisse disparaître dans ses bras, cesser d'exister en tant que l'Angelica de toujours,
qu'il lui fasse goûter la possibilité d'être une
autre.

Pourtant son désir ne ressemblait pas au sien.
Elle n'avait jamais la respiration lourde, elle ne
geignait jamais comme une bête couchée là,
par terre, parmi les ramilles d'airelles, elle ne
tournait jamais son regard vers l'intérieur pour
devenir aveugle. Au contraire, elle gardait les
yeux ouverts, scrutait son visage quand il s'élevait au-dessus d'elle, puis regardait vers le toit
velouté du ciel, quand il s'abaissait à nouveau.

Souvent ils restaient ainsi quand c'était terminé : elle, les yeux grands ouverts fixant le ciel ;

lui, les paupières closes tournées vers la terre. Silencieux. Muets.

Le silence était nécessaire. Il ne fallait pas le rompre. S'ils commençaient à parler, ils se transformeraient : lui deviendrait un banal salaud, un bonhomme licencieux, aux mains poilues en costume de consultant, elle une petite pute, un cas social en vêtements bon marché achetés sur catalogue et slip délavé par la lessive. Aussi se saluaient-ils des yeux, se séparaient-ils avec une caresse rapide et n'échangeaient-ils que quelques paroles à voix basse en se dirigeant vers la salle aux colonnes. Après-coup, il lui arrivait de compter les mots étendue sur son matelas dans la chambre de Mikael, trouvant qu'ils se faisaient de plus en plus rares et qu'il devenait naturel de se laisser complètement absorber par le silence.

En réalité, ils n'eurent qu'une seule conversation de tout l'été ; c'était tard un soir, fin juillet, quand l'obscurité de la nuit commençait tout doucement à s'établir. Après leur étreinte, il se laissa tomber sur une pierre en la regardant enfiler son tee-shirt.

— C'est de la folie, lança-t-il soudain. C'est fichtrement insensé.

Angelica n'osa pas le regarder. Elle se pencha et fit semblant de chercher sa chaussure gauche, quoique voyant très bien qu'elle gisait un peu plus loin au milieu des ramilles d'airelles. C'est pourquoi elle entendit plus qu'elle ne vit comment il se passa la main sur le visage.

— Insensé ! répéta-t-il. Je ne comprends pas comment... Comment nous en sommes arrivés-là ?

Angelica ne répondit toujours pas.

— Merde, ça ne pourra se terminer qu'en catastrophe. En plus, tu fréquentes la même école que ma fille !

Angelica toussota, sa voix avait du mal à porter.

— La même classe.

— La même classe ? Vous êtes dans la même classe ?

— Oui. Du moins en troisième. Je ne sais pas ce qu'il en sera exactement au lycée.

Il cacha son visage dans ses mains.

— Merde alors... Je croyais que tu avais un an de plus !

— J'ai seize ans, précisa Angelica. J'ai eu seize ans au mois de janvier.

Cette fois-là, il ne se passa que quelques jours avant qu'il réapparaisse, mais ce furent des jours qu'elle ne voudrait jamais avoir à revivre.

Elle était seule dans l'appartement depuis une semaine. Carina et Mikael étaient partis au Foyer de réhabilitation en Dalécarlie pour des « vacances idylliques » avec le Microbe. Ni l'un ni l'autre ne s'était réjoui du voyage, Carina s'énervait rien qu'à penser aux horaires des trains et aux têtes nouvelles qu'il faudrait côtoyer et Mikael geignait à force d'entendre sa mère élever la voix. En fait, seule Angelica était contente. La décision du Microbe l'avait sauvée. Depuis plusieurs semaines, la perspective des vacances voletait comme un insecte agité dans son crâne.

Où irait-elle quand il reviendrait ? Pourrait-elle aller chez Kristoffer à Nordanäng. L'accueillerait-il, alors qu'elle ne le voyait plus depuis longtemps ? Et pourrait-elle en ce cas le dédommager maintenant du gîte et de la nourriture de la même manière qu'avant l'enterrement de Siri ? Rien qu'à y penser, elle leva les épaules et serra les bras contre sa poitrine. Elle ne le voulait pas ! Non qu'elle reprochât quoi que ce soit à Kristoffer, mais elle ne le voulait pas ! Plutôt dormir dehors !

Et voilà qu'elle y avait échappé. Tout s'était arrangé. Comme ça. Sans qu'elle ait eu à faire quoi que ce soit.

Au début la solitude était reposante. Pas de Mikael à garder. Pas de Carina à surveiller. Pas de pub à distribuer puisque Bergström avait fermé l'entreprise momentanément et s'était retiré dans sa maison de campagne. Même pas d'homme fleurant bon à rencontrer la nuit. Les premiers jours de sa solitude, il était en effet parti avec sa famille en vacances vers le soleil.

Angelica n'aspirait pas au soleil. Au contraire. Elle avait tiré les stores devant les fenêtres de l'appartement pour échapper à la lumière trop crue et laissait grande ouverte, jour et nuit, la porte donnant sur le balcon. Quand, vers trois heures du matin, les oiseaux se mettaient à chanter, elle ouvrait les yeux, puis les refermait aussitôt, ne se réveillant vraiment que lorsque le premier camion chargé de bois passait avec un grondement sur la route d'Uppsala. Se rappelant qu'elle était seule dans l'appartement, elle soupirait d'aise et s'étirait, s'étonnant un peu de la chance inouïe qu'elle avait, sans le demander et comme par surprise, de connaître pendant quelques semaines un avant-goût de la vie qui serait la sienne après son dix-huitième anniversaire. Ce serait exactement comme ça : elle se réveillerait chaque matin dans l'ombre et le silence, dans la solitude et la fraîcheur. Une vie sans contrainte. Sans dangers. Sans inquiétude.

Elle n'était donc pas préparée du tout le matin où elle se réveilla avec un collier d'angoisse lui serrant la gorge. Elle souleva la tête sur l'oreiller et écouta : y avait-il quelqu'un dans l'appartement? La lumière qui filtrait par les fentes des stores était aussi grise que le lino par terre. Le nounours rouge de Mikael la fixait depuis sa place sur l'étagère. Il n'y avait personne. L'appartement était aussi vide que quand elle s'était endormie. Pourtant elle avait du mal à respirer, elle dut s'asseoir et inspirer à fond pour trouver de l'air. En vain. L'inquiétude lui serra la gorge encore plus fort quand elle se rappela la soirée de la veille...

Son gémissement quand elle avait avoué qu'elle avait eu seize ans au mois de janvier.

Son silence pendant le retour.

Son regard quand elle avait déverrouillé son vélo.

Elle mit la main sur sa gorge en geignant : il allait la quitter! Elle ne respirerait plus jamais son parfum...

Ce jour-là, elle ne se lava pas et ne se brossa pas les dents. Elle ne s'habilla même pas, se borna à pousser le matelas dans le coin de la chambre et à tirer la couverture et le dessus-de-lit de Mikael sur elle pour s'en envelopper, y cacha tout son corps et éteignit la lumière. Au bout de quelques heures, elle se mit à se balancer, se laissant aller en avant et en arrière dans son cocon tout en fredonnant une petite chanson pour elle-même.

C'était une de ces chansons qu'elle seule connaissait. Qu'elle avait inventée quand elle était petite. Une chanson de prisonnière. Une chanson de consolation. Une chanson qu'elle croyait avoir oubliée depuis longtemps.

Elle n'avait aucune idée du temps qu'elle avait passé sous la couverture. Elle savait seulement qu'elle s'était levée quatre fois pour cuire des macaronis qu'elle avait ensuite mangés directement dans la casserole. En se levant pour la cinquième fois, elle découvrit qu'il n'y avait plus de macaronis, seuls restaient dans le garde-manger quelques sacs à moitié pleins de farine et de sucre. Elle ouvrit le congélateur mais ne trouva qu'un vieux brochet qui la fixa avec des yeux d'argent gelés. Angelica le fixa à son tour quelques instants avant de le fourrer à nouveau dans le congélateur. Le mouvement lui fit monter au nez une odeur bien connue et, tirant son tee-shirt vers son visage, elle fit la grimace. Elle puait comme Carina. Elle devait se laver, puis sortir. Elle devait enfin sortir de ce maudit appartement.

Dès l'escalier, elle commença à compter ses pas.

Il lui fallut 3 546 pas pour arriver au parc d'Orion. C'était peut-être jour de *speed-way*, car des motos vrombissaient plus loin et il y avait beaucoup de voitures sur le parking. Mais aucune couleur argent, elle fit donc demi-tour et retourna vers le centre.

Elle venait juste de parvenir au sommet du pont de Skärsta et levait le pied pour faire son sept millième pas quand la voiture couleur argent la doubla lentement. Elle posa le pied et resta immobile en la suivant du regard. Son conducteur accéléra, tourna le volant et se diri- gea vers la zone industrielle. Angelica regarda autour d'elle, réalisa que c'était le soir et assez tard mais qu'elle ne savait pas si c'était mardi ou jeudi ou même vendredi. Elle avait perdu la notion du temps.

Cela n'avait pas d'importance, le collier d'in- quiétude s'était desserré autour de sa gorge. Elle emplit ses poumons de l'air du soir d'été et se mit à courir.

Le reste de l'été s'était bien passé. Aussi bien que possible.

Carina et Mikael étaient revenus de Dalécarlie sans le Microbe, Bergström avait quitté sa mai- son de campagne et rouvert son entreprise, Ange- lica avait été informée qu'elle était acceptée dans la section du programme esthétique du lycée d'Uppsala.

247

L'homme qui fleurait bon la marjolaine avait souri quand elle le lui racontait, lui passant la main dans les cheveux et la gratifiant d'un nombre inhabituel de paroles.

— Tu vois bien ça s'arrangera. Tout s'arrangera..., avait-il dit.

Or, c'est le mois de septembre et rien ne s'est arrangé.

Angelica prend le bus tous les matins pour aller au lycée à Uppsala, elle partage la chambre de Mikael tous les soirs et l'entend respirer ; elle compte les jours et sait qu'il n'en reste que cinq cent trente-sept jusqu'à son dix-huitième anniversaire. Pourtant rien ne va.

Quelque chose s'est brisé. S'est rompu. Le temps a des trous noirs et, une fois encore, un collier serre la gorge d'Angelica, un collier qui se resserre de plus en plus chaque jour, qui s'enfonce profondément dans sa peau et l'empêche de respirer. Et il a un nom. Une explication. Une cause.

Le centre de réhabilitation a fait faillite. Le Microbe va rentrer. Dans trente jours il sera là, dans l'entrée de Carina, avec tout son barda et sa voix remplira tout l'appartement. Dans trente jours, il posera ses mains rougies sur la table de la cuisine et tournera son regard vers Angelica...

Depuis qu'elle l'a appris, elle n'a pas dormi une nuit entière. Pas lu une seule ligne. Elle n'a pas mené une seule réflexion à son terme. Elle n'a même pas pu l'oublier quand l'homme fleurant bon s'est couché sur elle. Et il l'a remarqué. Il y a trois jours, il s'est retiré d'elle tout de suite après l'orgasme pour s'étendre, comme elle, sur le dos parmi les ramilles d'airelles et regarder le ciel.

— Où es-tu ? finit-il par demander. Angelica ? Où es-tu ?

Sans répondre, Angelica chercha seulement sa main et la passa sur ses lèvres. Elle sentait le savon, l'amour et le caoutchouc. Plus la moindre odeur d'épices. Elle lâcha prise et s'assit, s'entourant de ses bras.

Il ne peut pas me protéger, pensa-t-elle. Il n'en a même pas le désir.

— J'ai froid, dit-elle à haute voix.

Il s'assit à côté d'elle et soupira :

— Oui. Bientôt ce sera l'automne...

Ensuite, ils ne parlèrent plus.

Pourtant, ses pensées tournent autour de lui comme les insectes autour de la lumière quand elle passe dans les rues sombres d'Hallstavik avec son landau, ouvrant et fermant boîte aux lettres sur boîte aux lettres. Les lampadaires jouent avec son ombre : ils la font croître pour devenir celle d'un géant, puis la réduisent pour la transformer en un rien.

Elle a gardé sa rue pour la fin. À présent, elle en longe les barrières bien entretenues et regarde dans les maisons. Les gens ont allumé les lampes, mais l'été a duré si longtemps qu'ils ont oublié qu'on les voit du dehors, que n'importe qui se tenant dans l'obscurité à l'extérieur peut regarder chez eux et suivre leurs mouvements.

Ceux qui habitent ces maisons ne savent rien d'Angelica et de son monde, ils ignorent même qu'un tel monde existe et c'est quelque chose qu'Angelica trouve naturel. Il ne lui est jamais venu à l'idée qu'il pourrait en être autrement. Il lui semble par ailleurs aussi naturel de tout savoir d'eux et de leur vie. Car dans cette rue tout est tel que cela doit être. Ici on vit comme on le doit, ici tout est comme à la télé. Dans la première maison, une famille est réunie autour de la table de la cuisine pour manger un repas tardif. Ils ont allumé une bougie bien que ce soit un jeudi ordinaire. La mère sourit en tendant un plat à l'un des fils qui rejette sa frange et lui sourit à son tour. Dans la maison voisine une autre femme est au téléphone dans sa pièce de séjour joliment décorée. Son mari passe en disant quelque chose, elle se retourne et le suit du regard, hoche la tête. De l'autre côté de la rue, une petite fille se tient au milieu d'une cuisine en acajou, un chat dans les bras, elle baisse lentement son visage et l'enfouit dans le pelage noir.

Et là, dans la dernière maison de la rue, la plus grande, celle qui jouxte un bosquet d'arbres et où une voiture couleur argent est garée sur la rampe du garage, il y a une jeune fille assise dans un canapé devant la télévision. Son père entre dans la pièce faiblement éclairée, ses lèvres bougent, il dit quelque chose. Sa fille penche la tête en arrière, lui sourit et répond. Peut-être quelque chose de drôle : il rit et passe rapidement sa main dans ses cheveux.

Angelica ramasse les derniers prospectus au fond du landau et les enfonce dans la boîte aux lettres sans quitter des yeux l'homme et la fille. Ensuite elle lève ses mains et se les passe sur les cheveux.

J'attends, pense-t-elle. Je ne savais pas que j'étais à ce point dans cette attente.

IV

Trente jours ce n'est pas bien long.

On cligne des yeux – et voilà, cinq jours se sont écoulés.

On se baisse pour nouer ses lacets et quand on relève la tête sept autres jours se sont envolés.

On rit brièvement quand un garçon de la classe plaisante avec un copain et, quand on retrouve son sérieux, encore douze jours se sont enfuis.

Le dos se redresse. Le champ de vision se rétrécit. Les sens s'aiguisent.

Lorsqu'il ne reste plus que deux jours, Carina est reprise par ses douleurs. Réellement. Pour la première fois depuis longtemps, la douleur se lit sur son visage, elle a des cernes gris sous les yeux, la sueur perle sur sa lèvre supérieure. Angelica réalise qu'elle ne peut pas la laisser seule avec Mikael, alors elle adopte sa voix d'adulte la plus grave et téléphone à la famille de soutien à Herräng pour demander si Mikael peut venir, bien que le quota des journées de garde financées par les services sociaux soit épuisé. Elle n'a même pas le temps d'achever sa phrase que la voix joyeuse de la mère d'accueil l'interrompt :

bien entendu! Quand viendra-t-il? Angelica est soulagée, cet enthousiasme chasse le poids de culpabilité qui pèse sur elle depuis le début de la matinée. Elle n'abandonne pas Mikael. Au contraire. Elle le conduit dans un endroit où il est attendu.

Pourtant l'inquiétude étreint son cœur quand elle raccroche le téléphone, comme si Mikael était soudain exposé à un grand et incompréhensible danger et elle est obligée de se précipiter dans la pièce de séjour – où les meubles de Siri sont toujours disséminés à la manière d'invités perdus au milieu de la pièce – pour s'assurer qu'il ne lui est rien arrivé. Ce qui est naturellement le cas. Mikael est devant la télévision en train de regarder un dessin animé, indemne et insouciant. Angelica enfouit son nez dans ses cheveux et hume son odeur pour se calmer. Il sent la lavande et la poussière chauffée au soleil.

— Il viendra te chercher dans quelques jours, chuchote-t-elle. Mikael tourne son visage rond vers elle et plisse les yeux.

— Qui donc?

— Le Microbe. Ton père.

Mikael hoche la tête, mais ne dit rien.

Quand Angelica a fini de faire ses valises, elle pousse la porte de la chambre. Il y fait sombre, les stores baissés cachent le soleil d'automne. Carina dort profondément sous une couette à fleurs, ses cheveux sont ébouriffés et son front humide de sueur, son bras gauche pend mollement hors du lit. Elle a oublié de remettre le couvercle sur deux de ses flacons de pilules, mais pour le reste tout est normal. Le verre d'eau et les médicaments sont sur une chaise à côté du lit, le téléphone est à sa portée par terre. Angelica avance, en la poussant du pied, une pile de magazines, puis reste immobile le regard vissé sur les doigts blancs légèrement pliés, frôlant le sol, de Carina.

L'inquiétude serre le ventre d'Angelica, elle porte sa main au diaphragme en fermant la porte. Elle jette un regard circulaire dans l'obscurité de l'entrée, et la voilà prête à s'en aller.

Au même moment, Alice déclare forfait. La bouche pincée, elle fixe le texte sur l'écran de son ordinateur. Nul. Complètement nul.

La chaise racle le sol quand elle se lève. Elle a besoin d'une tasse de café. Ou de thé. Ou de quelque chose. Cela ne sert à rien de rester là, à essayer de faire sortir de force des mots. Elle a beau essayer, ça ne marche pas.

Elle est installée dans la maison d'Augusta depuis trois jours à essayer de mettre de l'ordre dans ses idées. Officiellement, il s'agissait de rédiger un commentaire d'un projet, une explication détaillée de ce que pourrait être une exposition baptisée provisoirement *L'Héritage des usines*. En réalité, il s'est agi de tout autre chose. D'un procès, peut-être. De laisser une fois pour toutes l'instance ultime du moi prononcer son jugement, une réponse définitive et indiscutable à la question : qu'est-ce qui est vrai, qu'est-ce qui est mensonge dans la vie d'Alice. Mais cela n'a pas marché. Elle a manqué de courage, elle s'est dérobée, fût-ce à ses propres pensées.

La voici allongée sur le dur canapé des années vingt d'Augusta les yeux au plafond. Le commentaire du projet doit être présenté jeudi et elle n'en est même pas à la moitié. Aussi va-t-elle être obligée de veiller une nuit ou deux pour terminer. Lars sera de mauvais poil. Elle se sentira coupable. Et par conséquent encore plus dispersée et déconcentrée.

C'est ainsi depuis quatre mois déjà. Depuis l'arrivée de la carte postale. Cet été brûlant a été un méli-mélo de sentiments confus, de pensées incomplètes et d'actes imprévisibles. De plus en plus souvent, elle s'est surprise en train de faire les choses les plus étranges. Un jour, elle s'est retrouvée comme clouée sur place devant l'entrée d'une salle de billard dans la Kammakargatan réalisant qu'elle y était en réalité depuis un bon moment, suffisamment longtemps pour fournir un bon prétexte aux joueurs qui se rapprochèrent de la sortie et la regardèrent. Une autre fois, elle s'était rendue à une réunion vêtue de son tailleur de lin le plus strict, une sandale blanche à un pied et une chaussure en tissu noir à l'autre. Une autre, elle avait oublié de prendre Lars à l'aéroport d'Arlanda restant à son bureau jusque tard dans la soirée. Quand elle était rentrée, elle avait trouvé sa valise par terre dans l'entrée grande ouverte pareille à la gueule d'une bête féroce prête à mordre. Lars, lui, était blême d'irritation et parlait bas en une sorte de staccato. Il souhaitait l'informer que l'agenda était une chose qui existe. Depuis longtemps. En outre la pagaille régnant dans leur foyer l'avait plutôt étonné. Des vêtements partout. Un lit défait. Des piles de vaisselle. Alice avait-elle l'habitude de régresser à l'état estudiantin quand il n'était plus là ?

Alice n'éleva aucune objection, esquissa seulement un vague sourire tout en mettant les assiettes et les verres dans le lave-vaisselle, évitant qu'il les regarde de trop près. Non pas que Lars eût l'habitude de s'intéresser aux assiettes collantes et aux verres vides, mais cela risquait d'être le cas, et elle ne voulait pas lui donner l'occasion de hausser un peu plus les sourcils. Cinq verres à vin ? Avait-elle bu du vin tous les soirs depuis qu'il était parti ? Ne devrait-elle pas faire un peu attention ?

Ce soir-là elle n'avait pas osé rencontrer son propre regard dans la glace de la salle de bains et elle s'était brossée les dents dans le noir. Ensuite, elle s'était faufilée dans l'entrée pour ouvrir la poche à fermeture Éclair de son sac, laissant le bout des doigts glisser sur la carte postale pour s'assurer qu'elle y était toujours et que Lars ne l'avait pas découverte.

À ce stade, elle avait depuis longtemps pris conscience qu'elle se conduisait de manière irrationnelle et que Lars n'aurait guère réagi si, ce fameux jour de printemps, elle s'était reprise et avait posé la carte postale sur la table de l'entrée en même temps que le reste du courrier. Peut-être aurait-il haussé les sourcils en regardant côté image : une jeune fille à moitié nue qui peigne ses cheveux. L'impressionnisme utilisé commercialement. Alice aurait pu adhérer à son dédain en faisant remarquer qu'il y avait en plus une erreur : au dos de la carte il était indiqué qu'il s'agissait d'une reproduction d'après Renoir alors que c'était un Degas et même un pastel de Degas assez connu. Après cette prise de distance, elle aurait très bien pu montrer à Lars les quelques lignes au dos, qui, rédigées avec une indifférence étudiée, étaient celles d'un ancien camarade de classe. Celui-ci avait vu par hasard son nom dans un catalogue d'exposition et comme il était lui-même en train de travailler sur un projet historique, il espérait qu'elle pourrait apporter une petite contribution. Aurait-elle la gentillesse de lui téléphoner ?

C'était elle qui avait transformé la carte en un message coupable en la cachant. À présent, elle se trouvait enfouie dans son sac à main en témoin muet du fossé qui s'était creusé entre eux. N'était-ce pourtant pas là exactement ce qu'elle voulait ? Souhaitait-elle vraiment que Lars voie la carte postale ? Était-elle disposée à montrer son visage le plus lisse pour en discuter avec lui ? N'était-ce pas plutôt que la carte postale lui avait donné ce à quoi elle aspirait le plus : le rappel d'un compartiment de sa vie auquel Lars n'aurait jamais accès. Qui était à elle seule.

Qu'il y eût une sorte de jouissance à détenir un secret, elle le savait depuis toujours. Jusque-là, elle n'avait, en revanche, jamais réalisé à quel point cette jouissance était liée au pouvoir. À présent elle comprenait. Certes, elle pouvait donner l'impression de se courber avec encore plus d'humilité sous les sarcasmes de Lars, mais ce n'était qu'apparence. Elle rendait les coups à sa façon, se vengeait en détournant les yeux quand il la regardait, en faisant un pas de côté quand il tendait ses bras vers elle, en se plongeant dans ses pensées quand il lui parlait. Si l'un et l'autre pressentaient que quelque chose couvait, Alice était la seule à savoir de quoi il s'agissait. Lars, lui, devait gérer ses doutes et son vague sentiment qu'un grave glissement s'était produit dans l'équilibre des pouvoirs entre eux.

Je constate simplement..., pensait Alice parfois en souriant sous cape. Je constate simplement que tu es étonné ou ébranlé ou de mauvaise humeur et que je me fous totalement de ce qu'il en est...

Pourtant ce n'était pas toute la vérité. Par moments sa peau brûlait de tendresse, et elle rêvait de mettre ses mains autour de la tête de Lars et d'embrasser ses paupières. Ce n'était pas lui qui avait érigé un mur entre eux, c'était elle. Et elle qui était tellement perturbée et détruite qu'elle était incapable de laisser qui que ce soit l'approcher, même pas celui avec qui elle vivait depuis plus d'un quart de siècle. À ces moments-là, ses genoux flageolaient de honte et elle implorait le pardon par une caresse ou une gentillesse. Plus l'été avançait cependant, plus Lars répondait avec les mêmes armes, esquivant ses caresses et détournant le regard. Et le silence pouvait retomber pour des heures.

261

Tout est arrivé cet été, pense Alice allongée sur le canapé d'Augusta. Tout. Bien que rien ne soit arrivé.

Car c'est bien ainsi. Rien n'est arrivé. Pas réellement.

Elle avait appris par cœur les neuf chiffres du numéro de téléphone au moment où elle les avait vus et, une semaine après l'enterrement de Siri, elle avait appelé une première fois. Sonnerie sur sonnerie avait retenti sans que personne réponde ; à l'instant où elle avait entendu le petit clic annonçant le déclenchement d'un répondeur, elle avait rapidement raccroché. Elle ne voulait pas laisser de trace, même pas une respiration. Ensuite, elle avait essayé d'effacer le numéro de sa mémoire, clignant des yeux lorsque les neuf chiffres traversaient sa conscience, pensant résolument à autre chose. Au travail. À Petter. Au dîner qu'elle et Lars devaient arranger le samedi suivant. Mais en rouvrant les yeux, les chiffres étaient toujours là, comme s'ils étaient tatoués dans son écorce cérébrale.

Elle fut donc toute surprise de réussir à rester si distante et froide quand, enfin, elle appela une seconde fois et qu'on décrocha, que sa voix ne trembla pas du tout, contrairement à sa main posée sur le sous-main rouge.

— Oui, salut, dit-elle avec cette amabilité formelle qu'elle accordait en général aux relations professionnelles. Ici, Alice Bernhardsson. Tu m'as envoyé une carte postale.

Tout d'abord, il ne répondit pas. Un silence de vingt secondes s'écoula. Ce n'est pas le ton auquel il s'attendait, pensa Alice. Il avait espéré des larmes.

— Alice ? ajouta-t-il ensuite.

— Oui.

— J'espère que je ne me suis pas trompé de personne. Viens-tu de Jönköping ? Est-ce que tu étais au lycée dans les années cinquante ?

— Oui.

— Tu t'appelais Johansson ? Alice Johansson ?

— En effet.

— Je m'appelle Kristian.

— Mmm.

— Kristian Dahlberg.

— Oui.

— Tu te souviens de moi ?

— Oui.

Nouveau silence. Alice serra le poing en se forçant à respirer calmement

— Je voudrais te rencontrer, reprit Kristian. Il y a tant de choses que je voudrais te demander...

Alice rouvrit sa main et la regarda. Mes mains ne vieillissent pas, pensa-t-elle. Celles d'Augusta vieillissaient au même rythme que le corps, mais les miennes sont toujours celles d'une jeune fille. Au loin, elle entendit sa voix. Objective. Aimable. Insouciante.

— Bien sûr, disait sa voix. Quand est-ce que cela te conviendrait ?

Trois fois ils se sont donné rendez-vous depuis. Trois fois il y a eu un empêchement.

La première fois ce fut la faute d'Alice. Elle fit marche arrière, tout simplement. Eut la frousse. Ce n'était pas prévu. Bien au contraire. Elle avait eu tout le temps de se préparer : Kristian ne pouvait venir à Stockholm que trois semaines après leur première conversation. Pendant ce temps, elle avait par deux fois acheté des vêtements neufs qu'elle avait ensuite mis au rancart, choisi un rouge à lèvres d'un ton doux rose-beige et consacré de nombreuses heures à une recherche sur Internet. Il n'y avait pas grand-chose. Quelques mentions donnant une image assez floue d'un consultant en communication à Jönköping. Cela lui fit lever les sourcils. Consultant en communication ? Cela pouvait tout signifier, depuis un richissime touche-à-tout jusqu'à un bureaucrate municipal au chômage en passant par un publicitaire en faillite. Elle pouvait imaginer Kristian dans chacun des rôles.

C'est elle qui avait proposé qu'ils se retrouvent au comptoir d'accueil du magasin Métro dans le passage du Gallerian. Elle n'avait compris qu'après qu'elle avait choisi le lieu exprès. C'était le seul endroit à Stockholm où elle pouvait le voir sans être vue, le seul aussi où il y avait plusieurs issues.

Elle arriva de bonne heure, monta l'escalier roulant vers le café situé à l'étage supérieur et s'installa avec un cappuccino à une table d'où elle embrassait pratiquement tout le rez-de-chaussée du regard.

« Je trompe, pensa-t-elle en soufflant une petite vallée à travers les montagnes alpines de la mousse de lait. À l'instant, je trompe à la fois Lars et Kristian. Je ne suis fidèle qu'à moi seule... »

À cet instant, elle l'aperçut. Debout devant le comptoir d'accueil, il regardait autour de lui. C'était un homme grand avec de grandes mains, habillé d'un pantalon beige et d'un veston en lin écru. Son corps et ses vêtements avaient des nuances de sable et de pierre, les lignes de son menton étaient à la fois douces et géométriques, ses cheveux – ou ce qu'il lui en restait – étaient mats et hirsutes. Rien en lui n'étincelait à part les yeux et les dents, mais, même de loin, elle se rendait compte que, de ce fait, ils scintillaient d'autant plus. On aurait dit un tas de sable. Un tas de sable bien conservé avec quelques éclats de cristal de roche qui brillaient au milieu de cet amas incolore et poussiéreux.

Alice vida sa tasse, se leva et se dirigea d'un pas rapide, la tête baissée, vers la sortie côté Brunkebergstorg.

Le lendemain elle appela pour s'excuser : elle avait été retardée chez un client. Malheureusement, oui vraiment. Kristian assura que cela n'avait pas d'importance et proposa le même endroit à la même heure trois semaines plus tard. Cette fois-là, ce fut Alice qui dut rester près du comptoir d'accueil à attendre. Kristian appela le lendemain et s'excusa : il n'avait pas prévu la circulation en ville et s'était fait prendre dans un embouteillage. Ils se mirent d'accord pour une nouvelle tentative début septembre. Là, Alice eut un réel empêchement : une réunion à propos de

265

l'exposition *Le Patrimoine industriel* au Musée historique. Très important. Impossible à remettre. Kristian avait la voix sèche quand il expliqua que maintenant il ne viendrait à Stockholm qu'au milieu du mois d'octobre. Alice ouvrit son agenda et le nota.

— On se verra, dit-elle en raccrochant.

À présent elle se demande s'ils doivent réellement se voir, si elle ira vraiment au passage du Gallerian demain, si elle se tiendra devant le comptoir d'accueil du magasin Metro à midi, calme, sincère et cordiale, sans se cacher ni s'esquiver.

Elle ne le sait pas. Elle n'arrive pas à se décider. En fait, elle sait qu'elle ne se décidera qu'à onze heures et demie. Jusqu'à cette heure, elle sera exactement aussi dispersée et indéterminée qu'elle l'a été ces derniers jours. Toute tentative pour se raisonner et parvenir à prendre une décision objective sera arrêtée par des images-souvenirs ultrarapides ; tout enchaînement logique de réflexions sera interrompu par des accès de haine violents ; tout essai de se contraindre à l'indifférence sera écrasé par le souvenir de ces moments vertigineux où elle sentait ses lèvres sur son cou.

Merde ! Elle tape du poing dans le mur chez Augusta et s'assoit. Elle ne peut se permettre de s'égarer dans le passé. Il lui faut passer à un autre passé : cette exposition qu'elle doit concevoir, qu'il lui faut absolument réussir à concevoir pour renflouer sa situation financière si elle ne veut pas devenir un mendiant dans sa propre maison. *Sois gentil, monsieur le professeur, donne un peu de sous à ta dame ! Elle est vieille et usée et sa carrière professionnelle est finie !*

Si seulement il lui était possible de comprendre pourquoi il est si difficile de se faire une idée de la forme que pourrait prendre justement cette exposition, pourquoi il ne suffit pas de fermer les yeux pour la voir de la même manière qu'elle voyait ses autres expositions. Ce n'est pas qu'elle manque de connaissances, elle en sait plus sur l'industrialisation que sur le Moyen Âge, par conséquent cette exposition devrait être encore meilleure que celle qu'elle avait réalisée l'année dernière sur le monachisme suédois. Elle était très réussie, presque un succès. Elle s'était sentie un peu mal à l'aise après, un peu honteuse en estimant qu'elle s'était donné trop peu de mal pour mériter tant de louanges. Ce devrait être plus simple avec *Le Patrimoine industriel*. Au contraire. Elle est en proie à une sorte d'aversion. Ou de peur.

Alice se laisse retomber dans le canapé et ferme les yeux. De quoi a-t-elle peur ? De mal faire ? Il y a toujours des raisons de le craindre, mais cela ne la gêne pas d'habitude. Alors c'est forcément autre chose...

Ce n'est qu'à moitié retombée dans le sommeil que la réponse émerge dans sa conscience. Alice a peur de l'Usine. De la Mine. Du dragon qui dort sur le rivage de la baie d'Edebo, celui qui, un jour, avait tué tous les contes.

Pendant longtemps l'Usine[1] n'était qu'une ombre. Une sorte de contour. Un paysage rocheux et brumeux dans l'environnement verdoyant de Roslagen, interdit au public, interdit à tout étranger – un secret veillé par les hommes de Hallstavik.

Du temps de sa jeunesse, elle trouvait qu'ils ressemblaient à des corneilles ; des sortes de corneilles bleues qui sortaient de leurs nids quand la relève approchait pour se former en bande, une bande muette à vélo qui traversait le village d'un seul mouvement. Ils posaient ensuite leurs vélos en rangs serrés devant les hautes barrières et faisaient glisser leurs casquettes pour s'essuyer le front avant de détacher chacun leur gamelle en fer du porte-bagages et de se diriger vers les grilles.

À cette époque, seules quelques femmes avaient accès au site. Telles Siri et Marianne. Ou des femmes de ménage. Ou les ouvrières confec-

1. Le mot suédois désignant le complexe dont il est ici question, et que nous traduisons par Usine, est BRUK, terme propre à la tradition industrielle suédoise : en effet, depuis leur origine, les entreprises se sont implantées dans des régions peu urbanisées et en particulier dans les zones forestières à un moment où le bois formait le combustible unique avec, très souvent, comme centre un manoir, résidence du « patron ». Elles combinaient le travail du fer, celui du bois et fréquemment aussi des activités agricoles. Cette structure originale et ancienne n'a pas été détruite par l'industrialisation et s'est maintenue jusqu'à nos jours sous le nom générique BRUK. Celui-ci regroupe à la fois des forêts et des mines, des centrales électriques, des aciéries et des forges, des scieries et des usines de pâte à papier... (*N.d.T.*)

tionnant les douilles. Ou les emballeuses. Alice pédalait plus vite que d'habitude en passant à vélo, comme si elle craignait qu'un troll d'un des contes d'Augusta ne sorte des ombres de l'Usine et ne tende sa main vers elle. Viens dans mes grottes, petite poupée ! Viens voir mon or ! Vois comme il scintille même dans le noir !

Elle n'était entrée sur le site de l'Usine que dans les années soixante-dix. Kåre l'y avait emmenée. Elle passait alors quelques semaines seule avec Petter dans la maison d'Augusta, car on les avait chassés de l'appartement en ville, afin que Lars ait le calme et la tranquillité nécessaires pour terminer sa thèse. Elle n'avait pas de voiture et, les bus étant rares, Marianne achetait le lait et les denrées fraîches que Kåre lui apportait le soir.

Le premier soir, ils furent un peu intimidés comme si, n'étant que tous les deux, ils craignaient de se chamailler comme ils en avaient l'habitude. Kåre fit non de la tête quand Alice l'invita à entrer dans la maison et resta sur la véranda en lui tendant le sac du magasin Konsum. Peut-être était-ce aussi bien : un peu d'angoisse avait serré la gorge d'Alice quand elle l'avait vu sortir de sa Volvo Amazone et elle ne savait trop ce que cela signifiait, si ce n'est que, de manière tout à fait imprévisible, elle avait pensé à ce jour des années cinquante quand, nageant dans les eaux de la baie de Strömsvik, elle avait senti soudain un doigt passer sous la bordure de son maillot... Peut-être Kåre y pensait-il aussi et peut-être était-ce pour cela qu'il évitait de la regarder dans les yeux.

Quelques jours plus tard, il s'installa tout de même sur la véranda et y resta plusieurs heures. Au début, leur conversation était difficile, Kåre restait silencieux de longs moments en fixant les bouleaux dans la prairie de l'autre côté de la route. Il ne s'anima que lorsqu'Alice lui dit qu'elle n'avait jamais visité l'Usine. Ça, il pouvait l'arranger ! Dès le lendemain, si elle le souhaitait. Il était en effet membre du conseil d'administration et avait son mot à dire.

Son empressement la fit hésiter, elle n'y tenait pas tant que ça. Pourtant, elle avait repassé une robe en coton et l'attendait sur les marches quand, quelques jours plus tard, il vint la chercher. Il était toujours aussi empressé. Petter pourra rester chez Marianne, dit-il. Puis ils dîneraient tous d'une salade de pommes de terre et de grillades sur la terrasse chez lui et Marianne.

Ensuite elle essaya de comprendre ce qui s'était passé durant la visite. La raison pour laquelle un regard perçant avait remplacé le sourire serviable de Kåre. Alice l'avait offensé, c'était évident, mais elle ne comprenait pas de quelle façon. Son mouvement, peut-être, quand il avait ouvert la porte de la salle d'écorçage et qu'elle avait reculé ? Sa grimace à cause du bruit de la salle des machines ? Son hésitation quand elle avait posé le pied sur l'escalier branlant en fer ? Ou était-ce tout simplement son silence, son refus manifeste de poser des questions ? Mais elle en était incapable : elles étaient trop naïves et stupides. Pourquoi faut-il que ce soit si laid ? Voilà ce qu'elle se demandait. Pourquoi faut-il que ce soit si sombre ? Pourquoi faut-il qu'il y ait tant de bruit ? Et pourquoi ces gens près des machines ne veulent-ils pas me voir ? Pourquoi tournent-ils la tête et regardent-ils ailleurs quand je les salue ?

— La cousine de Marianne, expliqua Kåre à quelques femmes penchées sur un rouleau dans la salle d'emballage. De Stockholm. Elle voulait voir comment c'est chez nous.

L'une des femmes redressa le dos et rigola tout en tirant sur son pull distendu à l'encolure.

— Ah ça, bon Dieu, dit-elle. On est bien à plaindre, n'est-ce pas...

— Mmm, renchérit une autre en se frottant le dos. Heureusement qu'on n'est pas vraiment un être humain. Une belle demoiselle ou quelque chose du genre. Sinon on tiendrait pas le coup.

Il règne un calme dominical à Herräng, comme si ni le vent ni les oiseaux ne voulaient rompre le silence. Le rire de Mikael a un son cristallin de flûte quand il chemine avec Angelica sous les chênes.

La maman d'accueil les attend au portail, derrière elle un vieux jardin rosit au soleil de l'après-midi. C'est le genre de femme à la beauté secrète, qu'il faut observer pour constater que les yeux gris sont d'une clarté transparente, que les cheveux cendrés scintillent, que les joues ont une teinte de miel et une douceur de pêche. Angelica qui ne s'en était pas aperçue jusque-là le remarque aujourd'hui.

271

Elle tend les bras vers Mikael.

— Tu vois ? demande-t-elle en le soulevant et mettant sa joue contre la sienne. Toutes ces pommes ? Nous avons dû étayer les branches...

— Miam, dit Mikael. Je peux cueillir ?

— Bien sûr, répond-elle en le laissant glisser à terre. Autant que tu voudras...

Angelica qui est restée près du portail donne le sac de Mikael et le regard de la maman d'accueil l'enveloppe. Ses yeux sont plus aimables que d'habitude. Sans dédain.

— As-tu envie de quelques pommes ?

Angelica est si habituée à refuser tout cadeau qu'elle doit se retenir. Mais, elle devra désormais payer elle-même tout ce qu'elle mangera. Des pommes gratuites ne seraient pas si mal. Elle esquisse une révérence.

— Volontiers, merci.

La femme sourit.

— Bien. On en a tellement qu'on n'en viendra jamais à bout. Attends que j'aille chercher un sac...

C'est un sac du magasin Ica complètement rempli.

Angelica ne sait d'abord comment le porter. Il est trop lourd pour être tenu à la main. Le mettre sur le bras est malcommode. C'est seulement après avoir marché un peu qu'elle réalise qu'en passant un bâton dans les poignées elle peut le porter sur l'épaule. Elle sourit à son ombre : on dirait une silhouette dans un vieux livre de contes. Un vagabond. Ou un petit garçon partant à l'aventure.

Le monde est comme transformé. Le soleil brille, le ciel est haut, l'air facile à respirer. La route vient d'être goudronnée, elle ne s'en était pas aperçue tout à l'heure dans le bus avec Mikael. Elle aime ça, elle a toujours aimé la noirceur propre et lisse des routes récemment goudronnées. Elles sont riches de promesses. Tout comme les arbres au bord de la route. Les érables commencent à rougir, les feuilles jaunes des bouleaux scintillent comme des pièces d'or, les trembles frémissent à son passage et chuchotent dans son sillage à propos de l'obscurité rassurante qui ne tardera pas à tomber.

L'automne est la saison d'Angelica. Bientôt elle la cachera.

La solution lui est venue ce matin. À l'aube.

À moitié éveillée sur son matelas, elle envisagea pour la millième fois toutes les issues possibles.

Un appartement à elle ?

Impossible. Elle n'en aurait pas les moyens. Même si elle trouvait encore un autre boulot. En plus elle n'aurait pas le droit de souscrire un contrat. Trop jeune. Et Carina refuserait à tous les coups.

Kristoffer ?

Non. Il détournait maintenant son regard quand ils se croisaient, refusant de la regarder. D'ailleurs, elle ne le voulait pas non plus.

Un autre garçon ?

À ce moment-là, elle serait définitivement

classée comme pute. En tout cas si elle s'installait chez lui. Et quoi autrement ?

L'homme fleurant bon la marjolaine ?

En voyage d'affaires. Ou quelque chose de ce genre. Elle ne l'avait pas vu depuis quinze jours. Et comment pourrait-il l'aider sans que tout Hallstavik soit au courant ?

Kåre et Marianne ?

Ça, non merci. Sans doute n'auraient-ils aucune envie de se montrer accueillants.

Le service social ?

Jamais ! Ce serait se condamner à la même vie que Carina...

La maison d'Augusta...

Elle cligne des yeux. La maison d'Augusta ?

C'est aussi notre maison, pense-t-elle. La mienne. Et celle de Mikael.

Et la voilà qui marche d'un pas léger sur la route goudronnée de frais, un sac à dos sur une épaule et un sac de pommes sur l'autre. Il y a presque dix kilomètres jusqu'à la maison d'Augusta depuis Herräng, mais elle ne veut pas prendre le bus. Il y aura toujours quelqu'un parmi les passagers pour la reconnaître et remarquer qu'elle n'est pas allée jusqu'à Herräng et qu'elle a appuyé sur le bouton d'arrêt à mi-chemin pour descendre. Et ce quelqu'un le raconterait sûrement à quelqu'un d'autre et ainsi, en peu de jours, tout Hallstavik saurait qu'Angelica est repartie à Nordanäng. Kristoffer et ses parents affirmeraient qu'elle n'habite certainement pas chez eux, et quand cette information parviendrait à Marianne, celle-ci appellerait Carina. Ensuite Carina et le Microbe en tireraient leurs conclusions et iraient à la maison d'Augusta...

Il ne faut absolument pas que cela arrive.

Ainsi Angelica doit mener un double jeu compliqué : faire croire aux gens de Hallstavik qu'elle habite toujours chez Carina, alors que Carina et le Microbe devront croire qu'elle est retournée vivre chez Kristoffer. C'est une mesure de sécurité indispensable, car ils n'oseront jamais se rendre chez lui et chez ses parents. Ils ne tenteront même pas d'appeler : sous leur apparente arrogance, ils ont une peur bleue des gens possédant maison et argent. C'est bien. Cela la protège.

Angelica a donc l'intention de disparaître sans disparaître. Imperceptiblement. Le quotidien l'enveloppera comme un manteau invisible, tout en elle sera si triste et si ordinaire qu'il n'y aura aucune raison de penser à elle, encore moins de poser des questions. Le matin elle sera à l'arrêt du bus comme d'habitude pour aller au lycée à Uppsala, et elle fera sa tournée en vélo à Hallstavik l'après-midi pour distribuer ses brochures, elle occupera l'espace qu'elle a toujours occupé à la périphérie du champ de vision des autres. Pour le reste, elle sera totalement invisible. Partant, en parfaite sécurité.

Elle ne remarque pas tout de suite la voiture garée dans l'allée du jardin parce que les lilas bordant la maison d'Augusta ont grandi et se

sont épaissis durant l'été. À peine l'a-t-elle aperçue qu'elle se fige. La maison n'est pas vide. Il y a
quelqu'un. Quelqu'un d'autre.

La déception la fait vaciller, elle pose par terre
le sac à dos et le sac de pommes et prend appui
sur le portail pour ne pas tomber. L'instant après
elle réalise qu'elle connaît la voiture, qu'elle y a
voyagé. C'est celle d'Alice.

Alice est là.

Angelica peut tout simplement frapper et
entrer. Comme n'importe qui.

Il suffit d'être un peu astucieuse une fois dans
la maison, d'entrouvrir une fenêtre par exemple...

Elle n'aura pas besoin de casser la vitre de la
fenêtre de la cuisine.

Elle risque moins d'être démasquée et confon-
due.

Du coup, elle sera incroyablement en sécurité
lorsqu'Alice sera finalement partie.

Un petit poisson rouge sautille de joie dans son
ventre. Elle se penche et pousse le sac à dos et le
sac de pommes sous les lilas, les cachant soigneusement avant de redresser le dos et d'arranger son blouson.

Malgré son intention de frapper, elle se
contente d'un léger raclement tant elle est
inquiète. L'espace d'un instant, elle attend sans
bouger avant de réaliser qu'il faut qu'elle frappe
plus fort, de manière plus déterminée. Mais au
moment de lever la main, elle entend des pas
dans la maison et recule rapidement pour ne pas
gêner l'ouverture de la porte.

— C'est toi ? lance Alice.

Elle semble s'être réveillée en sursaut et relève sa frange en battant des paupières sous la lumière. En revanche, elle est habillée et même chaussée.

— J'ai vu la voiture, explique Angelica qui se rend compte que sa voix est enrouée. Elle toussote et reprend : Je passais et j'ai vu la voiture... La tienne. Je voulais simplement dire bonjour.

Alice ouvre grand la porte. Elle sourit.

— Comme ça tu fais une grande promenade ? Une bonne idée. C'est une journée magnifique...

Une grande promenade ? Une journée magnifique ?

Les mots sont à la fois aimables et ridicules. Angelica y réfléchit assise à la grande table de la pièce, attendant qu'Alice prépare le café. Le monde qu'Alice évoque par ces mots, existe-t-il vraiment ? Un monde où des jeunes filles regardent par la fenêtre un dimanche et constatent que le temps est si *magnifique* qu'elles vont *faire une grande promenade*. Un monde où on marcherait dix kilomètres pour son simple plaisir, sans être en fuite ? Oui. Peut-être. Rebecca vit en effet dans ce monde-là. Et Alice y a probablement vécu aussi autrefois. Elle y vit peut-être encore : la pièce est remplie de signes qui en témoignent. Il y a un petit ordinateur portable sur le secrétaire. Avec à côté une pile de livres. Quelques bijoux en or brillent dans une coupe de verre. Un peignoir en tissu-éponge épais est jeté sur le dossier de la chaise à bascule. Jaune. Luxueux. Et Alice se déplace entre la cuisine et la pièce avec

277

des chaussures aux pieds. Rebecca aussi en portait chez elle, affirmant que c'était vulgaire de marcher en chaussettes. Alice n'est donc pas vulgaire. À la différence d'Angelica dont les pieds en chaussettes blanches sont posés sur le sol.

Alice est vêtue d'un pantalon clair et d'une chemise en daim souple, couleur cannelle qui sent l'argent à vue d'œil. Cela aurait été élégant si Alice n'avait pas été si vieille. Mais elle l'est. En fait, elle paraît plus vieille aujourd'hui qu'au printemps dernier. Plus grise. Peut-être parce qu'elle n'est pas maquillée. Il y a aussi autre chose, un trait désabusé qui durcit sa bouche quand elle examine la table. Non pas qu'il y ait grand-chose à examiner, seulement deux tasses et une assiette avec des biscuits Marie.

Pour commencer, elles boivent leur café en silence. Angelica est tendue, craignant soudain qu'Alice ne revienne à ce qui s'est passé chez Marianne le jour de l'enterrement. Elle ne sait pas comment faire comprendre à Alice qu'elle ne peut rien dire à ce sujet, qu'elle s'en souvient à peine, qu'elle ne peut ni expliquer ni décrire ce qui est arrivé quand elle a laissé tomber les vêtements sur le parquet de Marianne et est partie en courant. Mais elle s'inquiète inutilement. Alice grignote son biscuit et pense à autre chose, elle semble avoir oublié la présence d'Angelica.

— Comme ça tu as marché depuis Hallstavik, dit-elle finalement en levant sa tasse. C'est pas mal.

Angelica détourne le regard et ne répond pas, trempant un biscuit dans le café un peu trop

278

longtemps. Il est flasque entre ses doigts quand elle le sort et elle est obligée de se pencher pour l'aspirer rapidement. Le contraste entre la douceur du biscuit et l'amertume du café la surprend. C'est presque aussi bon que les petits pots pour bébé. Alice ne semble pas remarquer qu'Angelica fait de la bouillie, elle ne s'est même pas rendu compte qu'elle ne répond pas quand elle lui parle. Elle boit une gorgée de son café et se perd dans ses souvenirs.

— Je n'ai jamais marché jusqu'à Hallstavik. Mais j'y allais en vélo. Du moins au début...

Angelica la regarde.

— Quand ça ?

— Dans ma jeunesse, à l'époque où je vivais ici. Chez Augusta...

Angelica est si étonnée qu'elle en oublie de garder ses distances :

— Tu as habité ici quand tu étais jeune ? Pourquoi ?

Alice passe la main sur son visage et soupire :

— Oh, c'est une longue histoire...

Le silence retombe, toutes les deux regardent par la fenêtre. Les couleurs du jardin se sont estompées, le soleil semble caché par des nuages. Angelica tourne son regard vers la pièce, le laisse errer des murs au plafond. C'est tel que cela a toujours été. Tout est marron. Les meubles. Le lino. Le papier peint. Seuls les rideaux et la nappe sont blancs. Brusquement elle réalise qu'Alice n'a pas fait d'invitation à dîner cette année. Tout l'été s'est passé sans que la famille se soit retrouvée dans le jardin d'Augusta. La pensée lui inspire un sentiment de culpabilité comme si c'était de sa faute, mais elle la repousse et cherche dans les méandres de son cerveau un sujet de conversation neutre.

— Augusta, c'était ta grand-mère maternelle? demande-t-elle enfin.

— Non. Ma grand-mère paternelle. Elle était la grand-mère maternelle de Siri.

— Je sais...

Alice lève à nouveau sa tasse à l'émail fissuré par le temps. Elle regarde Angelica par-dessus le bord.

— Siri te manque.

Ce n'est pas une question ni même une remarque appelant une réponse.

Angelica soupire involontairement, puis amorce un petit sourire.

— Elle disait toujours qu'Augusta n'était pas très gentille. *Elle n'était pas toujours très gentille, ma grand-mère Augusta,* voilà ce qu'elle répétait. Mais elle ne précisait jamais ce que cette bonne f... cette femme avait fait.

Alice sourit.

— Oh je crois qu'elle était dans l'ensemble effrayante. Grosse et grasse. Assez sévère. En revanche, elle n'était jamais vraiment méchante, en tout cas pas à mon égard. Peut-être était-ce différent pour Siri, Augusta a dû, en effet, se charger d'elle après la disparition de sa mère et elle était encore petite. Trois ans, il me semble. J'étais déjà adolescente quand je suis arrivée ici.

— Sais-tu ce qui est arrivé à la mère de Siri?

280

— Non. Personne ne le sait. Elle a disparu. Tout simplement.

Le silence retombe à nouveau, Angelica lève sa tasse tout en respirant l'odeur de la pièce. À la fois étrangère et familière, elle rappelle celle de la maison de Siri. *À la maison,* pense-t-elle, mais évacue cette pensée comme si Alice avait pu la lire dans ses yeux.

— Tu es allée chez Kristoffer ? lance Alice. Est-ce pour cela que tu es passée ?

Angelica secoue la tête.

— Non. Je me promenais... Je ne savais pas qu'il y avait quelqu'un ici. Tu es en vacances ?

— Non. Pas vraiment. Je suis plutôt en fuite, pourrait-on dire...

La voix d'Angelica tremble un instant.

— En fuite ?

Alice sourit, se lève, repousse la chaise sous la table.

— Ne le prends pas trop au sérieux. J'ai un boulot qui me cause des problèmes. Une exposition que je dois concevoir. J'ai pensé que je pourrais mettre un peu d'ordre dans mes pensées en m'installant ici quelques jours dans le silence. Lars était en voyage la semaine dernière. Il est sur le chemin du retour, je dois le prendre à Arlanda cet après-midi...

Elle jette un coup d'œil sur sa montre :

— Oh mon Dieu ! Il sera là dans deux heures.

Le sourire d'Angelica est parfaitement sincère. Soudain elle sait exactement ce qu'elle va faire.

— Je peux m'occuper de la vaisselle, dit-elle. Pendant que tu prépares tes bagages.

Vingt minutes plus tard, elles sont l'une en face de l'autre dans l'allée du jardin d'Augusta. Derrière elles la maison dort, les stores baissés. Fermée pour l'hiver. Alice ouvre une petite poche à fermeture Éclair dans son sac à main pour y glisser la clé avant d'ouvrir la portière de la voiture.

— Tu es sûre que tu ne veux pas que je te conduise à Hallstavik ?

— Non, répond Angelica. Je vais d'abord aller me balader du côté de la baie de Strömsvik. Pour regarder la mer.

Alice s'installe au volant.

— Merci de ton aide pour la vaisselle. Et bon courage !

Comme elle tend le bras pour fermer la portière, elle découvre, au dernier moment, qu'Angelica la bloque et s'y agrippe au point que ses poings sont blancs. L'espace d'un instant leurs regards se nouent, puis elles détournent les yeux chacune de leur côté.

— Ne t'inquiète pas, murmure Alice. Je ne dirai à personne que tu es venue ici.

Angelica lâche prise et Alice ferme la portière.

Ensuite tout est très facile. La voiture d'Alice sort en marche arrière sur la route. Angelica, immobile, la regarde disparaître avant de se pencher et tirer le sac à dos et le sac de pommes de

282

dessous la haie de lilas. Puis elle ouvre le portail et entre, le refermant sans bruit.

Le jardin est parfait. Absolument parfait. La haie est haute et épaisse, personne ne peut voir au-delà à moins de se trouver tout près du portail. Les groseilliers à maquereaux portent encore des fruits, il lui suffit de les regarder pour sentir leur goût et leur consistance dans la bouche. Doux et acides, si mûrs qu'ils vont éclater aussitôt sur la langue. Le pommier croule sous les pommes, gonflées et lourdes de maturité et de jus. Angelica sourit en se dirigeant vers l'arrière de la maison : elle aura des pommes pour de nombreux mois à venir. Toute souriante, elle réalise que le gravier crisse sous ses pas et elle se sauve rapidement sur le gazon puis court à petits pas vers la resserre à bois.

Le billot est lourd, mais une fois qu'elle a réussi à le renverser, il est facile de le rouler jusque sous la fenêtre de la cuisine. Il est plus difficile de le relever. Enfin, ça vaut la peine. Il est juste assez haut, quand elle monte dessus, le bord de la fenêtre arrive à sa taille. Elle sort le couteau qu'elle a caché dans la poche arrière de son jean en faisant la vaisselle. Puis elle est prise de vertige s'avisant qu'elle a peut-être oublié de défaire les crochets, qu'elle y aurait pensé si intensément qu'elle aurait omis d'accomplir le geste. Elle se calme aussitôt en se rendant compte qu'il lui suffit de passer le couteau dans la fente et de le soulever un peu pour que la fenêtre se décale. Après quelques laborieux efforts, elle réussit : la fenêtre de la cuisine cède et s'ouvre.

Angelica pose le genou sur le bord de la fenêtre, l'enjambe et entre.

Son cœur bat à tout rompre. Debout dans la cuisine, elle écoute le sang jaillir de son cœur, circuler vers son cerveau tandis que ses muscles se décontractent, que le collier d'angoisse se desserre et, soudain, il devient facile de respirer.

Mais elle reste infiniment prudente. Après avoir fermé la fenêtre de la cuisine par petits coups, elle enlève ses chaussures et les porte sur la pointe des pieds dans l'entrée. Elle ne veut laisser échapper aucun bruit, personne ne doit ne serait-ce que deviner sa présence. Elle n'ouvrira pas les stores dans la grande pièce, ceux qu'Alice vient de baisser. Elle n'allumera aucun lustre quelle que soit l'obscurité. Elle ne s'approchera pas du téléphone vieillot posé sur une petite table à côté de la chaise à bascule. Sinon, elle compte s'approprier complètement la maison.

Elle commence par inspecter la cuisine, ouvrant tous les placards pour voir ce qu'ils renferment. Des assiettes à fleurs en porcelaine jaunie. Les tasses à café qu'elle a lavées il y a un instant. Un garde-manger qui contient aussi bien de la farine que des spaghettis, des corn flakes et du sucre, du café, des sachets de thé, des biscuits et du pain dur, une boîte de soupe à la viande, de la levure, du sel, du poivre et – mieux que tout – une boîte non entamée de raisins secs. Incapable de se refréner, elle s'en empare sur-le-champ, arrache le couvercle rouge et, plongeant ses doigts dans l'amas collant et sucré, elle en enfourne une poignée entière dans sa bouche.

Elle emporte la boîte avec elle et poursuit son inspection. Dans la pièce, elle ouvre une grande armoire, mais la referme aussitôt après avoir constaté qu'elle ne contient que des nappes et des serviettes. Puis elle continue en passant la main sur les meubles : sa paume lui confirme de vagues souvenirs d'enfance. Le tissu du canapé picote, bien que ressemblant à du velours. La peinture laquée de la chaise à bascule s'écaille aux accoudoirs. Les chaises de la table à manger ont des pommes sculptées sur les dossiers.

Comme elle traverse l'entrée, elle entrevoit un visage à la périphérie de son champ de vision. Elle retient son souffle et met la main devant sa bouche mais, au milieu de son geste, elle réalise qu'elle s'est fait peur à elle-même. Il y a une jeune fille dans le miroir tacheté de noir qui la regarde, une fille qui hausse les épaules en même temps qu'Angelica à cause de sa propre peur. Elles se tendent les mains et laissent les bouts de leurs doigts se rencontrer de part et d'autre de la glace, puis se retournent se dirigeant chacune vers un escalier. Ce n'est qu'à la cinquième marche qu'Angelica se souvient qu'elle n'est pas montée à l'étage depuis son enfance. Aussi s'agrippe-t-elle davantage à la rampe avant de gravir les der-nières marches en deux grands pas.

Au fond, c'est étrange qu'elle soit venue si rare-ment dans la maison d'Augusta, qu'elle n'y ait jamais dormi, même pas une seule nuit. Carina lui avait rebattu les oreilles durant des années sur le droit de propriété. Selon elle, tous les descendants d'Augusta avaient les mêmes droits sur sa maison. Marianne, Alice et les autres n'étaient pas les seuls à pouvoir en disposer comme lieu de vacances. Ce droit revenait autant à Siri et à elle. Or Angelica ne se rappelait pas que Carina s'y soit installée une seule fois de son plein gré. Même pas durant les journées d'été les plus ensoleillées. Et Siri n'était guère mieux : elle avait bien emmené Angelica et Mikael dans la maison d'Augusta trois ou quatre fois, mais elle était toujours restée dans le jardin et n'entrait pas dans la maison. Quand le soleil se couchait, elle revissait le bouchon de la bouteille thermos, emballait les reliefs de brioches et retournait à Hallstavik. On dort mieux dans son propre lit, disait-elle d'un ton confidentiel à Angelica. Et puis les tinettes étaient dégoûtantes.

Le palier en haut est petit et dépourvu de fenêtres, seul un rayon de soleil ressemblant à un éventail a réussi à s'insinuer par une porte entrebâillée pour prendre place sur le tapis en lirette. Angelica se poste au milieu de la lumière et regarde dans la chambre à coucher qui porte bien son nom – on la dirait au repos. Angelica aime sa lumière douce, le fait que le soleil soit filtré par un store couleur de sable qui donne au dessus-de-lit blanc une nuance pastel, mais elle n'ose pas franchir le seuil. Face à l'ordre et à la propreté de la pièce, où tout est disposé avec minutie et symétrie, à la simplicité qui y règne, elle a l'impression qu'elle briserait quelque chose en y pénétrant. Elle reste donc sur le seuil jetant un regard circulaire et enregistrant tout. Un lit. Un petit placard à côté. Une chaise. Une armoire et une commode avec un napperon blanc où sont rangés quelques objets foncés. Elle est obligée de tendre la nuque pour voir ce que c'est : une petite glace à main et un peigne serti d'argent. Sans réfléchir, elle pose sa main sur sa nuque et tire sa queue-de-cheval par-dessus l'épaule, pensant qu'elle est devenue si longue qu'il lui faudra bientôt la natter. Sa pensée se cabre et elle se met automatiquement à calculer. Il y a quatre ans et cinq mois qu'elle a emménagé chez Siri, soit cinquante-trois mois. Si les cheveux poussent d'un centimètre par mois, comme l'affirmait le magazine *Vecko-Revyn*, les siens ont pris un demi-mètre. À dix-huit ans, elle pourra peut-être s'asseoir dessus, comme quand elle était petite...

Elle rejette la queue de cheval en arrière en secouant la tête, puis se retourne et voit qu'il y a encore une porte sur le palier. Étroite, sans poignée, mais avec un bouton à l'ancienne et une clé dans la serrure.

Angelica tourne la clé et ouvre.

Après-coup elle a l'impression que c'est comme un conte de fées, comme si quelqu'un – une marraine inconnue ou une fée bienveillante – avait compris qu'Angelica avait l'intention d'emménager dans la maison d'Augusta et avait donc préparé une pièce pour elle. En réalité, ce n'est sans doute pas une vraie pièce, plutôt une mansarde ou une grande penderie. Pourtant, cela devient aussitôt sa chambre, elle en a pris possession avant même de franchir le seuil. Le lit de camp vieillot avec son matelas étroit. La petite lucarne avec son rideau blanc en dentelle. Le petit tabouret à côté. Et aussi la lampe à pétrole posée dessus. Tout est à Angelica : quelqu'un a même brodé ses initiales sur le drap. AJ. Angelica Johansson.

En outre, un mot de bienvenue est brodé au point de chaînette sur la taie blanche de l'oreiller. Dors bien, y lit-on. *Dors bien !*

Quand elle se réveille, c'est l'après-midi. En ouvrant les yeux, elle sait tout de suite où elle se trouve, et aussi que quelques heures seulement se sont écoulées depuis qu'elle est entrée dans la mansarde. Elle avait hésité un instant, s'était arrêtée, craignant de chiffonner, en s'étendant dessus, les draps parfaitement lissés à la calandre, puis elle avait chassé cette pensée et s'était laissée tomber sur le lit. Elle avait à peine eu le temps de poser la tête sur l'oreiller que déjà elle s'endormait.

À présent elle est réveillée. Complètement. Et reposée. Et elle a faim. Pourtant elle reste allongée regardant autour d'elle, prenant possession de la pièce par le regard. Le plafond en pente. La lumière de l'après-midi. De vieux murs en planches non rabotées, patinées par le passage du temps. Quelques crochets par-ci par-là, et sur l'un une robe sur son cintre, à carreaux écossais avec un col blanc et une jupe large. Vieillotte.

Elle se retourne pour se mettre à plat ventre, passe sa main sur le tapis en lirette tout doux par terre. Il y a une bonne odeur ici. De propreté. Une seconde elle est tentée de se laisser aller à nouveau au sommeil, puis elle cligne des yeux et se relève en s'accoudant. Il faut qu'elle trouve un endroit où laisser ses affaires, un petit placard peut-être ou une caisse.

Elle tend la main pour tirer à elle un panier en osier à moitié caché sous le tabouret qui sert de table de nuit. Il est plus lourd qu'elle ne l'aurait cru, elle doit s'asseoir et s'y mettre à deux mains pour y parvenir. Quelqu'un a posé une vieille serviette sur son contenu pour le protéger de la poussière, laquelle, tout comme les draps, porte les initiales d'Angelica. Au fond de son cerveau, quelque chose cherche à lui rappeler que ce sont aussi les initiales d'Augusta, mais c'est une pensée qu'elle préfère chasser tout en repliant la serviette. AJ signifie Angelica Johansson. En tout cas aujourd'hui.

Au-dessus du panier, il y a une vieille trousse en cuir rouge. La fermeture Éclair est grippée, elle est obligée de tirailler doucement dans tous les sens pour arriver à l'ouvrir. Elle ne contient pas de secrets, seulement quelques crayons mal taillés et un stylo à encre vieillot. Une tache d'encre bleue a imprégné une partie de la doublure, mais sa flanelle à carreaux écossais est douce comme de la soie. Angelica referme soigneusement la fermeture Éclair et poursuit l'inventaire du panier, sortant, les uns après les autres, les livres. *Grammaire anglaise. Dictées pour les classes du collège. Atlas des pays nordiques pour les écoles.* Il s'agit sans doute de vieux livres de classe d'Alice, tous portent sa signature écrite sur la page de garde. Angelica les empile par terre et continue à explorer. Au fond du panier, ses doigts saisissent un volume à large dos et à la couverture rugueuse. Elle le prend et, passant la main sur la surface rouge bordeaux, elle réalise qu'il s'agit d'un vieux livre de bibliothèque. Sans aucune intention, elle l'ouvre à la page du titre et lit : *Le Génie* de Ivar Lo-Johansson. Elle reconnaît ce nom, Siri avait plusieurs livres de ce bonhomme sur son étagère. Son regard descend plus bas sur la page et s'arrête sur la citation en exergue :

« *Nous devons laisser les filles se donner.* »
Karl Singel

Sa colère la surprend, elle monte comme une colonne rouge à travers son corps et remplit ses yeux de larmes. Sans penser elle lève le livre et le jette contre le mur en face ; le coup est si dur que toute la maison semble trembler. La reliure s'ouvre et se déchire, quelques pages se détachent et retombent lentement sur le sol. Les autres se séparent en deux parties, ne tenant que par la couverture. Une brève seconde, le triomphe jaillit, bouillonnant en elle : *C'est bien fait pour toi, sale bonhomme !*
Ensuite elle prend peur. Qu'a-t-elle fait ? Le livre est vieux, il a peut-être de la valeur. Elle se

met à genoux et commence à ramasser les pages détachées. C'est difficile de les remettre en place et de les ajuster car le volume est disloqué. L'inquiétude la travaille quand elle se penche sur le panier en serrant fermement de ses deux mains le livre déchiré, il faut qu'elle le cache pour que personne ne le trouve et ne l'accuse...

Elle avait cru que le panier était vide, mais elle découvre qu'il n'en est rien. Il y a quatre vieux cahiers d'écriture au fond, bleus avec des étiquettes blanches. Alice a écrit son nom dessus à l'encre bleue, probablement la même que celle qui a taché la trousse. Mais ce n'est pas à cause de ça qu'Angelica lâche l'ouvrage déchiré, c'est à cause du titre soigneusement calligraphié inscrit en dessous : *Récits de la maison d'Augusta*.

Elle soulève très lentement les quatre cahiers et les pose sur ses genoux en les caressant de la main. Dehors le crépuscule s'est installé. Les oiseaux se sont tus. Aucun corbeau ne croasse plus dans le pommier d'Augusta. Aucune colombe ne roucoule plus dans la forêt. Aucun coucou n'appelle plus dans le lointain vers l'orient. Le monde est totalement silencieux. Pourtant Angelica lève la tête et écoute. Elle entend quelque chose.

La maison chuchote. Oui. Elle peut en effet entendre que la maison d'Augusta s'est mise à chuchoter.

Au milieu de la nuit, alors que la lune d'avril commence à esquisser les roses en dentelle des rideaux sur le mur en planches du fond de la mansarde, Alice soulève sa tête de l'oreiller pour la première fois depuis deux semaines. Son mouvement est lent, elle hésite avant de saisir le bord du lit de camp pour prendre appui et se lever. Elle a peur que cela ne fasse mal, que de nouvelles douleurs ne déchirent son corps.

Ce n'est pas le cas. Absolument pas. Elle tremble juste un peu sous l'effort inhabituel, mais pas au point de ne pas pouvoir se tourner et poser ses pieds sur le tapis en lirette. La voici debout. Ou presque.

De l'autre côté du palier résonnent les ronflements d'Augusta. Immobile, Alice écoute avant de se pencher et de tirer à elle le panier en osier. Elle doit fouiller un moment avant de trouver ce qu'elle cherche, le bout de ses doigts effleure la reliure rouge de l'atlas, puis la couverture en toile cirée du livre de la bibliothèque que sa main repousse vivement, avant qu'elle ne retrouve sa trousse et son cahier bleu.

Elle n'a pas la force d'allumer la lampe à pétrole. Aucune importance. La lune brille. Elle reste un instant assise regardant dans le vague avant d'ouvrir le cahier et d'y inscrire une seule ligne : « Augusta affirme qu'il faut que je me lève. Mais elle n'explique pas pourquoi. »

Le lendemain elle se réveille en entendant la respiration pénible d'Augusta montant l'escalier. Quand elle s'arrête pour reprendre son souffle, Alice perçoit la pluie qui fouette le toit. L'instant d'après, Augusta s'est remise en route. Son souffle haletant couvre tous les autres bruits. Alice tourne le dos à la porte et referme les yeux.

Le surlendemain, l'infirmière du district lui retire la couverture et l'oblige à s'asseoir sur une chaise à barreaux, sur le palier. C'est un petit bout de femme carrée aux boucles d'un gris métallique donnant l'impression qu'elle porte un casque bosselé sur sa tête, qu'elle secoue en arrachant les draps du lit. Mon Dieu ! Cela aurait dû être fait il y a au moins une semaine ! Voire dix jours.

Quand le lit est refait, elle saisit Alice par le bras, lui fait descendre l'escalier et traverser le jardin pour aller vers les tinettes. Elle bavarde sans arrêt : les genoux d'Augusta sont en mauvais état ; Alice ne peut pas rester éternellement au lit. De toute façon, on ne peut rien changer. Les choses sont ce qu'elles sont.

Sans répondre Alice retourne vers la maison. Soudain elle s'arrête et regarde autour d'elle. Le jardin est très beau : la neige vient de fondre et l'herbe de l'an passé est d'une lueur toute pâle.

La nuit venue elle réalise qu'il n'y a plus de pot de chambre sous son lit. Elle hausse les épaules. Qu'importe. De toute façon c'était assez répugnant de le garder dans la mansarde. Augusta ne le vidait qu'une fois par jour.

Elle oublie de mettre ses chaussures et, pieds nus, traverse le jardin en se dirigeant vers les tinettes. L'ultime givre du printemps couvre le sol et engourdit ses pieds. C'est agréable, d'une façon difficile à décrire.

« Toi qui lis ceci, qui es-tu ? note Alice dans son cahier. Ne sommes-nous que deux étrangères dont les pensées se frôlent ? Ou est-ce que nous nous connaissons, toi et moi ? Es-tu la fille derrière le miroir, l'autre, la seule, celle qui sait et qui comprend ?

» Augusta affecte de ne pas savoir, de ne pas comprendre. Elle se tient parfois dans l'embrasure de ma porte et me regarde, mais elle n'entre pas. La porte est trop étroite et elle est trop grosse, elle serait obligée de se mettre de côté et de passer en force et elle ne le veut pas. C'est contraire à sa dignité.

» Pourtant c'est exactement ce qu'elle a dû faire quand je suis revenue d'Uppsala, elle a dû passer en force en me poussant et en me tirant. Et ensuite, elle a dû se contraindre à venir plusieurs fois. Sinon comment m'aurait-elle fait manger et boire ? Comment cela s'est déroulé, je l'ignore. Je l'ai oublié. Parmi beaucoup d'autres choses.

» Désormais, elle pose le plateau par terre juste au-delà du seuil en le poussant du pied en ma direction. Tantôt je me penche en avant pour le tirer à moi, tantôt je tourne simplement le dos en fermant les yeux. À deux secondes près, je ne sais d'avance la réaction que je vais avoir. Mon corps prend toutes les décisions et je ne suis pas impliquée.

» Aujourd'hui, en revanche, mon corps me traite avec gentillesse, plus que depuis bien long-temps. La main droite vient de serrer la gauche en un geste de consolation. Tout à l'heure mes paupières se sont baissées pour me laisser voir la face cachée de paysages rouge et jaune. Et, il y a un instant, mon cœur battait si puissamment qu'il était impossible d'entendre quoi que ce soit d'autre. Alors je me suis reposée. »

À la tombée de la nuit, Augusta s'installe sur une chaise à barreaux à la porte de la mansarde et dénoue ses cheveux pour les peigner. Alice, qui ne la voit pas, ne capte que sa voix. Cela s'est déjà produit, elle s'en souvient : quand elle était au plus mal, elle s'était imaginé que c'était la maison qui chuchotait. Maintenant elle comprend qu'il n'en était rien, du moins lorsqu'elle entrevoit par-fois la main blanche d'Augusta. Constamment en mouvement, celle-ci monte et descend, s'ouvre et se referme, volette comme un papillon dans l'obscurité du palier.

Quand Alice était petite, son père avait une chambre noire dans la cave. Elle aimait y venir, grimper sur un tabouret à côté de lui en écoutant sa respiration pendant qu'il développait ses photos. C'était une aventure de voir les personnages d'ombre prendre forme, de croiser un regard vivant là où tout à l'heure il n'y avait que le blanc du papier, de distinguer un sourire au fond du bain de développement.

Isak avait surgi de cette façon dans sa mansarde le soir où Augusta lui avait raconté leur première rencontre. Comme une figure d'ombre. Un regard vivant. Un sourire là où il n'y avait l'instant d'avant que le vide.

Quand Augusta le décrivit, sa main se leva en un geste de prédicateur et pourtant sa voix demeura assourdie. Alice n'avait compris cette partie de son récit qu'au bout d'un moment : Isak était revêtu des couleurs du fer et de l'argent ce matin-là. Un veston gris sombre en laine froissée. Une chemise gris clair en coton, usée par de nombreuses lessives. Un pantalon noir si élimé aux genoux que l'on devinait la peau blanche en dessous.

La voix d'Augusta s'éleva et devint plaintive quand elle brossa son propre portrait : elle avait un air vraiment pitoyable ! Alice ne la croyait pas. Elle avait vu des photos d'Augusta jeune et, si sa peau était réellement aussi lisse et veloutée qu'elle paraissait et ses cheveux réellement aussi épais et abondants, elle avait dû être belle, bien que sa jupe fût boueuse, son corsage taché du lait de ses seins et son manteau trop étroit pour être boutonné.

Tout d'abord, Augusta s'imagina que c'était un personnage de contes qui venait à sa rencontre sous les rayons du soleil matinal, le génie des eaux, peut-être. Ou un farfadet qui s'était égaré dans le monde des hommes. La seconde d'après elle se souvint que tous les contes étaient morts, que c'était un matin ordinaire et qu'il était temps de retrouver un peu de bon sens. Mais elle se le pardonna. Il n'était pas étonnant qu'elle fût un peu dérangée : elle n'avait ni mangé ni bu depuis dix-neuf heures. Elle avait marché dans le froid et sous une fine pluie durant toute la nuit. Elle venait d'accoucher et était encore toute déchirée. Son bras gauche était crispé comme sous l'effet d'une crampe, elle ne sentait plus ses doigts recourbés pour soutenir Olga. Peut-être cela valait-il mieux, même si elle devinait que les langes et la couverture trempés étaient glacials. D'où les cris qu'Olga, accrochée à son sein, poussait avec tant de force.

L'homme était encore un peu loin, mais il l'entendit aussi.

— L'enfant pleure, constata-t-il.

Augusta fit la moue. Mmmm. L'idiot du village faisait sa promenade matinale.

— Ne pleure pas, l'enfant ! cria-t-il en agitant les bras. Le berceau n'est pas loin !

Fou à lier, pensa Augusta. Et plus ils sont fous, plus ils sont forts... Enfin s'il tente quelque chose, je lui décoche un coup avec le sac !

Presque arrivée au village, elle avait déjà dépassé les maisons délabrées à la périphérie de Herräng et approchait de quelques habitations ouvrières, si neuves que le bois n'avait pas encore reçu de peinture. Elles étaient disséminées un peu au hasard sur une surface sans doute encore couverte de forêt peu de temps auparavant. Si les arbres avaient disparu, l'herbe de laîche et les ramilles d'airelles étaient restées. Une femme portant un seau sortit d'une des maisons, un garçonnet se précipita en courant d'une autre, tout en enfilant sa blouse bleue par-dessus sa tête aux cheveux coupés ras. Il y avait du monde à proximité. Pour peu que le fou du village cherchât à faire du mal à Augusta, on viendrait à son secours...

— Reste où tu es, cria-t-il. Ne bouge plus !

Ne se trouvant plus qu'à deux mètres d'elle, il vacillait au milieu de la route, les jambes écartées, les bras étendus comme un crucifié. Augusta rejeta la tête en arrière et leva le pied pour continuer à marcher. Elle ne devait pas montrer sa peur, elle le savait depuis toujours. C'est une chose à éviter absolument face aux hommes, aux chiens et aux fous, faute de quoi ils mordent.

— Tu n'entends pas ce que je dis! rugit l'homme. Ne bouge pas!

Malgré son intention de ne pas obéir, elle demeura le pied levé à le fixer. Olga se calma aussi, recroquevillée dans les bras d'Augusta. Les pleurs s'arrêtèrent et elle ouvrit ses yeux bleus, arrondit sa petite bouche en bouton de rose. Comme si elle écoutait. Pour l'heure, il n'y avait rien à écouter à Herräng, à part quelques coups de marteau venant de la forge encore endormie et le tintement des chaînes descendant les ouvriers dans la mine. On n'entendait pas de voix : pas d'enfants s'interpellant en route pour l'école, pas de femmes grondant les retardataires, toujours assis la cuiller plongée dans la bouillie du matin, pas d'hommes riant d'une humeur complice en se dirigeant vers la forge. Peut-être que tout Herräng écoutait et attendait ce qu'allait dire cet homme vêtu de gris qui se tenait les bras étendus devant une Augusta figée.

D'abord il ne dit rien, baissa simplement les bras et se mit à marcher en un vaste cercle autour d'elle, la regardant bouche bée. Devant. Sur le côté. Derrière. De biais. En revenant à son point de départ, un petit filet de salive avait commencé à couler au coin droit de sa bouche. Il l'essuya du dos de sa main et, fixant toujours Augusta, il murmura :

— Merde alors! Ça alors, merde!

Puis il vacilla et tomba en avant. Son nez traça un petit sillon dans le gravier.

Trois jours plus tard, il se tenait à nouveau devant elle triturant sa casquette d'un air coupable. Augusta lâcha sa brosse à récurer, se leva en essuyant ses mains sur son tablier. N'était-ce pas bel et bien le même homme ? Si. Il avait les mêmes vêtements que l'autre fois, le même veston froissé et un pantalon usé jusqu'à la trame et les quelques croûtes sur l'arête de son nez rappelaient ce qui s'était passé l'autre jour. Mais il avait l'air plus grand à présent, avec le teint plus coloré. Le soleil de l'après-midi faisait briller les poils blonds au dos de sa main rougie. D'une autre couleur que ses cheveux, ils étaient plus blancs, moins dorés...

Augusta fronça les sourcils. Elle n'avait vraiment pas le temps de se laisser aller à ce genre de niaiserie ! Cet homme était comme la plupart des hommes, ni plus ni moins. Les mains sur les hanches, elle lança de sa voix la plus revêche : « Oui ? De quoi s'agit-il ? »

À présent elle savait de qui il s'agissait. Non pas de l'idiot du village, mais d'un homme qui faisait tout de même sourire les gens en secouant la tête. La femme qui s'était précipitée depuis les habitations ouvrières neuves quand Isak était tombé et qu'Augusta avait poussé un cri avait eu le temps d'en raconter pas mal, pendant les quelques minutes qu'elles avaient mis à le tirer du milieu de la route et à l'allonger sous un érable. Il y restera jusqu'à ce que le chaudronnier le réveille ! C'était en effet l'abstinent le plus ivrogne de Herräng, un membre de la société de tempérance incapable de renoncer à la bouteille, un fou qui avait été exclu de la loge *Le Bon Foyer* treize fois et y avait été réintégré, en prêtant à nouveau serment, douze fois. Cette fois-ci, il devra attendre un bon moment, disait la rumeur. Le conseil d'administration voulait l'éprouver jusqu'à ce qu'il prenne conscience de la gravité de ses écarts.

Il est vrai qu'il avait l'air d'un homme mis à l'épreuve tel qu'il se tenait là, près de la porte de la cuisine, sa casquette à la main. Ses larges épaules étaient affaissées, son regard errait et ses sourcils s'étaient resserrés en un angle d'imploration. Pourtant, il était sans aucun doute à jeun, c'était manifeste, à en juger par la déférence du ton qui perça dans sa voix de basse quand il toussota et dit : « Le pisteur m'a envoyé... »

Augusta poussa un soupir de soulagement. En effet. Elle avait presque oublié qu'elle avait bavardé tout en servant le déjeuner du pisteur, qu'elle avait parlé de son intention de faire le ménage dans le petit salon et que ce serait bien si elle avait pu avoir de l'aide pour porter le canapé dans le jardin afin de le battre comme il fallait. Le pisteur n'avait pas répondu, se contentant de grogner quelque chose d'inaudible avant de partir. Découragée, croyant qu'il ne l'avait pas entendue, Augusta avait haussé les épaules.

Or, elle avait sous les yeux la preuve que le pisteur l'avait écoutée – et qu'en plus il avait parlé. C'était formidable. Il lui avait à peine dit un mot. Elle craignait néanmoins qu'il n'en eût beaucoup à dire à son retour ce soir en découvrant ce qu'elle avait fait.

Il était en train de lacer ses brodequins quand elle était entrée dans la cuisine le matin trois jours auparavant. Une tâche qui semblait exiger son entière attention. Il avait à peine levé la tête lorsque Augusta avait ouvert la porte et s'était avancée d'un premier pas hésitant. Il n'avait répondu que par quelques grognements quand elle avait fait la révérence et dit son nom, montrant ensuite de la tête le fourneau avant de se traîner vers la porte et de disparaître en direction de la mine d'Ekenäs.

Par la suite sa voix s'étranglerait chaque fois qu'elle se rappellerait cet instant. Mais comme elle avait autant peur des larmes que le pisteur Arthur Svensson des mots, elle ne se souvient que de sa colère. *Grossier! Tête de bois! Idiot!* Pourquoi certains hommes se conduisent-ils comme si on leur avait cousu la gueule? Comme si la langue suédoise n'existait pas! Comme si c'était à ce point un truc de bonne femme et vulgaire de dire bonjour et au revoir, voire d'exprimer ce que l'on a à dire?

Elle serait aussitôt partie si elle n'avait été si fatiguée et . n'avait eu aussi froid et faim. Elle aurait rejeté la tête et aurait tourné les talons, peut-être aurait-elle même fermé d'un coup de pied la porte de la cuisine et le portail du jardin.

Mais elle était épuisée et affamée. Et Olga – son bébé – était tellement gelée et trempée qu'elle n'aurait pas survécu une heure de plus dans l'air glacial du mois d'octobre. Augusta s'était donc laissée tomber sur une chaise dans la cuisine du pisteur dès qu'elle avait été seule, fermant les yeux pour regarder les images des personnages des contes morts durant la nuit qui scintillaient sous ses paupières jusqu'à ce qu'un léger geignement sur ses genoux l'eût rappelée à ses responsabilités. Olga s'en allait vers le silence, elle n'avait plus la force de crier.

Par chance – un pur hasard – il restait encore de l'eau dans le réservoir du fourneau. Peu. Et elle n'était pas vraiment chaude – le feu qui avait chauffé le café du pisteur le matin s'était depuis longtemps éteint. Mais il y en avait assez pour qu'Augusta puisse défaire les langes mouillés du petit corps et le laver.

Alice mit les mains devant son visage quand Augusta raconta le changement des langes. Tout le reste, elle se l'imaginait parfaitement, le moindre détail de la cuisine encrassée du pisteur. En revanche, elle refusait de se représenter les langes. Ou le petit ventre rond du nouveau-né. Ou la bande maintenant le nombril. Ou les menottes transparentes comme des coquillages qu'agitait Olga...

Le reste, elle pouvait le voir. Ces choses qu'Augusta voyait aussi quand elle avait enveloppé Olga dans une vieille chemise délavée en flanelle et s'était installée à la table de cuisine pour lui donner le sein. Il existait des signes, infaillibles bien qu'infimes, de bien-être au cœur de ce délabrement. Des bassines en cuivre sur le fourneau à bois. De jolis pots en porcelaine pour les géraniums fanés et morts depuis bien des hivers. Le souvenir d'un plancher récuré à blanc sous les traces noires des brodequins du pisteur.

Le pisteur écrasé par le deuil... Kristin ne l'avait-elle pas décrit de la sorte? La femme du pêcheur n'avait-elle pas raconté que l'épouse d'Arthur Svensson était décédée il y a plusieurs années et qu'il en avait souffert avec une telle violence qu'on avait craint qu'il ne devînt fou? N'avait-il pas tout d'abord refusé même de l'enterrer, s'opposant à ce qu'elle quitte la maison pour la veillée mortuaire dans la remise à bois, conformément à la coutume, et on avait dû appeler à l'aide pour le retenir pendant qu'on sortait le corps? Augusta avait cru que c'était là des détails rajoutés par Kristin, quelques-uns de ces ornements dont elle aimait agrémenter toutes ses histoires. Mais assise là dans la cuisine du pisteur, elle réalisa que les choses avaient dû se passer ainsi. La cuisine encrassée du pisteur reflétait un grand chagrin, le manque insupportable pour un homme d'une femme disparue à jamais.

Quand Olga s'était endormie, Augusta partit explorer la maison. C'était comme si elle pénétrait dans un paysage figé; le pisteur devait vivre dans la cuisine depuis la mort de sa femme, personne ne foulait le sol des pièces depuis de nombreuses années. Les planchers étaient tellement gris de poussière que la jupe d'Augusta y laissa des traces semblables à des sentiers. Les meubles étaient tout aussi gris : d'épaisses couches de poussière recouvraient le secrétaire et la table de la salle à manger, le fauteuil à bascule et le canapé du petit salon. Dehors le soleil brillait, mais la lumière avait peine à entrer. Personne ne nettoyait les vitres depuis plusieurs années et personne ne décrochait les rideaux pour les laver. Pourtant c'était une belle maison, non pas lourde et prétentieuse comme l'appartement de maître de Wilhelm en ville, mais ornée avec mesure et goût. Au milieu du petit salon, Augusta devinait comme un petit sourire. Autrefois quelqu'un avait aimé rendre ces pièces belles... Et bientôt elles le seraient à nouveau.

Dès le premier jour elle eut le temps d'épousseter tous les meubles à l'étage et d'y récurer tous les planchers, le lendemain elle nettoya quatre fenêtres. Ensuite elle sortit dans le jardin les tapis et la literie pour les battre, et dans un nuage de poussière, elle écouta le bruit des coups se répercuter dans tout Herräng. Des femmes se découvrirent des prétextes pour passer devant le jardin du pisteur, certaines l'observaient avec méfiance, d'autres hochaient la tête en souriant. Augusta se doutait de ce qu'on chuchotait dans son dos : pour sûr elle avait l'air travailleuse et capable cette femme, n'empêche qu'elle avait débarqué à Herräng avec un bébé dans les bras... Augusta s'ébroua et tapa un peu plus fort de son bâton. Pff ! Comme si Olga était la première bâtarde sur terre ! Ou à Herräng !

Le troisième jour débuta avec un choc. Tôt le matin, elle avait préparé une bassine d'eau chaude savonneuse qu'elle avait posée dans l'herbe près de la pompe, puis elle avait décroché les rideaux en dentelle du petit salon pour les porter dehors. Ils étaient gris de saleté, mais le dessin était gracieux et beau avec de grandes roses sur des tiges qui s'enlaçaient. Après la lessive, elle les mettrait à sécher sur une corde derrière la maison et elle se réjouissait déjà à la perspective de voir le beau spectacle qu'offrirait la dentelle blanche dansant au vent.

Au lieu de quoi, celle-ci disparut. S'évanouit.

Ne comprenant tout d'abord pas ce qui s'était passé, elle plongea la main dans la bassine et chercha partout à tâtons. Peine perdue. Elle ne trouva que quelques fils de coton épars, pendant comme des vers blancs sur ses doigts quand elle sortit ses mains de l'eau. Elle les fixa un instant avant de replonger ses mains dans l'eau en remuant. Un enchevêtrement de fils, mais pas de rideaux en dentelle. Ils avaient fondu. S'étaient désagrégés. Transformés en rien.

La frayeur lui coupa le souffle, et elle recula en mettant les deux mains sur sa bouche. Bon Dieu ! Elle avait abîmé les rideaux du petit salon du pisteur. À présent, il avait tout lieu de donner libre cours à sa rage, à la colère muette qu'elle devinait depuis le début derrière son silence et ses regards furibonds. Il la mettrait à la porte, et où irait-elle alors ? Et Olga ? Comment trouverait-elle une autre place où elle pourrait emmener Olga ?

Le reste de la journée, ses pensées oscillèrent entre diverses solutions, les unes aussi impossibles que les autres. Peut-être pourrait-elle rester si elle achetait des rideaux en dentelle neufs ? Non, c'était absurde. Du coup, les gens de

Herräng se rendraient compte qu'elle avait de l'argent et ça, personne ne devait l'apprendre. Qui sait ce que les gens sont capables de faire à une femme seule et à son nourrisson s'ils s'imaginent pouvoir gagner de l'argent ? Peut-être pourrait-elle retourner à Stockholm et se lancer dans le commerce des chiffons et des vêtements de seconde main comme Kristin ? Non, ça aussi était absurde. Elle n'avait pas le sens du commerce, la simple pensée d'avoir à vanter une marchandise l'intimidait. Peut-être pourrait-elle plutôt aller à Hallstavik pour essayer de trouver du travail au chantier ? Comme cuisinière peut-être ? Mais qui voudrait l'employer comme cuisinière, elle qui n'avait même pas vingt ans et qui n'avait servi que dans une maison de maître ? N'importe qui comprendrait qu'elle ne connaissait rien à l'art de préparer du boudin pour des centaines d'hommes. Et que ferait-elle d'Olga pendant ce temps-là ? Où habiterait-elle ? Y avait-il même un endroit au monde où une femme seule pourrait habiter avec son petit ? Serait-elle malgré tout obligée de laisser Olga à l'orphelinat ?

Elle se mit à récurer le plancher de la cuisine bien qu'elle ait eu l'intention de terminer d'abord le ménage du petit salon. Mais c'était impossible. Rien qu'à la pensée d'avoir à y regarder les fenêtres nues, elle était prise de malaise. Elle frotta les planches encrassées de la cuisine en proie à un désespoir muet, qui remplissait ses yeux de larmes et l'isolait du monde extérieur, qui l'empêchait de voir et d'entendre. C'est pourquoi elle ne remarqua d'abord pas que l'abstinent le plus ivrogne de Herräng se tenait à la porte de la cuisine. Il dut toussoter plusieurs fois avant qu'Augusta lâche sa brosse, se lève et le regarde. Son regard lui fit incliner la tête et triturer sa casquette pendant qu'il répétait : « Oui, le pisteur m'a dit que je devais venir... Il paraît qu'il y a un canapé à transporter dehors. »

Ici Augusta se tut et se perdit dans ses pensées, laissant à Alice le soin de créer elle-même ses images. Peut-être était-ce aussi bien. Alice se serait sans doute sentie gênée si Augusta avait essayé de décrire ce qui s'était passé entre eux. Pour certains moments, il n'existe pas de mot. Du moins pas pour les vieilles femmes.

Juste à ce moment-là, Isak prit forme dans la mansarde d'Alice. Soudain elle le distingua dans le coin le plus éloigné, vague et sans contours comme sur une photo en cours de développement et pourtant parfaitement net. Un homme grand avec de larges mains et un sourire éclatant. Devant lui se tenait une Augusta jeune, le front plissé et les mains cachées sous son tablier. Tout à coup ils se mirent à bouger sur le mur d'Alice, non pas comme des êtres véritables mais de manière rapide et hachée comme dans un vieux film muet. Isak secoua la tête dans un mouvement de refus devant les mains tendues d'Augusta et souleva seul le lourd canapé, le tenant, ses bras pliés, au-dessus de sa tête, tandis qu'elle le suivait à petits pas dans le jardin, sa tapette à la main. Un instant plus tard, ils retournèrent allègrement vers le petit salon. Isak mit le canapé en place et regarda Augusta qui, une fois encore, cacha ses mains sous son tablier. Elle remua les lèvres sans proférer un son. Alice dut imaginer qu'elle lui proposait une tasse de café en remerciement de sa peine. Mais elle vit la réponse : Isak hocha la tête et adressa un sourire rayonnant à Augusta.

Et il avait raison de sourire. Elle le voyait. Pour la première fois, Augusta le regarda sans dédain.

Jamais Augusta n'aurait conscience du dédain dont elle était capable, jamais elle ne comprendrait quel fardeau constituait ce dédain. C'était son armure. Son seul bouclier. Une cotte de mailles qu'elle s'était forgée au fil de ses années d'errance d'un foyer à un autre. Les premières années avec Isak, elle avait pu s'en affranchir, mais lorsque Isak avait d'abord été paralysé, puis était mort, ce dédain l'avait investi et elle n'avait jamais pu s'en défaire même pas lorsqu'elle se regardait : elle détournait le regard en passant devant une glace. Voilà pourquoi, plus tard, elle avait une moue de dédain en découvrant les escarpins et les perles d'Inga. Voilà pourquoi elle haussait les sourcils en ricanant lorsque Marianne tentait maladroitement de lui plaire. Voilà pourquoi elle détournait le regard avec mépris quand Siri chuchotait et gloussait. *Espèce de bourgeoise ! Lourdaude ! Plate bêcheuse !* Les hommes n'étaient pas épargnés, pas même ses fils : Erland était un borné, Harald avait l'échine molle et les hommes en général étaient dangereux, peu fiables et irresponsables. Ils ne pensaient qu'à une chose et, quand ils n'y pensaient pas, ils pensaient à eux-mêmes. Tous les hommes partout dans le monde. Sans exception.

Sauf un seul.

L'unique.

Isak.

Pourtant Augusta prit bien soin de raconter à Alice combien elle avait claqué fort les portes des placards en préparant le café pour Isak ce premier jour, combien elle avait fait du bruit avec la porcelaine et avec quelle rage elle avait grogné pour lui dire d'éviter de venir dans la partie de la cuisine qu'elle venait de récurer. Peut-être que cela s'était vraiment passé ainsi. Même si cela avait dû, en même temps, se passer autrement. En effet comment la suite aurait-elle pu arriver, si les joues d'Augusta n'avaient pas rougi, si elle n'avait eu un petit rire au coin de l'œil, si, d'une manière parfaitement inconsciente, elle n'avait pas mouillé ses lèvres de sa langue? Mais quand elle avait rempli la tasse à café d'Isak et poussé vers lui la corbeille de biscuits, quelque chose avait dû se passer en elle qui l'avait poussée à s'asseoir à la table. Peut-être n'avait-elle plus la force de se tenir droite sans sa cotte de mailles. Peut-être l'inquiétude de l'année qui venait de s'écouler l'avait-elle submergée. Peut-être avait-elle attendu avec tant d'ardeur un autre être, que toute force l'avait abandonnée quand cet autre s'était soudain trouvé à côté d'elle.

Brusquement incapable de retenir ses larmes, celles-ci avaient ruisselé tandis qu'elle racontait l'histoire des rideaux en dentelle. Ils avaient fondu dans la bassine ! S'étaient désagrégés ! Transformés en rien ! Et maintenant tout était perdu. Tout ! Dieu seul savait ce qui allait arriver à elle et à son nourrisson...

Pris séparément, Augusta et Isak devaient être des personnages assez pitoyables, aussi esseulés et égarés l'un que l'autre. Elle cachant ses chagrins et lui dévoilant sa perplexité. Quelque chose s'était sûrement passé à ce moment-là, qui avait accompli une métamorphose. Peut-être une alliance s'était-elle formée. Peut-être s'étaient-ils fondus l'un dans l'autre, empruntant chacun les caractéristiques de l'autre, augmentant leur force et leur souplesse, s'assurant un point de fusion commun plus élevé que jamais ils n'en auraient eu chacun séparément.

Oui. Les choses avaient dû se passer ainsi. Et peut-être cette fusion commença-t-elle au moment où Isak trempa calmement son biscuit dans le café et dit :

— Eh bien. C'est la crasse qui devait les faire tenir... Les rideaux, je veux dire.

Ensuite il leva sa main et la passa rapidement sur la joue d'Augusta, la forçant à fermer les yeux. Quand elle les ouvrit à nouveau, le monde entier était guéri. Plus rien n'était laid ni dangereux. Même pas elle-même.

— Oui, acquiesça-t-elle en poussant un profond soupir. Tu as raison. Ce n'est pas ma faute. Ils ne tenaient que par la crasse.

Et elle le répéta au pisteur quand il rentra de la mine : ils ne tenaient que par la crasse, les rideaux du petit salon ! Ce n'était pas sa faute !

Debout, le dos droit, prête au combat au milieu du plancher de la cuisine, elle serrait ses poings cachés sous le tablier. Il ne fallait pas qu'il se rende compte qu'elle était en réalité toute tremblante et hors d'haleine. Car ce n'était pas sa faute ! Les rideaux étaient trop vieux ! Trop usés ! Trop crasseux !

Le pisteur s'arrêta net sur le pas de la porte et vacilla un peu sous cette avalanche inattendue de paroles. Une petite voyelle chercha son chemin dans son gosier, mais il n'y avait pas de place pour elle. La cuisine était déjà envahie par les sons et les mots d'Augusta.

— Ce n'est pas ma faute, redit Augusta. Jamais je n'avais vu de rideaux aussi sales ! Quelle horreur ! Maintenant il va devoir se débrouiller pour avoir du tissu pour de nouveaux rideaux ; je vais noter les mesures, comme ça il pourra lui-même donner la commande dans le magasin, s'il ne me fait pas confiance.

Le pisteur se laissa tomber sur la banquette de la cuisine cherchant à reprendre son souffle. Toujours plantée au milieu de la cuisine, Augusta leva le menton et mit les mains sur ses hanches. Les mots continuaient à couler d'elle à flots, comme si elle craignait encore plus le silence que la colère du pisteur.

— Mais s'il ne veut pas de bonne dans la maison, s'il veut continuer à vivre dans la crasse et le désordre, comme il voudra, il suffit de le dire et –

pfft! je suis dehors. Je me débrouillerai bien! Sinon, il faudra bien qu'il s'arrange pour que je puisse aller au magasin pour remplir les réserves. Parce que le garde-manger est vide, je le dis, tout ce que nous avons c'est trois malheureux œufs en conserve au fond de la terrine. Et il n'y a plus d'autre lait que celui qu'il a dans son verre, et pas de farine, et pas de levure et pas de beurre, même pas le plus petit morceau de margarine...

Arthur Svensson fit errer son regard en continuant à essayer de reprendre son souffle, mais Augusta, prisonnière de son flot d'accusations, ne pouvait pas arrêter. À présent, elle était tellement remontée que ce qui subsistait de réflexion et de bon sens s'envola :

— En plus, on pourrait bien se demander quand il a pris un bain la dernière fois ? Quoi ? Il y a un an ou deux ? Et il se croit maître ? Moi, qui suis orpheline et bâtarde et qui ai en plus une bâtarde – comme il l'a peut-être remarqué – je ne suis pas dépravée au point de ne pas me soucier de ma propreté. Je me lave complètement une fois par mois et les cheveux aussi souvent ! Il devrait en faire autant au lieu de garder cette odeur de vieux gardien de vache bouseux !

Elle venait de reprendre haleine pour lancer une nouvelle harangue quand le pisteur Arthur Svensson tapa des deux poings sur la table. Augusta sursauta et se tut. Bouche bée et les yeux écarquillés elle le regarda se lever péniblement de la banquette et s'appuyer de ses mains nouées sur la table. Son regard n'errait plus, il la fixait intensément.

313

Mon Dieu, pensa-t-elle. Qu'ai-je dit ? Comment va-t-il réagir ?

Il garda le silence. Il saisit seulement la table par le bord et la renversa. L'assiette de son dîner tint le coup. Mais le verre se brisa et la dernière goutte de lait qui restait dans la maison coula lentement sur le plancher tout juste récuré.

Un matin fin avril Augusta cesse d'apporter le petit déjeuner dans la mansarde, elle se contente de lancer, depuis le bas de l'escalier, d'une voix rauque un « le café est servi ». Alice peut venir si cela lui plaît. Ou pas.

C'est une déclaration de guerre. Or qui a la force de faire la guerre à Augusta ? Alice se lève donc de son lit et tend la main vers la robe à carreaux écossais pendue à son crochet depuis octobre. Elle retient son souffle en la passant par-dessus sa tête. Lui ira-t-elle encore ? Ou s'est-elle trop épaissie ? Mais le tissu de laine à carreaux se met en place comme il faut autour de sa taille et elle peut boucler la ceinture dans le même cran qu'avant. Comme si rien n'était arrivé.

Ce n'est qu'en descendant l'escalier qu'elle réalise qu'elle a oublié de se laver. Et qu'elle n'a même pas enfilé de bas, ni mis de sous-vêtements.

Augusta rit quand elle surgit à la porte de la cuisine : Alice a l'air de porter tous les malheurs du monde.

Elle rit aussi l'après-midi bien qu'Alice ait frotté chaque millimètre de sa peau et se soit aussi lavé les cheveux. En ce moment, elle se tient devant Augusta les épaules baissées sans comprendre.

— Qu'y a-t-il ?

— Regarde-toi dans la glace.

La fille dans la glace tachetée a l'air d'une idiote. Elle porte un anorak sale sur la robe à carreaux et une vieille paire de bottes. Alice a un rire bref :

— Maman mourrait si elle me voyait...

Et Augusta de s'esclaffer, de croasser comme une corneille.

Une fine pluie est suspendue dans l'air et les nuages sont si bas qu'on a l'impression que le crépuscule est déjà là. Malgré cela, Alice fait une longue promenade et marche jusqu'à la baie de Strömsvik. Des branches humides lui éraflent les joues quand elle traverse les buissons mais elle ne lève pas les mains pour se protéger.

La baie n'a pas changé : l'eau est grise comme du fer nu, les arbres sur l'autre rive tendent toujours leurs branches noires vers un ciel de plomb. Même en fermant à moitié les yeux, il est impossible d'imaginer l'ombre violette qui annonce d'ordinaire l'éclosion des feuilles. Elle se laisse tomber sur une pierre près du rivage, s'assoit les jambes écartées sur le rocher froid. La crainte d'une cystite l'effleure qu'elle repousse aussitôt. Une culotte en laine ? Non merci. Dans une autre vie peut-être. Pas dans celle-ci.

Tout est silencieux autour de la baie aujourd'hui. Pas de vent. Pas d'oiseaux. Pas de moteur de navire au large. Elle n'entend même pas la pulsation faible de l'Usine dans le lointain.

Comme si le monde s'était arrêté, comme s'il s'était transformé en une image de lui-même, une photo en noir et blanc d'un temps hors du temps.

Après avoir longuement scruté l'eau, Alice s'absorbe en elle-même et esquisse un sourire en coin face à ce qu'elle découvre. Quelle imbécile ! Elle a essayé de se mentir à elle-même. Voilà qu'une révélation surgit : elle sait pourquoi elle est assise ici, les fesses presque nues sur un rocher glacial. Le veuf. Le cygne solitaire. C'est à cause de lui qu'elle est venue ici, pour voir s'il est de retour. Dans quelque recoin de son cerveau, elle s'était imaginé que ce serait un indice et que tout s'arrangerait, d'une façon ou d'une autre, s'il l'attendait dans la baie.

Mais il n'est pas là. Et comment les choses pourraient-elles s'arranger ? Ce qui est arrivé une fois est arrivé pour toujours.

Le froid lacère son bas-ventre de ses griffes acérées, elle sait qu'il va attaquer les blessures à peine cicatrisées. Pourtant, elle ne se lève pas pour partir, elle reste assise sur le rocher pendant plus d'une demi-heure à regarder l'eau.

Quelques jours plus tard, elle s'arrête au milieu d'un pas et regarde : une blessure entrouverte creuse l'allée du jardin d'Augusta. Elle détourne rapidement le regard et s'efforce de fixer le ciel. En vain. Des nourrissons transparents se balancent dans les branchages des bouleaux nus de l'autre côté de la route.

L'espace d'une minute la tentation est là. Elle pourrait se laisser aller. Lâcher prise. Devenir folle.

Mais la folie ne s'empare pas d'elle. Alice peut encore faire la distinction entre ce qui se passe en elle et ce qui se passe en dehors d'elle. Il n'y a pas de blessure sur l'allée du jardin d'Augusta. Et pas d'enfants suspendus dans les arbres. Elle le sait.

Elle serre davantage son tricot autour d'elle et se presse vers la buanderie. Demain elle fera la lessive. Elle a déjà mis à tremper tous les draps de la maison.

Les siens étaient tachés de sang.

La nuit venue, éveillée, elle pense pour la première fois à ses parents. Elle ne les a pas vus depuis quatre mois. Ils sont passés en coup de vent juste après Noël. Ils n'ont pas pu rester longtemps, seulement quelques heures, car Inga ne supportait pas de voir Alice. Et qui s'en étonnerait. Ce n'était pas la fille dont elle avait rêvé. Il n'y avait pas la moindre ressemblance entre cette fille qui aurait dû être celle d'Inga et celle qui était là, avec son gros ventre et ses cheveux gras et un visage qui commençait à gonfler...

À ce moment-là personne ne savait à quoi attribuer ce gonflement progressif, ni le médecin ni l'infirmière et encore moins Alice elle-même. Aujourd'hui, oui. Désormais ce terme imprononçable vient sur la langue comme n'importe quel autre mot. *Toxémie gravidique*. Empoisonnement de la femme enceinte. Ce n'est pas une maladie seyante ; en cela Alice devait malheureusement

318

donner raison à sa mère. Si une jeune fille souhaite attraper une maladie mortelle, mieux vaut en choisir une autre, qui soit susceptible de souligner sa fragilité, de la faire partir en douceur au lieu d'enfler au point de se transformer en monstre aqueux. N'importe quelle mère se détournerait avec dégoût de sa fille enceinte qui aurait un tel aspect. Quoi de plus naturel ? Outre son côté répugnant, c'est un état immoral en quelque sorte : la jeune mère empoisonne son enfant et laisse, de surcroît, celui-ci l'empoisonner à son tour. Pourtant la maladie est sacrée, elle est porteuse d'un message de Dieu ou de la Nature ou du Hasard, indiquant qu'aucun de ces deux êtres, ni le fœtus ni la jeune mère, ne devraient être de ce monde...

Aussi est-ce un crime envers Dieu quand l'un ou l'autre est sauvé, pense Alice en fixant l'obscurité dans la mansarde. Ou envers la Nature. Ou le Hasard. Ou à l'encontre des grands-parents supposés.

Le matin, Augusta s'installe dans son fauteuil en osier devant la buanderie, prête à diriger les travaux, un général de la lessive en chapeau et manteau noirs. Elle agite sa canne avec impatience : il faut bien qu'Alice apprenne à laver correctement. Au bout de quelques heures, elle commence à avoir froid et Alice doit courir chercher son châle dans la maison pour le mettre par-dessus son manteau. Cela ne suffit pas. Au bout d'une heure encore, Augusta est obligée de se réfugier dans la maison.

Alice n'a pratiquement pas froid de la journée. Les vapeurs d'eau la réchauffent, elle ôte son tricot tout en remuant le linge dans la lessiveuse. Elle ne sent le froid qu'au moment où elle accroche le dernier drap sur la corde à linge. Alors ses doigts s'engourdissent et l'obligent à cacher ses mains dans le creux de ses aisselles tandis qu'elle court à petits pas vers la maison.

Augusta est assise à la table de la cuisine, une bassine entre ses jambes écartées, en train d'éplucher des pommes de terre. Elle est de bonne humeur, la journée a fait revivre un pan du passé, lui rappelant l'époque où elle était maréchal et chef de guerre de la lessive chez les autres. C'est pourquoi elle chante une vieille chanson de l'association de tempérance pendant que, l'une après l'autre, les pommes de terre perdent leur peau brune et deviennent blanches entre ses mains :

La boisson de la mort n'est plus la nôtre
nous ne l'offrons plus.
À la tête et au cœur elle fait du mal
Notre boisson ne donne plus la mort...

Lorsqu'Alice apparaît au seuil de la porte de la cuisine, elle se tait et fronce les sourcils.

— Tu es fatiguée ?

Alice, qui n'en avait pas conscience jusque-là, se passe la main sur le front et le réalise. En effet, elle est fatiguée. Ce n'est pas son dos le plus douloureux, c'est sa tête. Elle aspire à la tranquillité. À ne pas être obligée de parler. Ni d'écouter. Elle ne parvient cependant pas à s'en empêcher, la

320

satisfaction d'Augusta la pousse à exhaler un peu de son irritation :

— Si tu t'installais dans un appartement à Hallstavik, tu aurais une machine à laver dans la cave, lance-t-elle. Il y a des machines à laver le linge dans toutes les maisons modernes.

Augusta la toise du regard, plonge une pomme de terre juste épluchée dans la bassine et toussote :

— Le linge n'est pas propre dans les machines...

— Bien sûr que si. À la maison maman lave presque tout dans la machine...

Augusta fronce le nez.

— Ta maman, oui. Mais une machine à laver ne fait que chauffer le linge, elle ne le fait pas *bouillir*. En plus elle abîme le linge. L'use en un rien de temps...

— Et alors ? Comme si tu n'étais pas assez riche pour acheter de nouveaux draps si les anciens se trouaient.

Augusta plonge encore une pomme de terre épluchée dans la bassine, elle sombre instantanément et disparaît dans l'eau brunâtre mêlée de pluches. Cette fois-ci, elle ne regarde pas Alice, elle fronce juste les sourcils et fait la grimace :

— Tu parles comme on t'a appris. Petite demoiselle.

Alice tourne le dos et ne se donne pas la peine de répondre.

Plus tard dans la soirée, Augusta lui fait peigner ses cheveux.

En apparence, tout est presque comme avant entre elles, avant la maternité et le foyer pour mères seules. En dessous toutefois, c'est différent. Ce doit être une sorte de morosité, pense Alice, qui a l'impression que sous les chamailleries, les petits propos quotidiens et les histoires d'Augusta, le silence règne entre elles.

C'est une décision d'Augusta. Par quelques propos brefs et des coups d'œil, elle a fait comprendre qu'il n'est pas permis de parler de n'importe quoi. Alice n'a pas élevé d'objections, car pour l'instant elle ne sait pas ce qu'elle dirait si on la laissait parler. Il lui arrive toutefois de souhaiter qu'un mouvement puisse exister – un geste de la main, une révérence ou un pas de danse – capable d'exprimer l'indicible. En même temps elle a honte. Elle sait que c'est une pensée ridicule. Comme si Augusta pouvait comprendre un mouvement. Comme si quiconque pouvait comprendre un mouvement.

Le silence d'Augusta est à vrai dire fort éloquent : elle le remplit de paroles et d'histoires de paroles.

— Tu aurais dû entendre les abstinents la première fois que je suis arrivée à leur réunion, dit-elle quand Alice enlève la première épingle à cheveux. Ce sont les bavards les plus intarissables du monde !

C'était Isak qui l'y avait emmenée. Il s'était attardé plusieurs heures devant la barrière, dans le crépuscule automnal, comme s'il avait prévu ce qui se passerait chez le pisteur. Quand

Augusta était sortie en titubant, sans chapeau et sans manteau, avec Olga serrée sur sa poitrine, il avait écarté ses bras la tenant fermement contre lui jusqu'à ce qu'elle cesse de renifler et de hoqueter. Alors, il avait ramassé le sac rugueux d'Augusta que le pisteur avait lancé sur ses pas, puis il avait enlevé son veston pour le mettre sur les épaules d'Augusta. Et posant ensuite son bras sur le veston, il l'avait fait traverser Herräng jusqu'au siège de la loge *Le Bon Foyer*.

La Loge était en réunion ce soir-là, et les cinquante-huit membres étaient tous présents. Augusta eut l'impression d'arriver au milieu du peuple ressuscité des contes. Ils grouillaient autour d'elle comme des lutins et des farfadets. Ils parlaient avec les voix sonnantes de ce petit monde et, pourtant, il était impossible d'entendre ce qu'ils disaient puisqu'ils parlaient tous en même temps.

Et ce n'était pas un monde de lutins. Ils étaient de taille normale. Ils ressemblaient à tout le monde.

Mais Augusta allait bientôt apprendre qu'ils n'étaient pas du tout comme tout le monde. Ils portaient des vêtements simples mais nourrissaient de grandes ambitions. Ils avaient des rituels et des fanions en soie. Ils allaient jusqu'à déclamer de la poésie. Des adultes ! Vraiment choquée d'une telle présomption, Augusta ne savait pas très bien où diriger son regard quand, pour la première fois, elle vit un ouvrier de la mine monter sur la scène et poser ses grosses mains sur son cœur pour déclamer de sa basse la plus profonde :

J'ai connu à l'usine le plaisir de mes yeux
de voir l'habile ouvrier laborieusement penché
sur son tour, faire monter l'argile souple
pour créer tantôt une cruche, tantôt un plat...

Il était question d'assiettes. Elle en était presque certaine. Ce bonhomme était réellement là, sur scène, à déclamer des vers en l'honneur d'assiettes... Était-il possible d'écrire des vers sur la faïence ? Sérieusement ?

À ce moment-là, elle habitait déjà au siège de la Loge depuis quatre jours. Car bien que, ce premier soir, ni elle ni Isak n'aient été admis au-delà du vestibule – n'ayant pas prêté scrment, ils ne pouvaient pas entrer dans la salle de réunion de la Loge – les membres lui avaient ouvert leur maison. Il y avait une petite chambre au grenier, avec un poêle, installée pour le jour où la Loge aurait les moyens de se doter d'un gardien. Quand, avec beaucoup de conviction et sa casquette à la main, Isak avait raconté la triste histoire des rideaux du pisteur, un murmure de connivence s'était répandu parmi les abstinents. C'était là exactement ce qu'on était en droit d'attendre de ce persécuteur d'ouvrier ! Non seulement il était connu pour être un poivrot notoire excessivement dur avec les travailleurs de la mine, plus dur même que le directeur en personne, mais de plus il n'hésitait pas à jeter dehors une jeune mère en plein froid d'octobre ! N'y avait-il pas justement dans la bibliothèque de la Loge un livre sur ce genre de salaud intégral ? Quoi ! Et quoique les abstinents soient des gens convenables, sans sympathie pour la vie dissolue, il était néanmoins évident que toutes les jeunes filles à qui il arrivait malheur n'étaient pas obligatoirement des traînées. Certaines étaient tout simplement les innocentes victimes d'ivrognes des classes enrichies. Peut-être était-ce son cas ? À ce moment-là, Augusta avait reniflé et éclaté en sanglots, Isak l'avait serré dans ses bras, murmurant quelques mots de consolation. Coincée dans l'étreinte, Olga avait poussé un cri perçant. Les abstinents touchés par une telle effusion de sentiments avaient pris, sans se consulter, la décision : Augusta habiterait dans la chambre au grenier jusqu'à ce que les choses se soient arrangées pour elle.

Les jours qui suivirent avaient été les plus beaux de la vie d'Augusta. Elle avait eu abondance de charbon pour le poêle, de la bonne nourriture et de la bonne compagnie. Dès le premier matin, Theresia Andersson était passée avec quelques sandwichs et du café chaud dans un thermos. Quelques heures plus tard Fina Lundin avait fait une petite visite apportant des harengs grillés. Et, dans le courant de l'après-midi, Isak avait piétiné devant la porte lui tendant un paquet chiffonné avec un sourire. Augusta avait éclaté de rire en l'ouvrant : il était allé chercher son chapeau et son manteau dans la maison du pisteur.

Les voici maintenant côte à côte dans la salle de la Loge à écouter un ouvrier de la mine qui vient de réciter un poème sur les assiettes.

Augusta tourne la tête et regarde Isak, mais il ne bouge pas la sienne, les yeux pleins de larmes rivés sur la scène, menton baissé. Bientôt, elle apprendra qu'Isak avait toujours la larme à l'œil quand on déclamait des vers et que, ce jour-là, il était particulièrement émotif puisqu'il venait d'être pardonné par la Loge et avait à nouveau prêté serment. Pour la treizième fois. Il pleurait facilement lorsqu'on lui pardonnait.

Augusta avait aussi prêté serment. Pour la première et la dernière fois. Elle avait dû attendre dans le vestibule un long moment à côté d'Isak avant qu'un homme de petite taille n'ouvre la porte et ne pose les questions rituelles. Augusta voulait-elle accepter et suivre les lois et les prescriptions de la Loge à la condition qu'elles ne soient pas contraires à ses devoirs de citoyenne et de chrétienne ? Voulait-elle sincèrement promettre de s'abstenir sa vie durant de prendre et de servir aux autres des boissons alcoolisées quelles qu'elles soient ? Croyait-elle en un Dieu tout-puissant qui règne et dispose de tout ?

Elle avait répondu d'un bref oui à chaque question, comme il se devait.

— En réalité, je ne croyais pas en Dieu, dit-elle à Alice quarante-cinq ans plus tard. Pas le moins du monde. Comme gosse de l'hospice, j'ai très vite réalisé qu'on a aussi peu à espérer du ciel que de la terre. Et je n'ai jamais réussi à comprendre pourquoi ce personnage là-haut s'attendrait à ce que je lui sois reconnaissante d'être venue au monde. Tout ce que j'ai eu, c'est l'hospice et des paysans avares qui m'accueillaient pour que je ramasse leurs raves du matin au soir. Alors j'ai rompu cette relation-là sitôt après ma confirmation.

Alice prend quelques épingles à cheveux dans la main et s'approche de la commode :

— Et pourtant tu leur as affirmé que tu croyais... Augusta hausse les épaules.

— Oui, qu'est-ce que je pouvais faire ? À cette époque, il était impossible de proclamer qu'on ne croyait pas en Dieu. Surtout si on était une bonne mise à la porte avec un bâtard sur les bras. Sacrebleu, j'aurais juré que la forêt était violette s'ils me l'avaient demandé ! Ils étaient gentils. Je n'avais jamais rencontré des gens aussi gentils ! Ils m'ont laissée habiter la chambre du grenier de leur maison pendant plusieurs semaines jusqu'à ce que je trouve du travail à la cuisine collective de Hallstavik. Et quand il fut temps de déménager, ils s'arrangèrent pour que je puisse occuper la banquette de la cuisine chez les Hägg, des gens sobres et rangés. Selma – Mme Hägg, je veux dire – se chargea même de veiller sur Olga dans la journée. Bien sûr, je dus payer, mais quand même... C'était propre et agréable, personne ne lançait des coups d'œil torves et personne ne ressassait des histoires de bâtards et de gosses des hospices. Cela me changeait, je te l'assure. Alors le côté bon Dieu, je l'acceptais facilement, cela ne faisait pas de mal. D'ailleurs personne ne le prenait très au sérieux ; ce qui comptait, c'était tout le reste...

À sa façon de se taire, il est clair qu'elle attend une question. Alice obtempère.

— Quoi donc ? La sobriété ?

Augusta renifle.

— La sobriété ? Cela n'avait aucune importance, elle allait de soi. Je n'avais de ma vie bu une goutte d'alcool et je n'avais nullement l'intention de commencer. Bon Dieu ! Quand aurais-je fréquenté la bouteille ? Et pourquoi ?

À nouveau un silence chargé. Alice met le peigne dans la poche de sa robe et se tait tout en faisant la natte. Brusquement son regard devient glacial. Augusta a-t-elle jamais raconté à ces gens qu'elle avait un petit flacon d'aquavit dans son sac et qu'elle avait l'habitude de donner une sucette trempée dans cette eau-de-vie à son enfant bien longtemps après qu'elle eut prêté serment et été admise dans la Loge ? Ou devinait-elle déjà que cette honte entacherait le restant de ses jours, qu'elle resterait fichée comme une épine dans sa chair jusque dans les années cinquante ? Et avait-elle jamais reconnu devant un frère ou une sœur de la Loge – voire à elle-même – que, à la disparition d'Olga, la culpabilité fut si lourde à porter qu'elle put à peine tenir debout ? Réalise-t-elle que c'est de culpabilité qu'il s'agit ? Uniquement de culpabilité. Jamais de regret.

Bien entendu, Alice ne pose pas ces questions. Qui serait-elle pour mordre la main qui la nourrit ? À la fin de l'été, ce sera terminé, elle pourra mordre toutes les mains qu'elle voudra, car alors elle ira vivre sa propre vie à Stockholm – pour peu qu'elle estime que ça en vaille la peine – mais, jusque-là, la maison d'Augusta est la solution la moins répugnante parmi celles qui sont à sa disposition. Aussi s'incline-t-elle et pose-t-elle enfin la question qu'attend Augusta :

— Bon, dans ce cas qu'est-ce qui était plus important que la sobriété ?

— La citoyenneté. Ce qu'ils évoquaient comme *mes devoirs de citoyenne*. J'aimais ça. J'avais beau ne pas comprendre, ça me plaisait...

— Oui. Et quels étaient tes devoirs de citoyenne ?

— Eh bien, c'était ça que je n'arrivais pas bien à comprendre... Comme femme, je ne pouvais guère être envoyée à la guerre. Quant aux impôts, je n'en avais jamais payé et ne savais même pas ce que c'était au juste. D'autre part, que quelqu'un comme moi puisse avoir le droit de vote ne m'avait jamais effleuré l'esprit. Pourtant... J'aimais ce mot de citoyenne. J'aimais penser à moi en tant que telle. C'était en fait le plus beau titre que je puisse obtenir, ça, je le comprenais déjà à ce moment-là.

Augusta simule une petite pause une fois de plus à l'affût de la question appropriée. Alice se tait et se dépêche de terminer la natte, tant elle connaît la suite : au premier encouragement, Augusta se lancera dans ses litanies politiques qu'Alice n'a pas envie d'écouter. Elle pense avoir suffisamment prêté l'oreille aux combats d'Augusta. Qu'il s'agisse de celui, tout à fait respectable, pour le droit de vote. De celui, courageux, contre la tuberculose ou de ses victoires sur les punaises et ces diables de bourgeois. Elle sait que cela était nécessaire, digne d'estime et qu'il y avait toutes les raisons d'en être reconnaissante, mais elle ne veut pas l'entendre à nouveau.

C'est peut-être de famille, pense-t-elle en se penchant sur la natte. Papa prend aussi un visage tout fripé quand Augusta se lance dans la politique. Il s'imagine qu'il doit voter libéral puisqu'il est à présent à la fois ingénieur et directeur. Maman vote à droite et n'a même pas la décence d'en avoir honte. Papa, en revanche, a honte et se tortille comme un ver de terre chaque fois qu'Augusta s'érige en témoin du passé...

Augusta toussote avec insistance quand Alice effleure sa nuque. Humide de sueur bien qu'il fasse frais dans la pièce. Alice retire rapidement sa main, un peu surprise de son dégoût, mais Augusta semble n'avoir rien remarqué. Elle est assise, immobile, le menton levé et les yeux clos. Mon Dieu, pense Alice en essuyant sa main sur sa jupe, elle est complètement enfermée dans le sentiment de sa perfection ; on pourrait la couler dans le bronze et la mettre sur n'importe quelle place publique. Comme un monument de l'orgueil du passé, du dédain des vieux pour les jeunes, de leur refus de reconnaître que l'histoire n'est pas seulement ce qui leur est arrivé autrefois, mais tout autant ce qui nous arrive à nous aujourd'hui...

Augusta toussote une nouvelle fois avec insistance, mais feignant de ne pas comprendre, Alice se penche plus bas encore et introduit les dernières mèches de cheveux dans la natte avant de l'entourer plusieurs fois d'un élastique et de redresser le dos.

— Voilà, lance-t-elle en crachant une épingle à cheveux dans le creux de sa main. Je suis fatiguée. Et je veux aller me coucher...

C'est une révolte ouverte qui doit être punie. Augusta suce son dentier un instant, puis jette un coup d'œil rapide sur Alice.

— Et le dessus-de-lit ?

L'espace d'une seconde, Alice est tentée de faire observer à Augusta que, pendant deux mois, elle a non seulement su ôter le dessus de son lit, mais qu'elle a aussi fait le ménage et la cuisine et peigné elle-même ses cheveux. L'instant après, elle réalise qu'une telle réplique donnerait à Augusta l'avantage auquel elle aspire. Du coup, elle se dirige vers le lit d'un pas rapide et ôte le dessus-de-lit, le plie et le dépose. Immobile, Augusta l'observe. Au moment où Alice s'apprête à partir elle lève la main pour l'arrêter.

— L'oreiller, dit-elle.

Alice prend une voix dure.

— Quoi, l'oreiller ?

— Tu dois le secouer...

Alice s'exécute, puis relève le dos et regarde Augusta, qui contemple sa natte qu'elle a entortillée autour d'une de ses mains. Elle a l'air de vouloir rester sur le tabouret pour l'éternité.

— La couverture, dit-elle sans lever le regard.

Alice se penche sur le lit et déplie l'un des coins de la couverture en un élégant petit triangle, puis se tourne encore une fois vers Augusta.

— La canne, ajoute Augusta.

Alice va chercher la canne appuyée contre le mur et la lui tend. Augusta la saisit, mais ne se lève pas.

— Il faut que je m'appuie sur ton bras, dit-elle.

Il y a moins d'une heure, elle déambulait dans sa cuisine sans canne ni bras sur lequel s'appuyer. Pourtant Alice tend son bras et laisse Augusta s'y agripper. Une petite odeur rance émane du corps d'Augusta tandis qu'elle se traîne vers le lit et flotte dans l'air lorsqu'elle enlève son dentier et le plonge dans le verre d'eau.

— Qu'y a-t-il ? demande-t-elle en tendant son visage avec un sourire édenté vers Alice. Tu es toute pâle. Tu ne vas pas bien ?

À mi-chemin d'Arlanda, Alice freine brusquement en se tapant le front. *Oh non ! Ce n'est pas possible !*

Mais si ça l'est, il lui suffit de plonger la main dans son sac pour s'en rendre compte. La vieille clé a des formes très particulières et elle est là, lourde et froide, dans sa main. Elle se gare au bord de la route, les roues tout près du fossé et sort son portable. Après trois sonneries quelqu'un répond. C'est Kåre. Il parle d'une voix trouble et voilée.

— Je t'ai réveillé ? dit Alice.

Elle l'entend bouger. Peut-être s'assoit-il dans le lit.

— Non, non. Je ne dormais pas. Je m'étais juste allongé un peu...

— Marianne est là ?

Kåre bâille.

— Non, elle est au boulot...

Une interrogation la traverse. Au boulot ? Un dimanche après-midi ? Puis elle se souvient. L'Usine ne se préoccupe pas des dimanches.

— Aïe, aïe, aïe...

Kåre toussote.

— Il y a quelque chose de particulier ?

Alice esquisse une grimace :

— Je viens de m'apercevoir que j'ai oublié de rendre la clé de la maison d'Augusta... Je l'ai dans mon sac à main. Mais je n'aurai pas le temps de repasser à Hallstavik aujourd'hui, je suis déjà à mi-chemin de Stockholm et je dois prendre Lars à Arlanda dans une demi-heure.

— Ah bon. Dans ce cas, il n'y a pas grand-chose à faire.

— Tu veux bien prévenir Marianne que je lui enverrai la clé la semaine prochaine. Ou que je viendrai la lui apporter. Et qu'elle n'a pas besoin de s'inquiéter pour la maison, j'ai fait tout ce qu'il faut pour la préparer pour l'hiver. Tirer les stores et ce genre de choses...

— Et l'eau, tu l'as coupée ?

Alice esquisse encore une grimace et ferme les yeux.

— Bien sûr. Tout est en ordre. Tout, vraiment tout, répond-elle.

Pourquoi a-t-elle menti ? Pourquoi fallait-il qu'elle mente ?

Elle se mord les lèvres en reprenant la route. Elle se demande si elle est atteinte de démence sénile précoce. Elle oublie tant de choses. Les clés et les canalisations d'eau. Quand Lars doit rentrer et quand il doit repartir. Ses devoirs de maîtresse de maison. Lars avait été de mauvaise humeur en partant pour son congrès : il avait dû laver lui-même quelques chemises à la dernière minute parce qu'Alice avait oublié de vérifier la corbeille à linge les jours précédents. Non pas qu'il ait dit quoi que ce soit, il ne lui viendrait pas à l'idée d'*exiger* qu'Alice lave ses chemises – ce n'est pas un néanderthalien – n'empêche qu'il avait pincé les lèvres et cherché avec des mouvements saccadés un sac plastique dans le tiroir de la cuisine. Les chemises étaient encore humides, il serait obligé de les suspendre dans une chambre d'hôtel à Chicago pour les faire sécher.

Cette histoire de clé et de canalisations d'eau est pire. Non seulement elle a oublié, mais elle a menti. C'était grotesque. Complètement insensé et idiot.

Cela ne serait pas arrivé si Angelica ne s'était pas trouvée là. Il y a quelque chose d'inquiétant chez cette fille, quelque chose qui pousse Alice à se défendre. Oui, aurait-elle envie de dire, je vois que tu as besoin d'un peu d'attention et de protection, mais ne viens pas vers moi, parce que je ne sais pas quoi faire pour t'aider...

Et puis assez ! Elle appuie sur l'accélérateur et pousse le moteur en un grondement sonore. Ses oublis, ses mensonges, ses trahisons ne sont tout de même pas la faute de cette fille. Alors de qui ? Kristian ? Bien sûr. Si on veut. Si sa carte postale n'avait fait éclater une tempête dans sa tête, elle aurait pu peut-être se conduire en adulte responsable à l'égard d'Angelica. Elle aurait pu appeler quelqu'un. Le Service social. Ou l'école. Ou autre chose.

La colère bout en elle. Bien sûr c'est la faute de Kristian ! Cela et le reste. Sa carte a rouvert ses plaies qui étaient pratiquement guéries. Elle avait presque oublié, mais il l'a obligée à se souvenir.

Oui. C'est comme ça. Si la carte de Kristian n'était pas arrivée, elle et Lars auraient pu continuer à vivre dans l'agréable climat tempéré d'une union conjugale ayant triomphé du temps. Ni trop froid. Ni trop chaud. Même pas tiède. Un vent glacial de colère les aurait rafraîchis de temps à autre, un rai incandescent de désir aurait percé leurs nuits de temps en temps.

Désormais une brise glaciale souffle sur toutes leurs journées, mais aucune incandescence ne traverse plus leurs nuits. Jamais, au grand jamais. Leur chambre s'est transformée en un salon où deux étrangers se rencontrent et échangent des politesses en se déshabillant. Ils ne cessent de parler, sans qu'une parole exprime ce qui occupe leurs pensées et qui reste tapi derrière leur dos, leurs yeux et leur nuque.

Un regard hésitant : Tu veux ?

Une main qui s'arrête au milieu d'un mouvement. Ben oui. Certainement. Si tu en as envie...

Un dos nu qui se couvre rapidement d'une veste de pyjama : Comme tu voudras. Cela n'a pas beaucoup d'importance. En ce qui me concerne.

Un soutien-gorge qui se défait et dévoile les seins : mais il y a si longtemps...

Une main qui prend le réveil : Oui. Quand même. Enfin si tu n'en as pas envie.

Un chignon qui se défait, des cheveux d'un demi-mètre qui s'étalent sur des épaules : Je n'ai pas dit ça.

Un dos raide : Ah bon. Et qu'est-ce que tu as dit ?

Quand Alice se faufile dans le lit, Lars a déjà fermé les yeux.

— Tu es fatigué ? demande-t-elle cherchant à cacher son inquiétude derrière ses lunettes de lecture.

— Oui, réplique Lars. Très.

— Alors tu ne veux peut-être pas que je lise un instant ?

— Peu importe ?

— Au fond, je crois que je vais éteindre, répond Alice en posant le livre. Oui, je vais éteindre.

— Mmm.

— Tu es fâché ?

— Fâché ? Pourquoi le serais-je ?

— Oh, je croyais simplement que... Alors bonne nuit.

— Bonne nuit.

Nous ne pouvons pas rester comme ça, pense Alice en accélérant après un coup d'œil à sa montre. Il faut que je fasse quelque chose. Mais quoi ?

L'espace d'un instant, elle se voit en train de fourrer la tête de Kristian dans un sac en plastique, de le serrer autour de son cou avec du papier collant marron. Elle grimace : quelle idée lumineuse. Très constructive. Comme si faire disparaître Kristian résoudrait tous ses problèmes. Et particulièrement ses problèmes conjugaux.

Elle soupire et tâtonne de la main sur le siège vide à côté d'elle. Où est la pomme qu'elle a cueillie dans le jardin d'Augusta ? La voilà. Tandis qu'elle la prend avec des doigts impatients et sans quitter la route du regard, elle sait qu'elle est claire à en être transparente. *Transparent Blanche*. Molle et sans résistance entre les dents, acide et juteuse sur la langue. Une espèce sensible qu'il faut manger aussitôt cueillie, qui ne supporte pas d'être présentée dans une coupe ou un plat car de grandes taches brunes se forment sur la surface pâle au bout de seulement quelques heures. Des pommes de demoiselle, grommelait Augusta en son temps. Si Isak avait vu un peu plus loin que le bout de son nez en plantant cet arbre, il se serait préoccupé de trouver une espèce qui se garde.

Comment Isak aurait-il pu comprendre cela ? songe Alice. Il n'y avait pas de pommiers dans le monde d'où il venait, seulement des récifs, des rocs et des pierres. Il avait dû surgir des profondeurs de la mer à peu près au moment où Augusta s'était dressée du champ de pommes de terre. Enfant recueilli, lui aussi. Mais il avait échappé à l'orphelinat : il était passé d'une famille de pêcheurs à une autre à la limite ultime de l'archipel, jusqu'au printemps de ses treize ans quand son appétit était devenu trop dévorant. Alors on l'avait débarqué à Herräng pour qu'il se débrouille tout seul. Ça avait marché. Même s'il avait tellement maigri que son squelette craquait quand il se dirigeait vers la mine.

C'est une chose terrible que d'être abandonné, pense Alice en croquant sa pomme. Une chose qui vous épuise. Qui suce la moelle de vos os...

Augusta ne le montra jamais, elle se dissimulait derrière les seins énormes de son devoir accompli et les bourrelets graisseux de sa perfection. Mais pour Isak cela se voyait, bien qu'il ait été un homme grand, mangeant copieusement dès qu'il y avait eu des provisions dans la maison. Harald avait dit un jour qu'on avait toujours l'impression qu'Augusta se nourrissait aux dépens d'Isak, mais c'était injuste. Au temps de sa paralysie, elle lui donnait, trois fois par jour, des mets délicats dépassant en fait leurs moyens : riz au lait et lait non écrémé, saucisse pur porc et tartines de mélasse, brioches et dessert des anges à la crème battue et confiture d'airelles avec miettes de biscuits. Isak, obéissant, ouvrait la bouche quand elle approchait la cuiller. Il avait beau mâcher et avaler, il n'en maigrissait pas moins à vue d'œil de semaine en semaine. Ses yeux s'enfonçaient toujours plus profondément dans les orbites. Ses tempes se creusaient. Ses dents avançaient. Au point qu'il avait fini par n'être plus qu'un squelette. Impeccable. Qui demeurait assis, immobile, à la table de la cuisine, dans son bleu de travail de la marque Fristad, lequel conservait la même raideur au bout de plusieurs années.

Malgré l'étroitesse de la route sinueuse, Alice accélère. Bientôt elle sera à Gottröra. Déjà, à cette distance, elle aperçoit le fuselage argenté d'un avion en approche au-dessus de la forêt se préparant à atterrir. Ce pourrait être celui par lequel Lars arrive. Dans ce cas, il devrait attendre au moins un quart d'heure avant qu'Alice soit là. Et il serait de fort méchante humeur.

À cette pensée quelques microscopiques gouttes de sueur perlent au-dessus du nez d'Alice qui les essuie avec son index, alors qu'une interrogation lui traverse si rapidement la tête qu'elle s'en rend à peine compte. Pourquoi ai-je si peur de lui? Pourquoi ai-je toujours si peur de ceux qui devraient m'être les plus proches?

Or Lars qui l'attend devant le hall d'arrivée n'est pas du tout de méchante humeur. Au contraire, Alice le voit rire et bavarder. Il y a une femme frêle à ses côtés qui fait danser ses cheveux châtains tandis qu'un petit rire pétille dans ses yeux couleur noisette. En sortant de la voiture, Alice met la main sur son gros chignon ramassé dans la nuque. A-t-elle pensé à se maquiller aujourd'hui? Elle ne s'en souvient pas.

Lars sourit et lui embrasse rapidement la joue.

— *This is Alice. My wife,* dit-il. *And this is Corrinne, a friend and colleague from Chicago.*

Corrinne esquisse un sourire.

— *Nice to meet you, Alice. Lars has told me all about you.*

Cela aurait été plus facile si elle avait pu la considérer avec dédain. Mais ce n'est pas possible. Corrinne ne ressemble pas à l'image ordinaire de la femme américaine, elle n'émet pas de petits bruits super enthousiastes lorsque Lars propose de la conduire à son hôtel, elle ne babille même pas comme un serin. Au contraire, elle reste silencieuse à l'arrière et quand elle parle enfin, c'est d'une voix légèrement voilée qui éventuellement – seulement éventuellement – pourrait indiquer qu'elle fume. D'un autre côté, cela paraît peu vraisemblable : tout dans son apparence indique qu'il s'agit d'une personne qui prend soin d'elle. Elle est mince sans être maigre. Bien coiffée sans être permanentée. Les ongles, soigneusement limés et polis, ne sont pas laqués de vernis. Elle n'a pas cherché à dissimuler son âge, les années ont eu le droit de dessiner quelques fines lignes sur son cou. En revanche la peau du visage est restée lisse et veloutée. Une écharpe blanche est jetée avec naturel sur l'épaule de sa veste vert olive. Elle est en cachemire. Alice en jurerait.

A friend and colleague... Elle est donc mathématicienne. Peut-être même éminente : Lars lui parle sur le ton légèrement retenu dont il use toujours avec les collègues dignes d'estime. Peut-être est-ce pour cela qu'il reste à moitié tourné vers l'arrière pendant tout le voyage. Alice et lui n'ont eu le temps que d'échanger quelques sourires rapides.

Corrinne doit habiter un petit hôtel près du square de Tegnérlunden. Elle gratifie Alice d'un sourire et d'un serrement de main rapide pendant que Lars porte ses valises à l'intérieur. Alice reste au volant en laissant tourner le moteur. Par les portes vitrées, elle voit Lars et Corrinne poursuivre leur conversation dans le hall. Et, tout d'un coup, elle voit aussi Lars entourer de ses mains une de celles de Corrinne, la droite, qu'il enferme comme dans une coquille.

Alice détourne rapidement le regard. À quoi ressemble-t-elle ? Devrait-elle se coiffer ? Mettre un peu de rouge à lèvres ? Elle tourne le rétroviseur et regarde son reflet. Les yeux qui la fixent sont ceux d'une gamine de seize ans. Mais d'une gamine aux paupières lourdes.

Quand ils rentrent, tout est comme d'habitude. Ils se parlent à voix basse pendant qu'Alice met du linge dans la machine à laver et que Lars regarde le courrier de la semaine. Non pas qu'ils aient grand-chose à se dire : la semaine passée a surtout été consacrée au travail. Les fractales demeurent une énigme pour Alice et le patrimoine culturel de la société industrielle n'a pas de sens pour Lars. Mais Petter a laissé un message sur le répondeur et ça, ils peuvent en parler. Il va aller à Paris. En plein milieu d'un semestre ? Quand deviendra-t-il adulte ?

Ils dînent ensuite rapidement d'une soupe. Lars pose quelques papiers à côté de son assiette et Alice contemple un instant les équations à l'envers avant de tourner son regard vers la fenêtre de la cuisine. Un petit frémissement argenté se devine sous le réverbère dehors. Il s'est mis à pleuvoir. Elle mord dans sa tartine de fromage et regarde sa montre. Il est déjà sept heures. Il reste encore dix-sept heures. Dans seize heures et demie il faudra qu'elle ait pris sa décision. Sa décision définitive.

— Comment se présente la semaine qui vient pour toi ? demande-t-elle d'une voix ferme. Des voyages ?

Surpris, Lars lève la tête, donnant, l'espace d'une fraction de seconde, l'impression de ne pas la reconnaître.

— Non, dit-il ensuite en secouant la tête. Pas de voyage. Mais peut-être quelques soirées prolongées... Des choses à rattraper, tu comprends. Et puis nous avons un important séminaire demain.

Alice se lève et commence à débarrasser la table.

— Avec Corrinne ?

Lars acquiesce, une hésitation s'affiche brièvement sur son visage, puis il replonge dans ses papiers. Alice sourit en coin.

— Et je suppose qu'il sera suivi d'un dîner ?

Les lois naturelles ont l'air de s'être mises en suspens, car il faut une demi-minute avant que l'onde sonore n'atteigne Lars. Elle est alors très affaiblie parce que, n'ayant apparemment pas compris la question d'Alice, il lève la tête d'un air interrogateur :

— Quoi ? Qu'est-ce que tu as dit ?

Alice passe l'éponge sur l'évier, sa main s'arrête sur une petite tache à frotter. Tout d'un coup elle se sent lasse. L'ironie est une solution de lâche. De quel droit serait-elle sarcastique ? Elle soupire et pose l'éponge. Laissons tomber. Que ce qui doit arriver entre Corrinne et lui arrive.

— J'ai aussi pas mal de choses cette semaine, dit-elle. Du moins jusqu'à jeudi. Et vendredi il faudra sans doute que je retourne à Hallstavik. J'ai oublié de donner la clé de la maison d'Augusta. Et de fermer l'eau.

Lars grogne une réponse avant même qu'elle n'ait fini de parler, pose ensuite les coudes sur la table et se bouche les oreilles. Il ressemble à un gamin. Extrêmement myope.

— Et demain j'ai un déjeuner. Très important, ajoute Alice.

— Mmm, commente Lars sans lever le regard. C'est une bonne chose...

Le lendemain elle s'éveille parce qu'elle pleure. Cela ne lui était jamais arrivé.

La lumière doit être allumée dans la pièce, le monde derrière ses paupières est d'un rouge vif. Elle demeure couchée les yeux clos écoutant Lars s'affairer près des placards. Peut-être a-t-il entendu. Peut-être sait-il enfin. Elle l'entend traverser la chambre et s'arrêter près de son lit.

— Alice, annonce-t-il d'une voix assourdie. Je m'en vais.

Non. Il n'a rien remarqué. Il ne peut pas savoir.

En ce cas, il ne se pencherait pas sur elle en laissant ses lèvres effleurer sa joue. Elle fait un petit mouvement de la main dans un demi-sommeil mais n'ouvre pas les yeux.

Quand il est parti, son rêve lui revient. La mansarde dans la maison d'Augusta. Un landau. Un enfant. Il a de longs cils, foncés et doucement recourbés, qui reposent comme une ombre sur ses joues. Il est très fatigué, pourtant il ouvre ses yeux quand elle se penche sur le landau. Le blanc des yeux n'est pas d'un ton porcelaine embué comme chez les autres nourrissons, il est blanc étincelant et totalement clair.

— Es-tu mon garçon ? murmure-t-elle. Es-tu le garçon que je n'ai pas eu le droit de garder ?

Elle le sent s'enfoncer encore plus profondément dans la fatigue. Il n'a pas la force de répondre, mais secoue la tête. Non. Il n'est pas son garçon. Pourtant, elle entoure sa nuque de sa main et le soulève, effleure de ses lèvres son crâne, pense à un œuf d'oiseau et au duvet. Sa bouche cherche son sein, le trouve et commence à sucer. Le lait le rend lourd. Incroyablement. Si lourd qu'elle a peine à le porter.

Alors elle voit que c'est une pierre qu'elle serre sur son sein.

Cette fois-ci elle ouvre les yeux au lieu de fondre en larmes.

Elle a suffisamment pleuré.

Hier on pouvait encore imaginer que c'était la fin de l'été, aujourd'hui il faut admettre que c'est l'automne. Angelica n'arrive pas à se défendre contre le froid en revenant en courant des tinettes aux premières lueurs de l'aube, il entre en elle à chaque respiration, se diffuse dans les poumons jusqu'aux deltas des plus fins vaisseaux sanguins, tend et raidit tout dans son corps qui s'était amolli et était devenu sans défense durant la nuit.

Elle frissonne encore une fois rentrée en crapahutant par la fenêtre de la cuisine qu'elle referme aussitôt, reste à se balancer, les genoux fléchis et les bras serrés, pour tenter de retrouver la chaleur. Un instant elle est tentée de faire du feu dans le fourneau à bois, elle sait comment s'y prendre, Siri en avait un jusqu'à quelques années auparavant. Mais ce serait s'exposer à des risques trop grands, la fumée se verrait et, près de la maison blanche, on sentirait aussi l'odeur. Elle le sait. Parfaitement. Quand elle habitait chez Kristoffer, la mère de ce dernier se plaignait toujours que des voisins du bout du village fassent du feu toute la journée. Cela sentait, trouvait-elle. Angelica essaiera donc de trouver un autre moyen de se réchauffer. Peut-être pourrait-elle plonger les pieds dans une bassine d'eau chaude. C'est ce que faisait Siri.

Ayant posé la plus grande casserole de la maison sur le réchaud électrique, Angelica monte à l'étage pour faire le lit. Elle veut que la mansarde soit aussi accueillante quand elle rentrera ce soir qu'elle l'était hier. Du coup elle tend le plus possible les draps et secoue l'oreiller, puis glisse l'un des cahiers bleus dans la taie – sans bien comprendre pourquoi. Elle a dû dormir dessus cette nuit, il était posé sous sa joue quand elle s'est réveillée ce matin...

La robe à carreaux écossais fait piètre figure pendue à son crochet, comme si les vestiges de son allure s'étaient évaporés pendant la nuit. Sa jupe froncée n'a plus de forme, un bouton ne tient qu'à un fil, le bâti qui doit maintenir le col blanc en place commence à se défaire. Angelica décroche la robe et la tient devant elle, passe sa main sur le plastron tout en se demandant comment elle se sentirait en lycéenne des années cinquante, en fille à qui il semblerait parfaitement normal de porter une robe comme celle-ci. Est-ce que cela la rendrait aussi guindée dans ses mouvements qu'Alice? Cela lui apprendrait-il à sourire la bouche close et à taire pour toujours ses secrets? Oui. Certainement. Se taire, elle le sait déjà.

Le tissu est très doux, si doux qu'elle ne peut s'empêcher de soulever l'une des manches pour la passer sous son nez. Un léger parfum fait resurgir les questions qui avaient surgi quand elle feuilletait les livres bleus cette nuit. Pourquoi Alice n'a-t-elle pas avorté? Pourquoi ne pouvait-elle pas aller à l'école? Et qu'était-il réellement arrivé à son gosse? Et qu'arriverait-il à Angelica si elle se retrouvait enceinte? Une légère odeur de marjolaine passe sur les muqueuses de son nez. Angelica hausse les épaules et lâche la manche de la robe.

Pure imagination. Elle a eu ses règles la semaine dernière.

Un instant plus tard, elle est installée à la table de la cuisine avec son déjeuner à côté d'elle – une tasse de thé et une pomme – et les pieds plongés dans la grande casserole. Elle n'a pas trouvé de bassine pour son bain de pieds. L'eau est si chaude qu'elle fume et la chaleur se répand lentement dans tout son corps.

Aujourd'hui elle a quatre heures de cours d'art visuel. Elle sourit à cette perspective tandis qu'elle croque un gros morceau de pomme.

Quatre heures! Elle ne connaît pas encore les autres « esthètes », elle craint un peu leurs vêtements noirs et leur rire cru et encore davantage Ilona, le professeur, qui, paraît-il, est une véritable artiste pendant les vacances d'été. Pourtant, elle se réjouit de chaque instant passé dans la salle de cours. Le silence. Le sérieux. L'intensité. Il y a quelques mois, elle travaillait tellement intensément sur une esquisse de sa propre main gauche, qu'elle ne s'était pas rendu compte que le cours était fini et que les autres esthètes ramassaient leurs crayons et refermaient leurs blocs. Angelica n'avait levé la tête et regardé, surprise, autour d'elle que lorsque Ilona avait posé sa main sur son épaule.

— C'est ce qu'on appelle de la concentration, avait dit Ilona à sa façon un peu solennelle. Et c'est un don...

C'est alors seulement qu'Angelica avait réalisé qu'elle tenait toujours sa main gauche devant le visage et elle l'avait baissée frottant la paume contre sa cuisse, tout en cherchant sur les visages des autres élèves des rires sarcastiques et des sourcils levés. Mais non, personne ne riait dédaigneusement, personne ne serrait les lèvres pour retenir des sarcasmes qui seraient crachés en récréation, tous semblaient trouver parfaitement normal ce qui arrivait.

Ensuite, elle s'était sentie reposée. Comme si elle avait dormi une nuit entière dans un lit confortable en rêvant à une Angelica toute différente. Cette sensation lui était restée jusqu'à ce qu'elle s'installe dans le car, puis elle avait éclaté comme une bulle de savon ne laissant aucune trace.

Mais aujourd'hui, elle reviendra. Aujourd'hui elle s'accrochera pour durer. Elle en est persuadée. Elle habite désormais seule dans la maison d'Augusta.

Je suis libre, pense-t-elle en remuant les orteils dans l'eau chaude. C'est ça, le sentiment d'être totalement libre.

C'est aussi la raison pour laquelle elle doit être très prudente. La maison blanche est un problème : elle ne peut pas passer devant au cours de ses allées et venues, tôt ou tard Ann-Katrin la verra et cherchera à fourrer son nez pointu dans ses affaires. Il faut donc qu'Angelica trouve un détour, peut-être tout simplement en se traçant son propre sentier à travers la forêt derrière les maisons.

Pour le reste, ses plans sont prêts. Elle prendra un car pour Hallstavik de bonne heure le matin, longtemps avant que les autres lycéens ne soient réveillés. Une fois arrivée, elle se dirigera vers la zone industrielle de Skärsta et s'assoira sur des marches quelque part. Elle feuillettera ses livres de classe un instant. Ou fera des esquisses. Et quand ce sera l'heure de prendre le bus, elle arrivera d'un pas nonchalant au terminal justement du côté d'où elle serait arrivée si elle avait encore habité chez Carina.

C'est parfait. Sans aucune faille. Cela ne peut pas échouer.

Il fait toujours froid quand elle sort à quatre pattes par la fenêtre de la cuisine. Le froid glisse sur son dos quand elle renverse le billot et le roule de côté. Il ne faut pas le laisser sous la fenêtre, quelqu'un pourrait le voir et se faire des idées. Une infime probabilité à l'évidence, puisque la fenêtre de la cuisine est à l'arrière de la maison et ne se voit pas depuis la route... Mais il vaut mieux être trop prudente que pas assez.

La forêt derrière la maison est hostile et desséchée, les sapins broussailleux et le sol plein de pierres. Personne ne semble y être passé depuis des années, pas même des bêtes. On avance difficilement, les chaussures d'Angelica glissent sur les aiguilles de pins sèches de l'année passée et s'enfoncent dans des ornières invisibles, des branches éraflent ses joues tandis qu'elle progresse en titubant par-dessus les pierres et des tas de brindilles à moitié décomposés. Quand elle s'arrête pour reprendre son souffle, elle distingue un mur rouge à la lisière de la forêt. C'est l'arrière de l'étable du père de Kristoffer. Elle jette un coup d'œil rapide à sa montre. Le bonhomme doit déjà être debout. Prêt pour sa chevauchée matinale. Mais il ne risque pas de s'aventurer de ce côté-ci. Le père de Kristoffer est très attentif à ses pur-sang et il est visible que c'est une forêt qui risquerait de blesser leur croupe fragile.

Soudain elle l'aperçoit, il franchit la porte du pignon avec la jument noire, Regina. Cela signifie reine. Un nom qui sied parfaitement à ce cheval avait dit un jour Ann-Katrin avec ce petit sourire suave dont Angelica s'était toujours méfiée. Et cette fois-là, ce n'était pas à tort. Quelques jours plus tard, elle s'était trouvée devant la fenêtre de la cuisine et avait entendu Ann-Katrin lancer sur un ton hargneux à Bertil qu'au point où ils en étaient, il pourrait aussi bien se mettre en ménage avec cette jument hystérique. Quand Angelica était rentrée dans la cuisine, Ann-Katrin était redevenue douce et compréhensive. En revanche, le père de Kristoffer n'avait pas voulu jouer le jeu : il s'était levé si brutalement de sa chaise qu'il l'avait renversée et était parti.

Regina est pansée et toute brillante, mais la selle brune n'est pas encore attachée, Angelica remarque que les sangles se balancent sous son ventre. Le père de Kristoffer s'accroupit pour les saisir sans y parvenir. En effet, Regina ne cesse de bouger, elle piétine et balance la tête, l'obligeant à tâtonner dans le vide. Il tient la bride d'une main en suivant ses mouvements, on a l'impression que l'homme et le cheval dansent ensemble dans la lumière grise du matin. Soudain ce n'est plus la même danse. Le père de Kristoffer redresse le dos, lance ses deux bras autour de l'encolure de Regina et appuie sa joue contre sa crinière. Elle se calme aussitôt et baisse la tête, à l'instant complètement tranquille. L'homme et le cheval restent immobiles un long moment, si proches l'un de l'autre qu'ils semblent ne faire qu'un.

Angelica n'ose bouger, sachant que si, par malheur, elle marche sur une branche morte ou une brindille sèche, le craquement s'entendra dans tout Nordanäng. Le bruit la rendra visible, lui donnera couleur et contours, la révélera au regard du père de Kristoffer. Et elle ne le veut pas. Non parce que sa présence serait découverte, mais parce que ça le trahirait, lui. Il faut qu'il garde ceci pour lui. Il faut qu'il soit justement aussi seul qu'il le croit en cet instant, sa joue dans la crinière de la jument noire...

Une corneille la sauve. Elle s'envole de la cime d'un arbre et réveille le monde avec son rire. Le père de Kristoffer tend le dos et regarde autour de lui, puis se penche et attache la sangle de la selle. Regina balance la tête mais se laisse faire. Dans la forêt, Angelica remet son sac à dos d'aplomb et continue vers la grande route.

Une heure plus tard, assise, les yeux fermés, elle se laisse bercer par le bus. En réalité elle devrait être contente. Elle a réussi ce qu'elle avait projeté : toute la matinée elle est restée une figure fantomatique, à la fois visible et invisible.

Pourtant elle n'est pas satisfaite. Loin de là. La peau lui démange et un mal de tête naissant pèse sur sa nuque. Peut-être a-t-elle faim, tout simplement. Elle a aussi froid bien qu'elle sente la chaleur du bus. On dirait que son corps veut l'empêcher d'oublier le froid qu'elle a enduré en se promenant dans la zone industrielle à la recherche d'un endroit dissimulé où s'asseoir. Elle n'en a pas trouvé : il y avait trop de monde à circuler, elle ne savait pas que les entreprises commençaient si tôt... Demain il faut qu'elle trouve un autre endroit. Quelque chose de plus sûr. Parce que, aujourd'hui, le Microbe arrivera par le bus de Stockholm. À deux heures et demie.

Elle change de position sans ouvrir les yeux. Il est important qu'elle donne l'impression de dormir. Elle n'est pas seule sur la banquette, une gamine pâle s'est assise à côté d'elle. Elle s'appelle Marion. Ou quelque chose comme ça. Albanaise. Ou bosniaque. Ou de ce genre. Angelica ne l'aime pas. D'une façon générale elle n'aime pas les gens qui forcent l'intimité. Marion l'impose : elle s'assoit à côté d'Angelica tous les matins et tous les après-midi bien que personne ne le lui ait demandé. Au moins s'est-elle arrêtée de parler. La semaine dernière elle ne cessait d'essayer de lier conversation, posant question sur question avec son accent aux consonnes chuintantes et aux voyelles épaisses. Qui était le meilleur professeur de fran*sch*ais ? N'e*sch*-ce pas que *sch*'était mieux d'aller à l'école à Uppsala qu'à Norrtälje ? Mais le *sch*ocial était-*sch* vraiment la meilleure filière si on voulait être avocat ? Par*sche* que Marion voulait être avocat comme *sch*on père ? Que faisait le père d'Angelica ? E*sch*-ce que Angelica *sch*avait que Marion l'avait d'abord prise pour un réf*ou*gié elle aussi ? Elle ne savait pas trop pourquoi. Peut-être à cause des cheveux, Angelica n'était pas aussi blonde que les autres Suédois. À moins que ce ne soit les vêtements. Ou autre chose.

Le père de Marion l'accompagnait au car tous les matins et venait la chercher tous les après-midi. Il était toujours en veston et cravate, bien qu'il n'ait plus de cabinet d'avocat où se rendre,

353

rien qu'un trois pièces à peine meublé dans ce trou du bout du monde qui s'appelle Hallstavik. Aujourd'hui il portait, de surcroît, un vieil anorak par-dessus le veston. Vert menthe. Typique des années quatre-vingt. Les copines de Rebecca l'avaient observé en rigolant : HO, HO, HO! Marion, assise à côté d'Angelica, avait changé de position, mais n'avait rien dit. Angelica non plus. Car, à cet instant, une voiture argentée s'était arrêtée un peu plus loin et la porte côté passager s'était ouverte. C'est à ce moment-là qu'Angelica avait fermé les yeux. Elle ne les avait pas rouverts depuis.

Le bus prend un virage, Angelica est obligée de s'appuyer sur le siège devant elle pour ne pas glisser vers Marion. Aujourd'hui j'ai quatre heures de cours d'art, pense-t-elle. Il ne faut pas que je l'oublie. J'habite la maison d'Augusta et aujourd'hui j'ai quatre heures d'art...

Au même moment Alice donne un coup de pied dans une pile de vêtements qui glisse sur le parquet de sa chambre à Kungsholmen. Rien ne convient. Le tailleur gris est trop triste. Le vert fait trop mémère. Le beige clair est trop prétentieux.

Comment s'habiller pour rencontrer le passé ?
Quelle coiffure adopter ?

Elle passe la main dans sa frange et détaille impitoyablement son image dans la glace, s'oblige à regarder et à compter tous les défauts. Les rides au-dessus de la lèvre supérieure. Les prémices d'un double menton. Des ombres sur les avant-bras qui indiquent que les veines sont sur le point de remonter des profondeurs des muscles pour s'installer juste en dessous de la peau.

Elle s'assoit sur le bord du lit et croise les bras sur son diaphragme essayant de comprimer l'inquiétude qui y palpite. Il faut qu'elle soit calme. Il faut qu'elle soit raisonnable. Il ne faut pas qu'elle se laisse conduire par ses sentiments aujourd'hui.

Voyons. Comment s'habille une femme de près de soixante ans quand elle doit rencontrer l'homme qui l'a abandonnée autrefois? Où sont les bijoux qui étincellent suffisamment pour ne pas trahir sa position de vaincue? Comment va-t-elle arranger ses cheveux pour dissimuler son chagrin et son désespoir? Où sont les vêtements qui pourront lui tenir chaud, alors qu'elle a non seulement perdu son ardeur mais aussi l'espoir de retrouver celle de l'homme?

Non. Il n'est pas question d'en rajouter. Ni de se ridiculiser en se déguisant en objet sexuel suranné. Pas de talons hauts. Pas de jupe au-dessus du genou. Pas de décolleté provocant. Elle ne cherche pas à séduire. Elle cherche une réponse. Elle veut savoir quels sont ses mobiles. Comment il fonctionne.

Ses doigts sont raides quand elle enfile le pantalon et met sa veste en daim.

À l'heure du déjeuner, Angelica, pâle de déception, se tient dans la queue et attend son tour, se laissant bousculer dans un sens et dans l'autre. Elle est en retard, les autres élèves du cours d'art sont déjà en train de manger. Ils se sont serrés. Les douze ont réussi à s'installer autour d'une seule table. Il n'y a pas la moindre place pour un treizième.

Non pas que cela ait de l'importance. S'installer avec les autres ne l'aiderait guère. Au contraire. Leur présence lui rappellerait seulement qu'elle ne s'est pas évadée. Que la concentration a refusé de venir et sa main d'obéir. Que Ilona a secoué la tête en examinant le dessin d'Angelica. Un petit mouvement à peine perceptible, mais suffisant pour qu'Angelica ait le temps de l'enregistrer. Et soudain elle avait vu elle-même ce qu'elle avait réalisé. Une Barbie. Une Barbie très mal dessinée qui ne valait rien...

— Bouge-toi donc, lance quelqu'un derrière elle. Un garçon.

— Tu manges ou pas... ? Une fille.

— C'est pas que t'en aies besoin... La grosse ! Une autre fille.

Angelica jette un coup d'œil rapide par-dessus l'épaule. Grosse ? Cette fille a au minimum une taille de plus qu'Angelica. À Hallstavik, elle l'aurait envoyée au diable, ici elle se contente de lui jeter un regard en avançant pour combler le vide devant elle. L'odeur de la nourriture lui donne mal au cœur, pourtant elle sait qu'il faut qu'elle avale quelque chose. C'est gratuit. Et elle n'a rien mangé de chaud depuis vendredi.

La saucisse n'est pas trop mal. Elle le voit bien. Un peu délavée peut-être, mais la surface rissolée est dorée et l'intérieur rouge et chaud. La purée est banale, du moins si on écarte les petits tas de flocons restés compacts. Les carottes râpées sont un feu d'artifice d'optimisme. Pourtant elle est obligée de déglutir trois fois avant de réussir à couper un morceau de saucisse et à le porter à sa bouche. C'est impossible. Elle n'arrive pas à avaler... Elle se penche discrètement sur l'assiette et recrache le morceau à moitié mâché, le fixe et renifle. *Merde !* Elle ne veut pas de ça ! Elle a une faim de loup. Elle en a la certitude sauf qu'elle est tellement tarée qu'elle est incapable de la ressentir...

— Espèce de ratée, susurre quelqu'un dans son dos. Cinglée. Dégueulasse...

Angelica n'a pas besoin de se retourner. Elle reconnaît la voix. Pourtant elle raidit le dos et baisse la fourchette vers l'assiette, puis reste ainsi toute droite à cligner des yeux jusqu'à ce que le brouillard se dissipe et qu'elle voie clair à nouveau. Quatre visages interrogateurs de gamines se tournent vers elle et, d'un coup, elle a l'impression d'être revenue au collège. Ensuite elle réalise qu'elle s'est assise à une table où quatre filles de Hallstavik étaient déjà installées. Et elles sont toutes restées à leurs places, personne ne s'est levée pour passer derrière le dos d'Angelica en susurrant.

— Qu'est-ce que tu as ? demande Rebecca fixant, les sourcils levés, le morceau de saucisse à moitié mâché. Tu deviens anorexique ?

Au même moment, un serveur pose une assiette devant Alice. Son geste est balancé ; si on le voyait de loin, on pourrait le prendre pour un danseur. Alice ne le voit pas. Les yeux fixés sur ses pâtes, elle déglutit un peu de salive. Elle n'est pas sûre qu'elle pourra les manger.

— Ça a l'air bon, dit Kristian en tendant sa main à travers la table vers la bouteille de vin. Il a vidé son verre en attendant qu'ils soient servis. Celui d'Alice est toujours à moitié plein, pourtant elle hoche la tête quand il fait un geste avec la bouteille en sa direction. Kristian le remplit à ras bord, puis lève son propre verre.

— Alors, santé ! À l'ardeur de notre jeunesse.

Alice voit sa main prendre le verre et le lever. Son corps prend toutes les décisions, elle-même n'y est pas impliquée. Ses lèvres s'écartent. La langue se prépare à enregistrer le goût d'une autre gorgée de vin.

— Quarante-deux ans, ajoute Kristian d'une voix sourde en secouant la tête. Mon Dieu.

Alice pique la fourchette dans un morceau de penne et le regarde avant de le laisser retomber dans l'assiette.

— Oui, acquiesce-t-elle avec un petit sourire. C'est long.

Pourquoi joue-t-elle le jeu ? Pourquoi reste-t-elle là comme une idiote à *converser* ? Pourquoi n'enfonce-t-elle pas la fourchette dans la main de Kristian ? Pour le percer ? Le clouer ?

Il l'a emmenée dans un restaurant situé à Fredsgatan. Dans la maison de l'Académie des beaux arts. Très minimaliste et extrêmement cher.

C'était presque plein quand ils sont arrivés, ils ont dû attendre un instant au bar pendant qu'on préparait leur table. Kristian semblait avoir choisi ses vêtements pour cet instant particulier. Il était un portrait de lui-même. Homme en noir dans un fauteuil rouge. À présent, il n'a pas mauvaise allure non plus : on dirait une affirmation dans une salle à manger où tous les autres hommes ne sont qu'interrogations. Si ce n'est que ces hommes-là sont sur le point de partir. L'une après l'autre, les serviettes sont posées à côté des tasses à café vides aux différentes tables.

Kristian ne lâche pas Alice du regard. Ses yeux pétillent. Il sourit et mâche, mâche et sourit !

— C'est bon. Évidemment, ce ne sera jamais comme en Italie, constate-t-il.

Alice touille dans son assiette.

— Tu vas souvent en Italie ?

— Mmm. J'avais une maison en Toscane, il y a quelques années. Avec ma copine de l'époque.

Copine ? A-t-il des copines ? À presque soixante ans ? Alice sourit vaguement au-dessus de son verre de vin, mais ne dit rien. Kristian pique ses couverts dans les pâtes et poursuit :

— Elle l'a gardée quand nous nous sommes séparés. C'était mieux comme ça. Je ne peux pas m'occuper de tout. L'entreprise. La maison d'été à Falkenberg. Et puis j'ai été obligé de reprendre la ferme quand les vieux sont partis...

Les vieux sont partis. Il a fait de gros efforts pour dissimuler l'accent de sa province de Småland. Les voyelles se tordent un peu lorsqu'il parle de ses parents. Alice pose son verre, son

359

petit sourire semble s'être incrusté pour de bon sur ses lèvres.

— Ah bon, ainsi tu as repris la ferme ?

— Mmm, dit Kristian. J'ai été bien obligé. Ça fait cent soixante-dix ans qu'elle est dans la famille. Et il n'y avait personne d'autre. Mon frangin a quatre gosses, mais pas d'argent. Moi j'ai de l'argent, mais pas...

La mauvaise réplique. Kristian s'en rend également compte, il s'arrête et laisse errer son regard. Alice tourne la tête et regarde par la fenêtre. Une limousine noire s'arrête devant l'entrée de Rosenbad : une femme maigre sort d'un côté, un homme corpulent de l'autre. L'homme s'arrête un instant pour tirer sur son veston. Kristian suit son regard.

— Göran Persson, précise-t-il.

— Mmm.

— Un sale type, ajoute Kristian en saisissant encore une fois la bouteille de vin pour verser les dernières gouttes dans son verre. Si tu veux mon avis... ?

— Je ne crois pas l'avoir demandé, dit Alice.

Ensuite le silence tombe. Chacun mâche ses pâtes sans regarder l'autre. Kristian commande une nouvelle bouteille de vin, mais Alice pose la main sur son verre et secoue la tête quand il veut la servir.

À la fin du repas, il se penche en arrière et allume une cigarette. Alice joint ses mains sur les genoux et le regarde. Attend. Le teint de son visage a foncé et ses lèvres sont gonflées. Pourtant il ressemble enfin à lui-même. Un tas de sable. Un tas de sable légèrement saoul. Peut-être même un petit tas de sable avec des problèmes d'alcool...

Kristian tire fortement sur sa cigarette et boit encore une gorgée de vin. Alice lève la main et la passe lentement sur sa bouche. Kristian voit-il ce qu'elle a vu dans la glace ce matin ? Qu'elle possède trois visages, l'un par-dessus l'autre ? Celui d'une jeune fille. Celui d'une femme. Et celui d'une vieille ? Comprend-il que les trois sont aussi réels ?

— Alice, dit Kristian. Sa voix a dix-sept ans.

Elle détourne le regard et le laisse errer sur les murs blancs du restaurant, cherche quelque chose à quoi l'accrocher. Le restaurant est si sévère dans son élégance épurée qu'il enferme à peine les ombres. En outre, il commence à se vider. La majorité des clients de midi se sont retirés vers leurs immeubles bancaires et leurs ministères. Seules restent deux femmes. D'un certain âge. L'une rousse. L'autre brune. Leur rire monte comme une spirale en acier vers le plafond.

— Alice, redit encore Kristian.

Sa voix. Son nom. Ils tombent en elle comme une goutte de sang dans un verre d'eau. Elle voit se former comme un cirrus rouge qui ne tarde pas à se dissoudre et à disparaître. Elle ne remarque qu'il a mis sa main sur la sienne que maintenant. Elle ressemble à un animal. Un petit animal à sang chaud aux poils clairsemés reposant lourdement sur un autre. Sa propre main est glaciale et elle la garde un instant immobile. Puis elle se dégage, prend la main de Kristian et la soulève vers sa joue, pressant tout le poids de sa tête dans le creux de cette main. Elle repose.

— Alice, répète Kristian.

— Oui, réplique Alice en humectant sa lèvre inférieure. Oui.

V

La joie enfante le chagrin. L'amour la haine.

Au plus profond de la pure vérité se tapissent les plus affreux mensonges.

Tout contient son contraire.

Tu ouvres un portail et tu crois avoir enfin triomphé de Dieu ou du destin ou de la condition terrestre. Voici la maison : une petite bicoque délabrée couverte de neige dont aucun ouvrier de la mine ne veut. Elle se trouve juste à mi-chemin entre Herräng et Hallstavik, à la même distance des deux villes. Malgré cela, tu serres avec enthousiasme ton bouquet de mariée, celui que le pasteur aussi bien que le photographe ont regardé avec un air si amusé que tu as bien compris qu'il est inénarrable et qu'on ne compose pas un bouquet de mariée avec des jacinthes. Mais qu'ils rigolent à leur aise. En effet, si les riches ont les moyens d'aller acheter des roses et des anémones chez l'horticulteur en plein hiver, les pauvres, eux, doivent cultiver leurs fleurs eux-mêmes. Et tu continueras à le faire alors que tu ne seras plus jamais aussi pauvre que tu l'as été : te voici en effet avec une alliance en or véritable au doigt, en train de regarder le crépuscule bleuté de l'hiver qui descend sur un jardin que tu as le droit de dire tien. Un jardin d'hiver sous une brassée d'étincelles. Ces retombées incandescentes, c'est le cadeau des gens de la Loge de tempérance aux jeunes mariés. Ils ont réparé la cheminée fissurée et laissé brûler un feu presque toute la journée pour qu'il fasse bien chaud dans la maison.

Nous avons un foyer, voilà ce que tu voudrais dire à l'homme à tes côtés. Un foyer à nous. Mais tu trouves que des mots pareils sont dangereux. C'est pourquoi tu soulèves tes jupes et avances en pataugeant à travers la neige vers l'avenir, les chagrins et les échecs qui t'attendent.

Tout contient son contraire. Tu franchis le seuil et entres dans la chambre 412 de l'hôtel *Sheraton*. Dehors, la ville de Stockholm joue de ses effets sous la lumière de ce début d'après-midi : le Riddarfjärden scintille, l'Hôtel de Ville rougeoie, les façades couleur ocre des quartiers Sud prennent des teintes de terre cuite. Tu n'aperçois que brièvement tout ceci, ensuite tu es contrainte de fermer les yeux parce que quelqu'un t'embrasse dans le cou, quelqu'un qui se souvient de cet endroit sous l'oreille, là où commence tout désir et cesse toute résistance. Et parce que justement il se souvient, tu oublies tout ce que tu t'étais promis. Tu aimes et tu es aimée. C'est pourquoi tu souris à ce petit frisson qui parcourt ton corps quand tu poses ta joue contre la sienne. C'est pourquoi tu humectes tes lèvres et les

366

écartes. C'est pourquoi tu as les larmes aux yeux de rire ou de tristesse quand tu le sens s'embrouiller en essayant de dégrafer ton soutien-gorge, tout comme autrefois.

Après être restée un moment dans le lit, tu réalises cependant que rien de tout cela n'est vrai : l'amour est sec et a un goût de papier. En même temps, l'homme émet un petit grognement et tressaille. Si morne que soit l'éjaculation, elle brûle et blesse. Le corps n'a pas oublié. Les muqueuses du vagin pâlissent d'aversion, l'utérus effrayé se contracte, les voiles fanées des trompes bougent comme sous une tempête pour repousser ces cellules bien trop reconnaissables. Cela ne devait pas arriver à nouveau ! Jamais. Tu l'avais juré, une fois, il y a longtemps...

L'homme s'assoit en tournant le dos, sort une cigarette du paquet. Immobile, tu serres l'oreiller, regardes sous des paupières à moitié closes son reflet dans la glace de l'autre côté de la pièce. Le visage est flasque. Il a un air dégoûté.

— Pourquoi ? demandes-tu enfin. Pourquoi as-tu voulu me rencontrer ?

L'homme passe sa main sur son visage, sa voix est enrouée.

— En tout cas ce n'était pas pour ça...

Il tire sur sa cigarette et, quand il parle à nouveau, la fumée sort par ses narines.

— Nous avons un gosse ensemble. N'est-ce pas ?

Tu ne réponds pas, mais tu t'obliges à le regarder. Voilà la punition. C'est ce que tu mérites parce que tu t'es trahi toi-même.

— Je veux le rencontrer. Ou la rencontrer, ajoute-t-il. À cause de la ferme. Et tu es sans doute la seule à savoir où je dois commencer mes recherches...

Tout contient son contraire.

Tu te crois libre en poussant à la main ton vélo chargé de prospectus sur le pont de Skärsta quand soudain tu reconnais un personnage. Un personnage que tu ne t'attendais pas à voir. Le bus de Stockholm a dû arriver il y a deux heures déjà. Il devrait être à la maison depuis long-temps. Pourtant le voici. Un homme massif, vêtu d'un anorak aux couleurs très vives : rouge de Noël et bleu marine, quelques touches de jaune. Il porte un sac en nylon noir sur l'épaule. Il semble très chargé, son corps tout entier penche pour en équilibrer le poids.

Tout cela, tu as le temps de le voir et d'en prendre conscience en moins de trois secondes. Ensuite la peur t'étreint, traverse sur des ailes noires tout ton corps. Une seule pensée te reste, se cogne contre ton crâne comme un oiseau aveugle : il n'y a nulle part où fuir. Tu marches sur un pont et il n'y a pas d'échappatoire.

Il vient de t'apercevoir. Hésite. Vous ne vous êtes pas vus depuis un an, peut-être ne te recon-naît-il pas sur-le-champ.

— Salut, dit-il ensuite. Carina est à la maison ?

Muette, tu hoches la tête, mais continues d'avancer. Il lève la main en un ordre silencieux. Tu t'arrêtes.

— Et Mikael?

Tu secoues la tête.

— Ah. Il est à Herräng?

Tu hoches à nouveau la tête. Il est fou ou quoi? Pourquoi parle-t-il comme ça? Comme s'il était le prototype d'un père rencontrant sa belle-fille.

— Tu vas distribuer de la pub?

Tu hoches la tête encore une fois. L'homme déplace son lourd sac de l'épaule droite vers celle de gauche. Sourit légèrement

— Je reviens à la maison maintenant, déclare-t-il. Tu le sais, n'est-ce pas...

Baissant les yeux, tu fixes l'asphalte.

— Alors les choses vont changer. Il faut que tu le saches. À partir de maintenant tu habites à la maison. Pas chez des parents. Ni chez des garçons. Et ce soir tu rentres à sept heures. Pas une minute plus tard.

Tu fais un petit mouvement de la tête. Cela peut signifier à la fois oui et non. L'homme baisse encore la voix avec un rire bref.

— Parce que je suppose que tu tiens à ta queue-de-cheval. Non? Tu tiens toujours à la petite queue?

Troisième dimanche de l'avent. La neige tarde à venir.

La lumière dans la chambre d'Augusta est jaune, une ombre passe sur le papier du mur. L'ombre d'une jupe qui danse. Alice vient d'acheter une nouvelle robe. Rouge. Aux motifs persans.

— Coton d'hiver, dit-elle en ajustant la ceinture. De chez Martinette.

— Coton d'hiver ? lance Augusta en secouant la masse de couleur châtain qu'Alice va peigner dans un instant. Ça alors. C'est tellement élégant qu'on n'y comprend rien...

Elles font des efforts. Toutes les deux. L'automne les a séparées.

La libération est arrivée sous forme d'une enveloppe bistre un jour du mois d'août. Le service du personnel de l'Administration des télécommunications faisait savoir qu'Alice Johansson avait été admise à suivre une formation de standardiste à Stockholm. Deux semaines plus tard, elle s'endormait pour la première fois dans une chambre louée dans la Dalagatan et, une semaine plus tard, elle connectait son premier appel interurbain : de Stockholm à Landskrona, personnel pour Edna Danielsson. C'était un avis de décès, mais un décès qu'Edna apprit sans émotion. Elle n'avait pas vu sa tante paternelle depuis vingt ans, précisa-t-elle avec un fort accent scanien et n'avait pas eu non plus le projet de la rencontrer dans les prochaines vingt années... C'est tout ce qu'Alice eut le temps d'entendre avant d'apercevoir les sourcils levés du surveillant et d'éteindre rapidement la petite lampe qui montrait qu'elle écoutait en cachette.

Depuis elle a passé quelques semaines au service des renseignements et quelques autres au poste de veille. À présent, elle est parmi les desservants des Pays nordiques. Une carrière possible. Ce sont seulement les meilleures de chaque cours qui sont choisies pour les Pays nordiques. Si elle continue à montrer de bonnes capacités, elle serait peut-être même désignée pour l'Angleterre. C'est ce qu'elle espère : elle a pris l'habitude, quand les lampes dont elle est responsable ne clignotent pas, d'observer les standardistes préposées à l'Angleterre un peu plus loin. Elles portent des twin-set et des colliers de perle et leurs sacs à main en box sont posés par terre à côté d'elles. Elles ont un air important. En plus, elles parlent anglais. *Hello,* lancent-elles dans leurs écouteurs. *This is Stockholm calling...* Alice aimerait bien parler anglais dans son travail. Elle pense que ce serait comme de vivre dans un film.

Mais les phrases professionnelles en suédois ne sont pas mal non plus. *Stockholm-Oslo prêt pour la liaison! Stockholm cherche Mette Nielsen! Ne quittez pas!* Elle les arbore comme un masque, derrière lequel elle se cache, jouant à être vraiment adulte et professionnelle. Pourtant, elle est encore suffisamment gamine pour sursauter de plaisir quand NUR signale qu'elle veut *faire une pause* avec AJO. NUR est une blonde rigolarde de Gotland. *Une pause* est une brève interruption, juste assez longue pour qu'on ait le temps d'aller aux toilettes et se poudrer un peu le nez tout en discutant de ce qu'on fera après le boulot. AJO c'est Alice. L'Administration des télécommunications a confisqué son nom en lui donnant une abréviation en échange. Très peu de standardistes connaissent le nom de leurs collègues, elles ne connaissent que les trois lettres que leur a fournies l'Administration. Parfois Alice se demande comment s'appellent en réalité NUR et ELG et toutes les autres, mais il ne lui est jamais venu à l'idée de le demander.

Elle aime sa nouvelle vie. Elle aime l'ambiguïté de Stockholm, ce ciel qui s'arrondit au-dessus de la ville et qui est toujours d'une couleur indéfinie, tantôt bleu glacial, tantôt vert clair. Elle aime le soleil qui se reflète dans des façades modernes en verre, alors qu'une odeur de tinettes règne encore ici et là. Elle aime ses horaires irréguliers qui certains jours la font cheminer seule le long de Sveavägen très tôt le matin et d'autres la soumettent aux bousculades des heures d'affluence. Elle aime ses camarades de travail, ces filles de Gotland et d'Örebro, de Malmö et de Vilhelmina qui n'arrêtent pas de rire et qui arpentent les grands magasins quand la journée de travail est terminée pour regarder les vêtements. Elles savent tout sur les goûts vestimentaires les unes des autres, mais rien sur leurs pensées. Quand de temps à autre elles s'arrêtent et s'installent dans un café, un silence total tombe autour de la table, elles restent muettes au-dessus de leurs tasses, chacune plongée dans sa propre énigme jusqu'à ce que NUR secoue la tête et déclare qu'il est temps de décider ce qu'on va faire samedi. Comme si cela n'allait pas de soi. Le samedi on va danser à Nalen. À moins qu'on ne soit obligée de travailler.

Alice aime se préparer pour aller à Nalen plus que d'y aller réellement. Tôt dans l'après-midi, elle pose sur le lit, en une rangée toute blanche, le soutien-gorge, le slip, le porte-jarretelles et les jupons bien empesés. Puis elle transporte, non sans mal, la bassine à lessive de sa logeuse dans la chambre et, s'accroupissant dans l'eau chaude, elle frotte avec le gant chaque centimètre de son corps. Ensuite elle se talque avec de la poudre au parfum de lilas et arrange ses cheveux avec la crème « Suave » sentant la vanille. Quand elle a fini, elle s'assoit sur le bord du lit et attend. C'est le meilleur moment de la semaine : une demi-heure qui lui semble aussi parfaite et bien repassée que ses jupons. Pourtant, elle se sourit quand elle entend des pas dans l'escalier et des petits rires étouffés. Les voici. ELG et NUR. Ces amies sans nom.

Quand elles redescendent en courant l'escalier, elles sont devenues sœurs : elles ont toutes les mêmes visages. Grâce à ELG. Elle a d'abord placé NUR puis Alice sur une chaise à barreaux pour leur donner des cils épais, des sourcils noirs et des lèvres à la même courbure audacieuse qu'Ava Gardner.

NUR n'est pas la plus jolie fille à Nalen, pourtant c'est elle qui est le plus souvent invitée à danser. Peut-être cela vient-il de ce qu'elle est douce et malléable : on a l'impression qu'il suffit qu'elle mette sa main dans celle d'un garçon pour que son système nerveux devienne un prolongement du sien. Elle sourit en secouant ses boucles blondes, une fée rondouillarde en pull angora rose qui sent son rythme et ses mouvements avant même qu'ils ne soient arrivés sur la piste de danse, qui se colle tout contre quand c'est du foxtrot, qui se déhanche avec un air provocateur quand c'est du bugg. Lorsqu'elle virevolte, tout Nalen peut voir ses jarretelles. Non qu'elles aient quoi que ce soit de particulier, fait remarquer sèchement ELG. Les jarretelles de NUR ressemblent à toutes les autres. N'empêche.

ELG, quant à elle, n'a aucunement l'intention de révéler ses jarretelles. Elle cherche du regard Lars-Åke ou le Taureau de la province comme elle le nomme dans son dialecte geignard d'Örebro, qui est à l'opposé de tout ce qu'elle est et semble être. ELG est en effet une très belle et très grande fille aux cheveux roux, dont les allures remplissent le sexe opposé de frayeur. Les quelques jeunes gens qui, malgré cela, osent s'avancer pour l'inviter à danser ont automatiquement les mains moites quand elle se lève en soupirant. Tout le monde comprend parfaitement ce qu'elle veut dire : *Mon dieu... Suis-je vraiment obligée ?*

Elle l'est. Les filles doivent accepter de danser avec tous les garçons qui les invitent. Du moins tant que le gars reste sobre. Aussi ELG est-elle obligée de se laisser traîner à travers la piste par d'autres garçons que le Taureau si elle ne veut pas courir le risque d'être prise pour une *refuseuse*. Dans ce cas, plus personne ne l'inviterait. Et surtout pas le Taureau : en tant que doyen du Nalen, c'est à lui de veiller à ce que les règles non écrites soient respectées. Et les *refuseuses*, il faut les mater, c'est la règle la plus importante.

Conducteur de tracto-pelle, le Taureau a au moins cinq ans de plus qu'ELG. Peut-être davantage. Dès le premier soir, il avait raconté que la plupart de ses anciens copains avaient dû se ranger. Avaient été contraints de se marier. Et qu'ils vivaient à présent avec femme et enfants dans les banquettes-lits de cuisine des parents ou beaux-parents, car trouver un appartement à soi est pratiquement impossible. Quant à lui, le Taureau, il n'a pas l'intention de se laisser prendre au piège. Plutôt manger le bonbon avec le papier jusqu'à sa mort. Il n'est pas stupide. Il préfère en effet changer de goût de temps en temps. C'est pas parce qu'on les aime à la noisette, qu'il faut en refuser aux amandes. Ou quoi ?

— Et moi ? demande ELG quand, une fois sur la piste, elle glisse comme par hasard sa cuisse entre les siennes alors qu'on joue une musique qu'aucun d'eux n'entend, mais qui pourrait bien être *Chattanoga Choo-Choo*. Quel goût ai-je ?

— Ah ! reprend le Taureau frottant le bas de son corps contre elle... Caramels mous à la crème. Aucun doute...

Le Taureau vit mal son désir d'ELG. S'il l'a raccompagnée chez elle deux samedis de suite, il l'ignore le troisième, la saluant à peine et ne l'invitant pas à danser. Au lieu de cela, il veille à ce qu'elle le voie aller chercher le manteau d'une autre fille au vestiaire pour le lui poser sur les épaules. ELG relève la tête et prend un air fier, mais une fois arrivée dans les toilettes des dames, elle s'effondre en pleurs dans les bras d'Alice. *Le salaud ! J'espère qu'il attrapera la syphilis et qu'il en mourra.* Les larmes ne durent pas. Au bout de cinq minutes, elle se passe de l'eau froide sur le visage et jure de se venger. Elle sait exactement comment : elle va acheter une grosse culotte rose saumon et la fourrer dans le vide poche de sa voiture. Car ce n'est pas sa voiture, il la partage avec son père. Et le dimanche, son père et sa mère ont l'habitude de partir faire un tour. Eh bien ! Ce sera amusant d'entendre ce qu'ils diront en trouvant une culotte de vieille bonne femme dans le vide poche...

Alice suit la confrontation entre ELG et le Taureau avec un ravissement discret, tout comme bien d'autres petits drames qui se déroulent sur la piste de danse. On l'invite rarement à danser. Deux fois dans la soirée, peut-être. Ou trois. Sinon elle reste seule à la petite table, surveillant les sacs des autres filles en tournant son verre de limonade. ELG et NUR la plaignent, mais c'est parce qu'elles ne comprennent pas. Alice sait très bien pourquoi elle boutonne son corsage jusqu'au cou et évite d'avoir un air trop joyeux. C'est un choix délibéré. Une décision. Elle ne veut pas jouer. Elle ne veut que regarder.

Pourtant c'est important d'aller à Nalen. Ne serait-ce que parce que cela déplaît à Inga et à Erland. Au début de l'automne, Alice appelait chez elle à Jönköping une fois par semaine – il y a des téléphones gratuits à la disposition des standardistes dans leur vestiaire – et ne manquait jamais de dire qu'elle avait été à Nalen. La réaction était immédiate : la voix d'Inga montait dans l'aigu et elle passait le téléphone à Erland lequel faisait des petits bruits et toussotait un moment avant de lancer un rugissement. Elle poussait sa mère à bout ! Le comprenait-elle ? Pourquoi, bon Dieu de bon Dieu, ne voulait-elle pas devenir raisonnable et rentrer à Jönköping maintenant que toutes ces choses pénibles étaient du passé ? Reprendre ses études. Vivre une vie de famille. Se conduire comme doit le faire une fille de sa condition.

— Il le faut, geignait Inga de son côté. Elle le doit ! Les gens commencent à se poser des questions...

Tu m'emmerdes, pensait Alice s'étonnant elle-même. Elle ne savait pas qu'elle pouvait être aussi vulgaire. Et à quel point cela faisait du bien. *Tu m'emmerdes ! Tu m'emmerdes ! Tu m'emmerdes !* Elle devait se mordre les lèvres pour ne pas éclater de rire.

— Je commence à travailler dans deux minutes, lançait-elle dans le téléphone. On se téléphonera !

Elle n'est pas rentrée à Jönköping depuis plus d'un an. Seize mois. Parfois cela lui manque, mais seulement pour un bref instant. Ensuite, elle en écarte la pensée. Désormais, elle ne téléphone même plus. Plus depuis la visite d'Erland.

Un soir fin novembre sa logeuse frappa à sa porte en disant que quelqu'un la demandait. Alice s'assit rapidement : elle s'était assoupie alors que, allongée sur le lit, elle lisait un magazine. Elle se passait la main dans les cheveux au moment où Erland apparut sur le seuil.

— Papa, dit-elle d'une voix ensommeillée. Te voilà ici ?

Pendant une seconde, les larmes ne furent pas loin, mais elle les refoula et mit les pieds sur le lino froid. Le pardessus déboutonné, Erland balayait l'air de son chapeau qu'il tenait à la main tout en s'expliquant. Il était en voyage d'affaires et avait quelques heures de liberté. Il voulait simplement voir comment elle vivait. La logeuse était tout sourire à la porte.

— Si Mlle Johansson veut offrir une tasse de thé à son père ? En ce cas, elle peut utiliser la cuisine...

Alice fit une révérence de routine.

— Merci, mais je n'ai pas de thé...

— Elle peut en emprunter...

378

— Tu as envie d'une tasse de thé, Papa ?

Erland sourit vaguement en tournant son chapeau.

— Très volontiers.

Devant la fenêtre les premiers flocons de neige de l'année virevoltaient.

Ils burent en silence. Alice assise sur le bord du lit, sa tasse sur la table de nuit, et Erland installé dans le fauteuil à accoudoir blanc avec sa tasse sur le bureau.

— Une chambre agréable, finit par constater Erland en cherchant ses cigarettes dans la poche de son veston.

— Mmm, dit Alice.

— Un peu froide, peut-être.

— Oui. Quelquefois...

— Elle rappelle une chambre que j'ai louée à l'époque où je faisais mes études à l'école d'ingénieurs de Chalmers. Un froid glacial. Mais on le supportait. Car on savait qu'on cheminait vers des jours meilleurs.

Alice but une gorgée de thé en murmurant une phrase indéfinie. C'était une introduction. Quelque chose allait suivre. Quelque chose de désagréable.

— Vers quoi chemines-tu, Alice ?

Voilà, c'était formulé. Erland alluma la cigarette et la légère odeur d'essence du briquet flotta dans la chambre. Alice toussota et eut du mal à retrouver sa voix.

— Que veux-tu dire ?

Erland haussa les épaules.

— Tu as vraiment envie de vivre comme ça ?

379

Dans une chambre louée défraîchie ? En travaillant comme standardiste ? En allant courir les garçons à Nalen ?

Alice avala et regarda sa tasse de thé. Quelques brins de feuilles tournaient dans le fond. Erland tira profondément sur sa cigarette.

— Est-ce cela la fille que tu es ? En réalité ?

La fumée de sa cigarette formait un petit cumulus. Alice le fixa, mais ne répondit pas. Erland leva les sourcils.

— Peut-être est-ce ce qui arrive quand tout vous est donné. Une chambre à soi dès la naissance. Des jouets. De beaux vêtements. Les meilleures études qui soient... Certains ne savent pas apprécier. Ils sont attirés par le vulgaire. Par le commun.

Le silence s'installa un moment. Erland fit tomber sa cendre.

— À moins que certains ne naissent ainsi. Vulgaires. Et qu'on ne puisse rien y faire. Ta mère le croit. En ce qui me concerne, je n'en suis pas tout à fait aussi sûr.

Immobile, Alice sentait les larmes lui monter aux yeux. Quelque chose bougeait au creux de son ventre. Non pas le chagrin habituel bien reconnaissable. Autre chose. De nouveau et d'inhabituel. Elle toussota, mais sa voix était enrouée quand elle parvint à parler enfin.

— J'ai eu un petit garçon, dit-elle en fixant le fond de sa tasse. Tu le sais ? Et sais-tu ce qui lui est arrivé ?

Erland se figea un instant avant de se lever écrasant sa cigarette dans le cendrier.

— Ce n'est pas possible de parler avec toi, conclut-il en enfilant son pardessus.

Le lendemain, c'était son jour de congé.

Normalement elle aurait dû rester à la maison pour faire ce que d'habitude elle faisait ce jour-là. Se laver les cheveux. Nettoyer par terre. Laver ses bas et ses sous-vêtements et les faire sécher devant le poêle.

Il n'en fut rien. Au contraire, aussitôt le lit fait, elle mit son manteau et sortit. La neige de la veille avait commencé à fondre, le soleil brillait et il n'y avait aucun nuage dans le ciel, pourtant elle avait froid. Peut-être à cause de la lumière : le soleil avait un éclat métallique qu'elle n'avait jamais remarqué jusque-là.

Elle serra le col de son manteau d'une main et compta les pièces dans sa poche de l'autre. Cinq öre, plus trois pièces de vingt-cinq et deux de cinquante öre. Cela devrait suffire. En outre, elle avait un billet de cinquante couronnes dans son portefeuille puisqu'elle avait reçu son salaire depuis moins de trois jours.

Elle était sans doute la première cliente de la pâtisserie *Vetekatten* ce matin. Du moins cela en avait tout l'air. Il n'y avait personne autour des tables et, sur le comptoir, les brioches et les gâteaux étaient alignés en rangs serrés pas encore entamés. Elle murmura sa commande : une tasse de café et un gâteau Napoléon, puis elle s'installa à une table et attaqua la pâtisserie sans même déboutonner son manteau. Elle enleva le dessus afin de le garder pour la fin. Elle avait toujours mangé ainsi ses gâteaux Napoléon durant les années où elle fuyait les querelles à la maison : d'abord l'intérieur avec sa douce crème battue et la compote de pommes un peu acide et enfin le couvercle avec sa suave confiture et son glaçage encore plus savoureux. Arrivée à la calotte du dessus, elle en avait une telle envie qu'elle en tremblait. Elle avait à peine avalé la dernière bouchée qu'elle se leva pour aller en commander un autre. Quand elle l'eut fini, elle réalisa qu'elle n'avait même pas bu une gorgée de son café. Elle vida la tasse d'un trait puis s'essuya la bouche du revers de la main et enfila ses gants. Elle était pressée. Il y avait les autres pâtisseries où il fallait aller...

L'après-midi venu, elle était couchée sur son lit un coussin dans les bras. Elle avait mal au cœur. Sur le bureau il y avait un carton à pâtisseries vide, où s'étaient trouvés les quatre derniers gâteaux Napoléon. Elle les avait mangés directement dans le carton, sans fourchette ni cuiller, les enfournant dans sa bouche pour les avaler sans presque mâcher. Ensuite, elle avait léché ses doigts et essayé mollement de compter combien de gâteaux elle avait engloutis depuis le matin. Seize ? Ou seulement quinze ?

À présent, elle était sur le lit un coussin dans les bras.

— Ne pleure pas, dit-elle en caressant la frange en laine. Ne pleure pas. Tout s'arrangera bientôt...

Depuis elle s'est astreinte à une sévère discipline. Elle a mangé trois repas par jour, ni plus ni moins, nettoyé par terre dans sa chambre deux fois par semaine, s'est lavé les cheveux tous les deux jours (bien qu'ELG prétende que c'est très mauvais de les laver si souvent) et a donné quatre paires de bas en nylon à remailler. De plus, elle a acquis un livret d'épargne. Elle y dépose tout l'argent qu'elle gagne avec les heures supplémentaires. Les standardistes plus âgées aiment bien être libérées des horaires les plus pénibles et laissent volontiers, avec un soupir de soulagement, les samedis soir et les dimanches aux plus jeunes. Elles n'ont pas à se préoccuper de l'argent. Puisqu'elles sont mariées.

Mais Alice s'en soucie. À présent plus que jamais. Elle a déjà plus de quatre-vingts couronnes sur son compte d'épargne à la poste et bientôt elle en aura gagné autant et davantage encore. Elle va travailler à Noël. Elle a accepté d'assurer deux permanences, tant la veille que le jour et le lendemain de Noël. Double prise de postes les jours fériés et presque un salaire double.

C'est pourquoi elle est chez Augusta ce troisième dimanche de l'Avent, un peu pour s'excuser de ne pas venir à Noël. Et parce qu'elle n'est pas venue durant l'automne. Elle a envoyé quelques cartes postales. C'est tout. Augusta a répondu par une petite carte et quelques phrases brèves : « Je vais bien. L'hiver tarde à venir. Kåre et Marianne font publier les bans.

En ce moment toutefois, Alice passe le peigne dans la chevelure de sa grand-mère paternelle et souhaite que tout soit comme avant entre elles. Avant la maternité et le foyer pour mères seules. Avant le grand silence.

— Raconte maintenant, dit-elle. Parle d'Isak. Dis comment c'était vraiment.

— Non, répond Augusta.

Alice s'agenouille dans son dos, passe le peigne presque jusqu'à terre.

— Pourquoi pas ?

— Parce que je ne sais pas comment c'était réellement.

— Mais tu y étais. Tu l'as vu arriver.

— Pouf, lance Augusta. Comme si cela signifiait quelque chose.

Les premières années avaient été si belles que c'en était incompréhensible. Des nuits d'été couleur de violette. Des journées d'automne scintillantes comme de l'or. Des matinées d'hiver devant la cheminée crépitante. Une pluie de fleurs de pommier au printemps.

Parfois Augusta s'arrêtait, interrompant un instant sa tâche, prenant conscience de toutes les choses qu'elle avait à perdre et elle frissonnait de frayeur. Cela ne devait pas être permis d'être aussi bien.

Il y aurait forcément une punition.

Une dizaine de kilomètres plus loin seulement, c'était différent. Dans le Nord, la faim tendait déjà ses longs doigts vers les enfants des ouvriers des mines, cette faim qui bientôt allait griffer tous les gosses pauvres du pays. Au Sud, une usine de papier s'insinuait entre ce qui existe et ce qui n'existe pas. Les jours de semaine étaient remplis de boue et de chaos, de corps endoloris et de baraquements sales ; les samedis et dimanches de vomis, de rires aigres et de bagarres. Et dans le journal *Le Social-Démocrate* on pouvait lire ce qui se passait encore plus loin : en Europe des jeunes gens avaient juste entrepris de creuser les premières tranchées et les canons étaient à leur poste.

Bientôt le monde entier serait rempli de douleur.

Le monde entier sauf Nordanäng.

Le monde entier sauf la maison d'Augusta.

Elle était délabrée. Sans aucun doute.

Ainsi était-ce une grande chance qu'Isak fût si doué pour trouver un tas de choses. Son chemin de Nordanäng à la mine à Herräng semblait jonché de trésors. Des clous tordus. Un seau avec de la peinture rouge à moitié séchée qu'on pouvait diluer et réemployer. Une planche par-ci. Une planche par-là. Un sapin entier que la tempête avait fait tomber sur une parcelle du terrain de l'entreprise, trop difficile d'accès et qui ne manquerait à personne si quelqu'un se donnait la peine de le traîner chez lui une nuit, aidé d'un cheval des Ardennes perfide qui, au prix de quelques morceaux de sucre, se laissa sortir du pré.

Et c'était également une chance qu'Augusta ait travaillé aussi bien en maison de maître qu'en cuisine collective et qu'elle sût par conséquent comment devaient être conduites les choses d'un côté comme de l'autre. La renommée de ses talents se répandit vite. Quand le docteur de Häverödal avait des invités, c'est elle qui préparait le rôti de veau et quand la toux de la plus ancienne cuisinière de la cantine s'aggrava au point qu'elle dut aller au sanatorium, c'est Augusta qui prit le relais pendant quelques semaines pour préparer le boudin destiné aux derniers ouvriers du bâtiment et aux premiers de l'usine de papier. Elle lava les nappes de lin et les draps du pasteur de Häverödal (mais jamais de rideaux de dentelle). Elle retourna les vestons usés pour les abstinents les plus puristes de Herräng, qui ne voulaient pas avoir recours aux services de cet ivrogne de tailleur.

Ils travaillaient dur, même quand ils avaient besoin de repos. Isak reconstruisit la maison, planche par planche, Augusta planta des pommes de terre et cueillit des airelles. Pourtant ils avaient l'impression que c'était presque tous les jours dimanche. Quand vint l'été, ils s'installaient le soir sur leur nouvelle véranda et s'étonnaient de leur immense chance. Augusta pensait au pain, aux harengs et à la bonne bouillie qui chaque jour garnissaient leur table; Isak au bois, à la chaleur et au lit conjugal dont les draps sentaient le vent et le savon. Erland et Harald, étroitement enlacés dans l'utérus d'Augusta, souriaient de contentement dans leurs rêves de fœtus au monde qui les attendait.

Tout était tellement bien. Presque parfait. N'ait été ce problème d'Olga.

— Elle est si petite, disait Isak.
— Elle a deux ans, disait Augusta. Elle est assez grande pour être propre.
— Oh mon Dieu, disait Isak. J'ai fait pipi au lit jusqu'à douze ans...
— Et on t'a bien battu pour ça.
— Oui. Mais ça n'a guère aidé, parbleu.

— Elle est si petite, disait Isak.

— Elle a deux ans et demi, disait Augusta. Elle est assez grande pour se taire quand on le lui ordonne.

— Elle a peut-être peur du noir, elle se sent peut-être seule dans la petite chambre.

— Rien n'est effrayant dans la petite chambre.

— Quand même... Si on la laissait dormir dans la banquette de la cuisine avec nous?

— Et où coucherait-on alors les autres? Elle devrait être heureuse d'avoir un lit à elle. C'est plus que je n'ai jamais eu.

— Elle est si petite, disait Isak.

— Elle a trois ans, disait Augusta. Elle est assez grande pour obéir. Elle doit venir, quand je le lui ordonne. Elle ne peut pas rester éternellement sous la table de la cuisine.

— C'est vrai mais... Elle a peut-être peur...

— Peur? De quoi aurait-elle peur? De sa propre mère peut-être?

— Tu te mets si fort en colère, Augusta... Tu ne pourrais pas essayer d'y aller un peu plus doucement?

— Occupe-t'en, toi, puisque tu sais comment t'y prendre. Il faut que je m'occupe des garçons...

Certains jours où Olga restait sous la table de la cuisine depuis le départ d'Isak le matin jusqu'à son retour le soir, Augusta la suppliait le matin et la grondait l'après-midi, tentait de l'amadouer d'une tartine ou la menaçait d'une fessée. Sans résultat. Olga ne bougeait pas. Si Augusta essayait d'aller sous la table pour l'en tirer, elle criait si fort que les jumeaux se réveillaient et que le chat faisait le gros dos. Mais dès qu'Isak passait le seuil vers le soir, elle sortait de sous la table et courait vers lui en enlaçant son cou de ses bras pour qu'il la soulève. Isak riait et caressait ses cheveux, ces étranges cheveux d'adulte, couleur acajou foncé, qui pendaient en une grosse natte sur le petit dos frêle.

— Ma princesse, disait-il effleurant prudemment de son visage barbu sa joue toute douce. Mon petit ange...

Depuis le fourneau Augusta le regardait les yeux fatigués par les défaites de la journée. Mais Isak ne voyait que ce qu'il voulait voir.

— Sacrebleu, tu es encore plus belle que la Fée des bois... disait-il, illuminant la cuisine de l'éclat de son sourire. Augusta essaya de retenir le sien, mais n'y réussit pas et s'essuya les mains sur son tablier.

— Espèce de fou! Emmène donc la gosse un peu dehors, j'appellerai quand ce sera l'heure de manger...

Il les consolait toutes deux. Les dimanches matin il prenait d'une main sa canne à pêche, de l'autre Olga et partait avec elle par la forêt vers la baie de Strömsviken, restant une heure ou plus à regarder le bouchon se balancer pendant qu'Olga jouait avec des bouts de bois et des pierres au bord de l'eau. Et le soir venu, il enlaçait Augusta et la berçait, la laissant reposer en silence près de lui à pleurer sur toutes ces choses incompréhensibles qu'elle semblait née pour porter.

Il était le seul à voir son chagrin. Le seul à en avoir le droit.

Les gens de l'extérieur avaient l'impression que c'était Augusta qui portait Isak. Comme si, grâce à sa détermination bourrue, son goût pour l'action et son sens de l'ordre, elle l'avait conduit, en l'espace de quelques années, d'un pays situé à la lisière de la déchéance à une vie digne. Désormais, les habitants de Herräng ne rigolaient plus dans son dos, ils souriaient juste un peu en coin. Isak n'était plus l'abstinent le plus ivrogne de Herräng, il était un ouvrier de la mine parmi d'autres et le fait qu'il soit mal vu du pisteur – qui n'avait toujours pas de bonne ni de rideaux dans son petit salon – était plutôt en son honneur. Si on le regardait malgré tout avec un peu d'indulgence, c'était parce qu'il réfléchissait trop. Quand la Loge organisait des soirées de discussion sur de grandes questions telles que le sens de la vie et les vertus du pauvre, il était toujours le premier sur la liste des orateurs. Comme il pouvait être très convaincant, ce fut surtout grâce à lui que la Loge *Le Bon Foyer* décida, par vote à main levée, que la vie avait vraiment un sens (trente-neuf voix contre douze) et que la fraternité était la vertu la plus importante du pauvre (quarante-trois voix contre sept). Mais, lorsque des questions plus terre à terre étaient à l'ordre du jour, telle l'augmentation par les paysans du prix du lait de seize öre le litre à vingt-huit en moins d'une année, il restait silencieux sur le banc, laissant à Augusta le soin de faire entendre la voix de la famille. Elle le faisait avec une telle conviction qu'Isak prétendait ensuite qu'il y aurait eu la révolution en Suède dès le second hiver de la guerre si Erland et Harald n'avaient pas eu le malheur d'attraper la varicelle. En revanche, il observa un silence gêné la fois où elle monta à la tribune pour inciter au combat contre les lois sur la discrimination des sexes. Le président frappa la table de son maillet quand elle commença à énumérer l'excellence des articles français de protection, d'un côté, et les horreurs de l'avortement de l'autre. Il y avait en effet des jeunes dans la salle! Des jeunes incapables de replacer les choses dans leur contexte...

Isak et Augusta passaient ainsi pour être un peu singuliers, mais leurs enfants étaient comme les autres, seulement un peu plus propres. Il n'y avait jamais la moindre tache sur les barboteuses des jumeaux et pas un pli au tablier d'Olga. Personne parmi les membres de la Loge ne semblait remarquer qu'Olga cherchait toujours la compagnie d'Isak et, si quelqu'un le remarquait malgré tout, cela paraissait tout naturel. Augusta était largement occupée par Erland et Harald, ses jumeaux aux joues roses. Ils s'accrochaient en permanence à elle et l'entouraient de leurs bras dodus, cherchant avec des bouches avides des mamelons sur son cou et ses joues, protestant avec force chaque fois qu'elle se libérait. Non pas que cela arrivât souvent : Augusta aimait avoir ses garçons tout près d'elle, de préférence un sur chaque bras de façon à n'avoir qu'à baisser un peu la tête pour que ses lèvres effleurent une tête duveteuse ou une joue chaude. Si elle avait eu encore une paire de bras, elle les aurait portés vingt-quatre heures sur vingt-quatre, mais elle était obligée de les laisser de temps en temps pour s'occuper de tout ce qu'il y avait à faire.

Isak observait ses fils avec frayeur et ravissement, comme s'il avait du mal à croire qu'ils fussent vraiment à lui. Était-ce possible qu'il soit à l'origine de tant de volonté et de ténacité ? De tant de cris furieux et d'une faim si dévorante ? Pouvait-il être concerné par ce courage viril et cette détermination à toute épreuve qui les poussait tous deux à se lever et à continuer à trottiner sur le plancher de la cuisine alors que, l'instant d'avant, ils venaient de tomber et de se faire mal ?

« Le portrait craché de leur père », disaient ces dames de la Loge en pinçant la joue d'Erland puis celle de Harald. Les garçons se laissaient admirer et souriaient de leurs petites dents blanches semblables à des grains de riz. Isak fronçait les sourcils. Se moquait-on de lui ? Il avait beau se rendre compte qu'il était plus grand et plus charpenté que la plupart des hommes de la Loge, il n'en revenait pas que ces futurs géants lui ressemblent. Ses épaules étaient voûtées comme ne le seraient jamais celles des jumeaux, et ses mains, de la taille d'un couvercle de tinettes, pendaient ballantes et gauches. Il n'avait jamais été assez sûr de quoi que ce soit pour être capable d'exiger et de réclamer, comme les jumeaux le faisaient depuis leur naissance.

Curieusement, il se sentait plus proche d'Olga. Il se reconnaissait dans les regards en coin qu'elle jetait avant de prendre une décision, dans sa manière de faire le dos rond quand elle accomplissait ses tâches – d'abord de petites choses comme de balayer le sol dans la cuisine et mettre à tremper les langes des jumeaux, plus tard de plus grandes comme de préparer la bouillie et pétrir la pâte –, au petit sourire implorant qui effleurait son visage avant qu'elle n'ose émettre une affirmation.

En revanche, Olga et Augusta ne se ressemblaient presque pas, à part les cheveux et le plaisir que toutes deux semblaient prendre à s'en occuper. Bien qu'Augusta commençât à avoir un postérieur imposant, elle était forte, agile et avait toujours une main sûre. Petite et frêle, Olga était incroyablement maladroite. L'hiver, elle glissait sur la glace des marches de la véranda et tombait sur son derrière ; l'été elle trébuchait et s'égratignait les genoux. Augusta soupirait et levait les yeux au ciel quand elle voyait les croûtes. Et si enfant, elle, elle avait trébuché de la sorte ! Bon sang ! On l'aurait battue jusqu'à ce qu'elle apprenne à regarder où elle mettait les pieds. Mais Olga avait le droit de se réfugier sur les genoux d'Isak quand elle s'était fait mal, il soufflait sur les plaies même lorsqu'elle se les était faites plusieurs heures auparavant et lui donnait des morceaux de sucre dès qu'Augusta avait le dos tourné. De surcroît, Olga était lente aussi bien en paroles qu'au travail. Elle pouvait rester sur une chaussette pendant une heure ou plus sans réussir autre chose qu'un ravaudage clair-semé et embrouillé. Augusta fronçait le nez et défaisait tout : il fallait raccommoder correcte-ment. Avec des points réguliers, soignés et serrés.

Augusta s'activait du matin au soir, en perma-nence occupée à deux ou trois, voire quatre choses à la fois. Elle faisait du pain tout en cal-feutrant les trous du mur de la chambre avec des chiffons. Récurait le plancher tout en préparant de la confiture d'airelles. Mettait du lard à saler tout en passant à la chaux le conduit de fumée. Lisait le journal *Le Social-Démocrate* en même temps qu'elle tricotait des chaussettes. En outre, elle n'arrêtait pas de parler. De la guerre et de l'ex-portation honteuse de produits alimentaires, de la faim dans les villes et de la goinfrerie éhontée des classes dominantes, des ravages de la grippe espagnole et de sa certitude que les choses iraient mieux maintenant que Branting était enfin Pre-mier ministre...

Mais le soir, elle devenait muette de chagrin et se réfugiait dans les bras d'Isak pour se laisser bercer.

Elle en avait un peu honte et ne voulait pas en parler, ni même y penser. Quelles raisons avait-elle d'avoir du chagrin ? Tout allait bien.

Ils s'en étaient mieux tirés que la plupart des gens durant les années de famine à la fin de la guerre. La misère les avait côtoyés, mais ne s'était pas arrêtée : il y avait toujours eu de la bouillie, des harengs et de la confiture d'airelles dans la maison même aux pires moments. Cela avait été pareil pour la grippe espagnole : elle était passée mais ne s'était pas attardée. Et quand la paralysie infantile s'était attaquée à quelques garçons à Herräng, emportant l'un d'eux et laissant trois autres infirmes, Harald et Erland couraient toujours sur des jambes solides. Les enfants étaient restés en bonne santé. Heure après heure. Jour après jour. Mois après mois. Sobre et travailleur, Isak n'avait jamais levé la main ni sur elle ni sur les enfants. Si on devait lui trouver un défaut, c'était peut-être qu'il soit si constamment gentil qu'elle se sentait elle-même méchante. Il lui arrivait en effet de lever la main sur les enfants. Mais pas très souvent et jamais plus que ce qui était nécessaire pour les éduquer et en faire des gens honnêtes et des travailleurs sérieux.

Quelles raisons avait-elle d'avoir du chagrin ? Aucune.

Tout était bien. Aussi bien que possible pour un ouvrier des mines et sa femme.

Oui. Évidemment, il y avait cette chose avec Olga.

Elle avait finalement été obligée de le reconnaître. Cette chose contre nature.

La prise de conscience était venue un matin d'été quand elle revenait des tinettes vers la maison dans l'aube brumeuse, encore si mal réveillée que les rêves de la nuit se mélangeaient aux pensées du jour. Elle cligna des yeux quand un ovale blanc apparut furtivement à la fenêtre de la chambre. La pensée interdite lui traversa l'esprit au même moment, celle qui depuis longtemps était aux aguets derrière les ronchonnements quotidiens, celle qu'elle avait gardée et surveillée avec tant de soin qu'elle n'avait même pas deviné son existence. À présent elle la percevait. À présent elle était visible.

Je te déteste! pensa-t-elle avant même d'avoir le temps de s'arrêter. *Je te déteste!*

La seconde d'après, elle prit conscience que c'était Olga qu'elle avait aperçue.

Une petite fille de tout juste neuf ans.

Sa propre fille. Et celle de Vilhelm.

Ensuite ce fut pire. Comme s'il s'était produit une fêlure dans sa tête d'où suintait un liquide bilieux de dégoût et d'irritation. Rien n'y faisait. Si Olga prenait le seau pour courir à la pompe avant qu'Augusta ait eu le temps de le lui demander, Augusta était dégoûtée par sa flagornerie, mais si elle attendait qu'on le lui demande, Augusta était écœurée par son égoïsme aveugle. Elle fronçait le nez quand Olga jouait avec les jumeaux et se fâchait quand elle ne jouait plus. Et lorsque Olga mettait sa tête de côté et grimpait sur les genoux d'Isak, Augusta haussait les épaules et frissonnait. Si petite et déjà si hypocrite.

Elle ne pouvait comprendre qu'Isak ne remarque pas qu'Olga faisait des manières. En permanence. Se prétendait-elle fatiguée, c'était de la paresse. Essayait-elle d'être gentille, c'était pour se faire bien voir. Pleurait-elle, c'était pour qu'on la plaigne. Rentrait-elle de l'école avec des étoiles dorées dans son cahier, c'était pour se rendre intéressante.

Finalement, elles en arrivèrent à pouvoir à peine se regarder. Olga évoluait à la périphérie du champ de vision d'Augusta. Augusta figurait comme une ombre noire à la limite de celui d'Olga. Assise sur le banc de l'église pour assister à la confirmation d'Olga, Augusta réalisa qu'elle ne savait en vérité pas à quoi ressemblait sa propre fille. Elle ne l'avait pas regardée depuis des années bien qu'elle se soient tenues autour de la même table à manger et bousculées dans la même cuisine pendant tout ce temps et bien qu'Augusta ait toujours confectionné les vêtements que la gamine portait sur elle. Tous, sauf la robe de confirmation. Olga l'avait cousue elle-même. À ses dires. Chez une camarade de classe à Herräng qui avait une machine à coudre. En réalité, c'était évidemment la camarade qui l'avait faite. Ou sa maman. Augusta en était sûre. Quoi que prétende Olga.

Pourtant, c'était une belle robe. Augusta était obligée de l'admettre. Blanche, comme cela se faisait dorénavant, avec un haut descendant jusque sur les hanches et une petite jupe. En crêpe georgette. C'est Isak qui avait payé, très cher, le tissu, bien que la mine ait été arrêtée pendant plus de six mois et que les quelques sous qu'il gagnait à des travaux d'appoint suffisaient à peine à fournir la nourriture indispensable. Une fois la robe terminée, il avait même ouvert son porte-monnaie afin qu'Olga achète de la gélatine pour confectionner une fleur artificielle avec le tissu qui restait. Comme si de la fécule ordinaire n'avait pas suffi pour l'amidonner. Augusta trouvait cela scandaleux.

Parfois elle se demandait si Isak comprenait qu'ils avaient besoin du moindre sou pour la nourriture. Comme tous les autres ouvriers de la mine à Herräng, il avait pourtant été obligé – seulement deux mois auparavant – d'aller chercher un colis de vivres, distribué par la Fédération suédoise des ouvriers de la mine, à la Maison du Peuple. C'était au dernier moment : Augusta n'avait alors qu'un seul pot de confiture d'airelles et quelques pommes de terre dans le garde-manger. Malgré cela, elle aurait empêché Isak d'y aller si l'argent pour les colis n'avait pas été fourni par les mineurs russes. C'était en effet une preuve de solidarité. Si cela avait été de la charité – comme lorsque la femme du pasteur avait essayé de passer une vieille robe à retailler à Augusta – elle aurait laissé toute la famille manger de la vache enragée encore quelque temps. Mieux valait que Harald et Erland aient faim quelques semaines, plutôt que de leur apprendre à mendier en tendant une casquette aux nantis.

N'empêche qu'elle aurait eu besoin d'une nouvelle robe. Sans aucun doute. La voici sur le banc de l'église dans sa vieille robe de mariée, défaite et recousue pour la troisième fois. La laine noire était tellement usée qu'elle apercevait ses genoux à travers le tissu. Elle passait la main dessus sans cesse, le pinçant et l'arrangeant pour que la couleur café de ses bas ne se voit pas. Les coutures de la vieille combinaison en taffetas avaient éclaté depuis longtemps mais elle n'avait jamais eu le temps de les recoudre ni assez d'argent pour s'en acheter une neuve. Non pas que cela l'eût rendue beaucoup plus élégante, elle savait qu'elle commençait déjà à faire vieux. Elle avait perdu trois dents, une en haut et deux en bas. Un bour-relet de graisse s'était formé sous son menton, qui commençait à s'empâter. De plus, ses mains étaient rouges et gercées à force de tremper dans l'eau de vaisselle et de lessive. Une petite gerçure à peine visible dans le pli du pouce la brûlait alors qu'elle était assise sur le banc de l'église. Se forçant d'ignorer la douleur – c'était des manières de demoiselles –, elle leva les yeux.

— Nous croyons en un Dieu tout-puissant, récitèrent les confirmands d'une seule voix. Créa-teur du Ciel et de la Terre...

La grosse natte d'Olga oscillait comme un ser-pent au-dessus du dossier quand elle bougeait sur le banc.

Ce fut sur le parvis de l'église qu'Augusta remar-qua pour la première fois la manière dont les hommes regardaient Olga et comment Olga les regardait à son tour. Très consciencieuse-ment. Avec une application étrange qu'Augusta ne comprit pas tout d'abord. Elle vit seulement qu'Olga inclinait son cou blanc en laissant ses lèvres effleurer les anémones bleues que Harald et Erland venaient de lui offrir, tout en coulant un regard en coin, d'abord vers le pasteur, puis vers le docteur et le jeune ouvrier de l'usine de papier, Elof Karlsson de Hallstavik pour, finalement, s'arrêter sur l'ouvrier de la mine un peu plus âgé, Albin Lindblad de Herräng, celui qui jouait du cornet à piston dans la fanfare de Herräng. Elle les enveloppa du regard tous quatre. Les yeux du pasteur errèrent un peu, puis il sourit et inclina la tête. Le docteur haussa les sourcils avant d'enlever son chapeau et de s'incliner avec une sorte d'ironie. Elof Karlsson rougit et se retourna. Mais Albin Lindblad resta immobile, le regard fixe longtemps après qu'Olga eut détourné le sien. Il ne bougea que lorsque sa femme, furieuse, lui donna un coup dans les côtes, l'obligeant à se tourner vers son petit frère, qui était confirmand comme Olga.

Le garçon suivit le regard d'Albin et fixa Olga, puis baissa son livre de cantiques pour cacher ce qui, soudain, avait sailli dans sa braguette.

Elle était belle. Plus belle que ne l'avait jamais été Augusta.

La peau blanche, les yeux noirs. Si mince que les doigts des deux mains d'Isak se touchaient quand il la prenait par la taille.

Tout d'un coup, le rire d'Olga résonna dans tout Nordanäng. Elle qui n'avait jamais ri jusquelà. Et le monde entier rit avec elle : Isak assis sur la véranda, se réjouissant de ce que la mine soit rouverte, que le chômage et la faim fussent terminés pour cette fois ; Erland et Harald courant pieds nus dans l'herbe, attendant impatiemment les vacances d'été qui n'allaient pas tarder ; la pie sur une branche du pommier ; le moineau picorant le crottin de cheval dans le chemin.

Debout dans sa cuisine en train de faire la vaisselle du dîner, Augusta, elle, ne rit pas. Une grimace tordit ses lèvres. Ses mains gercées la brûlaient comme du feu quand elle les plongeait dans l'eau.

« Je te déteste, pensa-t-elle. Moi. Détester. Toi. »

Hep, hep ! appelle-t-il. Angelica !

Son pied pédale en arrière pour freiner, la roue dérape.

Pourquoi s'arrête-t-elle ? Elle ne se rappelle même pas comment s'appelle ce type qui se tient devant le restaurant de *La Taverne bleue,* avec une bande de garçons. Elle les reconnaît tous, mais ne se souvient pas de leurs noms. Peut-être n'en ont-ils pas.

Elle ne descend pas de vélo, gardant un pied à terre et l'autre sur la pédale. Soudain, elle a à nouveau mal au cœur et est obligée de déglutir. Mais elle n'a pas peur, de quoi pourrait-elle avoir peur ? Elle n'est pas dans un désert mais en plein centre de Hallstavik, à quelques mètres seulement de l'entrée de l'Usine. Et les garçons sont d'anciens camarades de classe, de son âge ou plus âgés de quelques années. D'autant qu'il fait encore jour. Il n'est même pas encore sept heures. Le Microbe ne s'est pas encore installé à la table de la cuisine pour l'attendre, il ne sait pas encore qu'Angelica a disparu sans disparaître.

— Oui ? dit-elle. Une odeur de grillade lui passe sous le nez.

— Ça gaze ? lance celui qui l'a appelée par son nom. Matti. Oui, elle se souvient. Il s'appelle Matti.

— Oui, répond-elle. Et toi ?

Au même moment ça lui revient en mémoire et ses genoux flanchent. Quelle idiote ! Pourquoi s'est-elle arrêtée ? Elle s'était laissé peloter par Matti autrefois en quatrième. Il avait enfoncé trois doigts en elle et l'avait fait saigner. Ensuite, elle ne savait plus s'il fallait y voir une victoire ou une défaite et peut-être est-ce pour cela qu'elle l'avait oublié, lui aussi bien que son nom. Mais Matti n'a pas oublié, elle le voit à ses yeux.

— Tu es à Uppsala cette année ? demande-t-il.

Elle fait oui de la tête et se force à rencontrer son regard...

— Quelle discipline ?

— La filière artistique.

Un des gars, un peu à l'écart, mâchonne une saucisse sans la quitter des yeux. Une petite goutte de ketchup s'est collée au coin gauche de sa bouche.

— Ça mène à quoi ? insiste Matti en s'approchant d'elle tout en écrasant la boîte de Coca qu'il tient dans la main.

Angelica lève les épaules.

— Sais pas. Prof de dessin, peut-être... Ou artiste.

Matti fait une moue ironique en avançant les lèvres et balance les hanches.

— Oooh ! Pas mal...

La main sur son guidon, il la regarde en plissant les yeux, les quatre garçons derrière lui forment un demi-cercle. Deux d'entre eux sont des rockers : ils ont les cheveux longs et des yeux étroits. Angelica redresse le dos et les ignore, regardant plutôt Matti.

— Et toi, que fais-tu ?

Il frappe du plat de ses mains un petit solo de tambour contre le guidon.

— Filière individuelle.

— Ici à Hallstavik ?

— Ouais...

Il sourit en gardant les lèvres closes et se met soudain à califourchon sur la roue avant.

Loin derrière lui, de l'autre côté du parking, quelqu'un sort de *La Taverne bleue*. Cela pourrait être Kristoffer, le blouson est de même couleur que le sien, pourtant elle n'en est pas tout à fait sûre. Son regard est brouillé. Elle voit flou. Elle cligne des yeux. Si, c'est bien Kristoffer. Un hamburger dans la main, il traverse en biais le parking comme s'il voulait éviter d'être vu. Angelica ouvre la bouche comme pour l'appeler, mais la referme aussitôt. Pourquoi Kristoffer serait-il disposé à l'aider ? Et d'ailleurs pourquoi aurait-elle besoin d'aide ? Elle est simplement en train de discuter avec quelques garçons. Des copains. Ou quoi ?

Matti qui a saisi son guidon des deux mains ne parle plus. Les autres garçons, groupés en forme de fer à cheval, sont passés derrière le vélo. Elle ne les voit pas. Ne fait que sentir leur présence. Le vélo tangue. Quelqu'un s'est assis sur le porte-bagages.

— Quelle heure est-il ? demande Angelica. En fait, elle ne comprend pas pourquoi : elle a sa montre au poignet, il suffit qu'elle lève le bras pour connaître l'heure. Mais il faut bien qu'elle dise quelque chose. Elle ne peut pas rester muette à attendre que quelque chose arrive.

— Est-ce que quelqu'un sait l'heure qu'il est? répète-t-elle. Sa voix est plus claire, presque aiguë.

Matti lève les sourcils mais ne répond pas. Personne ne répond. Celui qui s'est assis sur le porte-bagages passe ses mains sous le pull d'Angelica et lui touche lentement le ventre. Elle fait un mouvement pour se libérer. En vain. Le gars sur le porte-bagages la bloque de son bras gauche tandis que sa main droite se faufile de plus en plus haut. Angelica lâche le guidon et essaie de le bousculer :

— Merde, qu'est-ce que tu fous? Lâche-moi!

Matti garde toujours ses deux mains sur le guidon.

— T'en fais des manières aujourd'hui, Angelica, dit-il en secouant la tête. Ça te ressemble pas.

Il y a un rire bref. La main étrangère se plaque sur le soutien-gorge. La voix d'Angelica monte dans l'aigu :

— Lâche-moi!

Matti secoue la tête.

— Merde alors, Angelica, joue pas l'hystérique... T'as l'habitude.

La main se faufile sous l'élastique du soutien-gorge, un index passe sur le mamelon; le mal au cœur d'Angelica lui remonte dans la gorge. Du coin de l'œil, elle voit le rocker à droite mettre la main sur la braguette en tressaillant. Tout à coup, elle se souvient de son nom. Danne. Il l'avait embrassée une fois en troisième et avait voulu mettre sa main dans sa culotte. Elle avait refusé parce qu'elle avait ses règles... Et l'autre rocker à gauche, celui qui vient de sortir la langue en la passant sur le menton comme un vrai Gène Simmons, lui avait pris la main un samedi soir l'année dernière et l'avait posée sur sa braguette... Oui, effectivement, elle s'en souvient ! Elle se souvient qu'il s'appelle Niklas et que non seulement elle avait laissé sa main, mais qu'elle avait même ouvert sa braguette à l'abri de la lumière tamisée de la pizzeria et l'avait caressé jusqu'à ce qu'il pousse un soupir en tressaillant.

Peut-être s'est-elle laissé peloter par tous les cinq. Elle ne sait plus. Ne se souvient pas.

— Lâche-moi !

Malgré son envie de crier plus fort, elle ne parvient qu'à un croassement. Le vélo chancelle sous elle quand elle tente de se libérer, mais il ne tombe pas. Matti tient toujours le guidon. À présent, il sourit et se penche en avant.

— Tu es plutôt pingre aujourd'hui, Angelica... ça ne te ressemble pas. D'habitude t'es plus généreuse que ça.

La main sous le pull s'est emparée de son mamelon gauche, qu'elle triture et manipule entre le pouce et l'index. D'étranges sanglots sans larmes s'ajoutent à sa nausée et l'étranglent, ne laissant passer qu'un grotesque petit son. *Lââche !* Elle s'agite, tente vainement d'agripper la main étrangère sous son pull tout en remarquant que d'autres mains cherchent soudain à déboutonner la ceinture de son pantalon, dont quelqu'un effleure l'ouverture, et qu'un autre encore lui touche la cuisse. Pourtant la partie raisonnable de sa tête demeure parfaitement lucide. Je ne devrais pas m'agiter, pense-t-elle. C'est ridicule. Un truc de fille.

Matti se penche en avant, elle sent son haleine sur ses lèvres.

— Nous savons ce que tu fabriques, souffle-t-il d'une voix sourde. Tu baises un vieux.

Il lâche le guidon, le vélo chancelle sous elle. La main sur son sein s'est calmée.

— Merde, les gars, lance Matti. Lâche la pute...

Quelqu'un se lève du porte-bagages. Le vélo tombe par terre avec fracas.

La roue avant tourne.

— Elle est franchement dégueu, affirme Matti en mettant ses mains dans ses poches. Sa chatte sent le poisson... Merde, j'ai pué presque une semaine après y avoir été.

Ensuite tout se brouille dans sa tête. Elle est incapable de penser normalement.

Ce n'est pas faute d'essayer. Au contraire. Elle fait de son mieux. En se dirigeant à vélo vers Nordanäng – elle n'a pas la patience d'attendre le bus ce soir – elle ne cesse de chercher des pensées apaisantes. Le crépuscule est si beau, la forêt noire se détache sur le ciel bleu tourterelle et le silence règne dans le monde entier. Peut-être tous les autres sont-ils morts, peut-être est-elle seule à rester à la surface de la terre. Non, quand même pas tous. Mikael n'est pas mort, il dort, demain elle ira le réveiller à Herräng. Mais avant, elle va passer une bonne soirée reposante, seule dans la maison d'Augusta. Elle va dresser une belle table dans la cuisine, allumer une petite bougie puis, immobile dans la pénombre, elle fera ses devoirs...

Aussitôt entrée par la fenêtre sans même ôter son blouson, elle commence à mettre la table. Une assiette creuse. Une cuiller. Un verre. Il fait déjà si sombre qu'elle est obligée de gratter une allumette et de monter sur une chaise pour trouver la boîte de soupe à la viande. Ensuite elle réalise qu'elle a oublié d'enlever ses chaussures. Elle frotte avec un sentiment de culpabilité le siège de la chaise, frotte et frotte encore pour ôter une tache invisible, avant d'ouvrir la boîte et d'en verser le contenu dans une casserole qu'elle pose sur le réchaud.

Il fait sombre dans la maison ce soir, beaucoup plus qu'hier, elle est obligée de traverser à tâtons la pièce pour arriver dans l'entrée. C'est agréable. Angelica n'a jamais compris pourquoi certaines personnes craignent le noir. C'est ridicule : on n'est jamais autant en sécurité que lorsqu'on est invisible...

Elle vient juste de se pencher en avant pour enlever la chaussure gauche quand elle entend une voix :

— Pute. Conne. Traînée. Sale ratée !

Elle met quelques secondes à l'identifier.

Il faut qu'elle mange. Elle n'a rien mangé de chaud depuis vendredi. Et ça sent la soupe à la viande dans toute la maison.

Angelica aime la soupe à la viande. Celle de Siri était la meilleure du monde, peut-être à cause de ce qui venait ensuite : quand Siri servait de la soupe à la viande, elle proposait toujours, comme dessert, une tarte aux pommes avec une crème anglaise à la vanille, dont elle ne prenait qu'une petite cuillerée. En revanche, Angelica avait le droit d'en manger autant qu'elle voulait.

Mais ce soir il n'y a pas de tarte aux pommes fleurant bon la cannelle dans le four et pas de crème anglaise mousseuse dans le frigidaire. Peut-être est-ce pour cela qu'Angelica n'arrive pas à s'installer à la table de la cuisine. Elle ne tire même pas la chaise, se penchant seulement au-dessus du dossier pour plonger la cuiller dans l'assiette puis la porter lentement à la bouche et verser la soupe sur la langue.

Elle est infecte. Grasse. Trop salée. Rance.

Angelica lâche la cuiller qui tombe par terre.

Elle doit tendre les mains et tâtonner dans le noir quand elle retourne dans la pièce. Cela éveille le souvenir du jeu de l'aveugle, auquel elle avait recours autrefois quand les choses empiraient, à l'époque où le Microbe était devenu sobre.

Tout était plus facile quand il buvait et se droguait. À ce moment-là, il ne se préoccupait de rien : c'était comme s'il ne remarquait qu'à peine l'existence d'Angelica et si cela arrivait, il était facile d'esquiver le coup de pied ou de poing qu'il envoyait. Mais la plupart du temps, il se bornait à bredouiller un vague *sale gosse* lorsqu'il l'apercevait, puis l'oubliait tandis qu'il marmonnait autre chose. C'était pire pour Carina. Elle n'arrivait pas à éviter ses poings et quand il avait fini de cogner, elle était d'abord obligée de l'allonger sur le côté sur le parquet de la pièce de séjour pour qu'il ne s'étouffe pas avec son vomi, avant d'aller au centre de soins afin de se faire mettre une attelle. Angelica a l'impression qu'à l'époque Carina en portait toujours une et qu'elle en était fière par-dessus le marché.

Non pas qu'Angelica y réfléchît beaucoup en ces temps-là. Elle venait de commencer l'école et avait suffisamment à s'occuper de ses propres affaires. Tous les matins, elle se levait quand sonnait le téléphone, puis restait un instant dans l'entrée en clignant des yeux ensommeillés pour compter les sonneries. Un. Deux. Trois. Quatre. C'était bien cela. Siri appelait. La journée avait commencé.

C'était Siri qui lui avait recommandé de ne pas décrocher. Cela coûterait de l'argent et c'était inutile, car, du coup, Siri n'aurait peut-être pas les moyens de payer le réveil par téléphone tous les matins. Pourtant Siri s'inquiéterait de ne pas savoir si Angelica s'était vraiment réveillée. Aussi Angelica la rappelait-elle sur-le-champ. Elle laissait également sonner quatre fois gardant les yeux fermés, imaginant Siri se diriger vers la cuisine dans sa robe de chambre grise tout en comptant les sonneries. Angelica savait qu'elle ne répondrait pas : dans ce cas, Carina se trouverait exposée à une dépense inutile et cela, vraiment, Siri ne voulait pas en être la cause...

Pourtant, c'était comme si Siri était avec Angelica tous les matins. Comme si elle était assise sur le couvercle des toilettes à la regarder se mettre un peu d'eau sur le visage et se rincer la bouche. Comme si elle maintenait la chaise quand, un instant plus tard, Angelica grimperait sur le plan de travail de la cuisine pour attraper le paquet de chocolat en poudre. Comme si elle aidait ensuite Angelica à dégager la table de la cuisine des verres et des bouteilles pour qu'elle puisse s'y installer et boire son chocolat.

Dehors dans la nuit, quelques lampadaires brillaient. Le premier camion de bois de la matinée passait en grondant sur le pont de Skärsta. Le Microbe ronflait par terre dans la pièce de séjour. Carina se retournait dans son lit dans la chambre en geignant doucement : elle devait avoir mal quelque part. Angelica passa la langue sur ses dents de devant couvertes d'une pellicule mousseuse et soupira d'aise. Le chocolat était bon. Et quel plaisir d'être tranquille.

Tout changea quand le Microbe devint sobre. Angelica ne sait pas trop comment se passa sa métamorphose, elle ne se souvient même pas qu'il ait disparu un jour et soit resté absent pendant quelques mois. En revanche, elle se souvient parfaitement de ce qui arriva à son retour.

Elle était allée chez Siri après l'école. Comme d'habitude.

La pluie menaçait quand elle rentra, mais cela n'avait pas d'importance, au contraire c'était plutôt bien. Comme ça, personne ne pouvait se moquer d'elle parce qu'elle portait un imperméable : c'est en effet tout à fait normal d'en porter quand la pluie menace. Cela montre qu'on est prévoyant. Préparée.

Pourtant ce n'était pas à cause de la pluie qu'Angelica portait un imperméable ce jour-là. C'était parce qu'il était rose. Complètement rose. Siri l'avait acheté pour Angelica. Par correspondance. Elles étaient allées ensemble chercher le paquet à la poste quelques heures plus tôt. Siri s'était excusée de n'avoir pas l'appoint et empressée d'expliquer qu'il ne s'agissait pas d'un truc de luxe inutile. Simplement d'un imperméable pour la gamine. Acheté à moitié prix.

Mais Angelica ne se préoccupait pas du prix. Peu lui importait même que ce fût un imperméable. Ce qui comptait c'était sa couleur rose. Carina lui achetait toujours des vêtements gris ou bleu marine. C'était moins salissant. Angelica ne s'en plaignait plus. Si elle le faisait, Carina la traitait de gosse gâtée et insupportable, sur un ton qui donnait systématiquement la chair de poule à Angelica, laquelle détestait ça. Elle avait donc oublié que le rose était une de ses couleurs préférées, elle ne s'en était plus souvenue jusqu'à ce que Siri ouvre le paquet et qu'une flèche argentée de joie pure lui traverse le corps.

Voilà qu'elle retournait chez Carina habillée d'un imperméable rose tout neuf. Elle poussa la porte vitrée et entra dans la cage d'escalier. Avant même d'allumer, elle sentit que quelque chose de nouveau flottait dans l'air : une odeur métallique qui n'existait pas auparavant.

Angelica posa sa main sur la rampe et commença à monter l'escalier.

C'était bien ça. L'odeur venait du troisième étage. De l'appartement de Carina.

Elle en était sûre.

— Merde alors, d'où viens-tu ?

La clarté de l'appartement était éblouissante, toutes les lampes étaient allumées. Angelica respira : la nouvelle odeur lui remplissait les poumons. Et elle comprit ce que c'était. De l'air frais et des produits de nettoyage. Une fenêtre était ouverte quelque part. Ou plusieurs : un petit courant d'air passait lentement de la pièce de séjour vers sa chambre. Dans l'entrée, les jambes écartées, une serpillière à la main, Carina s'essuyait le front. Angelica fit tomber son sac à dos par terre et regarda autour d'elle. C'était mouillé par terre. Et il y avait un seau. Rouge. Tout neuf.

— Et c'est quoi, ce que tu portes ?

Angelica ouvrit la bouche mais ne répondit rien. Elle ne savait pas trop ce qu'il fallait dire.

— Tu l'as volé ? demanda Carina. Quoi ? Tu l'as volé ce vêtement de pluie ?

— Volé ? fit une voix sombre. Qu'est-ce qu'elle a volé ?

Un homme courtaud se tenait dans l'embrasure de la porte de la cuisine. Il fallut quelques secondes à Angelica pour le reconnaître.

Durant huit mois, le Microbe avait été rééduqué.

À présent, il aspirait à éduquer à son tour.

Angelica fut conduite dans la cuisine et soumise à un interrogatoire près de la table.

D'abord elle devait répondre sincèrement à toutes les questions qu'on lui posait. Puis elle devait effacer de sa bobine cette grise mine, qui n'avait aucune raison d'être. Quoi ? Elle contestait ? De quel droit osait-elle répondre à des adultes ? Elle qui de sa vie n'avait jamais gagné un seul sou pour un seul repas ? Quoi ? Elle qui avait volé dès son entrée en maternelle. Et qui, pour couronner le tout, avait dû voir aussi bien l'assistante sociale que la psy de l'école durant sa première année scolaire.

— Siri ? lâcha Carina dans son dos. Tu voudrais essayer de me faire croire que la bonne femme la plus avare de Hallstavik t'aurait acheté ce truc rose ? Tu nous crois stupides à ce point ? Ou quoi ?

Le Microbe la prit par la nuque et serra. Dorénavant, les choses allaient changer. Il tenait à le faire savoir. Angelica devait donc d'abord dire la vérité, puis le Microbe et elle feraient une promenade pour aller rendre l'imperméable à son vrai propriétaire. Il fallait juste qu'elle en crache le nom.

— Rebecca, cria finalement Angelica. C'est l'imperméable de Rebecca...

Elle ne comprit pas pourquoi. Elle ne le comprendrait jamais.

La maman de Rebecca avait une ride entre les sourcils qui se creusa quand le Microbe apparut sur le perron et tendit l'imperméable rose. Non. Ce n'était pas l'imperméable de Rebecca. Absolument pas.

— Petite chieuse menteuse, fulmina le Microbe quand ils se retrouvèrent sur le trottoir. Sa prise autour de sa nuque se fit plus dure.

Une lampe s'alluma dans la pièce de séjour chez Rebecca et on vit passer un homme. Angelica le regarda et se demanda soudain comment quelqu'un d'aussi proche pouvait être si loin. Puis elle l'oublia.

Le lendemain matin, Rebecca était entourée d'un cercle de gamines qui se turent et détournèrent leur regard quand Angelica arriva dans la cour. Les mains profondément enfoncées dans les poches de son anorak bleu, elle feignit de ne pas les voir, se dirigea au contraire rapidement vers le râtelier à vélos comme si elle se rendait à un rendez-vous très important. Quelques paroles flottaient derrière elle – *Maman était en état de choc !* – mais elle les repoussa et se força à les oublier aussitôt. Elle s'accroupit et gratta l'asphalte, fit semblant de chercher quelque chose. La grande Linda – celle dont les autres filles en CM2 ne voulaient pas et qui du coup cherchait toujours la compagnie d'Angelica et des autres filles plus petites – tourna autour d'elle. Incapable de se contenir plus longtemps, elle s'arrêta et inclina la tête :

— C'est vrai que ton paternel te bat ? demanda-t-elle.

Ce ne l'était pas. Le Microbe ne la battait pas. Jamais, jamais.

Il ne faisait que marquer des limites. C'était important pour les enfants.

Surtout en matière de propreté. C'en était fini de cette manière de se passer un peu d'eau sur le visage le matin et de se rincer la bouche. Le Microbe n'avait jamais rien vu d'aussi dégoûtant que les dents d'Angelica : elles étaient couvertes d'une pellicule mousseuse – et ici il haussa la voix – et si elle ne s'arrangeait pour la brosser et la faire disparaître immédiatement, il serait obligé de l'aider. L'instant après, il la força à se lever de table : ses ongles rongés étaient tellement rebutants qu'il en perdait l'appétit. Et ses cheveux gras. Si elle n'était pas capable de laver ses cheveux longs, il faudrait – et ici il tapa du poing sur la table de la cuisine en faisant tinter les assiettes – les lui couper sans attendre. Car à partir de maintenant – et qu'on ne l'emmerde pas – l'ordre régnera dans cette maison.

Plus la soirée avançait, plus sa voix tonnait fort.

Mais il ne la battait pas. Jamais, jamais.

Il ne faisait que l'enfermer à clé dans la salle de bains.

Au début elle criait. Du moins elle le croit. Elle ne se souvient pas très bien, elle sait seulement qu'il y avait en elle un cri. Même après qu'elle en eut pris l'habitude et compris qu'il était parfois préférable d'être enfermée dans la salle de bains que de se trouver ailleurs dans l'appartement. D'autant que c'était inutile de hurler, voire dangereux. C'est pourquoi elle avait inventé le jeu de l'aveugle. Pour s'aider à rester silencieuse.

C'était un beau jeu. Il la transformait en une princesse dont les yeux avaient été enlevés par sorcellerie et remplacés par des diamants. Une princesse obligée de traverser à tâtons une sombre forêt remplie de dangers, et qui avait néanmoins le pouvoir d'aider tous les animaux en difficulté. Elle mit une attelle à un écureuil qui s'était cassé la patte. Elle grimpa dans un arbre avec un petit oisillon tombé du nid. Elle sauva un renard dont la patte s'était prise dans un piège à ours. Et à la fin elle reçut sa récompense : une bonne fée – bossue et plutôt inquiétante – fit son apparition pour lui offrir de nouveaux yeux. Elle devait quelquefois dormir un moment avant que les yeux neufs ne fonctionnent, mais cela n'avait pas d'importance. La bonne fée lui donnait souvent un bon savon à humer pendant qu'elle s'endormait...

Au fur et à mesure qu'elle grandissait, le jeu évolua. Il devint plus mathématique. Parfois, elle était une jeune fille aveugle, dont le bout des doigts était tellement sensible que le monde entier en était ébahi : elle devinait le nombre de poils d'une brosse à dents rien qu'à la toucher. C'était une tâche qui exigeait de l'entraînement et de la concentration. Quand les voix dans l'appartement s'étaient tues, elle restait assise, le dos contre la baignoire, à compter d'abord les poils de chaque petit faisceau, puis les faisceaux de toute la brosse et, enfin, multipliant le nombre de poils par le nombre de faisceaux, elle trouvait la réponse. C'était un travail de patience : les poils étaient fins et difficiles à compter, et elle était obligée de s'y reprendre à cinq fois au moins, puis d'en faire une moyenne pour être absolument sûre. D'habitude, elle arrivait à un chiffre entre trois cent soixante et trois cent quatre-vingt-cinq poils par brosse à dents.

Mais, à présent, elle ne devrait pas jouer au jeu de l'aveugle. Elle ne devrait pas avancer à petits pas le long des parois de la grande pièce d'Augusta, les mains tendues devant elle. Elle devrait faire ses devoirs : elle en a, aussi bien en suédois qu'en sciences, les livres l'attendent dans le sac à dos, elle devrait aller les chercher et s'y mettre...
En dépit de cela, elle continue. En dépit de cela, elle se sent obligée de laisser ses mains frôler meuble après meuble, objet après objet. Voilà l'armoire à linge. Et le secrétaire. Et la petite coupe en verre dans laquelle Alice avait posé ses bijoux. Et voilà le téléphone. Oui. Voilà le téléphone.
— Idiote, dit la partie raisonnable de son cerveau. Espèce d'idiote totalement cinglée.
Peine perdue.

Elle a le numéro de téléphone en tête depuis cet été. Non pas qu'il le lui ait donné. Ni qu'il lui ait demandé de l'appeler. Au contraire, il avait froncé les sourcils en la voyant ramasser la carte de visite froissée tombée sur le sol de la voiture et la lui avait prise des mains et déchirée. C'était déjà trop tard. Le numéro de son téléphone portable s'était gravé dans son cerveau.

Le téléphone est noir et vieillot. Avec un disque. Angelica est une fille aveugle qui ne peut voir les chiffres. Aussi est-elle obligée de compter les trous avant de commencer à composer le numéro.

Peut-être que le téléphone ne marchera pas, pense-t-elle en faisant le premier chiffre.

Peut-être que la sonnerie ne s'entendra pas, se dit-elle en faisant le second.

Peut-être que ce sera un faux numéro, pense-t-elle encore en faisant le troisième.

Mais ça marche. La sonnerie s'entend. Et c'est le bon numéro.

Il est dans sa voiture, elle reconnaît le léger ronronnement du moteur. Et la radio marche, elle entend de la musique en arrière-fond.

— Oui ? dit-il.

Une légère odeur de marjolaine passe sur les muqueuses de ses narines quand elle entend sa voix.

— Salut, dit-elle. C'est moi.

— Salut petite, dit-il. Pourquoi as-tu cette voix sombre ?

Il lui faut quelques secondes pour réaliser qu'il la prend pour une autre. Elle toussote.

— C'est moi, répète-t-elle encore. Pas Rebecca. Moi.

Le silence tombe. Angelica se mord les lèvres. Elle est assise par terre maintenant, le dos droit et les jambes croisées. Sa voix s'enroue.

— Peux-tu parler ? Tu es seul ?

Il se racle la gorge.

— Oui.

Angelica ferme les yeux.

— Où es-tu ? Peut-on se voir ?

La musique de fond s'est arrêtée. Il a coupé la radio mais ne répond pas.

— S'il te plaît ! supplie Angelica.

Nouveau silence. Il n'y a que le silence et le bruit du moteur.

— Écoute, dit Angelica. Tu me manques tellement. Ne pourrait-on pas se voir...

Il se racle à nouveau la gorge.

— Non.

Sa voix devient geignarde. Elle a beau l'entendre, elle n'y peut rien :

— Sois gentil ! Seulement encore une fois. J'ai trouvé une maison où on peut aller...

— Une maison ?

— Oui. Tu sais celle où tu m'as trouvée la première fois... J'y habite maintenant.

— Tu y habites ? Dans cette maison à Nordanäng ?

— Oui. Et je t'attends... Sois gentil, viens !

Sa voix est impatiente. Et en colère.

— Écoute, Angelica, tout d'abord je ne suis pas du tout à la maison. Je suis dans la voiture en route pour Malmö et je viens de passer Jönköping. D'autre part, nous étions convenus que toute cette histoire était une erreur.

420

Angelica renifle.

— Vraiment ?

— Nous en étions d'accord, Angelica. Tu dois t'en souvenir. Tu n'étais plus très déterminée les derniers temps. C'est pourquoi nous sommes convenus de ne plus nous voir et que tout cela était une erreur.

Quelque chose coule au coin de sa bouche. Elle bave. ... C'est franchement dégoûtant !

— Angelica !

Il a du mal à supporter son silence, elle le perçoit. Comme aucun mot ne lui vient à l'esprit, elle émet un petit bruit consolant.

— C'était une erreur, Angelica. Tu le sais bien. Nous n'aurions pas dû. *Je* n'aurais pas dû. Mais j'ai été tenté.

À présent il y a comme un sourire dans sa voix :

— Tu es si belle, Angelica. C'est difficile de se tenir tranquille...

Son nez aussi s'est mis à couler. Et ses paupières la brûlent. Mais elle ne pleure pas.

— Tu as de la peine ? demande-t-il d'une voix à nouveau grave. Ne sois pas triste, petite. C'est mieux ainsi, il faut que tu le comprennes. Tu rencontreras bientôt un garçon de ton âge et tu seras contente que cette affaire entre nous soit finie. Et maintenant que tu as déménagé, tu dois avoir d'autres choses à penser comme d'installer ta chambre par exemple. Acheter des meubles. Aider ta maman à accrocher les rideaux.

Son nez a cessé de couler. Elle se fige, assise le dos droit fixant l'obscurité. Quand elle parle, c'est d'un ton dubitatif :

— Qu'est-ce que tu as dit ?

Elle peut l'entendre allumer une cigarette, il tousse un peu en soufflant la fumée.

— Peu importe. Je veux seulement que tu saches que je veux ton bien. Et que je crois que c'est mieux pour toi de vivre une vie normale d'adolescente. De prendre un peu soin de toi...

— Comment ça ?

Il soupire :

— Qu'est-ce que j'en sais. Tu devrais peut-être te calmer un peu.

Elle sent son visage se crisper en une grimace : le front qui se ride, les dents qui se découvrent. Mais elle ne sait d'où viennent les mots, ces mots qui coulent de ses lèvres la seconde suivante, elle n'a aucune idée de la manière dont ils se sont introduits dans sa tête et comment ils en sont ressortis.

— Tu comprends vraiment rien ! Comment pourrais-je me calmer ? Alors que tu m'as mise enceinte !

Puis elle raccroche avec violence.

Ensuite elle se sent toute légère. Elle vole presque en se déplaçant dans la pièce obscure. Les objets se mettent à bouger quand elle les effleure : un tableau se balance sur son clou, une nappe glisse de côté, une chaise se renverse avec fracas. Qu'est-ce que cela peut faire ? Quelle importance à l'heure du triomphe ? En cet instant où elle sait qu'un homme assis quelque part

422

dans une voiture argentée a peur. Est terrifié. Complètement paralysé de crainte.

Yes ! Elle le voit devant elle. Il bifurque vers une aire de stationnement et arrête la voiture. Quelques lampes rouges clignotent sur le tableau de bord alors que, les mains sur le volant, il regarde dans le vide. Et son visage se fane tandis qu'il réalise qu'il va bientôt tout perdre. Sa belle maison. Sa douce femme. Sa si gentille petite fille.

La pièce autour d'elle est en révolte, le fauteuil à bascule se balance, le sol se soulève, les murs vacillent. Il va bien sûr chercher à la voir. C'est évident ! Dès que cette première paralysie aura cessé, il cherchera à la voir. Il lui parlera, larmes et amour mêlés dans sa voix. Il quémandera sa grâce, implorera et insistera. Il lui promettra toutes les consolations du monde si seulement elle accepte d'avorter ! Mais la jeune fille aveugle – princesse et génie du calcul – refusera ; ses yeux en diamants scintilleront dans le noir quand elle lui expliquera que c'est impossible, que cela ne peut se faire, qu'il ne peut exiger d'elle de sacrifier la vie de leur enfant... Et il sera dupe ! L'espèce d'idiot ne peut pas savoir qu'elle a eu ses règles la semaine dernière...

Elle rit bruyamment et se retourne, ne voyant pas la chaise renversée qui la guette dans le noir.

Sa jambe lui fait mal. Ça cogne et c'est doulou-reux. Pourtant, d'une certaine manière, c'est agréable.

Ça l'est toujours de rester étendue par terre dans une pièce noire dans une maison sombre en se couvrant d'un tapis en lirette. De se trouver en sécurité. De ne pas être vue. De ne pas exister.

Peut-être cesse-t-elle véritablement d'exister. Peut-être ne fait-elle que s'endormir. Elle ne le sait pas, elle sait seulement qu'il fait très froid dans la maison d'Augusta quand elle revient à la vie. La pluie cogne sur la vitre. Un vent siffle.

— Putain, dit-il. Conne. Traînée. Sale menteuse ratée.

La maison chuchote.

Angelica est montée en boitant dans la mansarde. À présent, elle est allongée les yeux grands ouverts à l'écoute d'une conversation d'un autre temps.

— Raconte, réclame Alice.

— Je n'en ai pas envie, répond Augusta.

— Si, répète Alice. Tu en as envie.

— À Herräng on prétend que les cheveux d'Isak devinrent blancs en une heure, commence Augusta en regardant ses mains. Ce n'est pas vrai. Il a fallu plusieurs semaines...

Elle se tait quand elle entend sa voix s'assourdir. Il y aura bientôt trente ans que quelqu'un a été admis à voir son chagrin et elle n'a pas l'intention de le montrer à nouveau. Alice retient son souffle, repasse doucement le peigne dans les mèches déjà coiffées, comme pour la pousser à continuer.

Augusta toussote, cherche dans ses souvenirs quelque chose de solide et de fiable à quoi s'arrimer, tandis qu'elle se rapproche de ce jour d'un passé si lointain.

— C'était un lundi...

Mois de septembre. Soleil.

Une odeur de fumée dans l'air.

Isak est assis sur les marches de la véranda en train de mettre ses bottes-sabots, peinant un peu alors qu'il cherche à faire passer le cuir raidi par-dessus ses chaussettes en laine. Il retourne le pied gauche et scrute la semelle en bois. Les bottes sont usées, il faut qu'il les fasse refaire avant l'arrivée de l'hiver, autrement il glissera comme un jeune veau dans les galeries de la mine. Mais cela attendra un peu, il vient d'acheter de nouveaux bleus de travail. Ils sont encore si raides qu'il ressent une petite résistance à chaque mouvement. Il aime cela. Cela procure une impression de sérieux, comme une sorte de rappel amical qu'il s'en est bien tiré dans la vie, qu'il est un ouvrier de la mine travailleur et pas un pauvre type.

Dans la cuisine, Augusta fait s'entrechoquer les ronds du fourneau. Elle va bientôt réveiller les garçons, les tirer du sommeil en les appelant et en tapant fort dans ses mains. Elle simulera la sévérité en vérifiant qu'ils se sont bien lavés, mais laissera percer son rire quand elle leur donnera leur bouillie accompagnée d'une histoire terrifiante. De fantômes très certainement. De morts et de revenants qu'Erland et Harald écoutent avec frayeur et enthousiasme. À en perdre le souffle.

Nous avons un foyer, pense Isak en comptant pour la millième fois les bénédictions qu'il a reçues. Un foyer avec de la nourriture sur la table. Un foyer sans punaises ni bacilles de tuberculose. Un foyer avec un fauteuil à bascule et un secrétaire. Mais aussi un foyer sans belle-fille...

Il soupire et se lève, saisit son baluchon contenant un casse-croûte et de la dynamite, et se dirige vers Herräng.

Olga est partie à Hallstavik. Depuis trois semaines, elle partage une chambre avec Iris, la fille d'un ouvrier des mines de Herräng, dans le grenier d'un des baraquements de l'Usine. Les parents d'Iris sont des gens sérieux, membres de la Loge de tempérance, sinon Augusta ne l'aurait jamais permis. D'un autre côté, Olga n'en aurait sans doute fait qu'à sa tête là aussi : quand elle avait démissionné de sa place de bonne et trouvé un travail de baigneuse dans l'établissement des bains de l'Usine, elle avait réagi à l'explosion de fureur d'Augusta par un rire dédaigneux et n'avait pas changé d'avis. Quoi donc ? Augusta n'avait-elle pas l'habitude de dire combien il était important d'être propre. Alors, elle devrait se réjouir que sa fille ait trouvé le travail le plus propre qu'on puisse imaginer...

— Elle me rend la monnaie de ma pièce, avait dit Augusta impuissante quand ils se tenaient sur la véranda voyant Olga s'éloigner. Elle se venge.

— Allons, avait protesté Isak en lui entourant les épaules de son bras. Tu exagères...

— Si, avait insisté Augusta en secouant la tête. Elle se venge parce que je lui ai interdit d'accepter cette place dans le café de Herräng.

— Mais non...

— Je ne pouvais tout de même pas admettre que ma propre fille devienne serveuse ! Non ! À quoi ça mènerait ? Avec l'alcool et la bière et tout le reste. Je me souviens du genre des filles qui travaillaient dans les cafés quand j'habitais Stockholm...

— N'y pense plus maintenant. Olga ne risque rien.

— Comment ça ? Quoi !? Alors qu'elle va travailler comme baigneuse !

— Oui, dit Isak en retirant son bras. C'est un travail, ça aussi.

Ils n'en avaient pas parlé depuis. Ils n'avaient plus fait la moindre allusion à cette honte. Qu'Olga travaille avec des hommes nus. Qu'elle savonne leurs épaules et brosse leur dos, qu'elle passe ses mains douces dans leurs cheveux, qu'elle les rince d'eau propre...

Ni Augusta ni Isak ne savent exactement en quoi consiste sa fonction. Aucun n'a mis les pieds dans l'établissement de bains de l'usine à papier et aucun n'a l'intention de le faire. Certes, les bains sont ouverts aux gens de l'extérieur quelques heures par semaine, mais tous savent que ceux de Herräng ne sont pas spécialement les bienvenus. L'ancienne hostilité entre Herräng et Hallstavik sévit toujours. Les ouvriers de l'usine à papier de Hallstavik froncent le nez devant les mineurs de Herräng en les appelant des « valets de ferme dételés ». Et les habitants de Herräng froncent le nez à la fois devant les ouvriers de l'usine à papier et devant leurs bains. Qu'est-ce que c'est que ces pauvres types obligés de prendre un bain chaud une fois par semaine ? Quoi ? Ils devraient peut-être passer une journée dans la mine d'Eknäs pour voir ce que c'est qu'un travail ? Ou partir en mer d'Åland avec les pêcheurs de Herräng une nuit de tempête en novembre. Ou essayer d'endurer la chaleur d'enfer et le froid glacial de la forge de la mine de fer un jour d'hiver.

Aussi n'est-il pas question pour Isak d'aller dans l'établissement des bains d'Hallstavik. Ce serait trahir ses camarades.

En outre, la simple pensée qu'Olga pourrait voir son corps nu l'effarouche. C'est pourquoi il a construit dans sa tête, secrètement, un établissement de bains. Un lieu étrange avec des murs bleu clair et des bassines noires, ne ressemblant à rien qu'il a pu voir hors de ses rêves. Parfois, il y aperçoit Olga : elle est habillée de blanc et les cheveux sur son front bouclent à cause de l'humidité...

À ces moments-là, il soulève un peu sa casquette pour passer sa main gauche dans ses cheveux en essayant de penser à autre chose.

Le cœur d'Isak battra encore quatre ans.

L'aube le dorera de ses rayons, le crépuscule le couvrira d'argent tandis qu'il est assis là, à la table de la cuisine, le regard dans le vide. Il ouvrira la bouche chaque fois qu'Augusta approchera une cuiller ou une tasse. Il tapotera sur la nappe du bout de ses doigts.

Pourtant on parlera toujours de cette matinée comme de la dernière.

Il lui reste encore quarante-sept minutes quand il sort sur la route.

À quoi pense-t-il ?

Peut-être à Olga et à sa nouvelle vie. Peut-être à Augusta et à son chagrin secret. Peut-être à son propre secret, celui qu'il a si longtemps caché derrière l'éclat de son sourire. Celui dont il ne peut parler. Celui qu'il ne comprend même pas lui-même.

Isak est un homme qui fait son possible. De son mieux. Il travaille. Il est sérieux. Il fait ce qu'il doit dans la mine et un peu plus. Il assiste à toutes les réunions de la Loge de tempérance du *Bon Foyer*. Il assume le rôle de trésorier pour le syndicat. Il aide ses voisins. Il régale le chat en lui donnant des gardons tous frais pêchés. Il rit avec Augusta. Il s'amuse avec les garçons. Il est gentil avec Olga.

En vain. Rien n'y fait. Cela griffe toujours sa poitrine.

Trente-huit minutes.

Le gravier de la route crisse sous ses bottes-sabots, la poussière vole. Quelque chose roule sous la semelle, il s'arrête et recule d'un pas, remue le gravier du bout de sa botte. Il lui faut un instant pour réaliser ce qu'il voit : une vipère sans tête. À moitié bouffée. Le sol bouge sous Isak et son cœur s'emballe avant qu'il ne se souvienne qu'il est un adulte et ne se rappelle ce qu'on attend de lui en tant que tel. Il fait une grimace, ramène du pied un peu de gravier sur le serpent et reprend son chemin.

Autrefois, il croyait que ce qui lui griffait la poitrine était la honte. Celle d'avoir été l'abstinent le plus ivrogne de Herräng, un merdeux sans tenue, un pauvre type. Aujourd'hui il sait qu'il n'en est rien. Il n'a plus lieu d'avoir honte de lui, il a enfin appris la règle la plus importante de la dignité d'un homme : se taire plutôt que de parler. Les gens ne rigolent pas d'un homme qui se tait. Au contraire. Plus il se tait, plus il est traité avec respect.

Mais à quoi bon. Cela lui griffe toujours tout autant la poitrine.

Encore trente et une minutes.

Isak pousse du pied un petit caillou devant lui. Longtemps il avait cru qu'Augusta aurait pu l'aider. Ou du moins son chagrin. Il devenait en effet si fort quand il fallait la porter, si joyeux quand il fallait la consoler, si courageux quand elle avait peur.

Il se penche pour ramasser la pierre, la soupèse dans sa main puis la jette du côté de la forêt. Le chagrin d'Augusta ne suffit plus, il ne guérit pas, ni n'apaise. De plus en plus souvent, il reste allongé encore éveillé après l'avoir bercée pour l'endormir, écoutant sa respiration régulière et sentant le mal se réveiller en lui. Quelques semaines auparavant, il s'était senti si mal qu'il avait dû s'asseoir et poser sa main sur son cœur. Quand Augusta s'était réveillée et avait demandé comment il allait, il n'avait pu répondre, secouant seulement la tête en murmurant quelque chose à propos d'un cauchemar.

Qu'aurait-il pu dire ? Quels mots employer pour ça ?

Vingt-sept minutes.

C'était plus facile autrefois. À l'époque où on déclamait encore des vers à la Loge en parlant du sens de la vie. On ne le fait plus. Du moins pas aussi souvent. Et Isak a appris à garder sa bouche fermée et ses yeux secs quand cela arrive. Il ne veut plus se distinguer. On s'est suffisamment moqué de lui comme ça.

Augusta n'a pas remarqué qu'il se tait. Et qui pourrait le lui reprocher ? On a l'impression qu'il parle et qu'il rit quand il est à la maison. Il le sait. Mais ce n'est pas vrai. Il se tait. Il vit avec une blessure dans la poitrine pendant qu'il bavarde, rit et se tait.

Vingt-deux minutes.

C'est plus facile de se taire dans la mine ou dans les réunions syndicales. Il suffit de fermer sa gueule et d'arborer un air sérieux. Cela lui a pas mal réussi ces derniers temps. Peut-être est-ce pour cela qu'il a été élu trésorier lors de la dernière réunion annuelle...

C'est ça, oui. Aujourd'hui c'est jour de paye. Il s'arrête et tapote légèrement la poche de poitrine de sa nouvelle vareuse. C'est bien. Le livre de comptes est à sa place. Après le travail, il fera sa tournée dans les maisons pour encaisser les cotisations.

Dix-huit minutes.

Les joues d'Augusta avaient rougi de ravissement quand il était rentré en annonçant qu'il avait été élu trésorier. Peut-être y voyait-elle une revanche. Une réparation de son propre échec comme « socialiste des matelas » l'été dernier.

Le climat était plus tendu que d'habitude entre Olga et Augusta cet été-là. Olga venait d'être confirmée et n'avait plus ni école ni travail où se rendre le matin. Les jours de la semaine étaient à Augusta, mais le samedi Olga mettait sa robe blanche et partait danser à Herräng. Quand Isak avait fini de bercer Augusta pour l'endormir, il s'installait sur la véranda à attendre son retour. Une nuit il avait dû s'assoupir : en se réveillant en sursaut, il eut l'impression de voir Olga traverser le jardin en courant. Il avait mis un instant à comprendre que c'était un chevreuil. Olga avait ri de bonheur en l'entendant raconter ça, elle aurait bien aimé ressembler à un chevreuil. Mais Augusta avait soupiré bruyamment et tourné le dos.

Il y avait une lutte entre elles, un combat qui concernait l'avenir d'Olga. Quand elle s'était trouvé un travail dans l'unique café de Herräng, Augusta y était allée pour annoncer qu'elle ne commencerait pas. En effet, seules les filles de mauvaise vie travaillaient comme serveuses et Augusta n'allait pas accepter qu'Olga ne devienne plus dépravée encore qu'elle ne l'était déjà. C'est pourquoi elle lui avait trouvé une autre place comme bonne chez le gérant du magasin Konsum et sa femme. C'était un foyer sobre et moderne, où Olga pourrait apprendre pas mal de choses en matière de cuisine et d'hygiène.

À la suite de ça, Olga avait refusé de sourire en présence d'Augusta. Non pas qu'Augusta s'en rendît compte. À l'époque elle était largement occupée par ses matelas.

Encore treize minutes.

Cela avait commencé par un article dans un journal qu'Augusta avait reçu comme emballage en achetant du colin à Herräng. Elle ignorait de quel journal il s'agissait, les pages étaient déchirées et tout ce qu'elle avait pu lire en vidant le colin étaient des passages d'un article qui, en des termes assez railleurs, décrivait un nouveau phénomène politique : le « socialisme des matelas ». Quelques femmes à Malmö – une rédactrice, une maîtresse de maison et une ouvrière d'usine du Danemark – avaient pris l'initiative de faire le tour des foyers ouvriers pour examiner la literie. La police était intervenue quand elles avaient allumé un feu pour brûler les matelas les plus rebutants...

— Hm ! s'était exclamée Augusta en coupant la tête au colin.

Onze minutes.

Deux semaines plus tard le cercle social-démocrate des femmes s'était doté d'un comité des matelas, composé de deux membres : Augusta et Signe, la femme du nouvel instituteur, qui n'avait que partiellement franchi les frontières de classes. Peut-être était-ce grâce à cette dernière qu'elles furent reçues avec des révérences et de pâles sourires partout où elles frappèrent.

Elles commencèrent chez quelques membres du cercle féminin. Comme celles-ci étaient prévenues, il n'y eut pas grand-chose à redire sur l'état de leur literie. Les vieux matelas sales qu'elles ne s'étaient pas senties assez riches pour jeter avaient été aérés et battus à la hâte puis recouverts de draps propres. Signe souriait en donnant lecture du protocole et acceptait une tasse de café à la fin de la visite.

Plus que dix minutes.

Les choses se passèrent moins bien dans les autres maisons, celles où on n'avait jamais entendu parler de socialistes des matelas et d'inventaire. Les portes y furent ouvertes par des femmes pâles, qui blêmirent davantage encore quand on inspecta leur literie et que Signe d'une voix incisive se mit à formuler le compte rendu de l'inspection :

« Couverture matelassée sale. Pas de drap de dessus. Drap de dessous souillé. Matelas en paille à moitié pourri. Oreiller sans taie avec traces d'expectorations jaunes susceptibles de contenir des bacilles de tuberculose. Dans le lit à côté, un matelas en crin moisi, fortement imprégné d'odeurs d'urine. »

Une femme tourna le dos refusant de voir et d'entendre. Une autre mordit si fort ses lèvres qu'elles saignèrent. Une troisième eut les larmes aux yeux et essaya d'expliquer : il n'y avait jamais assez d'argent, les maisons étaient en mauvais état et la pompe était loin... Une quatrième se cacha le visage dans son tablier et refusa de se laisser consoler malgré les propos que Signe et Augusta prononcèrent en même temps sur l'avenir qui se préparait. À partir de maintenant tout allait changer! L'association du magasin Konsum ferait venir des matelas en crin à des prix abordables et on convaincrait la société des mines d'en subventionner le coût. De nouvelles housses de matelas seraient confectionnées pour celles qui ne pouvaient s'offrir du crin et on irait chercher du foin frais chez les fermiers. Même dans les maisons les plus pauvres ça sentirait bon et frais l'hiver prochain!

Il reste neuf minutes.
Les membres du cercle féminin cousirent des housses de matelas rayés durant trois semaines. Augusta en portait quelques-unes dans les bras le matin quand elle quitta la maison à Nordanäng pour faire un deuxième tour des foyers et ramasser la literie du passé. Le soir venu, les éléments les plus sales seraient mis en un grand tas à la périphérie de Herräng. Puis, aspergé de pétrole, tout brûlerait...
Isak ne sut jamais ce qui se passa exactement ce jour-là. Il sait seulement que, pour la première fois depuis toutes ces années, rien ne mijotait sur le fourneau quand il rentra de la mine. Augusta était assise sur la véranda le visage caché dans ses mains.
— Je n'ai pas compris, souffla-t-elle d'une voix sourde quand il se laissa tomber à côté d'elle. Je

ne voulais pas de mal, je n'ai simplement pas compris...

Huit minutes.

Il vient d'arriver dans Herräng. L'odeur de fumée s'est accentuée : dans cent maisons des centaines de feux ont été allumés et cent cafetières ont été posées sur autant de fourneaux.

Les lits ne sont pas encore refaits. Leurs matelas puent.

Il n'y avait probablement qu'un matelas pour le feu d'Augusta. Du moins, c'est ce que croit Isak. Il n'en est pas tout à fait sûr : Augusta avait refusé de raconter et, dans la mine, il fut accueilli par des dos tournés durant les semaines suivantes. Personne ne voulut lui en parler ouvertement, il dut tirer ses conclusions des bribes qu'il réussit à saisir de remarques et conversations hâtivement interrompues. Apparemment, de nombreuses femmes avaient pleuré en racontant à leurs maris l'inventaire des matelas. Apparemment, ces hommes avaient serré les poings pour dompter la honte et la transformer en colère. Et, apparemment, la colère avait cheminé de maison en maison, d'appartement en appartement pour croître en seulement quelques jours et devenir de la haine.

La deuxième fois que Signe et Augusta frappèrent aux portes, les gens refusèrent d'ouvrir ou les entrebâillèrent avant de les claquer aussitôt. Elles ne furent admises que dans une seule maison où on leur donna un matelas sale. Quand elles le portèrent sur les marches du perron,

Augusta reçut un coup de pied dans le derrière qui la fit tomber le nez dans le gravier de la cour. Sa jupe se souleva dévoilant sa culotte grisâtre et ses cuisses veinées de bleu.

Quatre hommes se tenaient dans la cour à rire. Signe se retourna et partit en courant.

Quatre minutes.

Un homme courbé marche péniblement devant Isak, en route vers le baraquement au-dessus du puits de mine. C'est Johansson le Plomb, un des meilleurs ouvriers à l'époque de la jeunesse d'Isak tout juste débarqué à la mine. Capable et courageux. Fort et le dos droit. Portant constamment un petit morceau de dynamite à l'intérieur de la bande de peau de sa casquette pour échapper à l'éternel supplice du dimanche des mineurs, ce mal de tête qui arrive sans crier gare quand on reste absent de la mine plus d'une journée.

Johansson le Plomb n'a plus le droit de descendre dans la mine. L'humidité lui a tordu le dos et le rhumatisme l'a plié en deux. À présent, il s'occupe de faire marcher le treuil en veillant à ce que les tonneaux montent et descendent comme il faut le long de la paroi rocheuse. Son salaire suffit à peine à le nourrir.

Bientôt ce sera mon tour, pense Isak. Bientôt je serai aussi un petit vieux courbé.

Deux minutes.

On est à l'étroit près des tonneaux du treuil. Les ouvriers déjà sur place veulent descendre rapidement dans la mine. Ils se saluent par de brefs mouvements de tête.

Voici Isak. Salut. Salut.

Les chaînes cliquettent. Le tonneau ascenseur monte.

Ma poitrine me griffe, pense Isak.

Plus qu'une minute.

En réalité, seuls trois hommes tiennent dans chaque tonneau, mais le quatrième, le cinquième et le sixième peuvent se jucher sur le bord et se tenir aux chaînes. Ce n'est pas dangereux. Du moins pas au point qu'il y aurait lieu de ne pas le faire.

Isak s'est tenu sur le bord du tonneau au moins cent fois. Il est fort, en bonne santé et son dos est droit. La mine n'a pas de secrets pour lui.

Il sera donc le sixième.

Trente secondes.

Le puits à ciel ouvert est une gueule grande ouverte. D'une profondeur de quatre-vingts mètres.

À trente mètres de profondeur, un piton rouillé se trouve fiché dans le roc. Personne ne sait à quoi il sert. Personne ne l'a même remarqué.

C'est à ce piton qu'Isak va rester accroché.

Il ne comprend qu'au bout de quelques secondes.

La chaîne se dérobe. La main est forcée de lâcher prise. Le tonneau se dérobe sous ses pieds.

Il bouge les jambes. C'est le vide sous lui. Il étend les bras. C'est le vide au-dessus de lui. Un ciel très bleu s'arrondit sur l'abîme.

La pression sur l'estomac explique tout. Il est accroché par sa ceinture. Se balance au-dessus d'un gouffre gris. Il est suspendu et oscille à une profondeur de trente mètres, cinquante mètres au-dessus d'une mort certaine.

La panique brise les voix des hommes. Les fait monter dans l'aigu.

— Isak ! crient-ils des profondeurs. Isak !

Isak ne répond pas.

Alice lève le peigne.

— Il n'a plus jamais parlé ?

Augusta secoue la tête.

— Non. Pas un mot.

— Combien de temps est-il resté accroché comme ça ?

— Je ne sais pas. Peut-être dix minutes. Ou un quart d'heure. Il était impossible d'inverser la manœuvre : il fallait laisser le tonneau descendre jusqu'au fond de la mine avant de pouvoir le remonter...

Le silence tombe, l'ourlet rouge de la robe d'Alice touche le sol quand elle s'accroupit pour passer le peigne dans les cheveux d'Augusta.

— Ils ont cru qu'il était mort quand ils l'ont remonté, ajoute Augusta au bout d'un moment. Il avait l'air mort. *Au toucher,* il semblait mort. La peau était froide. Les jambes pareilles à des bouts de bois.

L'espace d'une seconde, Alice se trouve au bord de la mine d'Eknäs. Elle voit comment on soulève Isak du tonneau pour l'étendre sur les cailloux et le gravier du sol. Son visage est livide. Les dents sont découvertes, les yeux grands ouverts et figés.

— Ils l'ont chargé sur une charrette, précise Augusta.

Un cheval des Ardennes. Une charrette grise. Un homme qui regarde le ciel sans le voir. Le cocher marche à côté en tenant les rênes ne sachant pas pourquoi il n'a pas voulu s'asseoir sur le siège.

Deux hommes en bleu de travail et bottes-sabots marchent derrière la charrette. Tête nue, ils triturent leur casquette qu'ils ne cessent de tourner et de retourner durant tout le chemin jusqu'à Nordanäng.

Augusta est en train de faire de la compote de pommes, une odeur douceâtre flotte dans le jardin et incite la dernière abeille de l'été à se livrer à une danse enivrée devant la fenêtre de la cuisine. Le bois de sapin crépite dans le fourneau. Une corneille croasse. Une charrette grince dans le lointain.

Augusta incline la tête et écoute.

Quelle étrange bonne femme, dirait-on après. Elle n'a pas crié ni même pleuré.

Elle attendait sur la véranda lorsque le cheval des Ardennes brun s'arrêta devant le portail, les mains cachées sous le tablier, l'air de savoir déjà. Sa robe en coton était délavée et son tricot ravaudé aux coudes. Les épaisses chaussettes couleur café au lait tombaient en vrille sur des chaussures usées. Mais ses cheveux brillaient au soleil et le rouleau sur sa nuque avait plus de dix centimètres d'épaisseur.

Les deux ouvriers de la mine échangèrent un coup d'œil et hésitèrent avant de s'incliner.

— Il n'est pas mort, dit Augusta.

Odeur aigre-douce de compote de pommes dans le jardin. Une mouche sur le visage d'Isak. Le cocher soupira.

— Ma pauvre Augusta...

Un des ouvriers mit doucement la main sur son épaule.

— Le directeur lui-même a pris le pouls.

Augusta se débarrassa du geste de commisération.

— Il n'est pas mort.

L'autre ouvrier de la mine toussota :

— Nous avons fait l'épreuve du miroir.

— Il n'est pas mort, répéta Augusta. Regardez...

Elle passa sa main sur le visage d'Isak, qui ferma les yeux puis les ouvrit à nouveau.

Ils le portèrent dans la maison sur leurs mains croisées en chaise à porteurs, et l'assirent à la table de la cuisine. Augusta voulait qu'il le soit pour qu'il puisse la voir au moment même où il se réveillerait.

Voilà ce qu'elle pensa ce premier jour. Qu'Isak dormait et se réveillerait bientôt. Le soleil brillait et, entrant par la fenêtre de la cuisine et le réchauffant, il ferait fondre sa frayeur et le délivrerait de la paralysie. Et elle allait y contribuer. Une fois que les hommes de Herräng, remontés dans la charrette, se furent éloignés, elle remplit une assiette de compote de pommes fumante et versa du lait dessus, puis s'installa tout près d'Isak. Ses yeux étaient fixes, la bouche s'ouvrait en un cri muet.

Augusta versa un peu de compote de pommes dans ce cri.

— Je pourrais en faire un conte, dit Augusta en ouvrant un œil.

Alice qui a séparé ses cheveux en trois épaisses mèches s'apprête à commencer la tresse. Mais elle soupire d'abord :

— Peut-être. N'empêche que je veux savoir comment c'était en vrai.

Augusta ouvre l'autre œil.

— Je ne peux pas raconter comment c'était en vérité. C'est impossible.

— Pourquoi ?

— Parce que la vérité se dérobe toujours. Elle est comme une de ces taches transparentes qu'on a parfois dans l'œil qui disparaît lorsqu'on la fixe directement. Il faut regarder à côté d'elle. Dans ce cas, elle reste dans le champ de vision et devient visible.

Elle laisse tomber cette pensée pour en chercher une autre.

— De toute façon Isak serait mort à présent.

— Tu crois ?

— Je le sais. Ses douleurs l'auraient détruit. L'hiver, ses vêtements étaient parfois tellement trempés de sueur et de l'humidité de la mine qu'ils gelaient le temps qu'il rentre à la maison.

— On ne meurt pas de rhumatisme.

— Peut-être pas. Il arrive cependant qu'on souffre tellement qu'on en meurt...

Augusta reste un moment silencieuse.

— Ça s'est passé il y a tellement longtemps. Presque trente ans.

Alice hoche la tête derrière son dos sans prononcer une parole. Augusta ferme les yeux à nouveau et poursuit :

— Ce n'est pas trahir que d'en faire un conte, pas quand il s'est passé un temps aussi long... Je pourrais inventer quelque chose sur la Dame de la mine. Que ce fût elle qui le prit.

— En effet, dit sèchement Alice. Mais pourquoi le ferais-tu ?

Augusta hausse les épaules et laisse tomber la question.

— Un tas d'histoires circulent sur la Dame de la mine à Herräng...

Alice sourit légèrement.

— Je le sais. Siri racontait des choses à son sujet quand j'étais petite.

Augusta s'ébroue. Elle est en terrain connu maintenant, loin de ses souvenirs et de son chagrin.

— Siri ! Qu'est-ce qu'elle sait de la Dame de la mine... Qu'est-ce qu'elle a dit ?

— Que la Dame de la mine se promène du côté de la mine d'Eknäs la nuit. Qu'elle est habillée de blanc.

— Comme un fantôme ?

— Un peu. Sauf qu'elle est belle.

Augusta ferme les yeux et lève le menton.

445

— Bêtises que tout ça. La Dame de la mine n'est ni belle ni blanche, elle ressemble à une vieille paysanne en jupe de drap épais avec un châle noir. Elle a les cheveux gris et elle est assez forte. La seule chose qui la distingue d'une bonne femme ordinaire, c'est la ceinture d'argent qu'elle porte autour de la taille.

Tu la crées à ton image, pense Alice. Comme une sœur aînée.

— Je pourrais dire qu'elle a glissé sa main par le rocher pour s'emparer d'Isak, poursuit Augusta. Qu'elle voulait me le prendre. Mais que je suis allée la voir une nuit pour implorer sa grâce.

— Les contes sont morts, affirme Alice. Et ce lors de la construction des usines. D'après ce que j'ai entendu.

Augusta fait semblant de ne pas entendre, elle tâte sa tête et touche distraitement la tresse pas encore terminée.

— Je pourrais prétendre que j'ai été obligée de lui donner quelque chose pour pouvoir garder Isak encore quatre ans... Même s'il n'était plus qu'une statue.

— Une statue ? Alice lève les sourcils. Il y a un an, le mot l'aurait choquée ; il y a six mois, il l'aurait dégoûtée. À présent, il la laisse indifférente, l'amuse presque. Si Augusta veut édifier un palais de glace de ses souvenirs, cela la regarde. Alice a ses propres murs et retranchements à préserver. Par conséquent, elle sourit brièvement au-dessus du crâne d'Augusta et feint d'entrer dans le jeu :

— Alors, que lui as-tu donné ? Que possédais-tu que la Dame de la mine voulait s'approprier ? En dehors d'Isak.

— Mes cheveux, répond Augusta. Je pourrais prétendre que je lui ai donné mes cheveux.

Alice rit.

— Ce serait un mensonge un peu exagéré, dit-elle. Nous savons tous que...

Elle a beau s'interrompre et garder la queue du scorpion avec son venin dans sa bouche, elle devine qu'Augusta a senti la morsure.

Quand est-ce arrivé, se demande Alice. Quand suis-je devenue méchante ?

Le silence est tombé dans la pièce, on n'entend que la respiration d'Augusta et le paisible crépitement du feu dans le poêle. Quelque chose grésille derrière la trappe en fonte fermée, peut-être est-ce un petit morceau de charbon qui tombe sur un autre. Le bruit est si familier qu'il ressuscite le passé. Soudain Alice fixe une vieille image dans un miroir, se voit telle qu'elle était un an plus tôt. Les cheveux gras. Les yeux rougis. Un visage qui vient de commencer à enfler. Abaissant les yeux, elle les pose sur Augusta. De nouvelles ombres alourdissent ses traits déjà pesants.

Aucune des deux ne peut se défendre contre ce qui n'est pas dit : *Nous savons toutes deux que tu ne sacrifierais jamais tes cheveux. Si tu as donné quelque chose à la Dame de la mine, c'est Olga.*

Quand est-ce que cela s'est passé ? Il y a treize mois ? Ou quatorze ?

Alice descendait en courant l'escalier avec sa trouvaille.

Augusta se leva du fauteuil à bascule au moment même où Alice déboulait dans la pièce avec la robe en soie bleu barbeau bien qu'elle se fût tout juste assise. Alice remarqua son malaise, mais ne s'en préoccupa pas.

— Regarde ce que j'ai trouvé dans la mansarde, annonça-t-elle innocemment. C'est à toi ?

Augusta jeta un regard en biais sur la robe.

— Non. À Olga.

Alice alla se planter devant la glace de l'entrée et, l'air interrogateur, plaqua la robe sur elle. Son ventre bombait un peu sous la surface brillante.

— Beau tissu, constata-t-elle en passant la main sur le haut de la robe.

— Ce n'est pas de la vraie soie, dit Augusta. Seulement de la soie artificielle.

— C'était sa robe de fête ?

— L'une d'elles. Elle en avait plusieurs.

Augusta était arrivée dans la cuisine. Alice la suivit, sans lâcher la robe.

— Elle aimait les belles robes ?

— C'est le moins qu'on puisse dire.

Augusta ouvrit un placard de cuisine puis le referma aussitôt, cherchant du regard quelque chose à quoi s'occuper. Alice inclina la tête.

— Elle était belle ?

Augusta feignit de ne pas entendre.

— Si on se faisait notre petit café de l'après-midi, dit-elle simplement.

Olga était belle. Alice le savait. Cela se voyait déjà sur la photo de confirmation dissimulée derrière les autres photos en haut de l'armoire à linge d'Augusta. Belle et vivante. Elle l'avait compris en entendant Erland et Harald parler d'Olga un soir, il y a longtemps.

Un jour de juin au début des années cinquante, Harald était venu, pour la première et la dernière fois, dans la grande villa à Jönköping. C'était un hôte hésitant qui remontait les épaules et frottait l'une contre l'autre ses paumes rêches en regardant autour de lui. Il regrettait déjà d'être venu parce que Erland, son frère jumeau, son meilleur ami et son pire ennemi, l'être le plus proche de lui autrefois, était devenu un étranger. Erland était tout aussi mal à l'aise. Harald apportait quelque chose de nouveau dans la maison blanche, sa silhouette large créait des ombres qui n'auraient pas dû s'y trouver. En parlant, il éveillait des voix qui auraient dû s'être tues depuis longtemps.

C'était l'Association ouvrière de formation qui avait offert à Harald le voyage à Jönköping, et il avait passé la journée en réunion fédérale. À présent, c'était le soir et les longues discussions, sur la manière d'apprécier la valeur intrinsèque de la connaissance par rapport à son prix monnayable, étaient terminées pour la journée. Et surmontant sa honte, Harald s'était rendu chez son frère jumeau puisque de toute façon il était à Jönköping.

Inga avait servi un bon dîner avant d'aller se coucher avec un petit mal de tête. Alice s'était installée dans la pièce de séjour avec un livre, mais sans allumer la lampe. Dehors, sur la terrasse, sous le crépuscule bleu, le frère ayant choisi la connaissance pour sa valeur intrinsèque était l'hôte de celui qui l'avait choisie pour son prix monnayable.

Le merisier fleurissait pour tous deux.

— Comment va Augusta ? demanda Erland en bourrant sa pipe.

— Bien, répondit Harald. Mal aux genoux, bien sûr, mais sinon elle va plutôt bien...

— Ses genoux iraient mieux si elle perdait du poids.

— Je ne le crois pas. Elle est usée. Ça use les genoux de récurer les sols de ciment durant vingt ans.

Une petite flamme crépita : Erland allumait sa pipe.

— Alors c'est la faute de l'Usine si Augusta a mal aux genoux ?

— Oui, absolument, affirma Harald.

La ligne de combat était tracée, mais ils ne prirent pas les armes. Au contraire, le silence retomba, la fumée de la pipe d'Erland se confondant avec le crépuscule.

— Et comment va le reste de la famille ?

— Bien, dit Harald. Siri s'est trouvé un homme...

Erland eut un petit rire.

— Ça alors. Comment a-t-elle fait ?

Il y eut un sourire dans la voix de Harald :

— Dieu seul le sait. Personne ne le connaît. Il

a travaillé à l'Usine quelques années, mais il ouvre à peine la bouche.

— Comme Siri. Peur de la vie.

Harald resta silencieux pour goûter le mot. Peur de la vie ?

— Oui, finit-il par acquiescer. On ne peut pas dire que Siri tient de sa mère. C'est comme si elle n'avait jamais osé commencer à vivre...

— Olga, elle, vivait, dit Erland. C'est fou ce que cette fille vivait...

Regarde ! écrit Alice dans le cahier bleu, assise sur le lit de camp dans la mansarde plus tard dans la nuit. *Qui que tu sois qui lit ceci : regarde ! J'ai fermé les yeux un instant pour me reposer, et juste à ce moment-là le stylo a laissé échapper une grosse goutte d'encre. La tache a traversé douze pages. Si on feuillette rapidement, on a l'impression qu'elle s'amenuise. Peut-être y a-t-il des lettres cachées dans ce pâté. Des lettres qui composent le conte d'Olga, le seul conte qu'Augusta n'a jamais voulu raconter...*

Elle s'arrête et lève le stylo, fixe un instant la flamme de la lampe à pétrole avant de se pencher à nouveau sur le cahier et de poursuivre :

Ce travail m'incombera donc.

Durant les premières années Augusta refusa de remettre les pieds à Herräng, comme si elle rendait la ville responsable de la pétrification d'Isak. Elle dut donc se tourner vers Hallastavik lorsque l'argent vint à manquer. Et là, on se battait pour les travaux rares dont on estimait qu'ils pouvaient être effectués par des femmes. Les boutiques et les salons de coiffure avaient plus d'employées qu'il n'en fallait et, dans les villas un peu cossues, il y avait plus de femmes de ménage, de lavandières et de bonnes que ne l'aurait normalement permis un salaire de fonctionnaire. Aussi estima-t-on qu'Augusta avait de la chance lorsque l'Usine l'embaucha comme femme de ménage. C'était un travail épuisant et mal payé. Mais un travail.

Erland et Harald n'eurent plus les rires et les histoires terrifiantes pour accompagner leur petit déjeuner, car les temps ne s'y prêtaient plus. Il y avait un long chemin à parcourir pour aller à Hallstavik et Augusta avait fort à faire pour nourrir Isak et veiller à ce qu'il y ait un bon feu dans le fourneau avant de partir. Non pas que le feu durât la journée. À son retour, il faisait toujours aussi froid et humide dans la maison. Mais Isak ne semblait pas le remarquer, il était toujours assis dans la même position quand elle revenait que quand elle était partie. Un jour, elle le trouva avec un petit glaçon sous le nez. Elle le fixa un instant avant de l'enlever et de le jeter dans la poubelle. Il y tomba avec un petit tintement.

Ce fut un hiver triste. Le ciel était gris. La neige était sale. Erland et Harald avaient des cernes bleus sous les yeux et se battaient presque tous les jours. Augusta perdit une dent de devant. Isak tapotait la nappe de ses doigts et fixait le vide devant lui.

Seuls les dimanches étaient différents. Parce qu'Olga venait. Elle se faufilait en riant dans la

452

maison avec un carton de pâtisseries et s'asseyait sur la caisse à savon dans l'entrée pour retirer ses doubles bottines. Augusta se tenait dans l'embrasure de la porte faisant remarquer qu'elle n'avait jamais rien vu de plus ridicule dans le genre nouveautés que ces fines peaux rouges que l'on faisait passer sur des escarpins, avec leur bord en fourrure mais sans doublure. C'était pur miracle si Olga n'avait pas les doigts de pied gelés, mais si cela devait arriver, tant pis pour elle...

Olga veillait à ce que les bottines soient bien posées côte à côte sur le sol de l'entrée et que les pointes soient dirigées vers la porte de sortie avant d'apporter le carton de pâtisserie dans la cuisine. Erland et Harald se bousculaient de chaque côté d'elle bien que sachant d'avance ce qu'il y avait dans le carton. C'était la même chose chaque dimanche : cinq pâtisseries princesse à la frangipane verte avec de la crème blanche et un peu de gelée rose aigre-douce. Un gaspillage incroyable au dire d'Augusta. Complètement impensable.

— Parfois il faut faire la fête, lançait Olga en passant d'abord la main sur le crâne aux cheveux ras d'Erland puis sur la nuque tout aussi rase de Harald. C'est absolument nécessaire de temps en temps.

Puis elle s'asseyait près d'Isak.

— Il me regarde, disait-elle à Augusta.

Augusta se penchait sur la bassine de pommes de terre.

— Il ne regarde jamais personne.

Olga, la main posée sur celle d'Isak.

— Si. Il me regarde. Il me reconnaît.

Augusta plongeait quelques pommes de terre dans la cuvette émaillée.

— Il ne reconnaît personne.

Olga secouait la tête.

— Si. Cela se voit à son regard.

Augusta versait une louche d'eau sur les pommes de terre.

— Tu te fais des idées.

Olga mettait sa main sur la barbe d'Isak. Ses ongles brillaient comme des coquillages.

— Il me regarde, répétait-elle. Moi, il me regarde.

Il y avait toujours des yeux pour la regarder. Elle le savait.

Quand elle était aux bains en train de passer le savon avec ses mains douces sur le dos d'un homme, elle savait que d'autres hommes suivaient du regard chacun de ses mouvements. Quand elle passait devant le café, elle savait que les jeunes ouvriers de l'usine à papier qui s'y tenaient à leur table habituelle interrompaient leur conversation et oubliaient pour un instant la révolution. Quand elle pénétrait dans la grande salle de la Maison du Peuple, prête pour le bal du samedi soir, elle savait qu'Erik et Edvin, Bertil et Allan, Olof et Gunnar braqueraient leurs yeux sur le contour de ses seins sous la soie lisse du haut de sa robe.

À ces moments-là, elle devenait ce qu'elle souhaitait être plus que tout au monde. Le reflet de sa propre image.

Les autres regards, elle ne semblait jamais les remarquer. Les coups d'œil en coin des hommes qui ne pouvaient se permettre aucun espoir. Les fronts plissés des femmes. Les sourcils levés des filles.

En revanche, elle savait parfaitement qu'on causait, que tout Hallstavik savait dès le dimanche matin à qui avait échu le droit de l'accompagner chez elle le samedi soir. Cela ne la gênait pas. Bien au contraire. Les bavardages lui conféraient davantage de visibilité à ses propres yeux, lui assurant des couleurs plus éclatantes et des contours plus nets.

— Tu devrais faire attention à ta réputation, dit Augusta en commençant à brosser les pommes de terre.

— Rien ne porte atteinte à ma réputation, déclara Olga.

Tout le monde aimait Olga. Olga aimait être aimée.

Elle souriait à la petite étincelle qui traversait son système nerveux comme un crépitement quand Erik caressait ses seins en ne parvenant pas à retenir un gémissement.

Elle riait tout doucement quand Edvin devenait à ce point ardent que ses dents arrachaient un petit lambeau de peau de sa lèvre inférieure, la laissant aussi nue et découverte qu'un raisin épluché.

Elle gémissait en faisant passer sa langue sur le cou de Bertil quand il déchirait ses bas de soie.

Elle devenait humide et molle comme le fond d'un lac quand Allan l'écrasait sur le sol parmi les aiguilles de pin de l'année passée.

Elle geignait de plaisir quand, enfin, Olof cessait de l'interroger et la pénétrait de force.

Elle levait son vagin contre Gunnar quand il ne parvenait plus à retarder l'orgasme, et serrait doucement et en cadence son sexe pour le suivre dans l'abîme noir.

Olga possédait le pouvoir des femmes belles. Mais elle n'en connaissait pas les conditions.

Tôt ou tard, il fallait que cela arrive. C'était inévitable. Augusta serra les lèvres sur sa certitude. Se tut et attendit. Attendit et se tut.

Lorsqu'Olga venait s'asseoir à côté d'Isak les dimanches après-midi, elle scrutait d'un regard froid le corps de sa fille. Sa ceinture était-elle aussi serrée que le dimanche précédent ? Avait-elle commencé à enfler ou pouvait-on encore distinguer le petit creux sur le dessus du poignet ? Avait-elle les yeux rouges ou le teint gris ?

Mais les mois s'écoulèrent sans qu'Augusta discerne aucun signe. La taille d'Olga restait toujours aussi mince, les frêles os de sa main étaient toujours bien visibles : elle gardait innocemment les yeux clairs et les joues roses.

Ce fut son appétit qui la trahit. Sa faim dévorante. Un dimanche Olga engloutit aussi bien le gras que le croquant du lard, écrasa quatre pommes de terre dans la sauce à l'oignon, puis étala une épaisse couche de beurre sur sa tranche de pain et avala le tout avec deux verres de lait.

— Et maintenant on va se régaler avec le dessert, dit-elle en s'essuyant la bouche avec la paume de sa main.

Augusta leva les sourcils.

Olga mit du temps à comprendre. Plusieurs mois.

On l'aurait dit incapable d'imaginer que ce qui arrivait constamment aux autres filles risquait de lui arriver. Peut-être croyait-elle que sa beauté allait la protéger. Peut-être était-ce la raison pour laquelle elle ne se préoccupait que de son aspect physique durant les premiers mois. N'avait-elle pas pris un peu de poids ? N'était-elle pas un peu pâle ? Et pourquoi était-ce soudain devenu impossible de bien faire tenir ses cheveux ?

L'inquiétude lui coûtait cher. Elle acheta un shampoing cher chez l'épicier et fit venir de la poudre compacte d'un institut de beauté de Stockholm. Cette semaine-là, elle n'apporta que deux pâtisseries dans le carton, l'une pour Isak, l'autre à partager entre Harald et Erland. La poudre avait coûté une couronne entière, expliqua-t-elle en pâlissant. Enfin, cela va aller mieux : la semaine prochaine elle pourra à nouveau apporter cinq pâtisseries.

— Cela m'étonnerait, lança Augusta avant de tourner le dos et se mettre à farfouiller dans son placard de cuisine. À mon avis, tu peux dire adieu aux gâteaux. Tu vas avoir besoin de tous tes sous pour le gosse.

Lorsque la vérité se manifesta enfin à Olga, elle éclata en sanglots irrépressibles. Elle s'assit près d'Isak, appuya son front sur l'épaule raide de celui-ci et s'accrocha à son bleu de travail qu'elle mouilla à moitié tant elle pleurait. Harald et Erland la regardaient en silence, le premier mordillant son ongle de pouce tandis que le second mâchonnait sa main. Augusta, elle, s'installa à la table de la cuisine et, suivant les yeux d'Isak, elle dirigea un regard aussi vide que le sien vers le gris crépuscule de l'hiver dehors.

— Il faudra peut-être bien que tu reviennes à la maison, dit-elle au bout d'un moment.

Les larmes d'Olga se muèrent en cri. Impuissante, elle frappa le plancher de ses chaussures à talon.

Elle refusait de retourner à Hallstavik et d'y subir les regards des gens. Jamais de la vie.

Ainsi Augusta dut-elle se rendre le lendemain matin au bureau de l'Usine pour prévenir qu'Olga, en raison d'un problème de santé subitement apparu, se trouvait malheureusement obligée de démissionner de sa place aux établissements des bains. Mme Olofsson, la plus âgée des employées, souhaita bon rétablissement à sa fille, un sourire ironique aux lèvres.

Iris, la camarade de chambre d'Olga, détourna le regard lorsque tard dans l'après-midi Augusta se présenta à la porte et expliqua qu'elle était venue prendre les affaires d'Olga. Bon Dieu, de bon Dieu ! Bien sûr, Iris s'était doutée de quelque chose, mais sans vouloir y croire. Pauvre petite Olga ! Pauvre tante Augusta, qui déjà avait souffert plus que son compte...

Augusta renifla et, retenant difficilement quelques murmures à propos des oies et des sottes, elle remercia au contraire sèchement Iris de son aide quand elle mit les affaires d'Olga dans une vieille valise.

— De la vraie soie artificielle, dit Iris en montrant une culotte bordée de dentelle.

— Exactement comme Olga, n'est-ce pas, fit Augusta en fermant la valise d'un coup.

Iris respira tandis qu'une expression inquiète se peignait sur son visage :

— Sait-on qui c'est ?

Augusta cligna des yeux et prit un air égaré.

— Quoi ? Que veux-tu dire ? Qui c'est ?

En rentrant chez elle, elle en eut honte. Se sentit stupide de n'avoir pas tout de suite compris la question d'Iris. Stupide et anormale.

Augusta, pour sa part, n'y avait pas songé du tout, pas une seule fois depuis qu'elle avait commencé à se douter qu'Olga attendait un enfant. Elle n'avait pas pensé que l'enfant avait aussi un père. Cela ne lui était pas venu à l'esprit. Et cela, c'était anormal. Il était inconcevable de réagir ainsi.

C'était peut-être un homme sérieux. Quelqu'un tenant vraiment à Olga et qui voulait l'épouser. Ou du moins qui était disposé à payer. L'espace d'une seconde, elle se souvint de l'impression que produisait le fait de se promener avec plusieurs billets de cent couronnes au fond de la chaussure. Plutôt bosselé sous le pied. Et un sentiment de solitude. Autant qu'en ce moment.

La neige s'était mise à tomber. Le chemin s'étirait comme un trait blanc à travers la forêt noire.

Je pourrais m'allonger par terre, pensa Augusta. Je pourrais m'étendre dans un champ quelque part et me laisser recouvrir de neige...

Elle grommela, passa la valise d'une main à l'autre et allongea le pas. De lourds flocons glissaient sur son visage.

Dans la revue féminine *Husmodern*, Olga avait lu un jour l'article d'un gynécologue qui estimait qu'on pouvait reconnaître une femme vraiment saine à son aspect pendant sa grossesse. La peau s'éclaircissait chez ces femmes. Leurs yeux étincelaient davantage. Elles devenaient florissantes.

Olga n'était donc pas une femme saine. Loin d'être florissante, elle s'étiolait. Elle s'épaississait et devenait grise. Ses yeux enflaient à force de pleurs et perdaient leur éclat. Ses cheveux qui avaient toujours été la couronne de sa beauté devenaient rêches, s'emmêlaient et étaient impossibles à coiffer fût-ce simplement. Quand Augusta la soumit à l'interrogatoire le soir, elle tira les mèches devant son visage pour se cacher.

— Qui ? dit Augusta. Dis-le enfin. Il faudra bien qu'un jour tu dises qui c'est.

Mais Olga se taisait. Pensant à Erik et à Edvin, à Bertil et à Allan, à Olof et à Gunnar, elle se dissimulait ainsi que sa honte dans ses cheveux.

Au fil des mois l'humeur d'Olga empirait. Elle grimaçait dans le dos d'Augusta et houspillait les garçons, faisait grise mine parce qu'il n'y avait jamais rien de bon à manger et parce qu'elle était censée cuisiner avec rien. Finissant par oublier ce qu'Isak avait été pour elle, Olga poussait des cris de dégoût chaque fois qu'elle s'apercevait qu'il avait pissé dans son bleu. *Sale statue !*

Un jour à la mi-mars elle frappa le chat sur le dos avec une bûche. Augusta le trouva dans l'allée du jardin quand elle rentra de l'Usine. Il ne pouvait plus marcher, ses pattes arrière traînaient dans la neige à moitié fondue.

— Et alors ? lança Olga quand Augusta apporta le chat paralysé dans la cuisine. Il m'a griffée...

Augusta dut s'en occuper. Olga refusa.

Le chat cracha et cria quand elle remplit le seau d'eau à la pompe. Il la griffa et lui égratigna le bras tandis qu'elle le portait vers la buanderie. Il miaula et cria quand elle posa le seau, mais se tut quand elle enfouit son visage dans sa douce fourrure et aspira son odeur chaude.

Pour la dernière fois, pensa Augusta.

Ne parvenant pas à faire lâcher prise au chat, elle fut forcée de rester à genoux le bras dans le seau jusqu'à ce que ses soubresauts puis ses tressaillements cessent. Pendant ce temps, elle regardait par les portes ouvertes de la buanderie. Le pommier se tendait vers un ciel teinté de rose, elle devina plus qu'elle ne le vit le gonflement des bourgeons noirs sur les branches nues.

Bientôt ce sera le printemps, pensa-t-elle. Alors tout ira bien à nouveau.

Il lui fallut un moment pour ôter les griffes de

son bras. Le chat la fixait de ses yeux morts et l'eau qui dégoulinait de sa fourrure forma une petite flaque sur le plancher en pin.

— Noyez-la ! proféra Olga quand Augusta voulut mettre Siri dans ses bras.

La sage-femme secoua la tête.

Une odeur de sang imprégnait dans la pièce.

Pourtant les choses allèrent un peu mieux quand arriva l'été.

Siri, qui n'avait cessé de pleurer durant les premiers mois, y renonça et s'endormit. Erland et Harald eurent, outre leurs taches de rousseur, de bonnes notes, et les cernes sous leurs yeux s'estompèrent. Augusta les envoya cueillir des myrtilles dans la forêt, ils en revinrent les dents bleues et les seaux pleins. Elle eut les premières rhubarbes dès la mi-juin et en fit une soupe. Isak ferma les yeux quand elle la lui donna. C'était bon signe. Augusta en était persuadée.

Olga, assise sous le pommier, était redevenue belle.

Elle le resterait trois ans. Aussi belle qu'autrefois et peut-être plus belle encore. Ses couleurs étaient plus soutenues et ses courbes s'étaient adoucies après l'accouchement. Quand elle traversait Hallstavik ou Herräng, il y avait toujours des yeux pour la suivre. Elle le savait, sans que cette certitude l'apaise : elle commençait à se douter que le pouvoir des femmes belles n'avait qu'un temps.

En semaine, elle restait à Nordanäng, s'occupant de la maison. Elle changeait les couches de Siri et lavait les bleus d'Isak quand il avait pissé sous lui, préparait le dîner à partir de presque rien et récurait le sol de la cuisine avec de la cendre quand il n'y avait plus de savon liquide et pas d'argent pour en acheter.

Pendant tout ce temps, elle pensait aux samedis, à celui qui venait de passer et à celui qui ne tarderait pas à venir. À la robe qu'elle choisirait parmi ses anciens habits de fête et à la façon dont elle se coifferait. À l'étranger qui ferait son apparition au bal de la Maison du Peuple de Herräng ou au Parc du Peuple de Hallstavik, celui qui viendrait un jour pour l'emmener loin de cette vie.

Enfin, il vint. C'était inéluctable.

Ce dimanche matin-là, les pleurs de Siri réveillèrent Augusta.

Elle émergea de son sommeil avec un gémissement : son corps était encore endolori par la semaine qui venait de passer. Elle jeta un œil sur le réveil posé sur une chaise près de la banquette-lit de la cuisine – cinq heures et quart – avant de se tourner pour regarder Isak. Il fixait le plafond comme à son habitude.

Augusta s'assit et parcourut la cuisine du regard. Le soleil éclairait ses vêtements jetés sur le dossier d'une chaise. Un bas marron pendait mollement et touchait le plancher.

Bientôt je m'étendrai dans un champ, pensa Augusta. Bientôt je pourrai à nouveau m'enfoncer dans la terre.

Siri ne voulut pas s'arrêter de pleurer. Augusta se leva péniblement de la banquette.

Olga n'était pas rentrée. Le mystère de l'endroit où elle était allée restait entier.

Augusta qui n'avait pas mis les pieds à Herräng depuis la paralysie d'Isak s'y rendit. Elle commença sa tournée chez Nilsson, membre de la Loge de tempérance à l'époque où Augusta avait encore le temps et la force de se préoccuper des affaires du monde et de la sobriété. Il secoua la tête devant ses questions, enfila néanmoins son veston du dimanche pour l'accompagner quand elle poursuivit son chemin. Dans d'autres maisons, d'autres hommes et femmes firent de même et bientôt ce fut une vraie procession qui défila de porte en porte pour poser les mêmes questions. Est-ce que quelqu'un avait vu Olga au bal à la Maison du Peuple hier soir? Est-ce que quelqu'un avait vu où elle était allée ensuite?

Tous l'avaient vue au bal. Elle portait une robe rouge, dirent les garçons. En crêpe de Chine précisèrent les filles. Elle avait dansé avec les mêmes que d'habitude, tous ceux qui l'attendaient lorsqu'elle venait à Herräng. Elis et Nils, Gusten et Arne, Holger et Eilert.

Elis secoua la tête. Elle ne lui avait accordé qu'une seule danse.

Nils ricana de travers et tenta de paraître indifférent. Il n'avait même pas eu droit à cela.

Gusten haussa les épaules. Olga lui avait promis une valse, mais n'avait pas tenu sa promesse. Avait tout simplement disparu.

Arne enfonça les mains plus profondément dans les poches. Il l'avait aperçue avec un nouveau type. Au teint sombre. Du genre gitan.

Holger cracha dans le gravier de la cour. Oui. Il avait en effet vu Olga devant la Maison du Peuple avec ce nouveau... Elle avait l'air assez amoureuse, si on peut dire.

Eilert se passa la main sur la bouche. Certes, ça ne le concernait pas, mais lui aussi avait remarqué Olga et le nouveau. Ils s'étaient dirigés vers la mine de Glitter. Eilert avait pensé les suivre à distance simplement pour s'assurer qu'il n'arrive rien de mal à Olga, puis il avait changé d'avis et rebroussé chemin. En pensant qu'elle était sûrement capable de prendre soin d'elle-même.

Augusta mordilla sa lèvre inférieure. Comment s'appelait-il, ce nouveau ? Comment était-il ? Et que faisait-il à Herräng un samedi soir ? Pourquoi était-il venu ici ? Dans cet endroit du bout du monde ?

Personne n'en savait rien. Tout ce qu'on savait, c'est qu'il était brun et plutôt beau. Grand. Assez mince. Peut-être était-ce un homme des classes supérieures : il avait des mains fines et blanches. À moins que ce ne fût un prédicateur cherchant à se dévergonder : il avait en effet un veston et un chapeau noirs exactement comme ce prêcheur qui avait voulu sauver les âmes de Herräng, il y a quelques années.

Un homme brun en vêtements sombres avait enlacé Olga et était parti avec elle vers la mine de Glitter. On ne savait rien d'autre.

On avait cessé d'extraire du zinc à Herräng depuis des lustres. La mine à ciel ouvert de Glitter s'était transformée en étang ; un étang sans fond avec une eau magique. Une eau d'une telle pureté et d'une telle saveur n'existait nulle part ailleurs dans la région de Roslagen. Et une eau qui changeait de couleur toutes les heures, passant du vert au turquoise, du bleu clair au gris plomb n'existait pas non plus ailleurs qu'en Roslagen.

Une des chaussures rouges d'Olga était posée au bord de la mine de Glitter. La pointe dirigée vers l'eau.

Cette nuit-là, pour la première fois, Augusta ne se préoccupa pas de coucher Isak, elle le laissa assis où il était près de la table de la cuisine à tapoter la nappe comme d'habitude. Les garçons durent préparer quelques tartines pour eux et pour Siri, mais ils ne furent pas autorisés à les manger dans la cuisine. Augusta voulait rester seule.

Quand les voix des enfants se furent tues, elle défit ses cheveux et les tira devant son visage, ferma les yeux et se força à regarder cette image qui toute la journée avait flotté dans sa tête et qu'elle n'avait cessé de fuir. Olga dansant pour la dernière fois en sombrant au fond de la mine de Glitter : sa jambe gauche qui se plie, son bras droit qui s'élève au-dessus de sa tête, sa main qui glisse en arrière en un geste de séduction. Sa peau blanche scintille dans l'eau sombre, sa robe rouge brille. La barrette qui avait maintenu sa coiffure se détache soudain libérant ses longs cheveux qui ondoient comme des herbes aquatiques...

Cachée dans ses propres cheveux, Augusta voit sa fille s'enfoncer vers le fond de la mine.

S'enfoncer, toujours s'enfoncer.

Le lendemain matin, le monde entier était devenu gris.

Augusta se réveilla parce qu'elle avait froid. Elle redressa le dos et cligna des yeux plusieurs fois avant de réaliser qu'elle avait dû s'endormir sur la table de la cuisine. Isak était assis en face d'elle, le regard fixe et vide.

Elle se leva avec un gémissement, son dos lui faisait mal et sa nuque était raide, puis elle s'immobilisa au milieu de la cuisine sans trop savoir quoi faire.

Elle regarda ses pieds : ils avaient enflé durant la nuit. Ses jambes étaient comme des troncs. Un de ses bas s'était détaché de la jarretelle et tire-bouchonnait sur sa cheville, la peau nue était blanche et sillonnée de veines bleues.

Une vieille bonne femme, pensa Augusta. Je suis une vieille et laide bonne femme.

Elle entendit quelque chose couler derrière elle. Elle savait ce que c'était, elle ne se retourna pas. Isak pissait par terre.

Des pieds nus sur le sol de l'entrée : Siri se tenait dans l'ouverture de la porte.

Augusta la regarda un instant, puis leva la lèvre supérieure et essaya de parler. Mais elle ne trouva pas de mot. Il n'y en avait pas. Il n'y eut qu'un chuintement.

Tout existe toujours, dit Alice.

— Qu'est-ce que cela signifie ? demande Kristian.

— Que cela fait suffisamment longtemps que tu y échappes.

Non. Ce n'est pas ce qu'elle a dit. Ce n'était qu'une pensée de vengeance. L'aliment d'une consolation.

Dans la réalité, elle se trouve dans une cabine d'essayage au magasin NK en train de tenter de boutonner un jean noir. Sans y arriver. Elle a pris trop de tour de taille. Elle rentre le ventre et fait une nouvelle tentative. Non, c'est impossible...

Non que cela ait de l'importance, elle n'a de toute façon pas l'intention d'acheter un jean noir. Elle le savait déjà en entrant dans la cabine d'essayage. Elle en a déjà quatre dans son placard à la maison, que ferait-elle d'un cinquième ?

À l'extérieur, un haut-parleur indique que le magasin ne va pas tarder à fermer.

Dans la Hamngatan il fait déjà noir. Il est sept heures du soir et la ville change d'aspect. Les boutiques ferment. Les restaurants ouvrent. Les femmes d'un certain âge sont censées rentrer chez elles et se rendre invisibles.

Alice fourre les mains dans ses poches et arrondit le dos. Elle ne peut pas rentrer. C'est impossible.

Elle s'est promenée dans les magasins tout l'après-midi. Essayant des jeans qu'elle ne peut boutonner. Respirant des parfums dont elle ne veut pas. Feuilletant des livres qu'elle n'a pas l'intention de lire. Pensant à Augusta et à ses contes. À Isak qui est mort depuis plus d'une génération et à Olga qui est sortie un soir pour ne plus jamais revenir.

C'est insensé. Elle en est consciente. Cela fait cinq heures qu'elle a laissé Kristian à l'hôtel *Sheraton*. Nul doute qu'elle devrait penser à autre chose. À la vérité et au mensonge, par exemple. À la responsabilité et à la culpabilité. Ou au mariage et à l'avenir. Elle doit en outre fournir au Musée historique un projet d'exposition dans deux jours, si elle ne veut pas voir complètement capoter sa vie professionnelle. Or elle n'a pas encore écrit une seule ligne acceptable.

À cette pensée, elle allonge le pas, ses talons martèlent avec détermination le trottoir. Le temps d'une respiration, elle entrevoit le reflet que lui renvoie la vitrine d'un magasin : une femme sûre d'elle en tailleur chic.

Le déguisement fonctionne.

— Tout existe toujours, dit Alice.

— Qu'est-ce que cela signifie ? demande Kristian.

— Que tu as perdu tout droit de savoir quoi que ce soit sur notre fils.

Non, ce n'est pas ce qu'elle a dit.

En réalité, elle se leva du lit sans un mot et, s'entourant du drap de dessus, ramassa ses vêtements et entra dans la salle de bains.

Elle resta un instant les yeux fermés et le dos appuyé contre la porte verrouillée avant de les ouvrir et de regarder autour d'elle. L'idée d'être en contact avec quelque chose ayant effleuré Kristian l'emplissait de dégoût. Le savon devait être neuf et la serviette intacte pour qu'elle puisse prendre une douche, sinon elle serait obligée de descendre à la réception pour se réserver une chambre. Mais elle eut de la chance : il y avait toujours quelques petits paquets de savon non ouverts sur le lavabo et un drap de bain bien plié posé sur le porte-serviettes. Elle le huma pour être sûre. Non. Il n'avait pas l'odeur de Kristian.

En revanche, un morceau de savon utilisé se trouvait sur le bord de la baignoire et une serviette chiffonnée par terre. Elle arracha un bout de papier toilette pour se protéger la main, prit le morceau de savon qu'elle jeta, puis poussa du pied la serviette dans un coin. Voilà. Elle était prête. Enfin, elle allait pouvoir se purifier.

Elle ignore combien de temps elle était restée sous la douche chaude, elle sait seulement qu'elle s'était lavée si longtemps et avec tant d'énergie qu'il ne restait presque rien du savon. Des pensées et des souvenirs s'agitaient derrière son front, mais elle parvenait à les contempler avec distance sans se laisser troubler. Voici Augusta qui traverse son jardin en fleur. Et Petter assis sur ses genoux qui fait entendre son rire perlé coulant comme des grains de riz. Voilà encore Lars qui sourit sur ses fractales parlant du principe d'incertitude comme élément propre à susciter des schémas compliqués et à les faire se répéter. Alice se frottait avec le savon entre les cuisses. Cela provoquerait des pertes, elle le savait. Un problème à résoudre plus tard. Pour l'instant, il fallait qu'elle se nettoie.

Lorsqu'elle finit par ouvrir la porte de la salle de bains, elle avait ravalé sa façade et présenta un visage impeccablement maquillé qui sourit légèrement vers Kristian.

— Alice, appela-t-il quand elle se dirigea vers la porte. Alice, bon sang...

— Tout existe toujours, dit Alice.

— Qu'est-ce que cela signifie ? demande Kristian.

— Qu'il ne m'a jamais quittée. Que je ne l'ai jamais quitté.

Non. Ce n'est pas ce qu'elle a dit. Elle ne dirait jamais une chose pareille. C'est trop pathétique. Les paroles ne pourraient franchir ses lèvres.

Pourtant, c'est ainsi. Il ne l'a jamais quittée. Elle ne l'a jamais quitté. Comme si elle avait vécu deux vies. L'une dans le monde réel. L'autre dans l'ombre avec son fils mort.

Après deux années à l'Administration des télécommunications, elle était partie à Norrtälje pour s'inscrire à l'École nationale de formation

471

pour adultes, la seule de son genre à l'époque. À Inga et Erland, elle avait expliqué qu'elle devait travailler comme standardiste à la caserne des pompiers et n'avait eu droit qu'à un soupir las en guise de réaction. Ce n'était pas vraiment un mensonge : elle travaillait effectivement comme standardiste à la caserne des pompiers, mais seulement la nuit. Dans la journée, elle étudiait. Elle avait fêté son baccalauréat en allant chez le photographe en tailleur blanc, coiffée de sa casquette de bachelière, puis avait envoyé un agrandissement à Augusta et un autre à Inga et Erland. Deux jours plus tard, ses parents avaient frappé à sa porte. Ils lui avaient remis un livret de compte d'épargne avec deux mille couronnes, une bouteille de Champagne et un collier en or avant de commencer à se quereller et de décider qu'il valait mieux rentrer.

Alice était restée à la fenêtre les regardant partir. Erland avait appuyé à fond sur la pédale de la nouvelle Rover, et elle apercevait sa main qui s'agitait derrière le pare-brise. Peut-être arrêterait-il la voiture à mi-chemin de Jönköping pour passer un savon à Inga – apparemment c'était encore plus fréquent que naguère. Quand ils s'étaient retrouvés chez Augusta à Noël, Inga avait la lèvre boursouflée et Erland avait des marques de griffes au front.

Alice avait haussé les épaules. C'était leur enfer à eux. En quoi cela la concernait-il ?

En arrivant à Lund, elle s'était inscrite à la maison des étudiants de la province de Småland.

Mais elle se rendait rarement aux bals et aux fêtes. Pourtant, à l'occasion d'une de ces rares soirées, elle s'était laissée conduire sur la piste de danse par un jeune mathématicien.

Il aimait son calme, devait-il dire au bout de quelques mois. Le fait qu'elle n'exige pas de lui un tas de promesses dénuées de sens et qu'elle ne le force pas à écouter ses confidences. Le fait qu'elle sache écouter. Qu'elle soit si raisonnable et pleine de bon sens, tout en ne manquant pas d'imagination, ni d'humour.

Quand il demanda sa main une année plus tard, elle retint un soupir : elle aurait été contente d'y échapper. Sauf qu'elle ne savait pas comment refuser sans le blesser.

Il ne la vit pleurer que lorsqu'on l'emmena dans la salle de travail. Elle pleura avec une telle violence qu'on fut obligé de lui administrer une dose supplémentaire de Petidin.

Il en avait été désolé, dit-il ensuite, en caressant la tête duvetée de Petter. Il ne s'était pas imaginé que cela pouvait faire souffrir à ce point...

Alice détourna d'abord le regard, puis se mit à parler de tout ce que Lars devait acheter avant qu'elle ne rentre de la clinique avec Petter, tout ce qu'elle n'avait pas osé acheter d'avance pour des raisons totalement irrationnelles. Un landau et un lit d'enfant, des vêtements et des couches. Et s'il pouvait aussi avoir la gentillesse d'acheter des serviettes hygiéniques. C'était un peu gênant, elle était désolée de devoir le lui demander mais, en réalité, elle n'avait personne d'autre à qui s'adresser...

473

Six mois plus tard, elle se blottit contre lui une nuit et commença à chuchoter au sujet de cette crise de larmes. En fait, elle n'avait pas pleuré parce qu'elle souffrait physiquement...

Il alluma la lampe de chevet et la regarda. Alors c'était quoi ? Pourquoi avait-elle pleuré ?

Oh ! Alice s'écarta de lui et répondit d'une voix un peu sèche. C'était sans doute le côté existentiel. La rencontre avec la vie et tout ça.

Lars hocha la tête et prit un air sérieux. Le côté existentiel ? Eh bien, en ce cas, on ne pouvait sans doute rien y faire.

Pourtant, ils ne menaient pas une vie désagréable ensemble. Ils se témoignaient égards et respect. Ils riaient assez souvent des mêmes choses. Ils donnaient à Petter une enfance et une jeunesse sans querelle ni violence. Ils travaillaient, et respectaient réciproquement le travail de l'autre. Ils faisaient l'amour, parfois avec une ardeur qui faisait fondre toute retenue, d'autres avec une froideur qui la faisait renaître.

C'était seulement dans la chambre à coucher qu'il arrivait à Lars de soupçonner qu'Alice avait une autre vie.

— Tout existe toujours, dit Alice.

— Qu'est-ce que cela signifie ? demande Kristian.

— Que ta trahison est infiniment plus grave que tu ne le crois.

Oui. C'est cela qu'elle pourrait dire. Si jamais elle avait la force de lui parler.

Elle a traversé en biais la place de Norrmalmstorg et pris la rue de la Bibliothèque. Elle s'arrête devant une vitrine et regarde un tailleur gris. Le mannequin est chauve et ses yeux et ses lèvres manquent de couleur. Une femme sans visage. Une femme dont le regard est couvert de peau. Le tailleur est triste. D'une couleur qui suscite l'anxiété. D'un modèle prétentieux : un petit col sage sur la veste semble vouloir excuser la fente faussement provocante de la jupe. Le prix en est vertigineux. Bien entendu. Personne ne regarderait jamais ce tailleur s'il n'était pas si cher. On achète une étiquette et l'impression de faire partie des élues, le vêtement vous revient en prime.

Alice hausse les épaules. Elle se moque pas mal de tous les tailleurs de cette rue de la Bibliothèque, elle voudrait seulement s'affranchir de ce qui occupe réellement ses pensées. Et elle aimerait savoir où ses pieds ont l'intention de la conduire. Vers où elle se dirige.

À la fin de sa grossesse, le monde se brouilla de plus en plus. Les contours d'Augusta se diluèrent et les murs de sa maison devinrent gris et brumeux. Ils bougeaient tout le temps, reculaient quand Alice étendait la main pour trouver un appui mais lui barraient la route quand elle se déplaçait à la recherche d'un endroit où se reposer. Alice se plia, muette, aux conditions nouvelles de son existence, elle n'avait pas la force de se plaindre. Quand un mur se dérobait, elle en cherchait un autre, quand il faisait obstacle et lui barrait la route, elle faisait un petit détour. Mais, la plupart du temps, elle restait allongée dans le lit d'Augusta. Le lit de camp dans la mansarde était devenu trop petit : la toile grinçait et menaçait de se rompre dès qu'elle s'y asseyait.

Elle était gonflée au point d'avoir des allures de monstre. Pourtant elle se sentait comme un enfant, allongée là dans ce lit. Un nourrisson. Peut-être parce que souvent elle examinait ses mains, les levant dans la lumière, les tournant et retournant. Quelquefois elle oubliait à qui elles appartenaient et fronçait les sourcils en s'interrogeant. À Augusta ? Non. Même Augusta n'avait pas d'aussi gros doigts qui s'écartaient dans tous les sens...

Parfois un noir épais arrivait de la baie de Strömsviken et l'enveloppait. Alice aimait cela : elle ouvrait les yeux et le laissait entrer dans ses pupilles. Elle pouvait entendre la voix d'Augusta qui l'appelait par son nom au loin, mais elle ne se donnait pas la peine de répondre.

Elle était inconsciente quand on la porta dans l'ambulance.

— Tout existe toujours, dit Alice.

— Qu'est-ce que cela signifie ? demande Kristian.

— Que je devrais être aussi peu touchée par les souffrances de ta jeunesse que tu l'as été par les miennes.

476

C'était cela. Elle aurait dû apprendre à mentir de manière aussi convaincante que Kristian. S'entraîner à tricher. Pour sauver sa peau comme il avait sauvé la sienne. Elle aurait dû se jouer de lui comme, à l'époque, les jeunes filles apprenaient à se jouer des garçons. Elle aurait dû le retenir par de fausses promesses de se donner tout en lui prenant ce qu'elle voulait : des rires, des jeux et quelques moments de repos. Mais elle était trop jeune. Beaucoup trop. Et confiante. Et dans une trop grande attente pour être capable de mentir avec tant d'habileté.

Bon. Elle n'avait peut-être pas lieu de se tresser des lauriers, pense-t-elle en attendant à un passage pour piétons à Stureplan. Je me suis tue pendant vingt-sept ans. Je me suis cachée derrière des murs et des barrières. J'ai accusé Lars d'indifférence. Et, aujourd'hui, j'ai tout consommé en couchant avec le conseiller en communication, Kristian Dahlberg. Le vomitif de Jönköping.

Le signal pour piétons passe au vert. Ses pieds se remettent en route. Elle commence à se douter qu'ils se dirigent vers Sveavägen. Vers son bureau.

Kristian l'a touchée. Elle ne peut rentrer.

— Tout existe toujours, dit Alice.
— Qu'est-ce que cela signifie ? demande Kristian.
— Que ta perte est plus grande que la mienne. Je l'ai porté. Tu ne le porteras jamais.

Elle ne se souvient pas de douleurs. Seulement d'avoir eu froid. Les murs de la salle de travail étaient de glace. Les voix y résonnaient. Des objets métalliques s'entrechoquaient. Une lampe cherchait à aspirer le noir de ses pupilles, mais elle résistait.

— Attention, cria quelqu'un. Elle s'en va.

Alice tourna les yeux vers l'intérieur, regarda dans son propre corps et s'aperçut qu'il était vide. Il l'avait quitté.

Elle ne le retrouva que plusieurs jours plus tard. C'était la nuit.

Elle se réveilla parce qu'une lampe s'était allumée à l'autre bout de la salle. Quelqu'un s'assit et soupira. Une femme. Alice la vit agripper le bord de son lit et se lever avec peine, cherchant ses pantoufles tout en enfilant sa robe de chambre. Turquoise. La couleur à la mode. La femme enfonça les mains dans ses poches et se dirigea vers la porte. Elle laissa la lampe allumée. Alice tendit sa main vers la lumière qu'elle diffusait. Ses doigts étaient encore enflés mais pas au point de s'écarter en tout sens.

L'air avait un goût de bouillie, chaud, sucré et lourd à respirer. Elle ferma les yeux et se reposa dans son odeur. Une chorale chantait au loin. C'était un chant ténu, sans rythme ni mélodie ni consonnes, aussi vague et constant que le bruit d'un essaim d'abeilles et aussi inquiétant. Alice rouvrit les yeux.

Elle supposa que la blouse en coton qui se trouvait au pied du lit lui était destinée et la prit. Son mouvement fut arrêté par quelque chose de rigide autour de son ventre : elle regarda sous le décolleté de la chemise d'hôpital pour voir ce que c'était. Bien sûr. Elle se souvint que deux jeunes aides-soignantes avaient entouré son ventre de longues bandes en coton durant l'après-midi, elles s'étaient tenues de part et d'autre du lit et avaient tiré fort, chacune de leur côté. À présent, elle pouvait à peine bouger. Il le fallait : la chorale l'appelait. Il lui fallait aller dans le couloir.

Alice entendit sa voix dès qu'elle ouvrit la porte. La reconnut, bien qu'elle ne l'ait jamais entendue et qu'elle se mêlât à d'autres voix qui parfois la noyaient. Elle s'arrêta, s'appuya contre le mur et écouta.

Le sol du couloir était foncé. Les murs gris. Une seule lampe était allumée. Elle répandait une lumière sale et jaunâtre sur l'infirmière qui referma la porte de la nurserie. Il était deux heures du matin. C'était l'heure du café pour les infirmières.

Il était interdit de quitter le lit. Les jeunes mères doivent se reposer.

Il était interdit de sortir dans le couloir. On risquait de glisser.

Il était interdit d'entrer dans la nurserie. On pouvait y apporter des germes contagieux.

Alice ouvrit la porte.

Mon enfant, pensa-t-elle. Je porte mon enfant.

Sa tête tenait dans le creux de sa main. Les paupières étaient si fines qu'elles semblaient transparentes. Les cheveux étaient foncés et clairsemés : chaque brin était comme un trait d'encre de Chine sur une surface blanche.

Il est peut-être possible de vivre, pensa-t-elle. Peut-être est-ce possible de vivre.

Il était plus petit que les autres. Elle s'en rendait compte. Beaucoup plus. Sa peau était plus rouge et plus chiffonnée. Son cri plus faible. Il se tut et se calma quand elle le mit sur son sein. Mais il n'avait pas la force de sucer, sa bouche se ferma doucement sur le téton puis le relâcha. Il s'était endormi. Alice déposa un baiser sur sa bouche ouverte. Sa salive avait un goût d'eau de source.

Le lendemain matin, elle prit pour la première fois conscience des routines du service des nouveau-nés. Une infirmière poussa la porte de la salle de sa hanche et fit entrer un meuble étrange : une commode marron sur roues avec des trous d'aération dans les tiroirs. Six tiroirs pour une salle de six lits. Elle l'arrêta au milieu de la pièce, ouvrit un tiroir et en sortit un enfant, entoura le petit corps d'une couverture de coton et le tendit à une femme. Celle-ci, qui était déjà à moitié assise dans son lit la chemise ouverte, bâilla légèrement et sourit.

Alice déboutonna sa chemise déjà trempée de lait, et, malgré la résistance des bandes autour de son ventre, elle réussit à s'asseoir dans le lit. Pourtant, à peine l'infirmière eut-elle confié le cinquième bébé à la cinquième mère, qu'elle lança un bref regard à Alice et se dépêcha de gagner la porte.

Alice ne s'était jamais révoltée jusque-là. De sa vie. Là, elle laissa sa fureur éclater.

Elle écuma et montra les dents. Invectiva l'infirmière en chef et bouscula l'aide-soignante qui tentait de lui barrer le chemin du cabinet du médecin de service. Ouvrit la porte et cria :

— Mon enfant ! Donnez-moi mon enfant !

Cela ne servit pas à grand-chose. La pièce était vide. Il n'était que six heures du matin et le médecin n'était pas encore arrivé.

— Ce n'est pas possible, expliqua-t-il un peu plus tard dans la journée.

Il avait le dos tourné et regardait par la fenêtre. C'était un homme maigre au dos courbé. Assise devant son bureau, Alice suivait de son index le relief sinueux des lettres de la plaque gravée à son nom : Docteur Herbert Strömberg.

— Tu ne dois pas te mettre dans cet état-là. Cela pourrait t'achever.

Il se retourna et la regarda par-dessus ses lunettes.

— Quel âge as-tu ?

Alice renifla.

— Bientôt dix-sept ans.

Il secoua la tête.

— Bon Dieu. Qu'est-ce que tu fais ici ? Pourquoi n'es-tu pas chez ta maman et ton papa ?

Alice fit la grimace.

— Bon, dit Herbert Strömberg en soupirant. Tu n'es ni la première ni la plus jeune. Calme-toi maintenant et mouche-toi.

481

Alice chercha un mouchoir dans sa poche. Strömberg tira le fauteuil du bureau et s'assit.

— Sais-tu ce qu'est la toxémie gravidique, reprit-il. L'empoisonnement de la femme enceinte? (Alice secoua la tête en s'essuyant le nez.) Je n'ai jamais vu de cas plus grave. Et jamais quelqu'un de plus jeune. Tu as été très malade. Tu l'es toujours.

— Donnez-moi mon enfant, insista Alice. Je veux mon enfant.

— Lui aussi est très malade, dit Herbert Strömberg.

La décision du docteur avait-elle été guidée par des impératifs médicaux ou par une envie de jouer à Dieu le père? Avait-il agi par indifférence ou par charité.

Alice ne le sut jamais. En revanche, personne ne parla plus d'avenir et d'adoption. On l'installa dans une chambre individuelle et on lui apporta son fils à l'heure de la tétée. Il dormait la première fois qu'on le posa dans ses bras. Maternelle, l'infirmière avait les cheveux gris et parlait d'une voix assurée mais très doucement. Alice devrait passer le téton sur la bouche du garçon. Ainsi il se réveillerait.

Alice hocha la tête sans rien dire et déboutonna sa chemise.

Elle ne comprit jamais pourquoi il était si faible, pourquoi il mangeait si peu, que quelque chose n'allait pas quand il s'endormait sur son sein après seulement une ou deux succions à peine esquissées. Elle l'y laissait simplement, soulevant la couverture pour saisir son petit pied rouge, le mettre dans sa main et le regarder, souriant quand il écartait les orteils en appuyant le talon dans sa paume. Au bout d'un moment, elle fermait les yeux, gardant son peton dans sa main et se laissait glisser entre sommeil et veille.

Les voix du couloir se taisaient devant leur porte. L'infirmière ne tenait pas compte des routines et les laissait tranquilles. Tout le monde d'ailleurs. Mais une vieille infirmière passa un jour sa main sur la joue d'Alice en secouant la tête.

Alice fut la seule à ne pas comprendre ce que cela signifiait.

— Tout existe toujours, dit Alice.

— Qu'est-ce que cela signifie? demande Kristian.

— Que je lui ai donné la vie. Mais qu'il me l'a donnée.

Au bout de quelques jours, elle commença à lui parler.

— Peut-être sera-t-il possible de vivre, dit-elle.

Il ouvrit les yeux et la fixa d'un regard bleu comme la mer.

— Parfois je ne sais plus qui est toi et qui est moi, poursuivit-elle. Encore récemment, nous étions dans le même corps. À présent nous avons la même âme. Nous nous entre-pénétrons. Nous échangeons nos pensées et nos rêves. Les frontières s'effacent.

Elle mit son index dans sa main. Il le saisit. Elle baissa la voix.

— Cela n'a pas d'importance. Nous n'avons pas besoin de frontières. Pas encore. C'est toi qui les traceras le moment venu.

Elle leva la main de son garçon et la scruta. L'ongle du petit doigt était à peine visible. Il ferma les yeux, elle le regarda un instant avant de fermer les yeux.

Quand elle se réveilla une heure plus tard, il reposait lourd et immobile dans ses bras.

— Tout existe toujours, dit Alice.

— Qu'est-ce que cela signifie ? demande Kristian.

— Que le silence a été ta plus grande trahison. Que tu n'as jamais posé de question. Que tu n'as jamais écrit par la suite pour savoir. Que personne n'a posé de questions. Que personne n'a voulu savoir.

Pendant les premières semaines on craignait qu'elle ne perde tout son sang.

Elle ouvrait les yeux de temps à autre, regardait les infirmières et les soignantes, demandant mollement pourquoi elles se donnaient tant de mal à mettre des serviettes et des toiles de caoutchouc. Pourquoi ne la laissaient-elles pas tranquille ? Pourquoi ne pouvait-elle pas rester dans la salle de bains afin que le noir aille au bout de son œuvre.

— Le corps pleure, dit Herbert Strömberg.

Qu'il pleure, pensa-t-elle. Laissez-moi tranquille et qu'il pleure.

Le noir, songe-t-elle. Je l'ai laissé entrer. Je l'ai laissé couler en lui...

Le froid est là, elle sent son haleine sur sa nuque en remontant la Kungsgatan. Ses talons ne martèlent plus le macadam, elle n'est plus pressée. Elle sait en effet où elle va, mais elle n'est pas pressée d'y arriver.

À son bureau, il faudra qu'elle appelle Lars pour expliquer qu'elle ne rentrera plus pendant un certain temps. Peut-être plus jamais. Qu'il faut la laisser seule pendant qu'elle s'efforce de vivre. Comment le dire ? Comment avouer à Lars qu'elle a couché avec un autre homme, mais que ce n'est pas sa plus grande trahison ? Que la lâcheté est pire. Le fait qu'elle ait porté en elle un chagrin figé durant toute leur vie commune et qu'elle n'ait jamais osé en parler ?

Et que va-t-il répondre ? Que cela n'a pas d'importance ? Qu'il en a assez de ses ombres ? Qu'il est lassé de ses chagrins ? Qu'il a l'intention de la laisser pour Corrinne et que c'est de sa faute ?

Oui. Sans doute est-ce ce qui risque d'arriver.

Un sandwich. Elle va s'arrêter et en acheter un pour avoir quelque chose à manger en se réveillant demain matin.

Elle n'a jamais dormi au bureau jusque-là. D'autres l'ont fait.

485

Kåre et Marianne lorsqu'ils venaient à Stockholm. Les amis australiens de Petter. Un mathématicien sans le sou de Saint-Pétersbourg qui n'avait pas de quoi se payer une chambre d'hôtel. Il y a deux lits de camp dans le placard, une douche et un coin cuisine. En effet, il ne s'agit pas d'un bureau officiel. Seulement d'une petite pièce au rez-de-chaussée d'un immeuble sur cour.

Une cachette, avait-elle pensé le jour, quinze ans auparavant, où l'agent immobilier avait ouvert la porte et l'avait invitée à entrer. Exactement ce dont j'ai besoin.

Elle grimace à ce souvenir. Comme si elle avait besoin d'une cachette. Elle qui s'est cachée toute sa vie.

— Tout existe toujours, dit Alice.
— Qu'est-ce que cela signifie? demande Kristian.
— Rien.

C'est fini, pense Alice en respirant. Plus de quarante ans se sont écoulés depuis. Il faut que ce soit fini.

Elle marche rapidement le long de Sveavägen, traverse en hâte l'endroit où Olof Palme fut assassiné, allonge le pas en passant devant l'éditeur Bonniers sans s'arrêter pour regarder les livres dans la vitrine éclairée, croise presque en courant la Tegnérgatan. Sa main cherche les clés dans sa poche.

C'est fini, se répète-t-elle. Le garçon je le porte toujours en moi. Mais Kristian ? Il devra jouer sans moi.

La pensée de Lars la happe alors qu'elle pousse la lourde porte vitrée et se dépêche de traverser le passage menant à l'immeuble. Enfin, les choses se passeront comme elles doivent se passer. Il faut seulement que cela change.

Il fait noir dans la cour et davantage encore dans l'immeuble en face. Elle tend la main vers l'œil rouge de l'interrupteur.

— Alice, fait une voix dans l'obscurité.

Elle pousse le bouton. Lars est assis sur les marches, la lumière jaune de la lampe fait briller son front.

— Il faut que nous parlions, dit-il.

Alice met la clé dans la serrure et ouvre la porte.

— Oui, acquiesce-t-elle. Absolument.

Rien n'existe pour toujours. Elle le sait. Pourtant, elle se sent soudain parfaitement calme.

L'hiver approche. Il avance à grands pas.

Le vent secoue la maison d'Augusta la nuit et arrache les pommes diaphanes des branches du pommier dehors. Elles sont très délicates. Des taches brunes tavellent leur peau dès qu'elles touchent le sol. Demain elles seront pourries et immangeables. Les lupins sous l'arbre ont abandonné toute résistance, ils se courbent sous la pluie et agitent leurs péricarpes déchirés, se laissant transformer en mauvaises herbes.

Il fait froid dans la maison ce soir. Le vent s'infiltre par des fentes invisibles, souffle dans la cuisine, le salon et l'entrée chassant tous les souvenirs de l'été.

La nuit est avancée, mais Angelica n'arrive pas à dormir. Le froid la tient éveillée.

Le froid est tellement intense que ses doigts de pied sont pris de crampe.

Elle se roule en boule sous la couverture mettant les mains entre ses cuisses, essayant de rester totalement immobile et de penser à ce qui est chaud. La cuisine de Siri. Mikael qui entre dans son lit. Des mains sentant bon la marjolaine...

En vain. Les crampes empirent. Angelica sent ses orteils s'écarter dans tous les sens. C'est elle tout craché. Elle est ridicule même lorsqu'elle est gelée. Pourtant, cette température glaciale est peut-être une bonne chose. Elle doit moins s'agiter. Elle doit se calmer. Réfléchir tranquillement et être moins hystérique. Voir les choses telles qu'elles sont véritablement.

Elle s'est dupée elle-même. Elle en est consciente. Elle l'admet. Elle le reconnaît.

D'abord, elle s'est imaginé qu'elle pourrait vivre dans la maison d'Augusta durant l'hiver. Or c'est impossible. Pas sans faire du feu.

Elle était entrée dans deux maisons d'été inhabitées en hiver. Une fois avec un garçon qui s'appelait Daniel, une autre avec un autre garçon qui s'appelait Johan. Elle sait ce que c'est de se dévêtir quand les vitres des fenêtres sont couvertes de givre et que l'haleine fume. Cela fait mal. Mal à la peau. Mal aux muqueuses du nez. Mal aux poumons quand on respire profondément.

Merde alors ! Les crampes sont si violentes que son pied gauche se retourne de façon anormale. Elle se mord les lèvres en faisant un rapide calcul : d'un côté elle sait qu'il y a de vieux vêtements dans la commode de la chambre à coucher, de l'autre le lit sera encore plus froid si elle se lève pour aller y regarder. Pourtant, elle parviendrait peut-être à dormir si elle trouvait une paire de grosses chaussettes en laine. Ou un bon pull chaud. Ou au moins un cache-nez.

Elle devrait par conséquent se lever. Elle en est consciente. Elle reste cependant au lit continuant à se fustiger.

Elle s'est dupée. Elle a toujours été très douée pour ça.

C'est pour cette raison qu'elle s'est promenée avec son grand bloc à dessin en s'imaginant capable de devenir artiste. C'est ridicule, elle est une enfant de l'Usine et les gosses de l'Usine ne peuvent pas devenir des artistes. Ils ne comprennent pas ce que doit comprendre un artiste, ils ne saisissent même pas qu'ils ne comprennent pas. Il ne suffit pas d'être bon en dessin, avait dit Ilona le premier jour, il faut en plus savoir voir. Mais Angelica ne sait pas voir. Pas de cette façon-là. Personne ne le lui a appris, elle a dû se contenter de regarder bêtement toute seule. Et le résultat est là.

Tous les autres élèves de la filière art sont allés à l'étranger. Quand Ilona leur a demandé de raconter leurs meilleurs souvenirs artistiques, ils ont parlé de tableaux qu'ils avaient vus à Paris et à Barcelone. Un terme qu'ils n'utilisaient pas, avait remarqué Angelica. Le bon mot était œuvre. Un véritable futur artiste regarde des œuvres quand il fait la tournée des musées avec ses parents. Et qu'il va dans des *installations*. Angelica n'a pas bien saisi de quoi il s'agit, mais elle soupçonne que c'est quelque chose de si distingué que de toute façon cela lui passerait au-dessus de la tête. Quand ce fut son tour, elle regarda son pupitre et murmura quelque chose à propos de Toulouse-Lautrec, sans mentionner toutefois qu'elle n'avait vu que ses affiches dans un livre d'art à la bibliothèque de Hallstavik. Et elle n'avait rien dit de cet autre livre, celui qui parlait de sa vie : *Le Peintre du Moulin-Rouge*. Peut-être Ilona froncerait-elle le nez si elle apprenait qu'Angelica l'aime bien.

Angelica l'aime. Depuis le printemps où elle se promenait, le bonnet enfoncé presque jusqu'aux yeux attendant que ses cheveux repoussent. Elle allait souvent à la bibliothèque à cette époque et, un soir, elle avait trouvé le livre sur Toulouse-Lautrec. Il était vieux avec une vieille couverture en toile cirée. Il s'était ouvert dans sa main par pur hasard révélant la silhouette d'un homme en noir et d'une femme en train de danser. Elle n'avait pas été attirée par le motif mais par les couleurs. Elle l'avait emporté à la maison et s'était installée à la table de la cuisine de Siri pour le lire, uniquement parce que l'image était jaune sans l'être vraiment.

Siri était remplie d'admiration devant l'épaisseur du livre. Elle hochait gravement la tête chaque fois qu'Angelica levait le menton pour raconter ce qu'elle avait lu. Comment Toulouse-Lautrec était tombé dans l'escalier du château de ses parents quand il était petit et s'était arrêté de grandir. Il en était resté bossu et rabougri toute sa vie. Son père supportait si mal de le voir qu'il le laissa aller s'installer à Paris. Et sa mère qui regrettait qu'il ne peignît pas comme elle estimait que devaient peindre les bons peintres : de vénérables dames et de nobles messieurs aux visages comme des glaces à la vanille. Au lieu de cela, Toulouse-Lautrec faisait des affiches qu'il colorait en faisant gicler la peinture à l'aide d'une brosse à dents. De surcroît, il ne s'intéressait pas aux gens ressemblant à des glaces à la vanille, mais peignait des clowns et des danseuses et – ici Angelica avait froncé les sourcils devant le mot difficile – des *pros – ti – tuées.* Siri, inquiète, avait souri disant qu'elle se débrouillait extraordinairement bien. Que c'était vraiment incroyable qu'un gosse de douze ans sache lire des livres aussi épais, sur des choses si difficiles. Que pour sa part, elle n'avait lu aucun livre à cet âge-là.

Siri ! Son cœur s'arrête à cette pensée. Il bat lentement et chaque battement fait passer un tressaillement par son corps. Angelica respire profondément. Non. Il ne faut pas qu'elle pense à Siri.

En revanche, elle doit tout de même se forcer à penser à Ilona. Au fait qu'elle a secoué la tête devant son dessin aujourd'hui. Ne pas l'admettre serait se tromper.

C'est la première fois. Jamais jusque-là personne n'a secoué la tête devant un dessin d'Angelica. Au collège, les autres filles s'agglutinaient derrière elle quand elle dessinait, bruissant d'admiration. *Comme c'est ressemblant ! Comme c'est beau ! Comme c'est chouette !* Personne n'était capable de l'égaler. Même pas Rebecca.

Peut-être était-ce pour cela que les avis changèrent au lycée, pour cela que, soudain, il parut ridicule de faire du dessin. Un truc pour les petits. À présent, les choses devenaient sérieuses. Il fallait penser à l'avenir. Rebecca, debout dans la cour de l'école, passait la main dans sa frange : personnellement elle avait l'intention de travailler dur. Faire carrière et tout ça. Mais il y en avait d'autres qui ne pourraient devenir que des cas sociaux. C'était tout simplement ainsi : les gosses de cas sociaux deviennent des cas sociaux. Certains naissent en vain. C'était ce qu'avait l'habitude de dire sa mère qui avait sûrement raison. Puisqu'elle était médecin.

Le vent retient son souffle un instant avant de reprendre à nouveau.

« Ratée, chante-t-il. Ratéeratéeratéeratée... »

Les tuiles s'entrechoquent. Si on ferme les yeux, cela résonne comme des applaudissements.

Certains naissent-ils en vain ?

Oui. Sans doute. Si on y réfléchit vraiment.

Non pas que ce soit une pensée particulièrement agréable : elle brûle comme un fer chauffé au rouge à l'intérieur du front. Peut-être est-ce à cause de ce fer chauffé au rouge qu'Angelica s'est baladée en se vantant de devenir artiste. La vantardise rafraîchit. De plus, elle ferme la gueule à Rebecca.

Car Rebecca sait que les artistes sont, en un sens, des gens distingués même si elle ne comprend pas de quelle façon. Elle ne connaît pas d'artistes. Il n'y en a pas parmi ses oncles, tantes, cousins et cousines, minutieusement énumérés. Ils sont tous médecins et avocats, directeurs et vétérinaires. Si Angelica s'était mise à rêver d'une telle profession, Rebecca aurait pu l'écraser en un rien de temps – *Qu'est-ce que tu t'imagines ! Comme si tes notes te le permettaient !* – mais quand Angelica disait qu'elle voulait être artiste, elle ne trouvait rien à rétorquer. Elle détournait donc la tête faisant semblant de ne pas entendre.

Ce n'est pas uniquement pour cela qu'Angelica s'est promenée le nez en l'air. Être une artiste en herbe a d'autres avantages encore. Celui de pouvoir, par exemple, se balader sans honte avec un pantalon usé et des baskets éculées. De se conduire comme si elle n'était pas pauvre pour de vrai, mais seulement au-dessus de ce genre de merde...

Angelica le croyait jusqu'à ce qu'elle joigne la filière artistique. Il fallut quelques jours avant qu'elle se rende compte que les autres filles de la classe n'avaient absolument pas l'air négligé. Au contraire. Elles portaient des hauts ajustés et des pantalons soyeux d'une telle simplicité et si bien coupés qu'ils avaient dû coûter une fortune. Seul un élève lui ressemblait. Un curieux garçon qui s'appelait Rasmus et qui ne disait jamais rien. Ses images étaient horribles : il dessinait des femmes avec des blessures aux seins ou une nature morte avec des intestins. Ilona avait hoché la tête devant son dessin aujourd'hui. Juste avant qu'elle ne fronce le nez devant la jeune fille souriante, aux cheveux abondants, d'Angelica.

À Hallstavik, ce dessin lui aurait attiré des louanges. Elle en est sûre. Pourtant elle sait qu'il est faux, elle le savait au moment où il prenait forme. Mais ce n'était pas sa faute. C'était comme si les milliers de dessins, qu'elle avait faits, assise à la table de cuisine de Siri, étaient passés de sa tête à son bras et à sa main. Comme si elle était toujours assise à cette table dans le quartier d'Alaska dessinant, l'une après l'autre, des jeunes filles aux cheveux longs. Comme si elle avait senti Siri poser une fois encore sa main chaude sur la peau nue de sa tête en disant que personne ne savait dessiner aussi bien qu'Angelica. Personne au monde.

Elle a eu froid ce printemps-là. Elle s'en souvient. Froid à la tête. Sinon elle ne se rappelle pas grand-chose. Peut-être parce qu'elle ne faisait pas tellement de choses, et qu'elle restait surtout assise à la table de cuisine chez Siri à lire ou à dessiner quand l'école était finie et qu'elle avait terminé la distribution de la pub. Elle ne voulait pas sortir. Et quand elle y était obligée, elle enfonçait le bonnet sur son front et refusait de l'enlever. Même à l'école.

On l'envoya chez la psychologue scolaire à cause du bonnet.

Celle-ci était installée tout en haut de l'immeuble. Presque au grenier. Angelica avait dû attendre un instant devant sa porte, mais cela n'avait pas d'importance. Le lieu était apaisant : un petit vestiaire silencieux avec de hautes fenêtres. Sans voix. Sans yeux. Sans personne. Le soleil brillait dehors et les fumées blanches de l'Usine montaient dans le ciel. Elle les regarda un instant tout en glissant un doigt sous son bonnet pour se gratter. Cela chatouillait. Les cheveux avaient commencé à repousser.

495

La psychologue n'en fit pas moins une grimace de dégoût quand, un instant plus tard, Angelica ôta son bonnet et montra sa tête. Mais elle se reprit rapidement, ferma les yeux et arrangea le col de son chemisier à rayures en prenant un air soucieux de convenance.

— Ma pauvre petite, dit-elle ensuite en inclinant la tête. Pourquoi as-tu rasé tes beaux cheveux ?

Angelica, qui avait dû chercher au plus profond d'elle pour trouver sa voix, ne réussit pourtant qu'à émettre un croassement :

— C'est pas moi.

— Que veux-tu dire ?

— ... qui l'ai fait.

Elle avait posé sa main sur le bureau en bois clair. La psychologue se pencha pour la saisir. Angelica eut le temps de s'apercevoir que ses ongles étaient peints d'un rouge chaud, couleur cerise, tandis qu'elle retirait la sienne pour s'asseoir dessus. L'espace d'une respiration, elles se regardèrent dans les yeux, puis la psychologue s'appuya au dossier de son fauteuil en joignant les mains. Sa voix était toujours aussi calme et aimable.

— Alors, qui est-ce ?

Angelica, qui avait mis l'autre main sous ses fesses, se balançait.

— Le Microbe.

La psychologue se pencha en appuyant son menton sur ses mains jointes.

— Ton papa ?

496

Angelica secoua la tête sans rien dire. La psychologue avait baissé la voix.

— Il te fait quelque chose? La nuit? Ou quoi?

Angelica avait recommencé à se balancer. Non. Le Microbe n'avait jamais fait cette chose à laquelle la psychologue pensait. Pourquoi le ferait-il? Puisqu'il la trouvait dégoûtante.

— Il te bat?

Angelica avait retrouvé sa voix, la sensation de la manière dont elle était revenue dans sa gorge était presque tangible:

— Non, répondit-elle en remettant son bonnet. Il ne me bat pas. Il m'a seulement rasé les cheveux.

Non. Maintenant il faut qu'elle dorme. C'est indispensable.

Parfois elle a l'impression d'être restée éveillée depuis le jour de la mort de Siri. Ça aussi, c'est ridicule. Elle sait bien qu'elle a dormi, ne serait-ce qu'un bref instant, toutes les nuits. Hier, elle a dû dormir presque sept heures. Pourtant la fatigue lui brûle les paupières.

Elle n'a plus froid. Ou plus exactement: elle sait qu'elle a froid, mais elle ne peut pas le sentir. Ses dents claquent. Son dos est raide. Ses doigts de pied s'écartent sous l'effet des crampes, sans qu'elle sente quoi que ce soit.

« Ratée, chante le vent devant la fenêtre. Sale ratéeratéeratéeratée... »

Angelica ramène ses cheveux devant le visage et se bouche les oreilles. Elle n'a pas froid. Elle n'entend rien. À présent, elle va dormir.

497

Le Microbe l'attend sous ses paupières. Debout dans la pièce de séjour de Carina, il sourit. Angelica est devenue un petit chien brun aux dents acérées qui saute et qui le mord au visage. Peine perdue. Le Microbe refuse de mourir, il saisit simplement la queue du petit chien et le balance contre le mur.

Puis il rit.

Angelica s'assied dans le lit. Son cœur bat fort et le sang se précipite dans ses veines.

« Calme-toi, se dit-elle à haute voix. Ce n'était qu'un rêve. »

Son inflexion est tellement aiguë qu'elle l'effraie soudain davantage que le rêve. Angelica se lève précipitamment et court dans l'entrée pour allumer le plafonnier, puis s'écroule par terre en pressant avec force ses mains serrées contre les paupières. Elle parvient à peine à respirer, le dos est bloqué par une crampe, comme si elle allait être étouffée par son corps. Mais Siri la sauve, son visage se glisse sous les paupières d'Angelica :

« Gentille, dit-elle. Si gentille, sérieuse et jolie... »

Angelica ouvre les yeux et s'entoure de ses propres bras. Elle a froid. Maintenant elle sent qu'elle a vraiment froid.

Siri se trompe.

Angelica n'est pas gentille. Elle le sait. Elle ne l'a jamais été. Même pas quand elle était petite et vivait seule avec Carina. Elle était aussi impertinente et emmerdante que le disait Carina. Elle braillait comme une truie si elle n'obtenait pas ce qu'elle voulait. Jurait et faisait des grimaces. Volait de l'argent. Crachait au visage du Microbe quand il dormait par terre dans la salle de séjour, cuvant sa cuite et piquait ses cigarettes.

Une ratée. Voilà ce qu'elle était. Une sale petite ratée morveuse.

Et maintenant, elle est sans doute une grande sale ratée. Une ratée merdeuse qui ment à la seule personne au monde qui se préoccupe d'elle. Une petite pute qui sent...

Sa pensée s'arrête horrifiée. Elle appuie la tête contre le mur de l'entrée et ferme les yeux, avec une soudaine envie de se brosser les cheveux. Eût-elle été une autre, qu'elle se serait brossé les cheveux. Mais certains naissent en vain...

Merde ! Elle pousse un cri et se cogne le front. Il ne faut pas qu'elle s'invente d'autres rengaines idiotes, il y en a largement assez avec celles qui se bousculent déjà dans sa tête.

« Reprends-toi, s'admoneste-t-elle à haute voix en frappant ses poings fermés contre ses tempes à chaque mot. Tout de suite, merde ! Reprends-toi ! »

Cela aide. Elle se lève, respire profondément et se reprend.

Bon. À présent, il faut être réaliste et procéder de manière systématique. Voir tout comme un problème mathématique. Elle a froid. Il faut par conséquent qu'elle enfile quelque chose de chaud. Elle ne peut pas dormir. Il faut donc qu'elle fasse autre chose. Lire, par exemple. Les gens ont l'habitude de lire dans leur lit avant de s'endormir. C'est ce que font les gens normaux. C'est ce qu'elle avait l'habitude de faire quand elle habitait chez Siri. Parfois Siri lui apportait en plus un verre de lait qu'elle posait sur la table de nuit en lui caressant la joue. Elle aimait cela. Elle aimait cette façon qu'avait Siri de dire des choses sans rien formuler...

Il faut l'oublier. Cela ne sert à rien de penser à Siri. Quelque chose de chaud. Voilà ce qu'elle doit chercher.

Elle entre dans la chambre d'Augusta oubliant qu'elle s'était arrêtée, effrayée, sur le seuil hier, craignant tout à coup de déranger le calme couleur pastel de la pièce. À présent, les couleurs sont mortes, tout est gris, noir, blanc sale. La lumière qui pénètre depuis l'entrée dessine des oiseaux noirs sur les murs où ils restent, muets et immobiles, les cous tendus comme sur leur garde. Angelica fait semblant de les ignorer.

Elle claque des dents tandis qu'elle foule en boitillant le tapis en lirette et se dirige vers la commode. Les orteils de son pied gauche sont toujours écartés, tout son corps est raide et crispé telle une poupée en bois. Cela aurait pu être comique si ça n'avait pas fait si mal.

Elle doit se battre de longues minutes avant d'arriver à ouvrir le premier tiroir; il est bloqué et ses mains tremblent comme celles d'une vieille ivrogne. Cela vaut le coup : quand il s'ouvre enfin, elle se rend compte qu'il est plein de vieux vêtements. Elle fouille un moment avant de trouver une paire de chaussettes en laine et un pull en gros tricot. Quand elle veut repousser le tiroir, un bout de tissu rayé se coince dans la fente ; elle le tire avec l'intention de le replier pour le faire tenir. Elle réalise alors qu'il s'agit d'une vieille chemise de nuit en flanelle rayée, taille gigantesque. Elle passe le doux tissu sous son nez, le humant doucement. Celle qui en était propriétaire n'a pas laissé d'odeur.

« Augusta, pense néanmoins Angelica. Qui était si grosse et forte, et pourtant pas très gentille... »

Elle enfile la chemise de nuit par-dessus le pull : cela lui tiendra plus chaud encore. Ensuite elle se penche et tire le second tiroir de la commode. Bien qu'à moitié vide, il est plein de trésors qu'elle prend les uns après les autres, les soulevant vers la lumière de l'entrée. Une vieille broche avec une croix, un cœur et une ancre. Une petite lanterne avec un bout de bougie. Une culotte rose géante. Quelques flacons marron avec de vieux médicaments. Angelica plisse le front en essayant de lire le texte sur les étiquettes : *Apekumorol* et *Lanacrisp*. Prescrits pour Augusta Johansson le 20 mars 1975. Elle les secoue avant de verser leur contenu sur le napperon blanc de la commode, tous deux semblent presque pleins. Angelica ne s'en préoccupe pas parce qu'elle a aperçu autre chose : un pot de mousse à raser. Il vient de nulle part et roule tout d'un coup au fond du tiroir, ne s'arrêtant que lorsqu'il heurte un sac transparent avec quelque chose de jaune et de blanc. Des rasoirs. Dix rasoirs jetables.

Elle les reconnaît. C'est ce qu'avait utilisé le Microbe.

Le vent retient son souffle avant de cracher à nouveau :

« Salope. Charogne. Pute. Dégueulasse. Sale ratée menteuse. »

Elle avait douze ans à l'époque. Et elle était la grande sœur. Mikael venait d'avoir trois ans.

Il avait les joues rondes, des doigts dodus et des yeux étroits. Sa langue sortait tout le temps mais cela n'avait pas d'importance, de toute façon il était plus mignon que tous les autres gosses de Hallstavik. Quand Angelica venait le chercher à la crèche, il lançait ses bras autour de son cou et l'emprisonnait dans son odeur, elle avait l'habitude d'enfoncer son nez dans ses cheveux pour essayer de découvrir ce qui la composait. De l'air frais. Du savon pour bébé. Un peu de miel et de cannelle.

C'était presque toujours Angelica qui allait le chercher à la crèche, sinon c'était Siri. Carina venait d'être mise en congé de maladie pour encore quatre mois à cause de son dos, et le Microbe ne rentrait que toutes les cinq semaines. Il était resté sans travail durant plusieurs années après qu'il se fut assagi et eut cessé de mener une vie de brigand, puis, peu de temps après la naissance de Mikael, il avait enfin trouvé du travail. Non pas à l'Usine, comme il l'avait espéré, mais au foyer de réhabilitation où il avait été traité dans le temps. Il s'y trouvait bien, disait-il à tous ceux qui voulaient l'entendre. C'était un travail qui avait un sens et se faisait selon une méthode

502

parfaitement adaptée. De l'éducation. De la bonne et vieille éducation sans un tas de fioritures. Les drogués devaient tout simplement apprendre à travailler et à bien se tenir, pour le reste ils devaient la fermer jusqu'au jour où ils se seraient bien conduits suffisamment longtemps pour pouvoir être considérés comme des gens normaux. Et à ce moment-là ils étaient, bien entendu, mieux placés que quiconque pour apprendre à d'autres drogués à bien se comporter. Ils connaissaient toutes les ficelles. Ils savaient à quels fieffés menteurs ils avaient affaire et combien il était facile de se laisser tromper par leurs histoires larmoyantes et gémissantes. C'est pourquoi, l'un après l'autre, les anciens patients revenaient au foyer de traitement en qualité de soignants. Et c'était une chance que le Microbe ait enfin trouvé une place où il puisse avoir le sentiment d'être un vainqueur. Il en avait besoin. Alors que la vie venait de lui infliger une autre défaite encore.

Il avait refusé le plus longtemps possible d'admettre que Mikael avait un chromosome de trop. Foutaises que tout cela : Mikael avait une santé de fer et était fort comme un bœuf, tout le monde pouvait le voir. Sa voix montait et devenait aiguë : Quoi ? C'était visible que son gosse n'avait rien d'anormal...

La vérité dut lui sauter aux yeux la première année, mais il ne l'accepta pas, il ne reconnaissait jamais vraiment qu'il était le père d'un gosse trisomique. Au lieu de cela, son regard glissait de plus en plus rapidement sur Mikael et bientôt il ne le vit qu'à peine, lui donnant seulement, de temps en temps, une petite tape maladroite sur le crâne avant de prendre sa valise et de partir pour son autre vie.

Il regardait Angelica avec d'autant plus d'attention. Quand il rentrait pour ses semaines de congé, il s'asseyait lourdement sur une des chaises à barreaux de la cuisine, posait ses mains rougies sur le pin patiné de la table et commençait l'interrogatoire. Était-ce vrai qu'elle s'était mise à distribuer de la pub sans demander la permission ? Et était-elle si cupide qu'elle cachait l'argent même quand les indemnités de maladie de Carina s'épuisaient ? Oui. Il était bien obligé de le croire. Angelica avait toujours été une sale petite égoïste et n'avait jamais compris le sens du mot solidarité. Mais il fallait qu'elle sache que...

Angelica, qui avait appris à se boucher les oreilles dès que le Microbe commençait, veillait aussi désormais à ce qu'il ne s'en aperçoive pas. Elle restait devant lui, droite, l'air grave, pendant qu'il parlait, tendant les mains quand il lui disait de le faire, dégageant le cou quand il l'exigeait, mais sans laisser sa voix pénétrer à l'intérieur de son oreille. Le Microbe la scrutait, la lèvre supérieure retroussée. Merde, c'était dégoûtant de voir quelqu'un qui se ronge les ongles !

Il y avait cependant de moins en moins de choses à critiquer à chacun de ses retours.

C'était un fait indiscutable qu'Angelica était la première levée le matin et que c'était elle qui préparait le petit déjeuner pour les autres. Il était tout aussi indéniable qu'elle réveillait Mikael, le

504

lavait et lui donnait des céréales tout en l'habillant en même temps qu'elle s'habillait. C'était elle qui mettait à Mikael sa combinaison et l'emmenait à la crèche en courant longtemps avant que Carina et le Microbe soient sortis du lit.

Certes, le Microbe ne voulait pas être injuste ; il admettait qu'Angelica aidait pour certaines choses. Mais il semblait que la petite finaude s'imaginait qu'elle pouvait décider ce qu'elle devait faire et comment. Il n'en était pas question. Elle devait apprendre à obéir aux adultes et à leur témoigner du respect.

On n'enfermait presque plus Angelica dans la salle de bains et, quand cela arrivait, elle s'en moquait. Comme la fois où Carina avait été convoquée à l'école pour tirer au clair diverses attitudes d'Angelica.

— Un vrai procès, disait hors d'haleine Carina au Microbe quand il rentra du centre de réhabilitation quelques semaines plus tard. C'était exactement comme un procès...

Angelica le reconnaissait volontiers. Cela avait été exactement comme un procès à la télé. À cette différence que l'accusé n'avait pas droit à un avocat pour être défendu. Elle n'avait même pas eu celui d'être présente, mais avait dû rester à la maison à essayer de deviner les propos échangés dans le bureau du proviseur. Non pas qu'elle aurait eu grand-chose à dire pour sa défense, elle avait en effet déjà avoué qu'elle avait menacé Jeanette Johansson de la classe parallèle, qu'elle l'avait saisie fermement par les cheveux et promis de la pousser dans les eaux de la baie d'Edebo si elle n'allait pas prévenir Bergström à l'Entreprise qu'elle avait l'intention de cesser de distribuer de la pub. C'était vrai. Mais comment Angelica aurait-elle pu savoir que cette idiote bornée allait la prendre au sérieux ? Qui ? D'autant plus qu'elle avait besoin de cet argent. Ce qui n'était pas le cas de Jeanette Johansson. Dont la mère était professeur et le père ingénieur.

Le Microbe tira violemment les cheveux d'Angelica quand il la poussa dans la salle de bains. Cela lui fit mal au point que les larmes lui montèrent aux yeux. Elle s'en moqua. Elle se moqua même qu'on l'y laissât toute la nuit. La seule chose qui l'inquiétât fut d'entendre le Microbe farfouiller en jurant dans ses affaires, vidant le contenu de son sac à dos par terre, ouvrant sans ménagement les tiroirs de son bureau en remuant tout, ainsi que les portes du placard pour sortir ses vêtements. Peut-être trouverait-il sa cassette récemment achetée et prendrait-il tout son argent. Elle l'avait cachée sur la plus haute étagère du placard. Mais elle avait de la chance : le Microbe était trop petit pour atteindre la plus haute étagère et il dédaigna de grimper sur une chaise. Il continua simplement son remue-ménage quelque temps, puis retourna sa colère contre Carina, hurlant des reproches sur son incapacité à assumer son rôle de mère, proclamant qu'il fallait qu'elle se reprenne, pour finalement s'affaisser devant la télé. Les gens bien regardaient les nouvelles tous les soirs. Le Microbe se faisait fort de les imiter.

Bien qu'il ait eu Angelica à l'œil toute la

semaine, il ne trouva pas de raison de renouveler ses attaques. Elle n'était pas souvent à la maison. Quand elle avait distribué la pub et été chercher Mikael à la crèche, elle prenait son vélo et allait chez Siri. Un jour elle emporta sa cassette pour la cacher dans l'armoire à balais de Siri. À l'époque, il n'y avait qu'un billet de cent couronnes et deux pièces de dix couronnes, mais elle était consciente que ce n'était pas le moment de gaspiller son argent et que les deux mille quatre cent soixante-trois jours qui restaient jusqu'à son dix-huitième anniversaire devaient servir à amasser un capital suffisamment important pour lui donner sa liberté.

Angelica soulève prudemment le sac avec les rasoirs et les étale sur la commode, puis saisit la glace à main et regarde son visage. S'oblige à le scruter.

Est-ce là un visage qu'Ilona accepterait ?

Oui. Peut-être. Elle a l'air d'une sorcière. La lèvre supérieure est crispée en une grimace sarcastique. Elle a des cernes noirs sous les yeux. Les cheveux retombent en grosses mèches emmêlées sur son visage.

Elle voudrait se brosser les cheveux. Mais il n'y a pas de brosse sur la commode d'Augusta. Seulement un vieux peigne en écaille serti d'argent.

C'est bon de se peigner. Quand on a réussi à démêler les plus grosses touffes, c'est presque aussi agréable que de se brosser les cheveux.

Peut-être plus agréable encore. Une brosse arrache et griffe, un peigne glisse si doucement sur le cuir chevelu que les cheveux en deviennent tout doux. Angelica pose sa main gauche sur sa tête et lui fait suivre la transformation, sentir comment ce qui, il y a un instant, était rêche et rugueux est tout à coup devenu soyeux.

Les épais vêtements font leur effet. Elle n'a plus froid. Elle commence à avoir chaud.

On sentait l'approche du printemps le jour du retour du Microbe. Peut-être était-ce le premier printemps dont elle eût jamais pris conscience.

Angelica ne s'en était pas préoccupée jusque-là. Elle n'avait pas compris les épanchements lyriques de ses professeurs sur la neige qui fond et la luminosité renaissante, elle trouvait que le monde devenait sale et laid quand l'hiver lâchait prise. La terre gisait nue et sèche. L'herbe de l'année passée était jaune et fanée. L'asphalte était jonché de graviers.

Elle avait grimpé à vélo la pente du pont de Skärsta. Si pénible que cela ait été, elle n'avait pas voulu renoncer, résolue à triompher à la fois de sa respiration sifflante et de la longue côte. Arrivée au sommet, elle posa le pied sur l'asphalte et resta debout à regarder l'Usine et l'eau de la baie d'Edebo. Reprenant son souffle et écoutant les battements de son cœur.

L'espace d'un moment, le monde fut silencieux. Pas de vrombissement de voitures dans le lointain. Pas de cris de mouettes. Pas de voix d'êtres humains. L'air avait la fragilité du verre, il entrait en elle par le nez et la bouche, par les pores de sa peau et ses pupilles.

Dieu a les mains bleues, pensa Angelica. Et elles sentent bon.

Trois heures plus tard, cela arriva.

La nuit était presque tombée, un crépuscule bleuté s'était glissé par la fenêtre et se mêlait à la fumée de la cigarette de Carina. Mikael dormait. Angelica se tenait, le dos droit, devant la table de la cuisine tandis que le Microbe tirait une cigarette du paquet et l'allumait. Sa main tremblait un peu.

— Idiot, dit-il d'une voix plus assourdie que d'habitude. Ainsi tu traites ton propre petit frère, d'idiot...

Angelica fit un petit mouvement du haut du corps, mais ne répondit pas.

Le Microbe secoua la tête.

— Quelle ordure tu es... Merde alors, quelle sale petite ordure !

Le silence tomba. Carina laissa son regard effleurer Angelica, puis tourna la tête et regarda par la fenêtre. De l'autre côté de l'eau, les projecteurs de l'Usine étincelaient comme des étoiles blanches.

— Idiot, répéta le Microbe d'une voix encore plus sourde. Traiter son propre petit frère d'idiot...

Angelica fit passer sa langue sur ses lèvres. C'était différent aujourd'hui. Pire que d'habitude.

— Ce n'est pas ce que je voulais dire...

Le Microbe leva la main pour l'arrêter. Sa paume était rouge.

— Ferme-la. Ne dis pas un mot.

— Mais...

Carina soupira lourdement :

— Ne sois pas insolente. Nous t'avons entendue. Aussi bien Conny que moi.

Le Microbe posa ses mains sur la table. Les ongles étaient soigneusement nettoyés.

— Ce sont des gens de ton espèce..., déclara-t-il en savourant les mots, qui poursuivent et font souffrir tous ceux qui sont différents. Qui ne comprennent pas le sens du mot solidarité. Qui haïssent.

Angelica prit son souffle :

— Il avait dessiné dans mon nouveau bloc à dessin... À chaque page.

Le Microbe se leva et mit son poing serré sous son nez :

— Ferme-la. Tu piges. Ceux de ton espèce n'ont qu'à la boucler.

Angelica cligna des yeux et essaya d'avaler. C'était impossible. Une boule enflait dans sa gorge. Mais elle ne fondit pas en larmes. Elle n'avait pleuré en présence de personne depuis qu'elle avait cinq ans et elle s'était promis que plus jamais cela n'arriverait. Sauf qu'elle ignorait à l'époque qu'une chose pareille surviendrait et n'avait pas conscience d'être une pauvre ratée. Parce que le Microbe disait la vérité. Elle avait vraiment traité Mikael d'idiot. Elle ferma les yeux et secoua la tête :

— Il m'a coûté cinquante couronnes ! Le bloc à dessin. Et j'ai demandé pardon...

Le Microbe ouvrit son poing et redressa le dos.

— Eh oui, lança-t-il en reculant d'un pas. C'est une question d'argent. Je le pensais bien. Ça l'est toujours pour cette petite cupide.

Il fit encore un pas en arrière et disparut de son champ de vision, Angelica le sentit brusquement derrière son dos. Toujours assise à la table de la cuisine, Carina passa lentement la main sur la nuque et secoua la tête.

— Tu es vraiment complètement barjot, dit-elle en éteignant sa cigarette. Cinquante couronnes pour un bloc à dessin... Et tu t'offres ça. Quoi ? Alors que j'en ai à peine assez pour qu'on ait quelque chose à manger.

Le Microbe posa la main sur le haut de la tête d'Angelica, l'y laissa quelques secondes avant de saisir la queue de cheval et la tourner autour de sa main. Sa voix était extrêmement sourde.

— C'est peut-être le moment de te donner une leçon, assena-t-il. Il est peut-être temps que certaines filles apprennent que l'argent n'est pas la mesure de tout.

« Mon visage, pensa Angelica. J'ai eu peur pour mon visage. »

Elle ne le vit que le lendemain matin. Là elle le vit.

Debout au garde-à-vous devant le miroir de l'entrée elle ne compta pas les sonneries du téléphone. Les entendit à peine. Une fille la regardait de l'autre côté du miroir. Une fille sans cheveux.

511

Une fille au crâne brillant avec des yeux noirs. Une fille dont les lèvres étaient totalement grises. Une fille qui leva lentement ses bras et les croisa sur sa tête.

« Moi, chuchota-t-elle. Moi. »

Où est-elle ? pense Angelica en scrutant le miroir à main d'Augusta. Où est-elle partie ?

Elle ne sait pas très bien ce qu'elle veut dire. En revanche, elle sait enfin ce qu'elle va faire. Ce qu'il faut qu'elle fasse. Ce que tous ceux qui naissent en vain doivent faire tôt ou tard.

Elle se relève péniblement en prenant appui sur la commode, sourit furtivement à son image quand elle repose la glace. Les oiseaux noirs sur les murs déploient leurs ailes en hésitant. Angelica se tourne et leur sourit.

— Ne vous pressez pas tant, déclare-t-elle d'une voix claire. Il y a beaucoup de choses à faire.

On peut porter pas mal de choses dans une chemise de nuit rayée en flanelle. Il suffit de soulever l'ourlet, et aussitôt voilà un petit sac. Où l'on peut poser tout ce dont on a besoin. Deux flacons marron avec de vieux médicaments. Un peigne serti d'argent. Un sac transparent avec dix rasoirs jetables. Enfin un pot vert avec de la mousse à raser de la marque Wilkinson Sword.

Ensuite, il ne reste qu'à descendre l'escalier.

Maintenant elle peut allumer la lampe dans la cuisine. Cela n'a plus d'importance.

La soupe à la viande est toujours sur la table. Les ciseaux sont suspendus à un crochet au-dessus de la plaque chauffante. Trois élastiques sont passés autour du peigne.

Angelica vide le contenu de la chemise de nuit sur la table et secoue ses cheveux. Où est le peigne ? Elle veut se peigner une dernière fois avant d'aller dans l'entrée avec la mousse à raser et les rasoirs jetables.

D'abord, elle doit remplir un verre d'eau et s'installer à la table de la cuisine pour prendre ses médicaments.

« Salut », dit la fille dans le miroir.

Angelica la fixe sans répondre. Le crâne nu brille. Les yeux sont noirs.

« Regarde », continue la fille qui relève la queue-de-cheval et la laisse se balancer dans sa main droite. Elle est très longue, près d'un demi-mètre. Les cheveux poussent d'un centimètre par mois et cela fait cinquante-trois mois qu'aucun ciseau n'a touché les cheveux d'Angelica. Elle lève la main et la queue-de-cheval lui effleure le visage. Elle est fraîche et soyeuse. Quel dommage de ne pas sentir son odeur ni celles de la maison, couvertes et anéanties par la mousse à raser.

« Voilà, ajoute la fille de la glace. Pose-la par terre à présent. Juste devant la porte. »

Angelica s'accroupit et pose la queue-de-cheval par terre, y passe les doigts pour la disperser et l'étale tel un sombre éventail se détachant sur le pin jauni du plancher. C'est bien. Simple et beau. Peut-être devrait-elle poser le peigne serti d'argent à côté.

« Non, proteste la fille de la glace. Ne fais pas ça... Ça aurait l'air artificiel. »

Angelica hoche la tête et se relève. Prise de vertige, elle est obligée de fermer les yeux et de s'adosser au mur. Son cœur bat fort, chaque battement résonne dans sa tête.

« Peut-être que ça ne suffira pas, dit la fille de la glace. Tu ne sais pas ce que c'était comme pilules. Il faut que tu fasses autre chose. »

La voix est parfaitement claire, mais son visage a un aspect étrange. Son menton pend, et elle regarde mollement Angelica avec les paupières mi-closes.

« Sors, ordonne la fille. Déshabille-toi et va-t'en quelque part. Couche-toi par terre. Couvre-toi de feuilles. Laisse ton corps s'enfoncer dans la terre et disparaître... Ainsi tu ne mourras pas. Tu cesseras seulement d'exister. »

Angelica hoche la tête. Muette. La fille a raison.

La fille de la glace a des gestes rapides bien qu'elle doive prendre appui de temps en temps contre le mur pour vaincre le vertige. Elle plie soigneusement chaque vêtement et le pose en tas par terre. Une chemise de nuit rayée en flanelle. Un gros pull. Un tee-shirt sans forme. Un jean noir délavé. Un soutien-gorge. Une paire de chaussettes en laine. Un slip.

Ensuite, les mains croisées sur les seins, elles se regardent. Le vent siffle dehors, mais il ne profère plus de paroles. La fille de la glace sourit légèrement.

« Mets tes chaussures, dit-elle. Sinon tu n'iras pas loin. Et en ce cas, ils te trouveront avant que tu ne te sois enfoncée dans la terre... »

Angelica acquiesce et enfile ses baskets, noue correctement les lacets les terminant par un joli petit nœud. Quand elle lève la tête, elle remarque que la fille de la glace a aussi remis ses souliers. Elle garde le silence l'espace d'un instant. Deux filles chauves se dévisagent, nues toutes les deux mais chaussées. Elles tendent les mains au même moment, leurs paumes se touchent.

« Et où vas-tu ? » demande Angelica. Sa voix n'est plus qu'un chuchotement.

« Quelque part ailleurs, répond la fille. Je vais ailleurs. Quelque part. »

VI

Le terminal des vols internationaux à Arlanda.
Des gens font la queue. Les haut-parleurs retentissent.

Lars lui tend les clés. Elles tintinnabulent en s'entrechoquant dans sa main.

— J'aurais pu te les envoyer, dit-il. Tu n'étais pas obligée de venir jusqu'ici.

Alice hausse les épaules.

— De toute façon je passais par ici.

— Tu vas à la maison d'Augusta ?

Alice hoche la tête.

Un peu plus loin, Corrinne leur tourne le dos, les épaules voûtées. Alice reconnaît la valise noire posée à côté d'elle : c'est elle-même qui l'a achetée. Un cadeau d'anniversaire à Lars il y a cinq ans. Ou sept.

Lars se frotte les mains, fixant son regard quelque part au-dessus de l'épaule gauche d'Alice. La carte d'embarquement dépasse de sa poche de poitrine.

— Oui, souffle-t-il. On croirait un soupir ou une aspiration. Alice attend la suite, mais il n'ajoute rien. Peut-être n'y a-t-il plus rien à dire.

Ils sont restés une nuit entière dans le bureau d'Alice. Ils connaissent désormais tout l'un de l'autre. Du moins, autant que c'est possible quand il s'agit de l'être dont on a partagé la vie pendant près de trente ans.

Exactement autant. Ou aussi peu.

Lars se racle la gorge.

— Tu vas encore rencontrer cet homme, Kristian?

Alice secoue la tête. C'est donc là tout ce qu'il aura compris.

— Non, répond-elle. Je ne vais pas le revoir.

Du coin de l'œil elle aperçoit Corrinne qui remet en place son châle blanc en cachemire.

— Et toi? demande-t-elle. Vas-tu rester à Chicago?

Lars fait signe que non.

— Pas maintenant. Je rentre dans quelques semaines. Puis nous verrons où nous en sommes.

Corrinne se retourne en lançant un coup d'œil à sa montre, le mouvement fait retomber ses cheveux châtain clair sur sa joue.

— D'accord, dit Alice. À ce moment-là, j'aurai enlevé mes affaires.

Corrinne fait une petite génuflexion et soulève la valise. Lars lui jette un regard par-dessus l'épaule avant de reposer les yeux sur Alice.

— J'aimerais garder la table à abattants, précise-t-il. Et mes livres. Pour le reste cela m'est égal. Je prendrai ce qui restera quand tu auras pris ce que tu veux. Cela n'a pas d'importance.

— Je sais, opine Alice. Aucune importance.

Corrinne est tout d'un coup à côté de Lars. Elle sourit à Alice. Alice lui sourit. Lars sourit aux deux femmes. Ils sont très bien élevés.

C'est fini, pense Alice en s'affaissant sur une chaise dans la cafétéria.

Elle ne sait pas pourquoi elle n'est pas allée vers la voiture, pourquoi elle s'attarde à Arlanda alors que Lars et Corrinne ont disparu dans la salle de contrôle des passeports et des billets.

Elle baisse les yeux sur son plateau. Du café dans un bol épais. Un sandwich glacé tout juste sorti du frigidaire dans son emballage plastique. Un léger dégoût lui tord l'estomac, elle pose une serviette sur le sandwich et tire le bol vers elle, puis regarde la piste. Un avion se prépare à décoller. De la Lufthansa. Mais Lars et Corrinne partent par la SAS. Aussi se trouvent-ils toujours seulement à une centaine de mètres d'elle. Peut-être font-ils en ce moment des achats dans la boutique hors taxe. En riant. Ou en souriant.

Alice lève la tasse et boit une gorgée du café.

Quelle vie lui restera-t-il quand l'avion pour Chicago se sera envolé ?

Une vie étriquée. Elle le sait. Une vie avec des nuits solitaires. Une vie dans laquelle les hommes, jeunes ou plus âgés, ne feront que laisser glisser sur elle leur regard, enregistrant son existence pendant un bref instant pour ensuite l'oublier. Une vie où elle ira au théâtre avec d'autres femmes seules, pour peu qu'elle en ait envie. Dînera avec elles. Discutera des nouvelles et des événements mondiaux avec elles. Une vie au pays des femmes d'un certain âge. Celles qui viennent de divorcer. Les veuves trop jeunes.

Elle repose le bol sur le plateau et passe le pouce sur sa lèvre inférieure. Peut-être n'a-t-elle même pas cela à attendre. Elle n'a pas vraiment d'amies. Seulement des relations. Oui, et même pas mal.

La pensée de Lars l'étreint. J'ai eu un ami, pense-t-elle. Un seul.

À présent elle le voit. À présent qu'il n'est plus là, elle y parvient enfin.

Le dos droit. Ce mouvement si typiquement masculin qui indiquait qu'il se préparait à une tâche : les jambes écartées, il prenait la ceinture de son pantalon et le tirait vers le haut. Son sourire ensuite. Le rire contenu, celui qui venait autant de ses yeux que de sa gorge. Le geste rapide quand il passait la main sur son crâne chauve, celui qui trahissait que même les professeurs de mathématiques les plus sensés pouvaient cacher en eux un gamin de seize ans aux cheveux longs. Un gamin de seize ans qui parfois dans le noir de la chambre à coucher arrivait à effleurer ses quinze ans à elle. Son corps osseux. Ses lèvres. Son ardeur, celle qui s'embrasait même quand ils s'étreignaient pour la millième ou deux millième fois. Son regard lorsque la lumière s'allumait ensuite et qu'Alice se détournait, se fermant sur elle-même et ses secrets.

Il voyait, pense Alice. Et il attendait. Finalement il a abandonné.

Un avion sort et pointe l'avant vers la piste de

décollage. Cette fois-ci c'est la SAS. Alice fixe le fond de sa tasse.

« J'ai gâché ma vie », se dit-elle.

La seconde d'après, elle se rend compte qu'elle a parlé à voix haute. Elle redresse le dos et essaie de masquer ses paroles par un petit toussotement. C'est inutile. Personne n'a rien entendu. Personne ne la regarde. Elle est la seule cliente de la cafétéria.

À qui imputer la faute ? pense-t-elle en se dirigeant vers la voiture. Qui est responsable de ce que je n'ai jamais compris qu'il est impossible de vivre en excluant la joie ? Moi seule ? Ou aussi Inga et Erland ? Kristian ? Lars ? Augusta ?

Elle hausse les épaules. Cela n'a pas de sens de chercher à faire un procès. Tous sont aussi coupables. Tous. Et le passé n'existe plus.

Pourtant, elle pense au passé quand elle s'installe dans la voiture et tourne la clé de contact. À la façon dont le passé s'est transformé durant les dernières semaines. À la façon dont ce qui remplissait autrefois tout son champ de vision s'est rétréci pour devenir presque invisible. À la façon dont ce qui auparavant était éclaté et fragmentaire s'est rangé en des dessins d'une netteté parfaite, aussi compliqués et énigmatiques que les fractales de Lars, et pourtant saisissables et symétriques.

Elle avait d'abord eu l'impression d'être infidèle. De trahir son fils aîné. De l'anéantir parce qu'elle en parlait.

Elle se tenait près de la fenêtre, tournant le dos à Lars et regardant la cour plongée dans le noir. Il était assis dans le canapé tout au fond de son bureau, les pieds sur la table, muet et immobile tant qu'elle parlait. Elle était étonnée d'arriver à conserver une voix aussi sèche et objective, que ses paroles coulent avec une telle facilité de sa gorge, qu'elle parvienne à dévoiler ses pensées et ses secrets sans que sa voix hésite alors que ses mains pressées contre la vitre tremblaient. Mais elle refusait de céder à ses tourments, elle ne se permettait pas de chercher des excuses et une défense. Après vingt-sept ans de contrôle d'elle-même, la moindre des choses qu'elle puisse se demander était bien de se maîtriser.

Lorsqu'elle se tut enfin, elle se tourna vers Lars : les deux mains sur le visage, il resta immobile avant de prendre une profonde inspiration puis de poser les pieds par terre et de découvrir ses yeux.

— Oui, dit-il, en se penchant en avant. Je suppose que c'est à mon tour maintenant d'avouer la vérité.

Il avait rencontré Corrinne il y avait déjà cinq ans. Dans un congrès. Cela faisait quatre ans qu'elle était devenue sa maîtresse. Lors d'un autre congrès. Elle avait divorcé et il voulait, lui aussi, divorcer maintenant.

— Il me reste vingt-cinq années à vivre, conclut-il. Si j'ai de la chance. Ce n'est pas beaucoup.

Alice hocha la tête et se laissa tomber dans son fauteuil de bureau. Sa gorge était sèche.

— J'ai envie de vivre, ajouta Lars. Je veux avoir le temps de vivre une vraie vie avant de mourir.

Alice ne répondit pas.

Elle ne bougea pas de son fauteuil au moment où Lars se leva et pas davantage lorsqu'il alla allumer la lampe dans l'entrée. En revanche, elle noua les bras sur sa poitrine quand elle l'entendit remonter la fermeture Éclair de son blouson.

Lars ouvrit la porte et la referma doucement derrière lui. Ses pas résonnèrent sur l'asphalte de la cour. La pluie fouettait la vitre. Le vent sifflait.

L'hiver approche, pensa Alice.

Quand elle se réveilla quelques heures plus tard, elle se rendit compte qu'elle s'était endormie sur le bureau, qu'elle était restée penchée en avant, la joue sur le sous-main. Pourtant elle se sentait reposée. Peut-être parce que le soleil brillait dehors, un soleil d'automne tout jaune qui faisait étinceler l'asphalte humide de la cour.

Elle ouvrit grand la fenêtre avant d'aller dans l'entrée et de se déshabiller.

Elle ne prit conscience qu'une fois sous la douche qu'elle ne pouvait plus voir son fils aîné, que son image sous ses paupières avait disparu. Elle s'arrêta du coup. Figée, le visage levé sous la douche, elle le cherchait dans tous les recoins de son cerveau. Non. Il n'y était plus. Seule lui restait l'image d'une image. Le souvenir d'un souvenir.

Elle fut malgré tout capable de s'installer à son bureau un moment plus tard, d'ouvrir l'ordinateur pour explorer une autre parcelle de son passé. Elle but une gorgée de café et chercha sur l'écran l'icône à activer : *Le Patrimoine industriel*. Le texte qui parut devant elle était éclaté et fragmentaire. Inutilisable. Alice l'effaça, puis fixa l'écran vide avant de commencer à écrire.

Soudain, tout était évident. Une exposition sur l'industrialisation devait évidemment parler des situations ambiguës, puisque c'était justement l'époque des contradictions. Dans l'enceinte de l'usine, c'était le règne de la contrainte, de la surveillance et des contrôles. Des gens adultes y étaient traités comme des enfants, on les privait du droit de prendre la moindre décision. Les ouvriers y découvraient qu'on les haïssait et les dédaignait et ils apprenaient à répondre de la même façon. En revanche, hors les murs de l'usine, la liberté grandissait. Des gens, qui une génération plus tôt avaient été des dépossédés de la naissance à la mort, pouvaient s'asseoir à leur table pas seulement pour manger mais aussi pour discuter. Ils se regardaient, se rendant compte que, par leur nombre, ils constituaient une force et que celle-ci était là pour être utilisée. Le travail avait été dépouillé du savoir, pourtant il y avait plus que jamais besoin de connaissance. Les analphabètes avaient appris à lire. Pour commencer, ils lisaient sans ligne directive et sans structure, Nick Carter se mélangeant avec Platon, le Manifeste communiste avec la Bible, les romans de cape et d'épée avec Zola... Alice s'arrêta.

Mais les contes sont morts, pensa-t-elle. Il faut

que je m'en souvienne. Je ne peux pas me permettre de l'oublier.

Elle s'est retrouvée derrière un gros camion transportant des troncs et a été obligée de ralentir. C'est idiot d'essayer de doubler, bientôt elle respirera les gaz du pot d'échappement d'un autre poids lourd chargé de bois. Il y en a beaucoup sur la route vers Hallstavik. Toujours. Tous les jours. Toute l'année. Le géant sur les rives de la baie d'Edebo a un appétit féroce.
Le soleil est haut dans le ciel, la route longe une forêt cuivrée, rouge et or. Si Alice avait eu la possibilité de prendre la place de Dieu l'espace d'un moment, elle aurait donné à l'été les couleurs de l'automne. Le vert jure sur le bleu du ciel quand il fait beau, les nuages lui donnent un air triste et sans dignité. Alice sourit légèrement à ses pensées et redresse le dos. Prendre la place de Dieu ! Certains êtres ont des prétentions sans bornes...
La seconde d'après, elle redevient sérieuse. Pourquoi a-t-elle souri ? Pourquoi ne pleure-t-elle pas ? Lars vient de la quitter. Il se trouve en ce moment dans un avion et a posé sa main sur celle de Corrinne. Comment Alice, dans sa voiture, peut-elle admirer les couleurs de l'automne ? Se sentir un peu fatiguée et résignée, mais pas désespérée ?
Elle hausse les épaules. On ignore bien des choses sur soi. Beaucoup de choses qu'il n'est peut-être pas nécessaire de connaître.

Ainsi elle est restée étrangement calme toute la semaine. Et sûre d'elle. En effectuant sa présentation de l'exposition hier au Musée historique elle avait été capable de réfuter toutes les objections sur un ton posé et détaché.

Si, avait-elle affirmé. Il était nécessaire d'utiliser de grands miroirs dans l'exposition. C'était une façon de multiplier et de souligner les paradoxes de l'industrialisation, le fait que chaque phénomène renfermait son contraire à cette époque : liberté et contrainte, révolte et soumission, richesse et pauvreté, collectivisme et individualisme. En plus – et elle avait souri brièvement – il y avait aussi lieu de croire que l'avenir continuerait de la même manière à être le miroir du passé. Déformé peut-être, agrandi pour certains aspects et diminué pour d'autres, un véritable reflet néanmoins.

C'était aussi pour cela qu'il était nécessaire que l'exposition montre bien le sort qu'avaient connu les contes. Car les contes étaient l'exception : c'était un miroir qui s'était brisé soudain. Quelque chose de très déterminant avait dû intervenir dans la manière de penser des gens lorsqu'ils entraient dans les usines : ils venaient en effet d'un monde peuplé de toutes sortes d'êtres, de fermes où des petits personnages gris avaient aidé les bonnes et les valets dans leur travail, de forêts où des femmes aux cheveux roux et le dos évidé avaient attiré les ouvriers forestiers et les charbonniers dans les pires péchés, de mines où de grosses matrones se détachaient tout à coup du roc pour agripper les mineurs.

Elle ne voulait pas dire que les gens de l'ancienne société agricole y croyaient obligatoirement, mais il n'y avait pas de doute qu'ils utilisaient leurs contes et en tiraient profit. Pourtant, ils n'emportaient rien de tout cela lorsqu'ils pénétraient dans les usines – pour la première fois depuis que l'homme est devenu homme, il devait vivre dans un monde sans contes. La *créativité* avait pris naissance et l'imagination était morte...

Un des jeunes hommes autour de la table de réunion toussota et Alice se tourna vers lui avec un sourire poli. Tu me trouves pénible, pensa-t-elle. Cela se voit à ton regard. Mais je l'accepte.

— Ne s'agit-il pas tout simplement d'une question de niveau de connaissance ? demanda-t-il. Que les contes ont été des outils pour expliquer le monde, et ils ont perdu de leur importance avec l'accroissement des connaissances.

— Non, répondit Alice. Alors ils ne seraient pas revenus.

Il haussa les sourcils.

— Revenir ? Tu veux dire que les contes sont revenus ?

— Oui, répliqua Alice avec un sourire maternel. Nous vivons aujourd'hui selon ce qu'on nous raconte. Tu ne t'en es pas aperçu ?

Elle est arrivée à Hallstavik. Une odeur de bois humide pénètre dans la voiture. Le camion de troncs d'arbres devant elle accélère et prend son élan pour monter la pente du pont de Skärsta. Alice rétrograde afin de prendre de la distance et jette un coup d'œil autour d'elle. Non, elle ne voit pas de visages connus. Pas de Kåre se rendant à la Maison du Peuple, pas de Marianne peinant à porter ses sacs à provisions en sortant du magasin Konsum. Pas de Carina se rendant, le dos courbé, au centre de soins. Pas de Microbe se hâtant vers le bureau de placements, le menton pointé selon le même angle que Mussolini. Pas de Mikael faisant entendre son rire argenté. Pas d'Angelica passant sur son vélo surchargé de pub.

Je reconnais le regard d'Angelica, pense Alice en tournant à gauche. Je sais ce qu'il exprime.

Peut-être pourrait-elle inviter Angelica à Stockholm un jour. Parler avec elle et voir s'il y a quelque chose que je peux faire pour l'aider.

Elle a l'intention de se rendre directement à la maison d'Augusta, mais elle ne pense pas y rester longtemps. En fait, elle veut juste y entrer pour couper l'eau. Bon, elle devra peut-être aussi en faire le tour pour contrôler que tout est en ordre avant de retourner à Hallstavik et rendre la clé à Marianne. Elle est en effet partie un peu vite dimanche, peut-être a-t-elle oublié d'autres choses que l'eau. D'autant qu'elle n'a pas vraiment envie de s'asseoir à la table de la cuisine de Marianne pour raconter ce qu'elle sera bien obligée de raconter.

Jusqu'ici elle n'a parlé qu'à une seule personne du divorce. À Petter. Il avait téléphoné de Paris l'autre jour et l'avait saluée en réprimant un rire dans sa voix. Peut-être venait-il de tomber amoureux, elle le pensait mais n'osait pas le lui demander. Petter a entouré sa vie de hauts remparts qu'Alice n'a jamais eu le courage de franchir, se contentant des éclairs qu'elle a pu apercevoir à travers les fissures. Il semble vivre assez bien – enfin, hormis les murs derrière lesquels il s'est réfugié. Mais comment cela aurait-il pu aller différemment ? Personne n'a été capable de montrer à Petter qu'il est possible de mener une autre existence. Surtout pas elle-même.

Il avait reçu la nouvelle sans se laisser décontenancer prenant simplement une voix un peu plus grave que d'habitude. C'était triste en effet. S'il n'y avait pas d'autre moyens, alors...

Elle n'avait pas mentionné qu'il avait eu un frère aîné autrefois.

Cela attendra, avait-elle pensé. Le moment où l'on se verra vraiment.

Le silence règne à Nordanäng. Alice redresse le dos en sortant de la voiture, et s'arrête pour écouter. Au loin, elle devine le pouls de l'Usine qui bat, mais c'est un bruit tellement assourdi et lointain qu'elle n'est pas tout à fait sûre de l'entendre.

L'automne est à son apogée. Elle le remarque. Les fruits tombés forment un cercle pourrissant autour du pommier, les feuilles du lilas sont tellement jaunes qu'elles paraissent blanches, les lupins ont fait tomber leurs jupes multicolores et se sont laissé transformer en mauvaises herbes. Bientôt il y aura du givre : il est déjà aux aguets dans la fraîcheur de l'air. Il est temps de couper l'eau. La maison d'Augusta entre au repos pour l'hiver.

Alice ferme la portière et se dirige vers la maison.

En ouvrant la porte, elle met un instant à comprendre ce qu'elle voit. Est-ce un animal? Elle cligne des yeux. Est-ce une petite bête marron qui s'est couchée par terre dans la maison d'Augusta pour mourir?

Puis elle distingue que ce sont des cheveux. Des cheveux de femme. L'héritage légué par Augusta à toutes les femmes de la famille.

Alice s'agenouille, porte une main à sa bouche et passe l'autre sur la queue-de-cheval.

Angelica, pense-t-elle. Angelica... Qu'as-tu fait? Jusqu'où as-tu été poussée?

Après, elle s'est souvenue du silence.

Comment réalisa-t-elle que ce qu'elle avait pris tout à l'heure pour du silence était un monde plein de bruits. Gazouillement d'oiseaux. Bruissement du vent. Petits claquements dans la voiture quand le moteur refroidissait.

Tout cela avait désormais disparu. Maintenant c'était le silence. Le monde s'était véritablement tu.

Elle bougea lentement, enjamba la queue-de-cheval, puis alla d'un pas hésitant dans la cuisine et regarda autour d'elle. Une assiette remplie de potage à la viande était posée sur la table, une cuiller gisait par terre. Près de l'assiette, il y avait un verre et juste à côté deux flacons marron de médicaments, sans couvercles, vides. Elle s'approcha de l'évier : le filtre d'écoulement ne se voyait plus, tous les petits trous étaient bouchés par des poils marron. Quelqu'un s'était rasé les cheveux. Énormément de cheveux. Elle ouvrit le placard sous l'évier. Cinq rasoirs jetables se trouvaient en effet dans la poubelle.

Dans la grande pièce régnait un chaos figé. Une chaise était renversée. Un tableau pendait de guingois. L'écouteur du téléphone pendait à son fil noir au-dessus du sol. Mais la lumière qui filtrait par les stores baissés était tamisée, elle donnait aux murs et au sol des tons doux.

Alice se déplaça plus vite à présent et monta à grands pas l'escalier vers l'étage, éteignit la lampe dans l'entrée sans même s'en rendre compte, tout en regardant dans la chambre à coucher d'Augusta. Un tiroir de la commode était à moitié tiré, sinon la pièce était comme d'habitude. Alice se redressa avant de se tourner vers la porte de la mansarde et de l'ouvrir.

Les draps du lit défait étaient chiffonnés. Mais personne n'y était couché les cheveux rasés, la fixant d'un regard vide.

Son soulagement fut si grand que ses genoux se dérobèrent sous elle. Elle s'appuya contre le chambranle de la porte, reprit son souffle et chercha son téléphone portable dans sa poche. Il y eut trois sonneries avant qu'on ne réponde.

— Oui ! répondit Marianne d'un ton interrogateur.

Alice toussota et mit quelques secondes à retrouver sa voix.

— Il s'est passé quelque chose, dit-elle d'une voix rauque. Quelque chose est arrivé.

À partir de ce moment, le monde s'emplit de bruits.

D'abord la voix méfiante de Marianne puis celle de Kåre. Le bruit du moteur de leur voiture quand elle approchait de la grande route. L'écho qui se répandit sur la forêt quand ils sortirent et claquèrent chacun leur portière. L'irritation arrogante de Marianne – *Qu'est-ce qu'elle a encore inventé !* – quand elle franchit le portail, et son cri assourdi quand elle aperçut la queue-de-cheval. Sur la véranda, la voix de Kåre parlant dans son portable. Le crissement du gravier de l'allée du jardin quand les premiers policiers retournèrent à leur voiture pour faire leur rapport. Les voix sourdes des autres habitants de Nordanäng – une dizaine sortis de leurs maisons, attirés par le clignotement bleu du gyrophare de la voiture de police. Alice n'en connaissait que trois : Kristoffer et ses parents. Ann-Katrin portait un tricot bleu qu'elle resserra quand un taxi s'arrêta devant la haie de lilas et que Carina et le Microbe en descendirent.

— Ce sont les parents ? lança-t-elle d'une voix qui couvrit toutes les autres.

Personne ne répondit. Kristoffer lui lança un coup d'œil rapide avant de se retourner et de se diriger vers le portail.

Ce fut Kristoffer qui la trouva.

Pas Bertil. Pas Kåre. Ni le Microbe. Ni les quatre policiers. Aucun de ceux qui étaient partis la chercher dans la forêt en lisière des eaux de Strömsvik une heure plus tôt. Mais Kristoffer.

Son visage était gris quand il revint dans le jardin d'Augusta, mais il ne dit rien. Il s'appuya seulement contre la voiture d'Alice se cachant le visage dans les mains. Ann-Katrin, qui était restée assise sur la véranda inondant Carina d'un flot de paroles, se tut et se leva, faisant trois pas en direction de son fils avant de s'arrêter.

Derrière elle, Carina redressa le dos aux aguets. Marianne se mordit les doigts.

— Tu l'as trouvée ? demanda Alice.

Kristoffer ôta les mains de son visage et fit oui de la tête.

— Elle est morte ?

— Oui, répondit Kristoffer avec la voix d'un adulte. Elle est morte.

Il se mordit la lèvre et tourna le visage vers le ciel. Le soleil brillait dans ses cils. Il se racla la gorge et sa voix flancha.

— J'ai failli ne pas la reconnaître, ajouta-t-il en fixant le gravier. Elle n'a plus de cheveux.

Relevant la tête il fit une grimace embarrassée.

— Elle était complètement chauve.

Disséminés dans le jardin, ils attendaient que l'ambulance revienne de la forêt. Le soleil commençait à baisser. Les couleurs de l'automne flamboyaient sous la lumière rouge, elle dorait les cheveux argentés de Kåre qui avait mis son bras autour des épaules de Marianne. De profondes ombres creusaient le visage de Carina qui s'appuyait contre le Microbe. Il mâchonnait à vide et fixait, le front plissé, les bouleaux de l'autre côté du chemin :

— Elle a été assassinée, dit-il d'une voix sourde. Je suis sûre qu'elle a été violée et assassinée...

Personne ne répondit, mais Carina émit un petit bruit, soupir ponctué de gémissement. Le Microbe pointa le menton.

— Oui. Elle a été assassinée. Et je vous garantis que je vais m'en charger personnellement du sale psychopathe qui l'a fait...

Kåre mit sa main sur son épaule.

— Elle s'était rasé les cheveux, précisa-t-il sourdement.

Le regard du Microbe erra, il chercha un appui parmi les visages autour de lui. Personne ne le regarda. Bertil était assis sur les marches de la véranda, entourant de son bras Kristoffer. Ann-Katrin se tenait sur le gazon tirant sur son tricot. Alice était debout près du portail le dos tourné. Soudain elle tendit le cou.

— Ils arrivent, annonça-t-elle.

L'ambulance avait des yeux jaunes, qui luirent avant de disparaître dans un tournant puis de réapparaître. L'espace d'une seconde, le silence régna dans le jardin d'Augusta. Tous se tenaient immobiles et attentifs quand soudain un cri retentit et monta vers le ciel :

— Angelica ! appela Kristoffer. Angelica !

Un cygne, pense Alice en lavant la vaisselle après le café de l'enterrement. Il a appelé comme un cygne...

Elle est restée seule dans la maison d'Augusta ayant réussi à convaincre Marianne de rentrer et de la laisser s'occuper de tout. Ensemble elles avaient fait les démarches en vue de l'enterrement. Alice avait parlé avec le pasteur et choisi le cercueil. Marianne avait préparé les sandwichs et confectionné les gâteaux pour le café. Carina, elle, n'avait pas quitté son lit pendant seize jours. Alice était allée la voir plusieurs fois, restant assise au bord de son lit lui chuchotant quels cantiques elle pensait choisir, comment seraient les arrangements de fleurs et quel poème elle proposait pour l'annonce dans le journal.

— Karin Boye, avait-elle dit en passant la main sur la couette de Carina. La poétesse des jeunes filles...

Elle s'était tue dans l'attente d'une réponse. Peine perdue. Carina était restée immobile fixant le plafond. Alice avait détourné le regard et récité :

> *Des murs de glace et un froid silence*
> *protègent la paix dans mon pays de l'aube*
> *où l'air tremble livide en sa faim*
> *d'une vie au soleil et d'ardeurs de feu.*
> *Les ronces de l'attente angoissée*
> *enferment encore en leurs tiges dénudées*
> *toutes les flammes qui prient et supplient*
> *pour bientôt éclore en fleurs.*

Carina avait soupiré lourdement. Alice s'était levée.

— Il s'agit d'Angelica. Nous devons l'admettre. Nous tous, avait-elle insisté.

Le Microbe se tenait telle une ombre dans l'ouverture de la porte de la pièce de séjour quand elle sortit dans l'entrée. Elle s'arrêta et le regarda tout en mettant son blouson. Ses épaules étaient affaissées.

— J'ai..., commença-t-il, puis il se tut.

— Oui, dit Alice.

Il se racla la gorge.

— Tout n'a pas été facile pour moi non plus... Placement chez des gens. Beaucoup de coups.

Alice qui avait commencé à boucler sa fermeture, s'arrêta en laissant tomber les bras. Le Microbe renifla.

— Je veux seulement que tu le saches. Que vous le sachiez tous.

Alice mit les mains dans ses poches.

— Je le sais, dit-elle. Nous le savons tous. Mais...

Le silence était tombé, le temps de quelques respirations.

— Mais quoi ? demanda enfin le Microbe.

— Ma compassion n'existe plus, rétorqua Alice. Elle a pris fin le jour où j'ai appris que tu lui avais rasé les cheveux quand elle avait douze ans...

Le Microbe recula d'un pas en arrière, sa voix flancha :

— Moi, quand j'en avais dix, on me battait à coups de lanière de cuir. J'ai encore des cicatrices dans le dos.

— Cela ne change rien. La brutalité n'excuse pas la brutalité, conclut Alice.

Elle avait gardé les mains dans les poches. Elle ne lui laisserait pas voir qu'elles tremblaient.

L'obscurité tombe rapidement dehors, elle est obligée d'allumer la lampe dans la cuisine pour essuyer la vaisselle. Il n'y en a pas beaucoup, seulement douze tasses à fleurs, des assiettes et un verre à sirop. Celui de Mikael. Alice le lève face à la lumière en souriant.

C'était elle qui avait proposé qu'ils prennent le café après l'enterrement dans la maison d'Augusta. Marianne avait hésité, trouvant le chemin trop long jusqu'à Nordanäng depuis l'église d'Häverödal, et avait proposé d'aller plutôt chez elle. Mais quand Alice avait insisté, elle avait haussé les épaules et accepté. Si Alice estimait que c'était si important, alors pourquoi pas... Même si cela devait impliquer du travail supplémentaire.

Alice ne comprend pas le motif de son obstination, si ce n'est qu'elle n'avait pas eu l'intention de céder. Peut-être s'agissait-il d'un assentiment maladroit après-coup. Une reconnaissance. Angelica avait raison. C'était aussi sa maison. La sienne et celle de Mikael.

Alice soupire et suspend le torchon mouillé à son crochet. La vaisselle est terminée. La cuisine est rangée. Tout est fini.

Dans la pièce, une lampe solitaire est allumée. Sa lumière est jaune. À l'ancienne.

Alice se plante dans l'embrasure de la porte et examine la pièce. Les chaises avec leurs pommes sculptées sont soigneusement poussées près de la table, les tableaux sont suspendus bien droit, le téléphone noir est raccroché.

Une interrogation l'effleure : à qui Angelica a-t-elle téléphoné ce dernier soir ?

Alice hausse les épaules. La maison d'Augusta renferme bien des énigmes. Celle-ci en est une parmi d'autres.

— Angelica, lance-t-elle à voix haute. J'aurais dû réaliser ce qu'était ta vie, mais...

Elle s'arrête au milieu de la phrase. Ces choses qu'elle tente d'exprimer ne sont que de vaines excuses. N'avoir pas été vu soi-même, n'est pas une excuse pour ne pas voir.

Il n'y en a aucune.

L'escalier grince sous ses mocassins noirs quand elle monte à l'étage. Elle n'y est pas retournée depuis le jour fatal. Marianne a fait le ménage et a tout remis en place.

Le lustre de l'entrée est allumé. Peut-être est-ce sa pâle lumière qui lui remet en mémoire la façon dont elle a ouvert la porte, un jour, vingt-cinq ans auparavant. Sauf qu'elle n'était pas seule. Lars l'avait suivie quand elle était entrée dans l'étroite pièce. Il portait un complet sombre : quelques heures plus tôt, Augusta avait été portée en terre.

— Regarde, avait dit Alice en se tournant vers la robe à carreaux écossais suspendue à un crochet au mur. C'est ma vieille robe... Des années cinquante.

Lars avait souri et simplement effleuré la robe du regard.

— C'était ta chambre ? avait-il demandé en regardant autour de lui.

Alice avait remis la robe à son crochet.

— Non, pas vraiment. Ce n'est qu'une pièce d'appoint. De celles dont on peut parfois avoir besoin lorsqu'il y a des invités.

La robe à carreaux est toujours suspendue à son crochet au mur, mais elle a l'air plutôt fanée. La jupe pendille. Le bâti qui tient en place le col blanc commence à lâcher. En revanche, la même lampe à pétrole qu'il y a plus de quarante ans est posée sur un petit tabouret à la tête du lit. Avec, à côté, une boîte d'allumettes. Sans réfléchir, Alice en frotte une et allume la lampe, puis se laisse tomber sur le bord du lit de camp et regarde autour d'elle. Sous le petit tabouret, il y a un panier en osier. Alice se penche et le tire vers elle.

Les quatre cahiers sont sur le dessus du panier. Alice prenait soin de les mettre tout en dessous. Quelqu'un a donc lu ses récits de la maison d'Augusta. Mais elle n'a pas envie de les relire, elle pose simplement les cahiers sur ses genoux en passant la main dessus, sourit légèrement devant son écriture ronde, si semblable et pourtant différente de la sienne aujourd'hui. Puis elle se penche davantage et scrute le fond du panier, découvrant un vieux livre de bibliothèque. Son vol d'un autre temps.

Ses doigts sont anormalement blancs, quand elle saisit la couverture rouge. Elle réalise aussitôt que le livre est déchiré. Parce qu'il est tombé. Il s'ouvre dans sa main et se disloque, des liasses de feuilles jaunies retombent au fond du panier. Alice les laisse, mais pose ce qui reste du livre sur ses genoux et l'ouvre. Ses yeux parcourent la page de garde :

Nous devons laisser les filles se donner. Karl Singel. Elle avait oublié cette citation. À présent, elle s'en souvient. Elle fait glisser son index sur les mots comme une écolière. Soudain elle rit brièvement : toute sa vie aurait peut-être été différente si elle ne s'était pas laissée arrêter à la bibliothèque municipale de Jönköping ce jour-là, il y a quarante-trois ans. Si elle avait tourné le dos à Kristian en tirant ce livre du rayon. Si elle s'était installée à une table de la bibliothèque pour analyser cette phrase au lieu de se laisser inviter au café. Si elle avait vu et compris que *Nous* est le sujet, que *laisser se donner* est le verbe et que les *filles* sont *l'objet.*

Elle reste assise, le livre sur les genoux. Il n'est même pas cinq heures, pourtant il fait noir dehors. L'hiver approche, il avance à grands pas. Un vent siffle, quelques gouttes de pluie frappent à la vitre de la fenêtre. Alice lève la tête et écoute, mais elle n'entend pas le vent. Ni la pluie.

La maison chuchote.

Elle peut effectivement entendre que la maison d'Augusta a commencé à chuchoter.

Épilogue

Le renard voit ce que personne d'autre ne voit.

Tache argentée dans une forêt d'argent, être blanc et efflanqué dans un monde immaculé et famélique, il a faim. L'hiver est glacial et il arrive que des jours s'écoulent entre les moments heureux où il peut faire le bond vers un campagnol.

Souvent il reste tapi dans son terrier pour ménager ses forces, appuyant son museau sur ses pattes avant croisées, humant l'air sans entrain. Rares sont les odeurs par ce froid. Rares les campagnols et les senteurs, rares aussi les souvenirs et les pensées. Parfois il ferme les yeux et rêve, se glisse comme autrefois à travers la forêt cuivrée, se laissant consoler par ses odeurs.

C'est pourquoi il croit à un rêve le jour où une odeur très particulière passe soudain par les méandres de son crâne. Il lève la tête dans l'obscurité du terrier, cligne des yeux et incline ses oreilles en arrière. Il entend quelque chose. Des pas lourds un peu plus loin. La respiration légère d'un être humain.

Il reste immobile dans son terrier longtemps après que les pas se sont éloignés, prenant son temps. Ce n'est qu'une fois l'obscurité tombée qu'il se lève, allongeant les pattes et s'étirant.

Quand il se glisse dehors il est invisible : un mouvement blanc sur fond blanc.

Le ciel est une voûte noire au-dessus de la forêt. Il est rempli d'étoiles. Le renard ne les regarde pas. Il pointe son museau vers le sol et suit les traces humaines. Mais les traces ne vont pas loin : seulement jusqu'à la clairière. Cette clairière à laquelle reste attaché le souvenir de mille senteurs suaves, des odeurs qui se sont dispersées et ont disparu depuis longtemps.

Il y a quelque chose dans la neige. Quelques brindilles sombres. Le renard hésite un instant, suspend son pas, hume l'air avant de se décider à poursuivre son chemin, s'approcher et explorer. Ce n'est pas une chose dangereuse. Il le sait.

Ce n'est qu'un souvenir de l'été. Une herbe. Une herbe aromatique.

L'origan.

L'origan marjolaine.

La marjolaine.

Achevé d'imprimer
en février 2006
par Printer Industria Gráfica
pour le compte de France Loisirs, Paris

Photocomposition *CMB* Graphic
44800 Saint-Herblain

Numéro d'éditeur : 44616
Dépôt légal : février 2006
Imprimé en Espagne